O manuscrito

Elif Shafak

O manuscrito

Tradução
Julia Romeu

Rio de Janeiro, 2024

Copyright © 2009 por Elif Shafak. Todos os direitos reservados.
Copyright da tradução © 2023 por Casa dos Livros Editora LTDA. Todos os direitos reservados.
Título original: *The Forty Rules of Love*

Todos os direitos desta publicação são reservados à Casa dos Livros Editora LTDA.
Nenhuma parte desta obra pode ser apropriada e estocada em sistema de banco de dados ou processo similar, em qualquer forma ou meio, seja eletrônico, de fotocópia, gravação etc., sem a permissão do detentor do copyright.

Publisher: *Samuel Coto*

Editora executiva: *Alice Mello*

Editora: *Lara Berruezo*

Editoras assistentes: *Anna Clara Gonçalves e Camila Carneiro*

Assistência editorial: *Yasmin Montebello*

Copidesque: *Thaís Lima*

Revisão: *Suelen Lopes*

Design de capa: *Estúdio Daó (Giovani Castelucci e Guilherme Vieira)*

Diagramação: *Abreu's System*

Dados Internacionais de Catalogação na Publicação (CIP)
(Câmara Brasileira do Livro, SP, Brasil)

Shafak, Elif
    O manuscrito : um romance de Rumi / Elif Shafak ; tradução Julia Romeu.
-- Rio de Janeiro : HarperCollins Brasil, 2024.

    Título original: The Forty Rules of Love
    ISBN 978-65-6005-174-4

    1. Ficção turca I. Título.

24-192533   CDD-894.35

Índices para catálogo sistemático:
1. Ficção : Literatura turca 894.35
Cibele Maria Dias - Bibliotecária - CRB-8/9427

Os pontos de vista desta obra são de responsabilidade de seu autor, não refletindo necessariamente a posição da HarperCollins Brasil, da HarperCollins Publishers ou de sua equipe editorial.
HarperCollins Brasil é uma marca licenciada à Casa dos Livros Editora LTDA.

Rua da Quitanda, 86, sala 601A – Centro
Rio de Janeiro, RJ – CEP 20091-005
Tel.: (21) 3175-1030
www.harpercollins.com.br

Para Zahir e Zelda

Quando era criança, eu via Deus;

Via anjos;

Observava os mistérios dos mundos superiores e inferiores.

Pensava que todos os homens viam o mesmo. Por fim, descobri que não viam...

Shams de Tabriz

Prólogo

Entre seus dedos, você segura uma pedra e a joga na água corrente. O efeito talvez não seja fácil de ver. Haverá uma pequena ondulação no ponto em que a pedra rompe a superfície e, em seguida, o respingo da água, abafado pela correnteza do rio ao redor. E isso é tudo.

Atire uma pedra em um lago. O efeito será não apenas mais visível, mas também muito mais duradouro. A pedra remexerá a água parada. Um círculo se formará no ponto em que a pedra tocar o líquido, e em um átimo surgirá outro, e mais outro. Em pouco tempo, as ondulações causadas pelo primeiro impacto se expandirão, até serem sentidas por toda a superfície espelhada do lago. Apenas quando os círculos alcançarem a margem, eles vão parar e desaparecer.

Se uma pedra atinge um rio, o rio há de tratá-la como apenas mais uma comoção em seu curso já tumultuado. Nada de incomum. Nada impossível de controlar.

Mas, se uma pedra atinge um lago, o lago jamais voltará a ser como antes.

Durante quarenta anos, a vida de Ella Rubinstein consistira em águas calmas — uma sequência previsível de hábitos, necessidades e preferências. Embora fosse, em vários aspectos, uma vida comum e monótona, ela não a achava cansativa. Ao longo dos últimos vinte anos, todos os desejos que tivera, todos os amigos que fizera e todas as decisões que tomara tinham sido filtradas por seu casamento. O marido, David, era um dentista bem-sucedido, que trabalhava arduamente e ganhava muito dinheiro. Ela sempre soubera que eles não estavam conectados em um nível muito profundo, mas a ligação emocional não precisava ser uma prioridade para um casal, achava ela, principalmente para um homem e uma mulher casados fazia tanto tempo. Havia coisas mais importantes do que amor e paixão em um casamento: coisas como compreensão, afeto, compaixão e o gesto mais divino que uma pessoa poderia fazer — o perdão. O amor era secundário. A não ser, é claro, que a pessoa vivesse dentro de um romance ou de um filme, em que os protagonistas eram sempre exagerados e o amor deles, lendário.

Os filhos de Ella eram sua maior prioridade. Tinham uma filha linda, Jeannette, que estava na faculdade, e gêmeos adolescentes chamados Orly e Avi. Além disso, tinham também um golden retriever de doze anos, Spirit, que fora o companheiro das caminhadas matinais de Ella e sua companhia mais alegre desde que era filhote. Agora, ele estava velho, gordo, completamente surdo e quase cego; o tempo de Spirit estava se esgotando, mas Ella preferia pensar que ele viveria para sempre. Ela era assim. Jamais encarava a morte do que quer que fosse, um hábito, uma fase ou um casamento, mesmo que o fim estivesse bem diante dela, claro e inevitável.

Os Rubinstein viviam em Northampton, no estado de Massachusetts, em uma enorme casa vitoriana que precisava de algumas reformas, mas ainda era esplêndida, com cinco quartos, três banheiros, chão de madeira encerada, uma garagem para três carros, portas de vidro e o melhor de tudo: uma jacuzzi externa. Eles tinham seguro de vida, seguro de carro, planos de previdência, fundos para a faculdade dos filhos, contas conjuntas e, além da casa em que moravam, dois apartamentos invejáveis: um em Boston e outro em Rhode Island. Ela e David tinham trabalhado muito para adquirir tudo isso. Uma casa grande e movimentada, com crianças, mobília elegante e um aroma de torta caseira podia parecer clichê para algumas pessoas, mas, para eles, era o retrato da vida ideal. Os dois haviam tomado todas as decisões do casamento tendo em mente esse objetivo que partilhavam, realizando todos, ou quase todos, os sonhos que tinham.

No último Dia dos Namorados, o marido lhe dera de presente um pingente de diamante em forma de coração e um cartão que dizia:

Para minha querida Ella,

Uma mulher de jeito calmo, coração generoso e com a paciência de uma santa. Obrigado por me aceitar como sou. Obrigado por ser minha esposa.

Do seu amado,
David

Ella jamais confessara a David, mas ler aquele cartão fora como ler um obituário. *É isso que vão escrever sobre mim quando eu morrer*, pensou. E, se fossem sinceros, acrescentariam o seguinte:

Tendo vivido sempre em função do marido e dos filhos, Ella não tinha as ferramentas de sobrevivência necessárias para enfrentar as dificuldades da vida. Não era o tipo de pessoa capaz de mandar a precaução às favas. Tinha que fazer um esforço até para trocar de marca de café.

E é por isso que ninguém, muito menos Ella, conseguiu explicar o que estava acontecendo quando entrou com o pedido de divórcio, no outono de 2008, depois de vinte anos de casamento.

Mas havia um motivo: o amor.

Eles não moravam na mesma cidade. Nem no mesmo continente. Não apenas viviam a quilômetros de distância, como eram tão diferentes quanto a noite e o dia. O estilo de vida de cada um era tão distinto que parecia impossível que fossem tolerar a presença um do outro, quanto mais se apaixonar. Mas isso aconteceu. E aconteceu depressa, tão depressa que Ella não teve tempo de perceber o que ocorria para se pôr em alerta, se é que é possível se resguardar do amor.

O amor surgiu para Ella de forma tão brusca e súbita que foi como se uma pedra tivesse sido atirada de algum ponto na água do lago de sua vida.

Ella

NORTHAMPTON, 17 DE MAIO DE 2008

Os pássaros cantavam diante da janela da cozinha naquele dia úmido de primavera. No futuro, Ella lembraria da cena tantas vezes que não pareceria um fragmento do passado, mas algo que estivesse acontecendo naquele exato instante em algum lugar do universo.

Ali estavam eles, sentados em torno da mesa, almoçando em família naquela tarde de domingo. O marido enchia o próprio prato de coxas de frango fritas, sua comida predileta. Avi brincava com o garfo e a faca como se fossem baquetas, enquanto sua irmã gêmea, Orly, calculava quantas colheres de comida poderia ingerir sem arruinar a dieta de 650 calorias por dia. Jeannette, que era caloura na Mount Holyoke College, ali perto, parecia perdida em seus pensamentos, passando cream cheese em mais uma fatia de pão. Estava também à mesa a tia Esther, que passara para deixar um de seus famosos bolos marmorizados e acabara ficando para o almoço. Ella teria muito trabalho a fazer depois, mas por enquanto não estava querendo sair da mesa. Eles não haviam tido muitas refeições familiares ultimamente, e ela via naquilo uma ótima chance de se reconectarem.

— Esther, Ella já te contou a boa notícia? — perguntou David de repente. — Ela arrumou um excelente emprego.

Embora tivesse se formado em Literatura Inglesa e adorasse obras de ficção, Ella não chegara a fazer muita coisa nessa área depois da universidade, além de publicar pequenos artigos em revistas femininas, participar de clubes de leitura e ocasionalmente escrever resenhas para alguns jornais locais. Mais nada. Houve um tempo em que ela sonhara em se tornar uma crítica literária importante, mas tinha aceitado que a vida a levara em outra direção, transformando-a em uma ótima dona de casa, com três filhos e infindáveis responsabilidades domésticas.

Não que ela reclamasse. Ser mãe, esposa, passear com o cachorro e cuidar da casa já eram ocupação suficiente. Ela não tinha necessidade de ganhar o pão de cada dia além de tudo isso. Embora nenhuma de suas amigas feministas da Smith College aprovasse a escolha, Ella estava satisfeita em ser dona de casa, e agradecia por ela e o marido poderem bancar essa situação. Além disso, ela jamais abandonara sua paixão por livros e ainda se considerava uma leitora voraz.

Alguns anos antes, as coisas haviam começado a mudar. As crianças estavam crescendo, deixando claro que já não precisavam tanto dela como antes. Ao perceber que tinha muito tempo vago, e ninguém para preenchê-lo, Ella começara a pensar em como seria se arrumasse um emprego. David a encorajara, mas, mesmo conversando sempre sobre o assunto, ela nunca procurava aproveitar as oportunidades que surgiam; e, quando isso acontecia, os potenciais empregadores sempre estavam à procura de alguém mais jovem ou com mais experiência. Temendo ser rejeitada vez após outra, ela deixou o assunto para lá.

Porém, em maio de 2008, todos os obstáculos que a tinham impedido de arrumar um emprego desapareceram de repente. Duas semanas antes de seu aniversário de quarenta anos, Ella se viu trabalhando para uma agência literária de Boston. Foi o marido que arranjou o emprego, através de um de seus clientes — ou, quem sabe, através de uma das amantes.

— Ah, é bobagem. — Ella se apressou em explicar. — Vou trabalhar meio expediente, avaliando originais para uma agência literária.

Mas David parecia empenhado em não deixar que ela menosprezasse o novo emprego.

— Ah, não, Ella, conte para eles que é uma agência muito conceituada — exigiu, cutucando-a.

E, quando ela se recusou a obedecer, ele concordou entusiasticamente consigo mesmo, prosseguindo:

— É um lugar de grande prestígio, Esther. Você precisava ver os outros assistentes! São jovens recém-saídos das melhores universidades. Ella é a única que está voltando a trabalhar depois de anos sendo dona de casa. Vamos lá, Ella, não seja modesta.

Ella se perguntou se, lá no fundo, o marido não se sentia culpado por tê-la afastado da carreira, ou por traí-la — porque essas eram as únicas explicações que via para entender tanto entusiasmo da parte dele.

Ainda sorrindo, David concluiu:

— É o que eu chamo de *chutzpah*! Estamos todos muito orgulhosos dela.

— Ela é muito especial. Sempre foi — disse tia Esther, com uma voz tão emocionada que pareceu que Ella tinha deixado a mesa e iria embora para sempre.

Todos a fitaram com um olhar carinhoso. Nem mesmo Avi fez um comentário sarcástico, e, por um momento, até Orly pareceu ligar para outra coisa que não fosse a própria aparência. Ella se esforçou para apreciar aquele momento de gentileza, mas sentiu uma exaustão que jamais experimentara. Secretamente, rezou para que alguém mudasse de assunto.

Jeannette, a filha mais velha, deve ter ouvido suas preces, porque de repente exclamou:

— Também tenho uma boa notícia!

Todos se voltaram para ela, as expressões radiantes de expectativa.

— Scott e eu decidimos nos casar — anunciou a jovem. — Ah, já sei o que vocês vão dizer! Que ainda não terminamos a faculdade e tudo o mais, mas precisam entender que nós nos sentimos prontos para dar esse passo.

Um silêncio constrangido se abateu sobre a cozinha, enquanto a sensação calorosa, que até pouco pairava sobre todos, se evaporou. Orly e Avi trocaram olhares espantados, e tia Esther ficou paralisada, com a mão segurando firme um copo de suco de maçã. David pôs o garfo de lado como se tivesse perdido o apetite e perscrutou Jeannette, os olhos castanho-claros cheios de rugas causadas por sorrisos. No entanto, naquele momento, ele estava longe de sorrir. A boca se contraíra, como se ele tivesse acabado de beber um gole de vinagre.

— Que ótimo! Achei que vocês iam ficar tão felizes quanto eu, mas em vez disso me vêm com essa frieza toda — choramingou Jeannette.

— Você acabou de dizer que vai se casar — retrucou David, como se Jeannette não soubesse o que acabara de dizer e precisasse ser informada.

— Papai, eu sei que parece um pouco cedo, mas Scott me pediu em casamento outro dia, e eu aceitei.

— Mas por quê? — perguntou Ella.

Pelo jeito com que Jeannette a encarou, pensou a mãe, essa não era a pergunta esperada. A filha preferia que ela tivesse perguntado "quando?" ou "como?". Em qualquer um desses casos, significaria que ela já podia começar a procurar um vestido de noiva. A pergunta "por quê?" foi algo bem diferente, e a deixara completamente sem ação.

— Porque eu o amo, acho — respondeu Jeannette, com uma leve condescendência.

— Meu bem, o que eu quis dizer foi: por que a pressa? — insistiu Ella. — Você está grávida?

Tia Esther se mexeu na cadeira, o rosto tenso, a angústia visível. Tirou um tablete de antiácido do bolso e começou a mastigá-lo.

— Eu vou ser titio — disse Avi, dando um risinho.

Ella segurou a mão de Jeannette e apertou com carinho.

— Você pode nos contar a verdade, sempre. Sabe disso, não sabe? Nós sempre vamos ficar do seu lado.

— Mãe, quer parar com isso? — repreendeu Jeannette, puxando a mão. — Não tem nada a ver com gravidez. Você está me deixando sem graça.

— Só estou tentando ajudar — respondeu Ella, com toda a calma, sendo que a calma era um estado de espírito cada vez mais difícil ultimamente.

— Mas está me insultando. Pelo visto, acha que a única maneira de Scott e eu nos casarmos seria se eu tivesse grávida! Por acaso já lhe ocorreu que eu poderia, simplesmente, querer casar com o meu namorado porque estou *apaixonada* por ele? Nós já estamos juntos há oito meses.

A hipótese fez Ella dar uma risada.

— Ah, claro, dá para conhecer muito bem o caráter de um homem em oito meses! Seu pai e eu estamos casados há vinte anos, e nem assim podemos dizer que sabemos tudo sobre o outro. Oito meses de relacionamento é quase nada!

— Deus só precisou de seis dias para criar o universo inteiro — disse Avi, empertigando-se, mas os olhares gélidos de todos à mesa fizeram com que ele voltasse a ficar em silêncio.

Percebendo que a tensão aumentava, David interveio, com os olhos fixos na filha mais velha e a testa franzida, como se estivesse preocupado.

— Meu anjo, o que sua mãe está querendo dizer é que namoro é uma coisa, e casamento é outra bem diferente.

— Mas, papai, você acha que nós íamos ficar namorando eternamente? — perguntou Jeannette.

Depois de respirar fundo, Ella falou:

— Para ser bem sincera, nós esperávamos que você deixasse esse namoro de lado. Você é jovem demais para se envolver num relacionamento sério.

— Sabe o que eu acho, mãe? — disse Jeannette, com uma voz tão neutra que soava irreconhecível. — Acho que você está projetando seus próprios medos em mim. Só porque você se casou muito jovem e teve filho com a idade que tenho hoje, não significa que eu vou cometer o mesmo erro.

Ella ficou vermelha, como se tivesse levado um tapa. Lá no fundo, lembrou-se da gravidez difícil, que resultara no nascimento prematuro de Jeannette. Quando bebê, e depois quando criança, Jeannette drenara toda sua energia, e fora por isso que ela esperara seis anos antes de engravidar outra vez.

— Meu bem, nós ficamos felizes por você quando começou a namorar o Scott — disse David, cauteloso, tentando uma estratégia diferente. — Ele é muito simpático. Mas como podemos ter certeza de que você vai continuar com os mesmos planos depois de formada? Pode ser que até lá as coisas mudem muito.

Jeannette fez um leve gesto de cabeça, como se concordasse apenas para ser gentil. E então falou:

— Tudo isso é pelo fato de Scott não ser judeu?

David revirou os olhos, incrédulo. Sempre se orgulhara de ser um pai evoluído e de mente aberta, que evitava comentários negativos sobre raça, religião ou gênero em casa.

Mas Jeannette não desistiu. Virou-se para a mãe e perguntou:

— Você tem coragem de me olhar nos olhos e dizer que faria as mesmas objeções se Scott fosse um jovem judeu chamado Aaron?

A voz dela estava imersa em amargura e sarcasmo, e Ella temeu que houvesse mais daqueles sentimentos prestes a transbordar da filha.

— Meu bem, eu vou ser completamente honesta, mesmo que você não goste. Eu sei bem como é maravilhoso ser jovem e estar apaixonada. Pode acreditar que eu sei. Mas se casar com alguém de origem diferente da sua é uma loteria. E, como seus pais, nós queremos ter certeza de que você está fazendo a escolha certa.

— E como você sabe se o que é certo pra você também é certo pra mim?

A pergunta desconcertou a mãe. Ella deu um suspiro e massageou a testa, como se estivesse começando a ter dor de cabeça.

— Eu amo o Scott, mãe. Isso significa alguma coisa para você? Por acaso ainda se lembra da palavra amor? Ele faz meu coração bater mais forte. Eu não consigo viver sem ele.

Ella se ouviu dando um risinho. Não era sua intenção debochar dos sentimentos da filha, de jeito nenhum, mas talvez aquilo significasse que estava rindo de si mesma. Por razões que desconhecia, estava muito nervosa. Já tivera discussões com Jeannette antes, centenas de vezes, mas parecia que estava tendo uma discussão diferente, algo maior.

— Mãe, alguma vez você se apaixonou? — falou Jeannette, com uma pontinha de desprezo.

— Ah, dê um tempo! Pare de sonhar acordada e caia na real, está bem? Você está sendo tão... — disse Ella, indo até a janela em busca de uma palavra dramática. Por fim, encontrou: — Tão romântica!

— E o que há de errado em ser romântica? — questionou Jeannette, parecendo ofendida.

De fato, o que havia de errado em ser romântica?, perguntou-se Ella. Desde quando o romantismo a incomodava tanto? Sem conseguir resposta para as perguntas que se acumulavam no fundo de sua mente, ela respondeu:

— Ah, minha filha. Em que século você vive? Ponha isso na sua cabeça: as mulheres não se casam com os homens por quem se apaixonam. Na hora H, elas escolhem um homem que será um bom pai e um marido confiável. O amor não passa de um doce sentimento passageiro.

Quando terminou de falar, Ella virou-se para o marido. David havia unido as mãos à frente em um movimento lento, como se estivessem debaixo d'água, e olhava para ela como se nunca a tivesse visto em toda a vida.

— Sei muito bem por que você está fazendo isso — retrucou Jeannette. — Você tem inveja da minha felicidade e da minha juventude. Quer que eu me torne uma esposa infeliz. Você quer que eu seja você, mãe.

Ella foi tomada por uma sensação estranha na boca do estômago, como se uma pedra gigante o esmagasse. Ela era uma esposa infeliz? Mãe de meia-idade, presa na armadilha de um casamento falido? Era assim que os filhos a viam? E o marido também? E o que pensariam os amigos e vizinhos? De repente, teve a impressão de que todos tinham pena dela, e essa suspeita foi tão dolorosa que ela arfou.

— Peça desculpas à sua mãe — ordenou David, virando-se para a filha com a testa franzida.

— Tudo bem. Eu não espero desculpas — disse Ella, desapontada.

Jeannette deu um sorriso sarcástico para a mãe, e, em seguida, empurrou a cadeira para trás, jogou o guardanapo na mesa e saiu da cozinha. Passado um instante, Orly e Avi a seguiram em silêncio, ou por solidariedade à irmã mais velha, ou porque estavam cansados daquela conversa de adultos. A próxima a sair foi tia Esther, murmurando uma desculpa qualquer e mastigando com força seu último tablete de antiácido.

David e Ella ficaram sentados, um constrangimento enorme dominando o silêncio entre os dois. Ella lamentava muito ter que enfrentar aquele vazio, pois ambos sabiam que aquilo nada tinha a ver com Jeannette ou com qualquer um dos filhos.

David pegou o garfo que deixara de lado e ficou olhando para ele por um tempo.

— Então eu devo concluir que você não se casou com o homem que amava?

— Ah, por favor. Não foi isso que eu quis dizer.

— E o que foi, então? — disse David, ainda conversando com o garfo. — Eu achava que você estava apaixonada por mim quando nos casamos.

— Eu estava apaixonada por você — respondeu Ella. Mas não conseguiu deixar de acrescentar: — Naquela época.

— E quando foi que você parou de me amar? — insistiu David, contido.

Ella olhou espantada para o marido, como alguém que se vê diante de um espelho sem nunca ter olhado a própria imagem. Ela deixara de amá-lo? Era uma pergunta que jamais se fizera. Queria poder responder, mas lhe faltavam a vontade e as palavras. Lá no fundo, sabia que era com si próprios que eles deviam se preocupar, não com os filhos. Mas, em vez disso, ambos vinham fazendo o que era sua especialidade:

deixavam correr os dias, a rotina tomar conta, e o tempo seguir seu curso de torpor inevitável.

Ella começou a chorar, sem conseguir conter a tristeza que sentia e que, sem ela saber, tornara-se parte de quem era. David virou o rosto angustiado para o outro lado. Sabiam que ele detestava vê-la chorar, tanto quanto ela odiava chorar na frente dele. Por sorte, o telefone tocou naquele momento, salvando-os.

David atendeu.

— Alô... está, está aqui, sim. Um momento, por favor.

Ella se recompôs e falou, fazendo esforço para parecer animada:

— Oi, sou eu.

— Olá, aqui é a Michelle. Desculpe incomodar no fim de semana — disse uma mulher de voz jovial. — Ontem, Steve me pediu que checasse com você, e eu simplesmente esqueci. Por acaso chegou a começar a trabalhar no original?

— Ah... — Ella suspirou, lembrando-se do trabalho que a esperava.

Sua primeira tarefa na agência literária era ler um romance de um escritor europeu desconhecido. Depois, teria que escrever um extenso relatório sobre a obra.

— Diga a ele para não se preocupar. Já comecei a leitura — mentiu Ella.

Michelle, ambiciosa e cheia de iniciativa, era o tipo de pessoa que ela não queria contrariar, ainda mais em sua primeira responsabilidade.

— Ah, ótimo! E que tal?

Ella ficou parada, sem saber o que dizer. Não sabia nada sobre a obra, apenas que era um romance histórico baseado na vida do famoso poeta místico Rumi, que, segundo ficara sabendo, era considerado o "Shakespeare do mundo islâmico".

— Ah, é bem... *místico* — respondeu com uma risadinha, tentando disfarçar com uma brincadeira.

Mas Michelle estava falando sério.

— Certo — disse, sem rodeios. — Olhe, Ella, acho que você precisa começar a ler isso logo. Talvez seja necessário mais tempo do que você pensa para fazer um relatório sobre um romance como este...

Michelle parou de falar, e Ella ouviu um murmúrio distante. Imaginou-a fazendo várias coisas ao mesmo tempo — checando e-mails, lendo uma resenha de um de seus autores, dando uma mordida no sanduíche de pasta de atum e pintando as unhas —, tudo enquanto falava ao telefone.

— Oi? Você está me ouvindo? — perguntou Michelle um minuto depois.

— Estou, claro.

— Ótimo. Então ouça, aqui está uma loucura. Preciso desligar. Mas não esqueça que o prazo é de três semanas.

A verdade era que Ella não tinha certeza se queria mesmo fazer a avaliação daquela obra. No início, sentira-se animada e confiante. Era instigante ser a primeira pessoa a ler uma obra ainda não publicada, escrita por um autor desconhecido, e desempenhar um papel, por menor que fosse, no destino dele. Mas agora já não tinha certeza se conseguiria se concentrar em um assunto tão irrelevante para sua vida quanto o sufismo e uma época tão distante quanto o século XIII.

Michelle deve ter percebido sua hesitação.

— Algum problema? — perguntou.

Como não houve resposta, ela insistiu:

— Ella, você pode confiar em mim.

Depois de um breve silêncio, Ella decidiu contar a verdade.

— Não, é que eu não tenho certeza se, atualmente, estou com cabeça para me concentrar em um romance histórico. Quer dizer, eu me interesso pelo Rumi e tudo o mais, mas, ainda assim, tenho pouca intimidade com o assunto. Talvez você pudesse me passar outro romance, alguma coisa com a qual eu me identifique mais, sabe?

— Meio enviesada essa sua abordagem — retrucou Michelle. — Você acha que trabalharia melhor com livros sobre os quais tem mais conhecimento? De jeito nenhum! Só porque mora aqui, não vai querer publicar romances que se passam apenas em Massachusetts, não é?

— Não foi isso que eu quis dizer... — disse Ella, dando-se conta, imediatamente, de que já usara a mesma frase várias vezes naquela noite.

Olhou para o marido, para ver se ele também notara isso, mas a expressão de David era indecifrável.

— Na maioria das vezes, lemos livros que não têm nada a ver com a nossa vida. Faz parte do trabalho. Esta semana eu terminei um livro escrito por uma iraniana que trabalhava num bordel em Teerã e teve que fugir do país. Você acha que eu devia ter dito a ela para mandar o livro para uma agência iraniana?

— Não, claro que não — murmurou Ella, sentindo-se tola e culpada.

— Conectar pessoas de diferentes terras e culturas é um dos pontos fortes da boa literatura, não é?

— É claro. Olhe, esqueça o que eu disse, está bem? Você terá o relatório na sua mesa antes do prazo — prometeu Ella, odiando Michelle por tratá-la como se fosse a pessoa mais idiota do mundo, e odiando a si mesma por ter deixado isso acontecer.

— Ótimo! É assim que se fala — incentivou Michelle, no tom de quem estava falando com uma criança. — Não me leve a mal, mas acho que você precisa ter em mente que há por aí dezenas de pessoas loucas para ter o seu emprego. E muitas delas têm metade da sua idade. Isso vai manter você motivada.

Quando Ella desligou, viu que David a estava observando com uma expressão solene e reservada. Parecia estar esperando para recomeçar a conversa de onde tinham parado. Mas ela não estava com a menor vontade de continuar a discutir o futuro da filha, se é que fora essa sua preocupação.

Mais tarde, naquele dia, Ella estava sentada sozinha na varanda, em sua cadeira de balanço preferida, observando o pôr do sol alaranjado de Northampton. O céu parecia tão próximo e aberto que ela achou que poderia tocá-lo. Sua cabeça se acalmara, como se cansada de todo o turbilhão que havia lá dentro. O pagamento da fatura do cartão de crédito, os maus hábitos alimentares de Orly, as péssimas notas de Avi, tia Esther e seus bolos deprimentes, a saúde decadente de Spirit, o cachorro, os planos de casamento de Jeannette, as escapulidas secretas do marido, a falta de amor em sua vida... Um a um, ela foi trancando os assuntos em pequenas caixas em sua mente.

Com esse estado de espírito, Ella tirou o original do envelope e o equilibrou na mão, como se sentisse o peso. O título do romance estava escrito na capa, em azul: *Doce blasfêmia*.

Não se sabia muita coisa sobre o autor — um certo A. Z. Zahara, que morava na Holanda. Os originais tinham sido enviados para a agência literária de Amsterdã, com um postal dentro do envelope. Na parte da frente do postal havia um campo de tulipas, com incríveis tons de rosa, amarelo e roxo, e, no verso, viera escrito, em uma caligrafia delicada:

Prezado(a) senhor(a),

Saudações de Amsterdã. A história que envio aos senhores se passa no século XIII, em Konya, na Ásia Menor. Mas acredito sinceramente que ela alcança diferentes países, culturas e séculos.

Espero que encontrem tempo para ler DOCE BLASFÊMIA, um romance histórico, místico, sobre o fabuloso laço entre Rumi, o maior e mais reverenciado líder espiritual da história do Islã, e Shams de Tabriz, um dervixe desconhecido e nada convencional, repleto de escândalos e surpresas.

Que o amor esteja sempre com vocês, e que sejam sempre rodeados por ele.

A. Z. Zahara

Ella imaginou que aquele cartão-postal havia despertado a curiosidade do agente literário. Mas Steve não era homem de ler obras de um escritor amador. Sendo assim, passara os originais para sua assistente, Michelle, que o repassara à nova funcionária *dela*. Foi assim que *Doce blasfêmia* acabara nas mãos de Ella.

Mal sabia ela que aquilo não seria apenas mais um livro, e sim *o* livro, que transformaria sua vida. Enquanto o estivesse lendo, sua vida seria reescrita.

Ella abriu na primeira página. Havia uma nota sobre o autor.

> *Quando não está viajando pelo mundo, A. Z. Zahara vive em Amsterdã com seus livros, gatos e tartarugas. Doce blasfêmia é seu primeiro romance, e provavelmente o último. Ele não tem qualquer intenção de se tornar escritor; só escreveu este livro por causa de sua admiração e seu amor pelo grande filósofo, místico e poeta Rumi, e seu adorado sol, Shams de Tabriz.*

Os olhos dela correram para a linha de baixo, e Ella encontrou algo que lhe soou estranhamente familiar:

> *Apesar do que se diz, o amor não é apenas um doce sentimento passageiro.*

Seu queixo caiu ao perceber a negação da frase que dissera para a filha na cozinha naquele mesmo dia. Por um instante, ficou imóvel, tremendo ao pensar que alguma misteriosa força do universo, ou mesmo o autor, fosse quem fosse, a estivesse espionando. Talvez ele tivesse escrito o livro sabendo, de antemão, que tipo de pessoa o leria primeiro. Esse escritor a tinha em mente, como leitora. Por alguma razão desconhecida, Ella achava essa hipótese tão perturbadora quanto empolgante.

> *De muitas maneiras, o século XXI e o século XIII são parecidos. Ambos serão lembrados pela história como tempos de embates religiosos sem precedentes, desentendimentos culturais e por uma sensação geral de insegurança e medo do Outro. Em tempos como esses, o amor é mais necessário do que nunca.*

Uma súbita lufada de vento soprou na direção dela, forte e fresca, remexendo as folhas na varanda. A beleza do pôr do sol se dirigira para o horizonte a oeste, e o ar parecia parado, sem alegria.

> *Porque o amor é a própria essência e o próprio sentido da vida. Como Rumi diz, ele toca a todos, incluindo aqueles que desprezam o amor — mesmo aqueles que usam a palavra "romântico" como um sinal de desaprovação.*

Ella estava tão perturbada quanto se tivesse lido: "O amor toca a todos, mesmo uma dona de casa de meia-idade em Northampton chamada Ella Rubinstein".

Seu instinto disse para pôr o manuscrito de lado, entrar em casa, ligar para Michelle e dizer a ela que não tinha a menor possibilidade de fazer um relatório sobre aquele livro. Mas, em vez disso, Ella respirou fundo, virou a página e começou a ler.

Doce blasfêmia

A. Z. ZAHARA

Os místicos sufis dizem que o segredo do Alcorão está no verso
    Al-Fatiha
E que o segredo de Al-Fatiha está em
    Bismillahirrahmanirrahim
E que a quintessência de Bismillah é a letra *ba*,
E que há um ponto abaixo dessa letra...
O ponto abaixo do B engloba o universo inteiro...

O *Masnavi* começa com B,
Assim como todos os capítulos deste romance...

Prefácio

Bombardeado por lutas religiosas, disputas políticas e intermináveis guerras por poder, o século XIII foi um período turbulento na Anatólia. No Ocidente, as Cruzadas, a caminho de Jerusalém, ocuparam e saquearam Constantinopla, provocando a divisão do Império Bizantino. No Oriente, os altamente disciplinados exércitos mongóis se expandiram depressa, sob a liderança do gênio militar de Gengis Khan. Em meio a tudo isso, inúmeros povos turcos lutavam entre si, enquanto os bizantinos tentavam reaver seu território perdido, assim como seu poder e sua riqueza. Foi uma época de caos sem precedentes, quando cristãos lutavam com cristãos, cristãos lutavam contra muçulmanos, e muçulmanos lutavam com muçulmanos. Para qualquer lugar que alguém se virasse, havia hostilidade, angústia e um medo enorme do que ainda poderia acontecer.

Em meio a esse caos viveu um ilustre estudioso islâmico, conhecido como Jalal ad-Din Rumi. Apelidado de Maulana — "Nosso Mestre" — por muitos, ele tinha milhares de discípulos e admiradores em toda a região e além, e era considerado um exemplo por todos os muçulmanos.

Em 1244, Rumi conheceu Shams — um dervixe itinerante, de hábitos pouco convencionais e declarações heréticas. Esse encontro mudou a vida de ambos. Ao mesmo tempo, marcou o começo de uma amizade sólida, única, que, nos séculos seguintes, os sufis passaram a comparar com a união de dois oceanos. Ao conhecer esse companheiro excepcional, Rumi se transformou, passando de clérigo comum a místico devoto, um poeta apaixonado, um pregador do amor, originando a dança dos dervixes rodopiantes e ousando romper com todas as regras. Em uma era tão repleta de fanatismos e disputas, ele se destacou por sua espiritualidade universal, abrindo caminho para pessoas com todo tipo de passado. Em vez de um jihad orientado para fora — definido como "a guerra contra os infiéis" e, naquela época, assim como hoje em dia, exercido por muitos, Rumi preconizava um jihad interior, cujo objetivo era lutar contra, e por fim vencer, o próprio ego, *nafs*.

No entanto, nem todos receberam bem essas ideias, assim como nem todas as pessoas abrem seus corações para o amor. O forte laço espiritual entre Shams e Rumi se tornou alvo de boatos, calúnias e ataques. Eles foram incompreendidos, invejados, vilanizados e, por fim, traídos por aqueles que lhes eram mais próximos. Três anos depois de se conhecerem, foram tragicamente separados.

Mas a história não acabou aí.

Na verdade, não acabou nunca. Quase oitocentos anos depois, os espíritos de Shams e Rumi ainda hoje estão vivos, vagando no meio de nós, em algum lugar...

O assassino

ALEXANDRIA, NOVEMBRO DE 1252

Baixado às águas escuras de um poço, ele está morto. Porém, seus olhos me seguem por onde ando, brilhantes e imponentes, como duas estrelas escuras, ameaçadoras, lá em cima no céu. Eu vim para Alexandria esperando que, se viajasse para bem longe, pudesse escapar dessa lembrança lancinante, e do lamento que ecoa dentro da minha mente, aquele último grito que ele deu antes que seu rosto se encharcasse de sangue, seus olhos se arregalassem e a garganta se fechasse em um soluço eterno, o adeus de um homem esfaqueado. O uivo de um lobo caído em uma armadilha.

Quando se mata alguém, alguma coisa dessa pessoa passa para você — um suspiro, um cheiro, um gesto. Eu chamo isso de "maldição da vítima". Ela se gruda ao seu corpo e se imiscui por sua pele, indo até o coração, e, assim, continua a viver com você. As pessoas que me veem na rua não conseguem enxergar isso, mas eu carrego comigo traços de todos os homens que matei. Uso-os em volta do meu pescoço como colares invisíveis, sentindo sua presença contra minha pele, pesada, sufocante. Embora seja algo desconfortável, eu me acostumei a carregar esse fardo, aceitando-o como parte do meu trabalho. Desde que Caim matou Abel, em todo assassino respira aquele que foi executado, sei disso muito bem. Não me perturba. Não mais. Então, por que será que fiquei tão perturbado depois daquele último acontecimento?

Dessa vez, foi tudo diferente, desde o início. Por exemplo, a maneira como fui contratado para o trabalho. Ou, eu deveria dizer, a maneira como o trabalho veio até mim. No início da primavera de 1248, estava trabalhando para a dona de um bordel em Konya, uma hermafrodita famosa por sua fúria e braveza. Minha tarefa era ajudá-la a controlar as prostitutas e intimidar os clientes que não se comportassem bem.

Lembro-me perfeitamente daquele dia. Eu estava caçando uma prostituta que tinha fugido do bordel para encontrar-se com Deus. Era uma bela jovem, de um tipo que me partia o coração, porque, quando a achasse, eu ia desfigurar seu rosto de um jeito que homem algum ia querer saber dela. Eu estava a ponto de agarrar a imbecil da mulher, quando encontrei um misterioso bilhete pregado na minha porta. Eu nunca aprendi a ler, por isso, levei o bilhete até a madraça, onde paguei a um estudante para que lesse para mim.

Era uma carta anônima, assinada por "alguns fiéis verdadeiros".

"Ficamos sabendo, de fonte segura, quem você é e de onde veio", dizia a carta. "Um ex-membro da ordem dos Assassinos! Sabemos também que depois do assassinato de Haçane Saba e a prisão de seus líderes, a ordem já não é a mesma. Você veio a Konya para escapar da perseguição, e desde então está agindo disfarçado."

A carta dizia que meus serviços eram necessários para um assunto de extrema importância. Garantia que o pagamento seria satisfatório. Fiquei interessado. Eu deveria me apresentar em uma taberna bem conhecida naquela noite, assim que escurecesse. Ao chegar lá, deveria me sentar à mesa mais próxima da janela, com as costas para a porta, a cabeça baixa, e os olhos fixos no chão. A pessoa ou as pessoas interessadas em me contratar logo se aproximariam. Elas me dariam todas as informações de que eu precisava. Nem quando elas chegassem ou saíssem, nem durante todo o tempo que durasse a conversa, eu deveria erguer a cabeça e olhar seus rostos.

Era uma carta estranha. Mas, como sempre, eu estava acostumado a lidar com as peculiaridades dos clientes. Ao longo dos anos, tinha sido contratado por todo tipo de gente, e a maioria queria manter o nome em segredo. A experiência me ensinara que, na maior parte das vezes, quanto mais os clientes quisessem manter o anonimato, maior seria sua proximidade da vítima, mas eu não tinha nada a ver com isso. Meu ofício era matar, não ficar buscando motivos por trás da contratação. Desde que saí de Alamut, havia alguns anos, essa vinha sendo a vida que eu escolhera.

De qualquer maneira, eu raramente faço perguntas. Por que faria? A maior parte dos seres humanos conhece ao menos uma pessoa da qual gostaria de se livrar. O fato de não o fazerem não significa, necessariamente, que sejam imunes à vontade de matar. Na verdade, todos temos dentro de nós a capacidade de matar, um dia. As pessoas não percebem isso até que aconteça com elas. Acham-se incapazes de cometer um assassinato. Mas é apenas uma questão de coincidência. Às vezes, um simples gesto é capaz de lhes acender o pavio. Um mal-entendido proposital, um desentendimento por uma bobagem, ou simplesmente o fato de estar no lugar errado, na hora errada, pode fazer surgir uma força destrutiva em pessoas que se consideram boas, decentes. Qualquer um pode ser um matador. Mas nem todos são capazes de matar um estranho a sangue-frio. É aí que eu entro na história.

Eu fiz o trabalho sujo de outros. Até Deus reconheceu a necessidade de alguém como eu quando, em Seu esquema sagrado, apontou Azrael, o Arcanjo da Morte, para matar as pessoas. Assim, os seres humanos temeram, amaldiçoaram e odiaram o anjo, enquanto as mãos Dele continuavam limpas, e Seu nome, intocado. Não foi justo com o anjo. Mas, de novo, este mundo não é exatamente conhecido pela justiça, não é mesmo?

Quando anoiteceu, fui até a taberna. A mesa perto da janela estava ocupada por um sujeito com uma cicatriz no rosto, que parecia estar no mais profundo sono. Pensei em acordá-lo e mandar que se sentasse em outro lugar, mas nunca sabemos como um bêbado vai reagir, e eu precisava ser cauteloso para não chamar atenção. Por isso, sentei-me à mesa seguinte, de frente para a janela.

Dentro de pouco tempo, chegaram dois homens. Sentaram-se um de cada lado da mesa, de forma que eu não podia ver seus rostos. Mas eu não precisava olhá-los para notar o quão jovens eram, e como estavam despreparados para o passo que pretendiam dar.

— Você foi muito recomendado — contou um deles, em um tom não exatamente cauteloso, mas apreensivo. — Disseram-nos que você é o melhor.

Foi engraçada a maneira como disseram isso, mas eu segurei o riso. Notei que estavam com medo de mim, o que era uma coisa boa. Se tivessem bastante medo, não ousariam me dar algum golpe.

Então, falei:

— Sim, eu sou o melhor. É por isso que me chamam de Cabeça de Chacal. Nunca desapontei meus clientes, por mais difícil que fosse a missão.

— Ótimo — falou ele, dando um suspiro. — Porque essa missão talvez não seja nada fácil.

Então, quem falou foi o outro:

— Veja, há um homem que fez muitos inimigos. Desde que chegou à cidade, só criou problema. Já o advertimos várias vezes, mas ele não nos dá atenção. Apenas fica cada vez mais combativo. Não nos resta outra opção.

A mesma história de sempre. Toda vez os clientes tentavam se explicar antes de fecharmos o negócio, como se minha aprovação pudesse, de algum jeito, minimizar a gravidade do que iam fazer.

— Entendo o que quer dizer. Mas, me digam, quem é a pessoa? — perguntei.

Eles pareceram relutantes em me dar um nome, oferecendo, em vez disso, descrições vagas.

— Ele é um herege, que não tem qualquer ligação com o Islã. Um homem sem lei, que é só sacrilégio e blasfêmia. Um dervixe rebelde.

Assim que ouvi a palavra "dervixe", senti um arrepio nos braços. Os pensamentos se sucediam na minha cabeça. Eu já tinha matado todo tipo de pessoa, jovens e velhos, homens e mulheres, mas um dervixe, um homem de fé, nunca. Tinha lá minhas superstições, e não queria lançar o ódio divino sobre mim porque, apesar de tudo, ainda acreditava em Deus.

— Lamento, mas vou ter que recusar. Não quero matar um dervixe. Procurem outro.

Isso dito, levantei-me para ir embora. Mas um dos homens me agarrou pela mão e suplicou:

— Espere, por favor. O pagamento será proporcional a seu esforço. Seja qual for o seu preço, estamos dispostos a dobrá-lo.

— Que tal triplicar? — perguntei, certo de que eles não poderiam levantar quantia tão alta.

Mas, para minha surpresa, depois de uma breve hesitação, eles concordaram. Tornei a me sentar na cadeira, ansioso. Com aquele dinheiro, eu poderia finalmente comprar uma noiva, me casar e parar de andar a esmo pela vida. Por um preço daqueles, valia a pena matar qualquer um, dervixe ou não dervixe.

Como eu poderia saber que, naquele instante, estava cometendo o maior erro da minha vida, e que passaria o resto dos dias me arrependendo dele? Como poderia saber que seria tão difícil matar o dervixe, e que, até muito depois da morte, seu olhar afiado continuaria me perseguindo por toda parte?

Quatro anos se passaram desde que eu o esfaqueei naquele pátio e joguei o corpo em um poço, esperando ouvir o barulho da água, que nunca veio. Nenhum som. Foi como se ele, em vez de despencar na água, tivesse caído em direção ao céu. Continuo tendo pesadelos sempre que durmo, e quando olho por mais do que alguns segundos para a água, qualquer tipo de água, um horror gelado toma conta do meu corpo inteiro, me fazendo vomitar.

PARTE UM

TERRA

AS COISAS QUE SÃO SÓLIDAS,
ABSORTAS E IMÓVEIS

Shams

UMA ESTALAGEM NOS ARREDORES DE SAMARCANDA, MARÇO DE 1242

Bruxuleavam diante dos meus olhos as velas de cera de abelha sobre a mesa de madeira. A visão que se apoderara de mim naquela noite era muito lúcida.

Havia uma casa grande, com um pátio cheio de rosas amarelas florescendo e, no meio do pátio, um poço com a água mais fresca do mundo. Era uma noite serena de fim de outono, e a lua cheia brilhava no céu. Ao fundo, animais noturnos piavam e uivavam. Logo, um homem de meia-idade, com um rosto bondoso e olhos castanhos profundos, saiu de dentro da casa, à minha procura. Sua expressão era de contrariedade, e os olhos denotavam grande tristeza.

— Shams, Shams, onde está você? — gritou, em todas as direções.

O vento soprava forte, e a lua se escondeu atrás de uma nuvem, como se não quisesse testemunhar o que estava para acontecer. As corujas pararam de piar, os morcegos sustaram suas asas e até mesmo o fogo da lareira dentro da casa deixou de crepitar. Um silêncio absoluto se abateu sobre o mundo.

O homem se aproximou do poço devagar, inclinou-se e olhou lá para baixo.

— Shams, meu querido — sussurrou. — Você está aí?

Abri a boca para responder, mas nenhum som saiu dos meus lábios.

O homem se inclinou mais e tornou a olhar para dentro do poço. No início, não conseguiu ver nada, a não ser a escuridão da água. Mas então, lá no fundo do poço, enxergou minha mão flutuando sobre a superfície inquieta da água, como um barquinho frágil depois de uma forte tempestade. Em seguida, reconheceu um par de olhos — duas pedras pretas cintilantes, olhando para a lua cheia lá em cima, que se desvencilhava das nuvens pesadas e escuras. Meus olhos estavam fixos na lua, como se buscassem no céu uma explicação para o meu assassinato.

O homem caiu de joelhos, chorando e batendo no peito.

— Eles o mataram! Mataram meu Shams! — gritou.

Foi então que uma sombra se esgueirou de trás de um arbusto e, com um gesto rápido, furtivo, pulou por cima do muro do jardim, como um gato selvagem. Mas o homem não viu o assassino. Tomado pela dor mais esmagadora, ele gritou e gritou, até que sua voz quebrou como vidro, espalhando-se pela noite em mínimos e pontiagudos estilhaços.

— Ei, você! Pare de gritar como um louco!

— ...

— Pare com essa barulheira ou vou botar você para fora daqui!

— ...

— Já falei para parar! Está me ouvindo? Cale a boca!

Era uma voz de homem que dizia aquelas palavras, chegando ameaçadoramente perto. Eu fingia não ouvir, preferindo continuar dentro de minha visão pelo menos por mais um instante. Queria saber mais sobre minha morte. Queria também enxergar o homem dos olhos tristes. Quem era ele? Que relação tinha comigo, e por que procurava por mim com tamanho desespero numa noite de outono?

Mas antes que eu pudesse espiar um pouco mais da visão, alguém me agarrou pelo braço e me sacudiu com tanta força que senti os dentes martelarem na boca. Ele me jogou de volta a este mundo.

Devagar, com relutância, abri os olhos e vi uma pessoa de pé, ao meu lado. Era um homem alto e corpulento, com uma barba grisalha e um bigode vasto, de pontas curvas. Reconheci-o: era o estalajadeiro. De forma quase instantânea, notei duas coisas nele. Era um homem acostumado a intimidar as pessoas com sua fala hostil e sua violência brutal. Além disso, naquele instante, estava furioso.

— O que você quer? — perguntei. — Por que está puxando meu braço?

— O que eu quero? — rosnou o estalajadeiro, com desprezo. — Para começar, quero que você pare de gritar, é isso que eu quero. Você está assustando meus clientes.

— É mesmo? Eu estava gritando? — murmurei, assim que consegui me desvencilhar da mão que me agarrava.

— Ora, se estava! Urrava como um urso com um espinho enfiado na pata. O que houve com você? Cochilou no meio do jantar? Deve ter tido um pesadelo, sei lá.

Eu sabia que aquela era a única explicação plausível, e que se eu a usasse o estalajadeiro ficaria satisfeito e me deixaria em paz. Ainda assim, eu não queria mentir.

— Não, meu irmão, eu não dormi, nem tive um pesadelo — falei. — Para dizer a verdade, eu nunca sonho.

— E como é que você explica aquela gritaria toda? — perguntou o homem.

— Eu tive uma visão. É diferente.

Ele me lançou um olhar confuso e sugou as pontas do bigode durante algum tempo. Por fim, falou:

— Vocês, dervixes, são doidos como ratos em uma despensa. Especialmente os itinerantes. Passam o dia inteiro jejuando, rezando e andando debaixo do maior sol. Não admira que comecem a ter alucinações... seu cérebro está frito!

Eu sorri. Talvez ele tivesse razão. Dizem que há uma linha tênue entre se perder em Deus e perder a cabeça.

Dois serviçais apareceram nessa hora, carregando juntos uma bandeja enorme, cheia de pratos: cabrito recém-grelhado, peixe salgado frito, carneiro apimentado, bolos de aveia, ervilhas com bolas de carne e sopa de lentilha com gordura de cauda de carneiro. Caminharam pela sala distribuindo os pratos, deixando o ar repleto do aroma de cebola, alho e especiarias. Quando pararam na extremidade da minha mesa, peguei para mim uma tigela de sopa quente e um pouco de pão preto.

— Você tem dinheiro para pagar por isso? — perguntou o estalajadeiro, com uma pontinha de condescendência.

— Não, não tenho — respondi. — Mas deixe-me oferecer algo em troca. Por sua hospedagem e comida, eu poderia interpretar seus sonhos.

Ele respondeu à oferta com um som de desprezo, as duas mãos na cintura.

— Você acabou de dizer que nunca sonha.

— É verdade. Eu sou um intérprete de sonhos que não tem sonhos.

— Eu devia jogar você na rua. É como eu disse, vocês, dervixes, são uns malucos! — exclamou o estalajadeiro, cuspindo as palavras. — Vou lhe dar um conselho: não sei quantos anos você tem, mas tenho certeza de que já rezou o suficiente para este mundo e o outro. Encontre uma boa mulher e sossegue. Tenha filhos. Isso vai ajudar você a manter os pés no chão. Qual é o sentido de ficar andando por aí pelo mundo, quando só o que se vê é desgraça por toda parte? Confie em mim. Não tem nada de novo lá fora. Tenho clientes que vêm das regiões mais longínquas do mundo. Depois de alguns tragos, ouço de todos eles a mesma história. Os homens são iguais em todos os lugares. A mesma comida, a mesma água, a mesma porcaria de sempre.

— Não estou buscando nada diferente. Estou à procura de Deus — falei. — Minha busca é uma busca por Deus.

— Então, está procurando no lugar errado — retrucou ele, mais irritado. — Deus abandonou este lugar! E não sabemos quando é que vai voltar.

Meu coração bateu contra o peito quando ouvi essas palavras.

— Quando alguém critica Deus, está criticando a si mesmo — falei.

Um sorrisinho enviesado surgiu no canto da boca do homem. Em seu rosto, vi amargura e indignação, e alguma coisa mais, que me pareceu um sofrimento infantil.

— Deus não diz "estou mais perto de você do que sua veia jugular"? — perguntei. — Deus não vive lá em cima no céu. Está dentro de cada um de nós. É por isso que Ele jamais nos abandona. Como poderia abandonar a Si mesmo?

— Abandona, sim — retrucou o estalajadeiro, com olhos frios e desafiadores. — Se Deus está aqui e não mexe um dedo quando a gente sofre à beça, o que isso diz a respeito Dele?

— É a primeira regra, meu irmão — falei. — *Como enxergamos Deus é um reflexo de como vemos a nós mesmos. Se Deus lhe traz principalmente medo e culpa, significa que há culpa e medo demais dentro de você. Se vemos Deus como cheio de amor e compaixão, é isso que somos.*

O estalajadeiro imediatamente refutou, mas percebi que se surpreendera com minhas palavras.

— E que diferença faz entre isso e dizer que Deus é um produto da nossa imaginação? Eu não entendo.

Mas minha resposta foi interrompida por uma discussão que eclodiu nos fundos da sala de refeições. Quando nos viramos naquela direção, vimos dois homens rudes, gritando coisas de bêbados. Sem a menor cerimônia, debochavam dos outros fregueses, tiravam comida das tigelas deles, bebiam dos copos alheios, e, no caso de alguém protestar, faziam pouco da pessoa, como se fossem dois meninos travessos de uma *maktab*.

— Alguém precisa tomar conta desses dois bagunceiros, não acha? — sibilou o estalajadeiro, entre dentes. — Veja o que vou fazer.

Num segundo, ele foi até a extremidade do salão, puxou um dos dois bagunceiros da cadeira e deu-lhe um soco na cara. O homem não devia estar esperando por isso, porque desabou no chão como um saco vazio. Um suspiro quase inaudível escapou de sua boca, mas, fora isso, ele não emitiu nenhum som.

O outro homem se provou mais forte, e reagiu com toda força, mas não demorou muito para que o estalajadeiro o derrubasse também. Deu-lhe um chute nas costelas e depois pisou em sua mão, esmagando-a com sua bota pesada. Ouvimos o estalo do dedo, ou mais coisas, se quebrando.

— Pare! — gritei. — Você vai matá-lo. É isso que quer fazer?

Como sufi, tinha prometido proteger a vida humana e não fazer qualquer mal. Neste mundo de ilusões, são tantas pessoas prontas a lutar sem razão, e outras tantas a lutar por uma razão específica. Mas o sufi não pode lutar, nem mesmo tendo a razão do seu lado. Não havia maneira de eu recorrer à violência. Mas podia me atirar como uma coberta macia entre o estalajadeiro e o freguês, para mantê-los afastados um do outro.

— Não se meta, dervixe, ou também vou encher você de pancada! — gritou o estalajadeiro, mas nós dois sabíamos que ele não faria isso.

Um minuto depois, quando os serviçais ergueram os dois fregueses do chão, um deles quebrara o dedo e o outro, o nariz, e havia sangue por todo lado. Um silêncio apreensivo tomou o refeitório. Orgulhoso do medo que inspirava, o estalajadeiro me olhou de soslaio. Ao voltar a falar, parecia estar se dirigindo a todos ao redor, com a voz forte e hostil, como um pássaro predador se gabando em céu aberto.

— Olhe, dervixe, nem sempre foi assim. A violência não era meu fundamento, mas agora é. Quando Deus esquece de nós aqui embaixo, cabe à gente, pessoas comuns, endurecer e restabelecer a justiça. Por isso, da próxima vez que você falar com Ele, pode Lhe dizer isso. Que Ele saiba que, se abandonar Seu rebanho, este não vai se acovardar e ficar esperando ser morto. Os cordeiros vão virar lobos.

Encolhi os ombros, enquanto me dirigia à porta.

— Você está errado.

— Estou errado em dizer que já fui um carneiro e me transformei em lobo?

— Não. Nisso, você está certo. Estou vendo que se tornou mesmo um lobo. Mas está errado ao dizer que isso que está fazendo é "justiça".

— Espere aí. Ainda não acabei de falar! — gritou ele pelas minhas costas. — Você está me devendo. Em troca de cama e comida, ia interpretar meus sonhos.

— Vou fazer coisa melhor — sugeri. — Vou ler sua mão.

Dei meia-volta e caminhei na direção dele, encarando seus olhos incandescentes. De forma instintiva, desconfiada, ele recuou. Ainda assim, quando peguei sua mão direita e virei a palma para cima, ele não se esquivou. Observei as linhas e vi que eram profundas, rachadas, com caminhos incertos. Aos poucos, as cores de sua aura foram aparecendo para mim: um marrom de ferrugem e um azul tão pálido que mais parecia cinza. Sua energia espiritual fora sugada e se estreitara nas margens, como se já não tivesse mais forças para se defender do mundo exterior. Lá no fundo, aquele homem tinha tanta vida quanto uma planta murcha. Para compensar a perda da energia espiritual, ele dobrara a força física, que usava em excesso.

Meu coração acelerou, porque eu estava começando a ver alguma coisa. No princípio sem nitidez, como se através de um véu, mas logo, com uma claridade crescente, uma cena surgiu diante dos meus olhos.

Uma jovem com cabelos castanhos, de pés descalços e com tatuagens pretas, portando um xale bordado em torno dos ombros.

— Você perdeu uma pessoa querida — falei, tomando sua mão esquerda.

Seus seios estão inchados de leite e a barriga está tão grande que parece que vai se partir em duas. Está acuada, dentro de uma tenda em chamas. Há guerreiros em torno da casa, montados em cavalos com selas de bordas prateadas. Um cheiro forte de palha e carne humana queimando. Soldados mongóis, com narizes chatos e largos, pescoços grossos e atarracados, e corações duros como pedra. O poderoso exército de Gengis Khan.

— Você perdeu duas pessoas queridas — corrigi. — Sua mulher grávida do seu primeiro filho.

Com as sobrancelhas baixas, os olhos fixos nas botas de couro e os lábios apertados, o rosto do estalajadeiro se crispou em um mapa impossível de ler. De repente, ele pareceu muito mais velho.

— Sei que não será consolo para você, mas há algo que precisa saber — falei. — Não foi o fogo ou a fumaça que a matou. Foi uma estaca de madeira que caiu sobre a cabeça dela. Sua morte foi instantânea, sem dor. Você sempre achou que ela sofrera horrivelmente, mas a verdade é que não sofreu nada.

O estalajadeiro franziu ainda mais a testa, sob um peso que só ele mesmo podia compreender. Foi com voz áspera que ele perguntou:

— Como é que você sabe tudo isso?

Ignorei a pergunta.

— Você tem se culpado por não ter dado a ela um enterro digno. Ainda a vê em sonhos, rastejando para fora da vala em que foi enterrada. Mas sua mente o engana. Na verdade, sua mulher e seu filho estão muito bem, viajando pelo infinito, livres como raios de luz. — E acrescentei, medindo cada palavra: — Você pode se tornar outra vez um carneiro, porque Ele ainda vive dentro de você.

Ao ouvir isso, o estalajadeiro puxou a mão, como se tivesse tocado uma panela fervendo.

— Não gosto de você, dervixe — falou. — Vou deixar você ficar aqui por esta noite. Mas certifique-se de ir embora amanhã bem cedo. Não quero voltar a ver sua cara.

É sempre assim. Quando você fala a verdade, eles o odeiam. Quanto mais você fala de amor, mais eles o odeiam.

Ella

NORTHAMPTON, 18 DE MAIO DE 2008

Bem derrotada pela discussão com David e Jeannette, Ella estava tão esgotada que precisou parar de ler *Doce blasfêmia* por um tempo. Sentia como se a tampa de um caldeirão fervente tivesse sido levantada, trazendo em seus vapores velhos conflitos e novos ressentimentos. Infelizmente, fora ela própria que erguera a tampa. E tinha feito isso ao ligar para Scott e pedir que ele não se casasse com a filha.

Mais tarde em sua vida, Ella se arrependeria muito do que dissera naquele telefonema. Mas, naquele dia de maio, estava tão confiante em si mesma e no terreno que pisava que de forma alguma podia imaginar que a intrusão provocaria algum efeito negativo.

— Olá, Scott. Aqui é a mãe de Jeannette, Ella — disse, tentando soar jovial, como se ligar para o namorado da filha fosse a coisa mais normal do mundo. — Tem um minutinho para conversarmos?

— Sim, sra. Rubinstein. P-posso ajudar em alguma coisa? — gaguejou Scott, surpreso, mas falando com civilidade.

E, em um tom não menos civilizado, Ella dissera que, embora nada tivesse contra ele pessoalmente, achava-o jovem e inexperiente demais para se casar com sua filha. Por mais que ele ficasse incomodado com esse telefonema, acrescentou, num futuro não muito distante ele iria compreender, e até mesmo agradecer a ela por isso. Até lá, sugeria que, delicadamente, Scott deixasse de lado a ideia do casamento e não comentasse sobre o telefonema.

Houve um silêncio denso, pesado.

— Sra. Rubinstein, creio que a senhora não está entendendo — retrucou Scott, quando conseguiu falar. — Jeannette e eu nos amamos.

Aquilo de novo! Como as pessoas podiam ser tão ingênuas a ponto de achar que o amor abriria todas as portas? Eles encaravam o amor como se fosse uma varinha de condão, capaz de consertar tudo a um único toque.

Mas Ella não falou nada disso. Ao contrário.

— Eu entendo como vocês se sentem, pode acreditar. Mas vocês são jovens demais, e a vida é longa. Quem sabe? Amanhã você pode se apaixonar por outra pessoa.

— Sra. Rubinstein, não quero ser rude, mas a senhora acredita que a mesma regra vale para todo mundo, incluindo a si própria? Quem sabe? Amanhã a senhora também poderia se apaixonar por outra pessoa.

Ella deu uma risada alta, mais alta e mais longa do que fora sua intenção.

— Sou uma mulher casada. Fiz uma escolha na vida. E o mesmo se deu com meu marido. E é este exatamente o meu argumento. O casamento é uma decisão muito séria, que precisa ser tomada com extremo cuidado.

— A senhora está me dizendo para não me casar com sua filha, que eu amo, porque eu poderia vir a me apaixonar por uma pessoa qualquer, em um futuro hipotético? — perguntou Scott.

Daí em diante, a conversa piorou, transbordando aflição e aborrecimento. Quando eles finalmente desligaram, Ella se dirigiu até a cozinha e fez o que sempre fazia em momentos de inquietação: foi cozinhar.

Meia hora depois, Ella recebeu uma ligação do marido.

— Não acredito que você ligou para Scott e pediu que ele não se casasse com a nossa filha. Diga para mim que não fez isso.

Ella se engasgou.

— Uau! A novidade se espalhou depressa! Eu vou explicar, meu bem.

Mas David a interrompeu, tenso.

— Não há nada para explicar. O que você fez foi muito errado. Scott contou para Jeannette, e agora ela está extremamente magoada. Vai ficar na casa de amigos por uns dias. Não está querendo nem olhar para você por enquanto. — Ele fez uma breve pausa, antes de acrescentar: — E eu não a culpo por isso.

Naquela tarde, Jeannette não foi a única a não voltar para casa. David mandou para Ella uma mensagem dizendo que surgira uma emergência. Não houve explicação sobre a natureza do acontecido.

Era incomum ele fazer isso, e muito contrário ao espírito do casamento deles. Pelo que Ella sabia, ele podia flertar com uma mulher atrás da outra, podia até mesmo transar com elas ou gastar dinheiro com elas, mas todas as noites aparecia em casa e se sentava à mesa de jantar. Por pior que fosse o distanciamento entre eles, ela sempre cozinhava e ele sempre comia, feliz e contente, qualquer que fosse a comida no prato. Ao final de cada jantar, David nunca deixava de agradecer a Ella — um agradecimento sincero, que a esposa sempre encarava como um pedido de desculpas pelas infidelidades do marido. Ela o perdoava. Sempre.

Era a primeira vez que David agia com tanto descaramento, e Ella se culpou pela mudança. Mas Ella Rubinstein entendia muito bem de culpa.

Quando Ella se sentou à mesa com os gêmeos, a culpa deu lugar à melancolia. Ela resistiu às súplicas de Avi para pedir uma pizza, e à tentativa de Orly de não comer nada, e os obrigou a jantar arroz-selvagem com ervilhas e rosbife com molho de mostarda. Embora na aparência continuasse sendo a mesma mãe preocupada e atenta, sentiu subir à boca um desespero, um gosto amargo de bile.

Quando o jantar terminou, sentou-se sozinha na cozinha, sentindo que a solidão que a cercava era pesada e inquietante. De repente, a comida que cozinhara, o resultado de horas de trabalho, pareceu-lhe não apenas entediante e idiota, mas altamente substituível. Teve pena de si mesma. Era lamentável que, com quase quarenta anos, não tivesse conseguido fazer mais da vida. Tinha tanto amor para dar, e ninguém que o quisesse.

Pensou em *Doce blasfêmia*. Estava intrigada com o personagem Shams de Tabriz.

Seria bom ter alguém assim por perto, pensou, brincando. *Com um sujeito assim, nenhum dia seria chato!*

E, por algum motivo, a imagem que lhe surgiu foi a de um homem alto, misterioso, usando calças de couro, jaqueta de motociclista, cabelo castanho-escuro caindo até o ombro, montado em uma reluzente Harley-Davidson vermelha, cheia de penduricalhos coloridos no guidom. Ela sorriu ante a imagem. Um sufi motociclista, sexy, bonitão, dirigindo a toda em uma estrada deserta! Não seria ótimo pedir carona a um tipo assim?

Ella então se perguntou o que Shams veria se lesse sua mão. Será que ele lhe explicaria por que sua mente de vez em quando era tomada por pensamentos sombrios? Ou por que ela se sentia tão sozinha, embora tivesse uma família grande e amorosa? E quanto às cores da sua aura? Seriam fortes e brilhantes? Alguma coisa forte e brilhante havia acontecido em sua vida ultimamente? Ou algum dia?

E foi ali, sentada à mesa da cozinha, com apenas uma luz tênue emanando do forno, que Ella se deu conta de que, apesar das presunçosas palavras com que o negava, e de sua habilidade em manter a cabeça erguida, lá no fundo, ela ansiava por amor.

Shams

UMA ESTALAGEM NOS ARREDORES DE SAMARCANDA, MARÇO DE 1242

Baldados pela solidão, mais de uma dúzia de viajantes dormiam cansados no andar de cima da estalagem, perdidos em seus diferentes sonhos. Passei por cima de mãos e de pés descalços para alcançar minha esteira vazia, que cheirava a suor e mofo. Fiquei ali deitado no escuro, pensando nos acontecimentos do dia e refletindo sobre os sinais divinos que pudesse ter testemunhado, mas que, com minha pressa e ignorância, talvez tivesse deixado de apreciar.

Desde que era menino, eu tinha visões e ouvia vozes. Sempre falei com Deus, e Ele sempre respondeu. Às vezes, ascendia até o sétimo céu, leve como um sussurro. Depois, descia aos mais fundos poços da terra, tocado pelos cheiros do solo, escondido como uma pedra enterrada sob enormes carvalhos e castanheiros. De tempos em tempos, perdia o apetite e ficava dias e dias sem me alimentar. Nada disso me assustava, embora eu com o tempo tenha entendido que não devia contar nada disso a ninguém. Os seres humanos tendem a menosprezar aquilo que não compreendem. Isso eu aprendera depressa.

A primeira pessoa a não interpretar muito bem minhas visões foi meu pai. Eu devia ter dez anos quando comecei a ver meu anjo da guarda todos os dias, e fui ingênuo o bastante de achar que isso acontecia com todo mundo. Um dia, quando meu pai estava me ensinando a fabricar um baú de cedro, para que eu me tornasse um carpinteiro como ele, contei-lhe sobre meu anjo da guarda.

— Você tem uma imaginação fértil, filho — disse meu pai, secamente. — E é melhor guardá-la para si. Não queremos problema com o pessoal da aldeia.

Alguns dias antes, os vizinhos tinham reclamado de mim para meus pais, acusando-me de me comportar de forma estranha e de assustar as crianças.

— Não entendo esse seu jeito, meu filho. Por que não aceita o fato de que não é mais extraordinário do que seus pais? — perguntou ele. — Toda criança sai ao pai e à mãe. Você também.

Foi quando compreendi que, embora amasse meus pais e precisasse do afeto deles, ambos eram estranhos para mim.

— Pai, eu vim de um ovo diferente do das outras crianças. Pense em mim como um pato criado entre galinhas. Não sou uma ave doméstica, destinada a passar a vida num galinheiro. A água, que a vocês dá medo, me rejuvenesce. Porque, ao contrário de vocês, eu sei nadar, e nadar eu irei. O oceano é meu lar. Se você está comigo, venha para o oceano. Caso contrário, pare de interferir na minha vida e volte para o galinheiro.

Meu pai arregalou os olhos, que depois se apertaram e se tornaram distantes.

— Se é assim que você fala com seu pai agora — disse, com gravidade —, eu me pergunto como se dirigirá a seus inimigos quando crescer.

Para grande mortificação dos meus pais, as visões não desapareceram à medida que me tornei mais velho. Na verdade, tornaram-se mais intensas e envolventes. Eu sabia que deixava meus pais nervosos, e me sentia culpado por vexá-los dessa maneira, mas o fato é que não sabia como acabar com as visões e, mesmo que soubesse, não creio que o faria. Não demorou muito para que eu fosse embora de casa, para sempre. Desde então, Tabriz se tornou uma palavra doce, macia, tão bela e delicada que derrete na boca. Três aromas acompanham as lembranças desse lugar: madeira cortada, pão de semente de papoula e o cheiro suave e cortante da neve.

Tenho sido desde então um dervixe itinerante, que não dorme mais de uma noite em um lugar, não come duas vezes seguidas da mesma tigela, e vê, todos os dias, rostos diferentes à sua volta. Quando estou com fome, ganho algumas moedas interpretando sonhos. É assim que ando para leste e oeste, buscando por Deus acima e abaixo. Procuro, por toda parte, uma vida que valha a pena ser vivida, e um conhecimento digno de ser aprendido. Não tendo raízes em lugar algum, posso ir a toda parte.

Durante minhas viagens, já tomei os mais diversos tipos de estradas, das rotas de comércio popular aos caminhos esquecidos nos quais não se encontra ninguém por dias e dias. Das costas do mar Negro às cidades da Pérsia, das vastas estepes da Ásia Central às dunas de areia da Arábia, já percorri florestas densas, planícies relvadas e desertos; pernoitei em caravançarás e abrigos; conversei com velhos homens das letras nas mais antigas bibliotecas; ouvi tutores ensinando às crianças pequenas em *maktabs*; discuti *tafsir* e lógica com estudantes nas madraças; visitei templos, monastérios e santuários; meditei com ermitãos em cavernas; realizei o *zikr* com dervixes; jejuei com sábios e jantei com hereges; dancei com xamãs sob a lua cheia; conheci gente de todas as crenças, idades e profissões; e testemunhei igualmente desgraças e milagres.

Já vi aldeias mergulhadas na pobreza, campos enegrecidos pelo fogo e cidades saqueadas onde os rios estavam tintos de sangue e nenhum homem com mais de dez anos de idade foi deixado vivo. Já vi o melhor e o pior da humanidade. Nada me surpreende mais.

Enquanto passava por todas essas experiências, comecei a compilar uma lista que não estava escrita em nenhum livro, mas inscrita apenas na minha alma. A essa lista pessoal dei o nome de Princípios Básicos dos Místicos Itinerantes do Islã. Para mim, eram tão universais, confiáveis e invariáveis quanto as leis da natureza. Juntos, constituíam As Quarenta Regras da Religião do Amor, que só poderiam ser alcançadas através do amor, e do amor apenas. E uma dessas regras dizia: *O Caminho da Verdade é um trabalho do coração, não da mente. Faça de seu coração seu principal guia! Não sua mente. Encontre, desafie e no final convença seus* nafs *com seu coração. Conhecendo a si próprio, você conhecerá Deus.*

Levei anos até terminar de trabalhar nessas regras. Todas as quarenta. E, agora que tinha acabado, sabia que estava chegando ao fim minha jornada neste mundo. Ultimamente, vinha tendo muitas visões sobre isso. Não era a morte que me amedrontava, porque nunca a encarei como um fim, mas morrer sem deixar um legado. Havia muitas palavras empilhadas dentro do meu peito, histórias esperando para ser contadas. Eu queria passar todo esse conhecimento para outra pessoa, que não fosse nem mestre nem discípulo. Estava em busca de um igual — um companheiro.

— Deus — sussurrei no escuro do quarto úmido. — A vida toda percorri o mundo e segui Seu caminho. Vi todas as pessoas como se fossem um livro aberto, um Alcorão ambulante. Mantive-me distante das torres de marfim dos estudiosos, preferindo passar o tempo ao lado dos exilados, dos párias, dos expatriados. Agora estou transbordando. Ajude-me a transmitir Sua visão para a pessoa certa. E, então, poderá fazer de mim o que quiser.

Perante meus olhos, o quarto se encheu de uma luz tão brilhante que os rostos dos viajantes em suas camas assumiram um azul intenso. O ar ali dentro se tornou vivo e fresco, como se todas as janelas tivessem sido abertas e uma lufada de vento trouxesse o aroma de lírios e jasmins de jardins distantes.

— Vá para Bagdá. — Meu anjo da guarda soprou, em sua voz melodiosa.

— O que me espera em Bagdá? — perguntei.

— Você orou por um companheiro, e um companheiro lhe será dado. Em Bagdá, você encontrará o mestre que lhe apontará a direção certa.

Lágrimas de gratidão me encheram os olhos. Agora eu sabia que o homem na minha visão era ninguém menos que meu companheiro espiritual. Cedo ou tarde, estávamos destinados a nos encontrar. E, quando isso acontecesse, eu descobriria por que seus bondosos olhos castanhos se tinham tornado eternamente tristes, e como eu acabei assassinado em uma noite de começo de primavera.

Ella

NORTHAMPTON, 19 DE MAIO DE 2008

Bem antes que o sol se pusesse e as crianças voltassem para casa, Ella botou um marcador no original do livro, deixando *Doce blasfêmia* de lado. Curiosa a respeito do homem que escrevera o romance, ligou o computador e procurou por "A. Z. Zahara" no Google, perguntando-se o que encontraria, mas sem esperar muita coisa.

Para sua surpresa, apareceu um blog pessoal. As cores da página eram predominantemente ametista e turquesa, e no alto havia uma figura masculina, com uma saia branca e longa, que rodava lentamente. Ao ver um dervixe rodopiante pela primeira vez, Ella ficou observando a figura com atenção. O nome do blog era "Uma casca de ovo chamada vida", e em seguida havia um poema com o mesmo título.

> Escolhamos uns aos outros como pares!
> E aos pés uns dos outros nos sentemos!
> Dentro de nós, temos muitas harmonias — pois não pensem
> Que somos apenas aquilo que enxergamos.

O site estava cheio de postais de cidades e locais mundo afora. Abaixo de cada postal havia comentários sobre determinado lugar. Foi ao lê-los que Ella se deparou com três informações que imediatamente lhe chamaram a atenção: a primeira, de que o A em A. Z. Zahara era de Aziz. A segunda, a de que Aziz se considerava um sufi. E a terceira, a de que no momento ele estava viajando pela Guatemala.

Em outra seção do blog, havia fotos tiradas por ele. Na maioria, eram retratos de todos os tipos, de pessoas com peles de todas as cores. Apesar de suas grandes diferenças, elas se pareciam entre si em um curioso aspecto: todas as pessoas, em todas as fotos, tinham alguma coisa faltando. Em algumas delas, o elemento que faltava era algo simples, como um brinco, um sapato, um botão, enquanto em outras era algo bem mais substancial, como um dente, um dedo, e às vezes uma perna. Abaixo das fotos, um texto dizia:

Não importa quem somos ou onde vivemos, lá no fundo todos nos sentimos incompletos. É como se algo de nós se perdesse e quiséssemos tê-lo de volta. O que é esse algo, a maioria de nós jamais saberá. E, dentre aqueles que sabem, poucos conseguirão sair em sua busca.

Ella rolou a tela até a parte de baixo do site, clicou em todos os postais para ampliá-los e leu todos os comentários feitos por Aziz. Ao pé da página, havia um endereço de e-mail, azizZzahara@gmail.com, que ela anotou num pedaço de papel. Em seguida, encontrou um poema de Rumi:

Escolha o amor, amor! Em a doce vida do
amor, viver é um fardo — como você já viu.

Foi ao ler o poema que um pensamento estranho cruzou sua mente. Por um breve instante, era como se tudo o que Aziz Z. Zahara incluíra no seu site pessoal — as fotos, os comentários, as citações e os poemas — tivessem sido escritos apenas para os seus olhos. Foi um pensamento peculiar e até presunçoso, mas para ela fez todo o sentido.

Ao cair da tarde, sentou-se perto da janela, sentindo-se cansada e ligeiramente deprimida, enquanto o sol lhe batia nas costas e o ar da cozinha se enchia com o cheiro dos brownies que estava fazendo. *Doce blasfêmia* estava aberto à sua frente, mas Ella estava tão preocupada que não conseguia se concentrar no livro. Chegou à conclusão de que ela também deveria escrever as próprias regras pétreas. Teriam o título de As Quarenta Regras da Dona de Casa Profundamente Acomodada e Prosaica.

— Regra número um — murmurou. — Pare de procurar pelo amor! Deixe de perseguir sonhos impossíveis! Sem dúvida, há coisas mais importantes na vida de uma mulher casada, que está quase na casa dos quarenta.

Mas a própria piada a fez sentir-se desconfortável, relembrando-a de preocupações maiores. Sem conseguir mais se conter, ligou para a filha mais velha. Caiu na secretária eletrônica.

— Jeannette, querida, eu sei que não fiz certo em ligar para Scott. Mas minhas intenções não eram ruins. Eu só queria ter certeza...

E parou, arrependida de não ter planejado a mensagem com antecedência. Ao fundo, conseguia ouvir o barulhinho da secretária gravando o que dizia. Ficou nervosa em pensar que a fita estava rolando e o tempo passando.

— Jeannette, eu sinto muito pelas coisas que faço. Sei que não devia ficar reclamando, porque sou uma pessoa abençoada. Mas é que eu estou me sentindo... tão infeliz...

Clique. A secretária eletrônica parou de gravar. O coração de Ella se contraiu ao constatar o que acabara de dizer. O que estava acontecendo com ela? Não sabia que estava se sentindo infeliz. Seria possível estar deprimida e não saber? E, por incrível que parecesse, não se sentira infeliz ao confessar a própria infelicidade. Não estava sentindo muita coisa ultimamente.

Seu olhar saltou para o pedaço de papel em que escrevera o e-mail de Aziz Z. Zahara. O endereço parecia simples, despretensioso e até convidativo. Sem pensar muito, ela foi para o computador e começou a escrever uma mensagem:

Caro Aziz Z. Zahara,

Meu nome é Ella. Estou lendo seu romance *Doce blasfêmia*, na qualidade de parecerista da agência literária. Mal comecei, mas estou gostando muitíssimo. Essa, porém, é minha opinião pessoal e não reflete a visão de meu chefe. Goste ou não goste de seu romance, não tenho muita influência na decisão final sobre se o senhor será ou não nosso cliente.

Parece que o senhor acredita que o amor é a essência da vida e que nada mais importa. Não é minha intenção mergulhar em um debate infrutífero sobre o assunto. Queria apenas dizer que não concordo inteiramente. Mas não é essa a razão pela qual estou lhe escrevendo.

Estou escrevendo porque o "timing" da minha leitura de *Doce blasfêmia* não poderia ter sido mais incrível. Neste exato momento, estou tentando convencer minha filha mais velha a não se casar, por achá-la jovem demais. No dia anterior, eu tinha ligado para o namorado dela, pedindo que desistisse do casamento. Agora minha filha está com raiva de mim e se recusa a conversar comigo. Tenho a impressão de que vocês dois iriam se dar muito bem, já que têm visões muito semelhantes do que é o amor.

Desculpe por falar dos meus problemas pessoais. Não era minha intenção. Seu blog (onde encontrei seu endereço de e-mail) diz que o senhor está na Guatemala. Viajar pelo mundo deve ser muito emocionante. Se acontecer de o senhor vir a Boston, talvez possamos nos conhecer pessoalmente, e conversar tomando um cafezinho.

Desejo-lhe felicidades.
Ella

Seu primeiro e-mail para Aziz não era exatamente uma carta, mas sim um convite, um pedido de socorro. Mas Ella não tinha como saber isso enquanto estava ali, sentada no silêncio da cozinha, escrevendo uma mensagem para um escritor desconhecido, que não esperava vir a conhecer, nem agora, nem nunca.

O mestre

BAGDÁ, ABRIL DE 1242

Bagdá não tomou conhecimento da chegada de Shams de Tabriz, mas nunca vou me esquecer do dia em que ele chegou ao nosso modesto alojamento de dervixes. Tínhamos questões importantes naquela tarde. O juiz supremo chegara acompanhado de um grupo de auxiliares, e eu suspeitava de que havia algo além da cordialidade em sua visita. Conhecido por sua aversão ao sufismo, ele queria me lembrar de que continuava de olho em nós, assim como em todos os sufis da região.

O juiz era um homem ambicioso. De rosto largo e barriga protuberante, era baixo, de dedos grossos, e em cada um deles trazia um anel precioso. Precisava parar de comer tanto, mas acho que ninguém tinha coragem de lhe dizer isso, nem mesmo seu médico. Pertencente a uma longa linhagem de estudiosos da religião, era um dos homens mais influentes do local. Com uma única palavra, podia mandar um homem para a forca, assim como podia perdoar os crimes de condenados, tirando-os dos porões mais escuros. Sempre vestido com capas de pele e roupas caras, exibia a grandeza de quem está ciente de sua autoridade. Eu não aprovava seu jeito exibicionista, mas, pelo bem de nossa comunidade, fazia o possível para me dar bem com esse homem tão influente.

— Nós vivemos na cidade mais deslumbrante do mundo — comentou o juiz, enfiando um figo na boca. — Hoje em dia Bagdá está repleta de refugiados fugindo do exército mongol. Nós os acolhemos. Aqui é o centro do mundo, não acha, Baba Zaman?

— É uma cidade preciosa, sem dúvida — respondi, cuidadoso. — Mas não podemos esquecer de que as cidades são como os seres humanos. Nascem, atravessam a infância e a adolescência, ficam velhas e, um dia, morrem. Neste momento em que vivemos, Bagdá é uma jovem adulta. Já não somos tão ricos quanto nos tempos do califa Harune Arraxide, embora ainda possamos nos orgulhar de ser um centro de comércio, artesanato e poesia. Mas como saber qual será a cidade daqui a mil anos? Tudo pode ser diferente.

— Quanto pessimismo! — exclamou o juiz, balançando a cabeça, enquanto se esticava para alcançar outra tigela e pegar uma tâmara. — As regras do Califado Abássida hão de prevalecer, e prosperaremos. Isto, claro, se o status quo não for destruído pelos traidores que estão entre nós. Há gente que se autoproclama muçulmana, mas que faz uma interpretação do Islã muito mais perigosa do que as ameaças dos infiéis.

Decidi ficar em silêncio. Não era segredo para ninguém que o juiz considerava os místicos, com suas interpretações esotéricas e individualistas do Islã, apenas arruaceiros. Ele os acusava de descumprir a xaria e, com isso, desrespeitar os homens de autoridade — como ele. Às vezes eu achava que, para ele, o melhor seria expulsar todos os sufis de Bagdá.

— Sua irmandade é inofensiva, mas não acha que alguns sufis vão longe demais? — perguntou o juiz, cofiando a barba.

Eu não sabia responder àquela pergunta. Graças a Deus, naquele exato instante ouvimos uma batida à porta. Era o noviço de cabelo ruivo. Ele veio direto até mim e cochichou em meu ouvido que tínhamos um visitante, um dervixe itinerante que insistia em me ver, e que se recusava a falar com outra pessoa.

Normalmente, eu teria pedido ao noviço que conduzisse o recém-chegado a uma sala de recepção, desse-lhe comida e o fizesse esperar até que os visitantes tivessem ido embora. Mas, como o juiz estava me fazendo passar um aperto, ocorreu-me que o dervixe itinerante poderia aliviar a tensão na sala, contando-nos histórias curiosas, de terras distantes. Por isso, pedi ao noviço que o deixasse entrar.

Poucos minutos depois, a porta se abriu e entrou um homem vestido de preto dos pés à cabeça. Alto e magro, de idade indefinida, com um nariz pontudo, olhos fundos e escuros como piche, e cabelos também escuros e anelados que lhe caíam sobre os olhos. Usava um manto comprido, com capuz, e uma veste de lã, além de botas de pele de carneiro. Em torno do pescoço, levava inúmeros amuletos. Trazia na mão uma tigela de madeira, do tipo que os dervixes mendicantes costumam carregar, a fim de receber a caridade alheia, assim vencendo a própria vaidade e arrogância. Vi de imediato que ali estava um homem que não ligava a mínima para o julgamento da sociedade. Se as pessoas o confundissem com um vagabundo, ou mesmo um pedinte, isso não o incomodaria nada.

Assim que o vi ali, de pé, esperando permissão para se apresentar, percebi que era diferente. Estava em seus olhos, em seus gestos elaborados, em todo ele. Como uma semente, que aos olhos de alguns pode parecer frágil e insignificante, mas que já abriga o orgulho do carvalho em que se transformará, ele me olhou com seus olhos penetrantes e assentiu em silêncio.

— Bem-vindo ao nosso alojamento, dervixe — falei, fazendo um sinal para que ele se sentasse na almofada diante de mim.

Depois de cumprimentar a todos, o dervixe sentou-se, inspecionando as pessoas da sala em seus mínimos detalhes. Até que seu olhar parou no juiz. Os dois homens se encararam por um minuto inteiro, sem dizer palavra, e não pude deixar de pensar o que estariam pensando um do outro, já que pareciam tão opostos.

Ofereci ao dervixe leite de cabra, figos doces e tâmaras recheadas, o que ele, com polidez, recusou. Quando perguntei seu nome, ele se apresentou como Shams de Tabriz, e disse ser um dervixe itinerante que buscava Deus por altos e baixos.

— E conseguiu encontrá-Lo? — perguntei.

Uma sombra lhe escureceu o rosto, enquanto ele dizia:

— Sim. Ele esteve comigo o tempo todo.

O juiz deu uma risadinha afetada, que não tentou esconder.

— Nunca entendi por que vocês, dervixes, tornam a vida tão complicada. Se Deus estava com você o tempo todo, por que anda por aí à procura Dele?

Shams de Tabriz baixou a cabeça, pensativo, e ficou em silêncio por um instante. Quando ergueu o rosto, sua expressão era calma, e a voz, contida.

— Porque embora seja um fato de que Ele não pode ser encontrado se procurarmos, só quem procura O acha.

— Isso é um jogo de palavras — desdenhou o juiz. — Você está querendo dizer que não poderemos encontrar Deus se ficarmos a vida toda no mesmo lugar? Absurdo. Nem todo mundo precisa se vestir em andrajos e pegar a estrada como você!

Seguiu-se um estouro de risadas, com os homens da sala ansiosos para demonstrar que concordavam com o juiz — uma risada alta, desabrida e infeliz, típica daqueles que estão habituados a se subjugar diante de seus superiores. Eu me senti desconfortável. Obviamente, não fora uma boa ideia botar o juiz e o dervixe lado a lado.

— Talvez eu tenha sido mal interpretado. Não quis dizer que é impossível encontrar Deus se permanecer em sua cidade natal. Claro que isso é possível

— concedeu o dervixe. — Há pessoas que nunca viajaram a lugar algum e, contudo, conheceram o mundo inteiro.

— Exatamente! — disse o juiz, com um riso triunfal que rapidamente desapareceu, ao ouvir o que o dervixe disse a seguir.

— O que quero dizer, Juiz, é que a pessoa não encontrará Deus caso se acomode com seu casaco de pele, suas roupas de seda e suas joias caríssimas, como o que está usando agora.

Um silêncio espantado caiu sobre a sala, sons e suspiros em torno de nós se dissolvendo na poeira. Todos prendemos a respiração, como se esperássemos alguma coisa acontecer, embora eu não saiba dizer o que poderia seria mais chocante.

— Sua língua é afiada demais para um dervixe — disse o juiz.

— Quando uma coisa precisa ser dita, eu a direi, mesmo que o mundo inteiro me agarre pelo pescoço e me mande calar.

Essa fala provocou uma careta no juiz, mas depois ele deu de ombros.

— Como quiser. Seja como for, você é o homem de que precisamos. Estávamos falando, agora mesmo, sobre o esplendor desta cidade. Você já deve ter visto muitos lugares. Existe algum mais charmoso do que Bagdá?

Calmamente, o olhar de Shams passeou entre os presentes, enquanto ele dizia:

— Não há dúvida de que Bagdá é uma cidade extraordinária, mas nenhuma beleza do mundo dura para sempre. As cidades são erigidas sobre colunas espirituais. Como gigantescos espelhos, elas refletem os corações de seus habitantes. Se esses corações são toldados e perdem a fé, as cidades perderão sua beleza. Isso acontece, e acontece o tempo todo.

Não pude deixar de aquiescer. Shams de Tabriz virou-se para mim com um brilho de alegria nos olhos, momentaneamente esquecendo os próprios pensamentos. Aquele olhar me tocou como o calor do sol a pino. Foi quando entendi que ele merecia o nome que tinha. Esse homem irradiava força e vitalidade, e também um calor que podia queimar, como uma bola de fogo. Era, sem dúvida, Shams, o sol.

Mas o juiz teve outra opinião.

— Vocês, sufis, complicam tudo. É a mesma coisa com os filósofos e os poetas! Para que tantas palavras? Os seres humanos são criaturas simples, com necessidades simples. Cabe aos líderes cuidar dessas questões e vigiar para que eles não tomem o caminho errado. Para isso, é preciso aplicar a xaria com perfeição.

— A xaria é como uma vela — retrucou Shams de Tabriz. — Ela nos fornece uma luz valiosa. Mas não podemos esquecer que a vela nos ajuda a ir de um lugar a outro no escuro. Se esquecermos para onde estamos indo e nos concentrarmos na vela, de que adianta?

O juiz fez outra careta, o semblante se fechando. Senti uma onda de ansiedade. Entrar numa discussão sobre o significado da xaria, com um homem cuja função era julgar, e muitas vezes punir, as pessoas de acordo com esses preceitos, era nadar em águas perigosas. Será que Shams não sabia disso?

Enquanto eu tentava encontrar uma desculpa para tirar o dervixe da sala, ouvi-o dizer:

— Há uma regra que se aplica a esta situação.

— Que regra? — perguntou o juiz, em tom de suspeita.

Shams de Tabriz se empertigou, os olhos fixos como se lessem um livro invisível, e começou:

— *Cada um dos leitores entende o Sagrado Alcorão sob diferentes aspectos, de acordo com seu nível de compreensão. Há quatro níveis de entendimento. O primeiro nível é o significado superficial, e é aquele com que a maioria das pessoas se satisfaz. A seguir vem o al-Batin, o nível interior. O terceiro é o interior do interior. E o quarto nível é tão profundo que não pode ser transformado em palavras, estando, portanto, fadado a permanecer indescritível.*

Com os olhos brilhantes, Shams continuou:

— Os estudiosos que se concentram na xaria compreendem seu sentido superficial. Os sufis conhecem o sentido interior. Os santos percebem o interior do interior. Quanto ao quarto nível, este é reconhecido apenas por profetas e por aqueles mais próximos de Deus.

— Você está me dizendo que um sufi comum conhece melhor o Alcorão do que um estudioso da xaria? — questionou o juiz, tamborilando os dedos na tigela.

Um sorriso repentino, sardônico, surgiu nos lábios do dervixe, mas ele nada respondeu.

— Tenha cuidado, meu amigo — disse o juiz. — Existe uma linha tênue entre o que defende e a pura blasfêmia.

Se havia uma ameaça na frase, o dervixe não pareceu notar.

— O que exatamente é a pura blasfêmia? — perguntou, e então, respirando fundo, acrescentou: — Deixe-me contar uma história.

E aqui está o que ele nos contou.

Um dia, Moisés estava caminhando sozinho nas montanhas, quando viu, à distância, um pastor. O homem estava de joelhos, com as mãos estendidas para o céu, rezando. Moisés ficou encantado. Mas, quando se aproximou, ficou igualmente pasmo, ao ouvir como o pastor rezava:

"Ah, meu amado Deus, eu Vos amo mais do que Vós podeis saber. Sou capaz de fazer qualquer coisa por Vós, se me pedirdes. Mesmo que Vós me façais assassinar o carneiro mais gordo do meu rebanho em Vosso nome, eu o farei sem hesitação. Vós o assaríeis e poríeis a gordura da cauda no arroz, para torná-lo mais saboroso."

Moisés chegou mais perto do pastor, ouvindo atentamente.

"Depois, eu lavaria Vossos pés e limparia Vossos ouvidos e tiraria Vossos piolhos para Vós. É assim que provo que Vos amo."

Tendo ouvido o suficiente, Moisés interrompeu o pastor, gritando:

"Pare, homem ignorante! O que pensa que está fazendo? Está pensando que Deus come arroz? Acha que Deus tem pés para você lavar? Isso não é oração. É pura blasfêmia!"

Assustado e envergonhado, o pastor pediu desculpas várias vezes, e prometeu rezar como as pessoas decentes faziam. Ao longo da tarde, Moisés lhe ensinou várias orações. E ele seguiu seu caminho, todo satisfeito.

Mas, naquela noite, Moisés ouviu uma voz. Era a voz de Deus.

"Ah, Moisés, o que foi que tu fizeste? Brigou com aquele pobre pastor, sem perceber o quanto ele era querido para Mim. Talvez não estivesse dizendo as coisas certas do jeito certo, mas estava sendo sincero. O coração dele era puro, as intenções, boas. Eu estava feliz com ele. As palavras dele podiam ser blasfêmia para seus ouvidos, mas, para mim, eram uma doce blasfêmia."

Moisés imediatamente compreendeu seu erro. No dia seguinte, de manhã cedo, voltou à montanha para procurar o pastor. Encontrou-o novamente orando, só que dessa vez ele estava fazendo como fora instruído. Determinado a rezar da maneira certa, gaguejava, desprovido do entusiasmo e da paixão de sua maneira antiga de rezar. Arrependido do que fizera com ele, Moisés bateu no ombro do pastor e disse: "Meu amigo, eu estava errado. Por favor, perdoe-me. Continue a rezar do seu jeito. Isso é mais precioso aos olhos de Deus".

O pastor ficou espantado ao ouvir aquilo, e, mais ainda, aliviado. Mas, mesmo assim, não queria voltar às suas velhas rezas. Nem tampouco se rendera às orações formais que Moisés lhe ensinara. Ele agora encontrara uma nova forma de se comunicar com Deus. Embora satisfeito e abençoado em sua devoção ingênua, ultrapassara aquele estágio — fora além de sua doce blasfêmia.

— Vejam, portanto: não julguem a forma como as pessoas se conectam com Deus — concluiu Shams. — Cada um tem seu jeito e sua própria oração. Deus não nos toma pelo que dizemos. Enxerga fundo em nossos corações. Não são as cerimônias e os rituais que fazem a diferença, mas sim se nossos corações são suficientemente puros ou não.

Observei o rosto do juiz. Vi que, sob a máscara de absoluta segurança e compostura, ele estava claramente irritado. Mas, ao mesmo tempo, sendo o homem astuto que era, dera-se conta de uma situação curiosa. Se reagisse à história de Shams, teria de dar o próximo passo e castigá-lo pela insolência, caso em que as coisas ficariam sérias e todos saberiam que um simples dervixe ousara confrontar o juiz. Era, portanto, melhor para ele que não se aborrecesse e deixasse a situação para lá.

Do lado de fora, o sol se punha, pintando o céu de vermelho, pontuado aqui e ali por nuvens escuras. Logo o juiz se levantou, dizendo que tinha negócios importantes a tratar. Depois de dirigir um leve cumprimento e um olhar frio a Shams de Tabriz, ele saiu. Os homens o seguiram, em silêncio.

— Acho que o juiz não gostou muito do senhor — falei, quando todos tinham saído.

Shams de Tabriz tirou o cabelo do rosto, sorrindo, e disse:

— Ah, está tudo bem. Estou acostumado a que as pessoas não gostem de mim.

Não pude deixar de me sentir entusiasmado. Era o mestre daquele alojamento há tempo suficiente para saber que não era todo dia que aparecia um visitante assim.

— Diga-me, dervixe — falei. — O que traz uma pessoa como você a Bagdá?

Eu estava ansioso para ouvir a resposta, mas, estranhamente, também tinha medo.

Ella

NORTHAMPTON, 20 DE MAIO DE 2008

Belas dançarinas do ventre e dervixes rodopiaram nos sonhos de Ella na noite em que seu marido não voltou para casa. Com a cabeça apoiada no manuscrito do livro, ela observava, enquanto guerreiros de aspecto rústico jantavam em uma hospedagem de beira de estrada, os pratos empilhados até o alto com deliciosas tortas e sobremesas.

Então, viu a si mesma. Procurava alguém em meio a um bazar cheio de gente, em uma cidadela de um país estrangeiro. Ao seu redor, as pessoas se moviam devagar, como se dançassem uma música que ela não conseguia ouvir. Parou um homem obeso, de bigode caído, para perguntar alguma coisa, mas não conseguiu lembrar o quê. O homem a fitou com um olhar inexpressivo, e foi embora. Ela tentou falar com vários vendedores e depois com fregueses, mas ninguém lhe respondia. No início, pensou que era porque não sabia falar a língua deles. Depois, pôs a mão na boca e descobriu, com horror, que sua língua tinha sido cortada. Em pânico, olhou em volta em busca de um espelho, para ver seu reflexo e entender se ainda era a mesma pessoa, mas no bazar não havia nenhum. Começou então a chorar, e acordou ouvindo um ruído estranho, sem saber se ainda tinha língua.

Quando Ella abriu os olhos, viu Spirit arranhando freneticamente a porta dos fundos. Devia haver algum animal na varanda, deixando o cachorro enlouquecido. Gambás costumavam deixá-lo especialmente nervoso. A lembrança de seu inoportuno encontro com um deles, no último inverno, ainda era vívida. Ella levara semanas para remover aquele cheiro horrível do cachorro, e mesmo depois de lavá-lo em uma banheira de suco de tomate, o fedor continuou — parecia borracha queimada.

Ella olhou para o relógio na parede. Eram 2h45 da manhã, David ainda não tinha voltado, e talvez não voltasse nunca mais. Jeannette não retornara sua ligação e, em seu pessimismo, achava que ela nunca o faria. Tomada pelo terror de ter sido abandonada pelo marido e pela filha, abriu a geladeira e, por alguns minutos, ficou procurando alguma coisa. De um lado, havia a vontade de pegar uma bola de sorvete de creme e cereja; de outro, o medo de engordar. Com grande esforço, deu um passo para trás e bateu a porta da geladeira com mais força do que o necessário.

Abriu então uma garrafa de vinho tinto e serviu-se de uma taça. Era um bom vinho, leve e vivaz, com um leve toque doce que ela gostou. Só quando estava enchendo a segunda taça foi que lhe ocorreu que pudesse ter aberto um dos Bordeaux caros de David. Olhou o rótulo — Château Margaux 1996. Sem saber o que aquilo queria dizer, ficou olhando a garrafa de rosto franzido.

Estava cansada e sonolenta demais para continuar lendo. Decidiu então ir olhar seu e-mail. Lá, entre meia dúzia de porcarias e uma mensagem de Michelle perguntando a quantas andava a leitura do livro, Ella encontrou um e-mail de Aziz Z. Zahara.

Querida Ella (se me permite),

Sua mensagem chegou a mim em uma cidadezinha da Guatemala chamada Momostenango. É um dos poucos lugares onde ainda se usa o calendário maia. Bem em frente ao meu hostel, há uma árvore dos desejos, com centenas de pedaços de tecido pendurados, de todas as estampas e cores que você possa imaginar. Eles a chamam de Árvore dos Desiludidos. Aqueles que estão com o coração partido escrevem seus nomes em pedaços de papel e os amarram nos galhos, rezando para que se curem da dor de amor.

Espero que você não ache isso muito presunçoso, mas, depois de ler seu e-mail, fui até a árvore dos desejos e rezei para que você e sua filha resolvam seu desentendimento. Nem a mínima centelha de amor deve ser desprezada, porque, como disse Rumi, o amor é a água da vida.

Uma coisa que me ajudou, no passado, foi parar de interferir na vida das pessoas à minha volta, e de ficar frustrado por não ter sucesso no intento. Em vez de intrusão ou passividade, posso sugerir submissão?

Algumas pessoas confundem "submissão" com "fraqueza", mas na verdade ela significa exatamente o oposto. Submissão é uma forma de aceitação pacífica dos termos do universo, incluindo as coisas que você atualmente não consegue mudar ou compreender.

Segundo o calendário maia, hoje é um dia auspicioso. Uma grande mudança astrológica está por vir, resultando em nova consciência da humanidade. Preciso correr para mandar esse e-mail para você antes que o sol se ponha e o dia acabe.

Que o amor a encontre quando você menos esperar, e onde menos esperar.

Com meu abraço,
Aziz

Ella fechou o laptop, tocada em saber que um estranho, em um canto remoto do planeta, tinha rezado por seu bem-estar. Fechou os olhos e imaginou o próprio nome escrito em um pedaço de papel, amarrado a uma árvore de desejos, balançando como uma pipa no ar, livre e feliz.

Alguns minutos depois, abriu a porta da cozinha e saiu para o quintal, apreciando o surpreendente frescor da brisa. Spirit estava ao lado dela, inquieto e rosnando, farejando o ar sem parar. Os olhos do cão se apertavam, depois cresciam, ansiosos, e as orelhas a toda hora apontavam para cima, como se ele reconhecesse à distância alguma coisa assustadora. Ella e seu cão ficaram ali, lado a lado, sob a lua do fim de primavera, observando a vasta escuridão, ambos temendo as coisas que se moviam nas sombras, ambos com medo do desconhecido.

O noviço

BAGDÁ, ABRIL DE 1242

Bastante submisso, levei o juiz até a porta e voltei à sala principal para recolher as tigelas. Fiquei surpreso ao encontrar Baba Zaman e o dervixe itinerante na mesma posição em que eu os deixara, ambos em silêncio. Observei-os com o canto dos olhos, perguntando-me se era possível sustentar uma conversa sem falar. Fiquei por lá o máximo que pude, ajeitando as almofadas, arrumando a sala, catando migalhas do carpete, mas depois de um tempo não tinha mais motivo para continuar ali.

Hesitante, arrastei os pés em direção à cozinha. Assim que me viu, o cozinheiro começou a me dar ordens.

— Limpe o balcão, varra o chão! Lave os pratos! Esfregue o forno e as paredes em torno da grelha! E, quando acabar, não se esqueça de ver como estão as ratoeiras!

Desde que eu chegara ao alojamento, seis meses antes, o cozinheiro vinha me tratando duramente. Todos os dias ele me fazia trabalhar como um cão, e dizia que essa tortura fazia parte do meu treinamento espiritual, como se lavar pratos cheios de gordura pudesse ter alguma ligação com o espírito.

Homem de poucas palavras, o cozinheiro tinha um mantra favorito:

— Limpar é rezar, rezar é limpar!

— Se isso fosse verdade, todas as donas de casa de Bagdá já seriam mestres espirituais — ousei falar certa vez.

Ele me atirou uma colher de pau na cabeça e berrou a plenos pulmões:

— Esse falatório vulgar não vai levar você a lugar algum, meu filho. Se quiser se tornar um dervixe, deve ficar mudo como essa colher de pau. Rebeldia não é uma boa qualidade para um noviço. Fale menos e amadurecerá mais depressa!

Eu detestava o cozinheiro, mas, mais do que isso, eu o temia. Nunca desobedecia a suas ordens. Isto é, até aquela noite.

Assim que o cozinheiro virou as costas, eu me esgueirei para fora da cozinha na ponta dos pés e voltei para a sala principal, louco para saber mais sobre o dervixe itinerante. Quem seria ele? O que estaria fazendo aqui? Ele não se assemelhava aos outros dervixes do alojamento. Seus olhos pareciam duros e rebeldes, até quando ele baixava a cabeça com modéstia. Havia alguma coisa tão diferente e imprevisível que chegava a dar medo.

Espiei por um buraco na porta. No início, não vi nada. Mas logo meus olhos se ajustaram à semiescuridão e consegui discernir os rostos.

Ouvi o mestre perguntar:

— Diga-me, Shams de Tabriz, o que traz alguém como você a Bagdá? Acaso viu este lugar em sonho?

O dervixe balançou a cabeça.

— Não, não foi um sonho que me trouxe aqui, foi uma visão. Eu nunca sonho.

— Todo mundo sonha — disse Baba Zaman, com ternura. — É que talvez você não consiga se lembrar dos seus sonhos. Mas isso não significa que você não sonhe.

— Mas eu não sonho — insistiu o dervixe. — Faz parte de um acordo que fiz com Deus. Sabe, quando eu era menino, via anjos e mistérios do universo se desenrolarem perante meus olhos. Quando contei isso a meus pais, eles não ficaram satisfeitos, e me disseram para parar de sonhar. Quando contei para meus amigos, eles também disseram que eu era um sonhador inveterado. Tentei falar para meus professores, mas a resposta deles não foi diferente. Finalmente entendi que, quando as pessoas ouviam alguma coisa diferente, diziam que fora um sonho. Comecei a implicar com a palavra e com tudo o que ela representava.

Ao dizer isso, o dervixe fez uma pausa, como se tivesse ouvido um barulho de repente. E então a coisa mais estranha aconteceu. Ele se levantou, esticou as costas, e, lentamente, deliberadamente, começou a andar até a porta, o tempo todo olhando em minha direção. Era como se soubesse que eu estava ali os espiando.

Era como se ele conseguisse enxergar através da porta de madeira.

Meu coração batia acelerado. Eu queria sair correndo para a cozinha, mas não via como. Meus braços, pernas, meu corpo inteiro estavam paralisados. Através e além da porta, os olhos escuros de Shams de Tabriz estavam fixos em mim. Mesmo aterrorizado como estava, senti uma tremenda descarga de energia percorrendo meu corpo. Ele se aproximou, pôs a mão na maçaneta, mas quando estava a ponto de abrir a porta e me agarrar, parou. Eu não conseguia ver seu rosto, porque ele estava muito perto, e não tinha a menor ideia do que o fizera mudar de ideia. Ele ficou ali esperando por um longo e insuportável minuto. Então se virou e, dando as costas para a porta, continuou sua história.

— Quando fiquei mais velho, pedi a Deus que me tirasse a habilidade de sonhar, para que, toda vez que eu O encontrasse, tivesse certeza de não estar sonhando. Ele concordou. Tirou meus sonhos. E é por isso que eu não sonho nunca.

Shams de Tabriz agora estava diante da janela aberta, do outro lado da sala. Lá fora, caía uma chuvinha fina, e ele ficou olhando, pensativo, antes de dizer:

— Deus tirou minha habilidade de sonhar. Mas, para compensar essa perda, concedeu-me o dom de interpretar os sonhos dos outros. Sou um intérprete de sonhos.

Esperei que Baba Zaman fosse duvidar dessa bobagem e debochar dele, assim como debocha de mim o tempo todo.

Em vez disso, o mestre aquiesceu respeitosamente e disse:

— Você parece ser uma pessoa fora do comum. Diga-me: o que posso fazer por você?

— Não sei. Na verdade, eu esperava que respondesse a essa pergunta.

— Como assim? — indagou o mestre, espantado.

— Durante quase quarenta anos, tenho sido um dervixe itinerante. Tenho muito conhecimento sobre os caminhos da natureza, embora os caminhos da sociedade ainda sejam estranhos para mim. Se preciso for, posso lutar com um animal selvagem, mas eu mesmo não consigo ferir ninguém. Sei o nome das constelações no céu, identifico as árvores na floresta e sou capaz de ler, como um livro aberto, todos os tipos de gente que o Criador fez à sua imagem e semelhança.

Shams fez uma breve pausa, enquanto o mestre acendia uma lâmpada a óleo. E então continuou:

— Uma das regras diz: *Você pode estudar Deus através de tudo e de todos no universo, porque Deus não está confinado em uma mesquita, sinagoga ou igreja. Mas se ainda assim você precisar saber onde exatamente fica Sua morada, há apenas um lugar para procurar por Ele: o coração de quem ama de verdade.* Ninguém jamais O viu e continuou vivo, assim como também não há ninguém que tenha morrido depois de vê-Lo. Seja quem for que O encontrar, ficará com Ele para sempre.

Naquela luz tênue, incerta, Shams de Tabriz parecia ainda mais alto, a cabeleira caindo sobre os ombros em ondas emaranhadas.

— Mas o conhecimento é como a água salobra no fundo de um vaso, a não ser que corra para algum lugar. Durante anos rezei a Deus por um companheiro com quem dividir o conhecimento acumulado dentro de mim. Finalmente, em uma visão em Samarcanda, foi-me dito que viesse a Bagdá para cumprir meu destino. Entendi que você saberia o nome do meu companheiro e onde encontrá-lo, e que me diria, senão agora, mais tarde.

Lá fora, a noite caíra por completo, e uma faixa de luar entrava pelas janelas abertas. Percebi o quanto estava atrasado. O cozinheiro devia estar procurando por mim. Mas eu não me importei. Para variar, senti-me bem em violar as regras.

— Não sei que resposta você está me pedindo — murmurou o mestre. — Mas, se houve alguma informação que eu esteja destinado a revelar, sei que isso acontecerá no tempo certo. Até lá, você pode ficar aqui conosco. Seja nosso hóspede.

Ao ouvir isso, o dervixe itinerante fez um cumprimento humilde e, em agradecimento, beijou a mão de Baba Zaman. Foi quando o mestre fez aquela pergunta estranha:

— Você falou que está pronto para passar todo seu conhecimento a outra pessoa. Quer guardar a Verdade na palma da mão como se fosse uma pérola preciosa, e ofertá-la a alguém especial. Mas abrir o coração de alguém para a luz espiritual não é tarefa pequena para um ser humano. Você está roubando a iluminação concedida por Deus. O que pretende pagar em troca?

Até o dia da minha morte, jamais esquecerei a resposta que o dervixe deu. Erguendo uma sobrancelha, ele disse, com firmeza:

— Pretendo dar em troca minha cabeça.

Eu me encolhi, sentindo o frio percorrer minha espinha. Quando encostei de novo o olho no buraco, vi que o mestre também parecia chocado com a resposta.

— Talvez já tenhamos conversado bastante por hoje — disse Baba Zaman, suspirando. — Você deve estar cansado. Deixe-me chamar o jovem noviço. Ele vai mostrar onde será sua cama, providenciar cobertas limpas e um copo de leite.

Agora Shams de Tabriz tornava a olhar na direção da porta, e eu sentia nos meus ossos que era para mim que estava olhando. Mais do que isso. Era como se estivesse olhando através e para dentro de mim, estudando os altos e baixos da minha alma, inspecionando os segredos que se escondiam até de mim mesmo. Talvez ele estivesse envolvido em magia maléfica, ou tivesse sido treinado por Harut e Marut, os dois anjos da Babilônia sobre os quais o Alcorão nos adverte. Ou mesmo possuísse poderes sobrenaturais que o ajudavam a enxergar através de portas e paredes. Fosse como fosse, aquilo me dava medo.

— Não precisa chamar o noviço — disse Shams de Tabriz, elevando a voz. — Tenho a sensação de que ele está por perto, e que já nos escutou.

Soltei uma exclamação tão alta que era capaz de despertar os mortos em suas tumbas. No maior pânico, dei um pulo e saí correndo para o jardim, para me esconder no escuro. Mas uma desagradável surpresa me esperava.

— Ah, aí está você, seu bandido! — gritou o cozinheiro, correndo em minha direção com uma vassoura na mão. — Você arrumou encrenca, meu filho, uma encrenca enorme!

Dei um pulo para o lado, desviando da vassoura no último segundo.

— Venha cá ou eu lhe quebro a perna! — gritava o cozinheiro atrás de mim, ofegante.

Mas eu não fui. Em vez disso, me embrenhei no jardim, rápido como uma flecha. Com o rosto de Shams de Tabriz brilhando diante de meus olhos, corri e corri pelo caminho tortuoso que ligava o alojamento à estrada principal, e, mesmo quando já estava longe, não consegui parar de correr. Com meu coração batendo forte, a garganta seca, corri até que meus joelhos fraquejassem e eu não pudesse mais correr.

Ella

NORTHAMPTON, 21 DE MAIO DE 2018

Preparado para uma discussão, David voltou para casa cedo na manhã seguinte, mas encontrou Ella dormindo na cama, com *Doce blasfêmia* aberto no colo e uma taça de vinho vazia ao lado. Foi na direção dela, pensando em puxar a coberta para cima, para se certificar de que ela estaria bem agasalhada, mas mudou de ideia.

Dez minutos depois, Ella acordou. Não se surpreendeu ao ouvir os ruídos dele no banheiro, tomando banho. Seu marido podia flertar com outra mulher, e aparentemente passar a noite com ela, mas sempre ia preferir tomar sua chuveirada matinal no próprio banheiro. Quando David terminou e entrou de novo no quarto, Ella fingiu estar dormindo, evitando assim que ele precisasse dar explicações sobre a ausência.

Menos de uma hora mais tarde, tanto o marido como as crianças tinham saído, e Ella estava a sós na cozinha. A vida parecia ter retomado o curso normal. Abriu seu livro de receitas mais querido, *A arte da culinária de forma prática e fácil*, e, depois de considerar várias opções, escolheu um cardápio bem complicado, que a manteria ocupada a tarde inteira:

Sopa de amêijoa com açafrão, coco e laranja

Massa gratinada com cogumelos, ervas frescas e cinco queijos

Costela de vitela na infusão de alecrim, com vinagre e alho assado

Feijão verde em molho de lima com salada de couve-flor

Em seguida, decidiu a sobremesa: suflê quente de chocolate.

Havia muitas razões pelas quais Ella adorava cozinhar. Criar uma refeição deliciosa usando ingredientes comuns era não apenas gratificante e satisfatório, mas também estranhamente sensual. E outra, ela gostava de cozinhar porque sabia que era boa nisso. Além do mais, aquietava sua mente. A cozinha era o único lugar de sua vida no qual podia evitar o mundo exterior e parar o fluxo do tempo dentro de si mesma.

Para algumas pessoas, o sexo podia ter o mesmo efeito, imaginava, mas isso requeria a participação de duas pessoas, enquanto, para cozinhar, só era preciso tempo, cuidado e uma sacola de mercado cheia.

As pessoas que cozinhavam nos programas culinários da televisão davam a entender que cozinhar tinha a ver com inspiração, originalidade e criatividade. A palavra favorita deles era "experimentação". Ella discordava. Por que não deixar a experimentação para os cientistas e a excentricidade para os artistas? Cozinhar tinha relação com aprender o básico, seguir instruções e respeitar a sabedoria dos mais antigos. O melhor a fazer era usar as tradições consolidadas pelo tempo, não fazer *experimentos* com elas. Saber cozinhar derivava dos costumes e das convenções, e embora evidentemente a era moderna desprezasse tudo isso, nada havia de errado em ser tradicional na cozinha.

Ella também gostava de sua rotina diária. Todas as manhãs, praticamente à mesma hora, a família tomava café; todo fim de semana, eles iam para o mesmo shopping; e todo primeiro domingo do mês organizavam um jantar para os vizinhos. Como David só pensava em trabalhar, Ella cuidava de todas as tarefas domésticas: gerenciava as finanças, tomava conta da casa e de toda a manutenção, fazia compras, supervisionava as crianças, ajudava-as nos deveres de casa e por aí afora. Às quintas-feiras, ia ao Clube de Fusion Food, cujos membros faziam misturas com a culinária de diferentes países e davam novos toques a velhas receitas, usando novos ingredientes e especiarias. Às sextas, ela passava horas na feira de produtos artesanais, conversando com os vendedores sobre seus produtos, inspecionando um pote de geleia de pêssego orgânica e de baixa caloria, ou explicando a outro vendedor como preferia cozinhar com cogumelos do tipo Portobello baby. Se lá não encontrasse algum produto, ia comprá-lo no mercado Whole Foods, a caminho de casa.

No domingo à noite, então, David levava Ella para jantar fora (geralmente em um restaurante japonês ou tailandês), e, quando não estavam muito cansados ou bêbados, ou simplesmente sem vontade, eles transavam. Beijos rápidos e gestos ternos, demonstrando menos paixão do que compaixão. O sexo, que um dia fora sua ligação mais forte, tinha perdido o encanto fazia algum tempo. Às vezes, eles ficavam semanas sem fazer amor. Ella achava estranho pensar que o sexo um dia fora tão importante em sua vida, e que agora, que já não era, ela se sentisse aliviada, quase liberta. Sem qualquer dúvida, achava natural a ideia de que um casal há muito tempo junto pudesse ir abandonando gradualmente a atração física, trocando-a por uma maneira mais estável e confiável de se relacionar.

O único problema era que David não tinha abandonado o sexo, apenas o sexo com a esposa. Ella nunca o confrontara a respeito de seus casos, e nem dava qualquer sinal de que desconfiasse de alguma coisa. O fato de que nenhuma de suas amigas mais próximas soubesse dos casos dele tornava mais fácil para Ella fingir ignorá-los. Nada de escândalos, nada de coincidências embaraçosas, nada que provocasse disse me disse. Ella não sabia como ele conseguia, dada a frequência com que saía com outras mulheres, especialmente com suas jovens assistentes, mas David lidava com seus casos de maneira hábil e discreta. No entanto, a infidelidade tinha um cheiro. Disso, Ella sabia.

Se os acontecimentos estavam ligados, Ella não saberia dizer qual viera primeiro. Será que o desinteresse dela por sexo causara as traições do marido? Ou teria sido o contrário? Será que tudo começara com David a traindo, fazendo com que ela negligenciasse o próprio corpo e perdesse o desejo sexual?

De qualquer forma, o resultado era o mesmo: o brilho na relação deles, a luz que os ajudara a navegar pelas águas desconhecidas do casamento, mantendo o desejo vivo mesmo depois de três filhos e de vinte anos, tinha desaparecido.

Pelas três horas seguintes, a mente dela se encheu de pensamentos, enquanto as mãos não paravam quietas. Picou tomates, amassou alho, salteou as cebolas, temperou o molho, gratinou a casca da laranja e sovou a massa para fazer pão integral. Esse último advinha de um conselho dado pela mãe de David, quando eles ficaram noivos.

"O cheirinho de pão fresco é o que um homem mais associa com o lar", dissera ela. "Nunca compre pão pronto. Asse você mesma, querida. Vai funcionar que é uma beleza."

Trabalhando a tarde inteira, Ella pôs a mesa com requinte, combinando os guardanapos, dispondo velas aromáticas, e um buquê de flores amarelas e brancas, tão vistosas e impressionantes que quase pareciam artificiais. O toque final foi a colocação de cintilantes anéis de metal nos guardanapos. Quando ela acabou, a mesa de jantar parecia uma daquelas que se vê em revistas de decoração.

Cansada, porém satisfeita, ligou a TV da cozinha para ver as notícias. Um jovem terapeuta tinha sido esfaqueado em seu apartamento, um curto-circuito provocara um incêndio em um hospital e quatro estudantes do Ensino Médio tinham sido presos por vandalismo. Ella ouviu aquilo, balançando a cabeça ante os permanentes perigos que espreitavam mundo afora. Como é que pessoas como Aziz Z. Zahara podiam ter o desejo e a coragem de viajar por lugares menos desenvolvidos do mundo, se até os subúrbios americanos tinham deixado de ser seguros?

Achava incrível que o mundo, sendo tão misterioso e imprevisível, levasse pessoas como ela a se trancar em casa, mas tivesse o efeito oposto sobre outras, como Aziz, inspirando-as a ter aventuras em lugares distantes.

Os Rubinstein sentaram-se à mesa, perfeita como uma fotografia, às sete e meia da noite, com as velas acesas dando à sala de jantar o ar de um ambiente sagrado. Alguém que visse a cena de fora poderia pensar que eram uma família perfeita, elegantes como os arabescos de fumaça que se dissolviam no ar. Nem mesmo a ausência de Jeannette estragou a imagem. Eles jantaram, enquanto Orly e Avi tagarelavam sobre como tinha sido o dia na escola. Ella chegou a se sentir grata a eles por estarem falando tanto, cobrindo assim o silêncio que, caso contrário, cairia pesadamente sobre ela e o marido.

Com o canto dos olhos, Ella espiava David enfiando o garfo em um pedaço de couve-flor e mastigando devagar. Seu olhar passou então para seus lábios pálidos, finos, com dentes alvos como pérolas — a boca que ela conhecia tão bem e que beijara tantas vezes. Visualizou David beijando outra mulher. Por alguma razão, a rival, em sua imaginação, não era a jovem secretária de David, mas uma versão peituda de Susan Sarandon. Atlética e confiante, ela exibia os peitos em um vestido apertado, usava salto alto, botas de couro que iam até os joelhos e seu rosto brilhava, quase iridescente de tanta maquiagem. Ella imaginou David beijando essa mulher com ardor e urgência, de forma alguma do jeito como mastigava a couve-flor na mesa da família.

Foi naquele instante, durante seu jantar de *A arte da culinária de forma prática e fácil*, quando imaginava a mulher com quem seu marido estava tendo um caso, que Ella teve um estalo. Entendeu, com calma e clareza espantosas, que, apesar de sua timidez e inexperiência, um dia iria abandonar aquilo tudo: a cozinha, o cachorro, os filhos, os vizinhos, o marido, os livros de culinária e as receitas de pão caseiro... Ela iria simplesmente ganhar o mundo, aquele mundo onde coisas perigosas aconteciam o tempo todo.

O mestre

BAGDÁ, 26 DE JANEIRO DE 1243

Bem, ser parte de um alojamento de dervixes requer muito mais paciência do que Shams de Tabriz tem. Contudo, nove meses se passaram e ele ainda está entre nós.

No início eu esperava que, a qualquer momento, ele arrumasse suas coisas e fosse embora, tão óbvia era sua aversão àquela vida estritamente ordenada. Eu percebia que aquilo o aborrecia muitíssimo, ter que dormir e acordar sempre à mesma hora, comer refeições regulares, se adaptar à mesma rotina de todo mundo. Ele estava acostumado a voar como um passarinho, solitário, livre e selvagem. Várias vezes achei que estava a ponto de ir embora. Mas, por maior que fosse sua necessidade de solidão, maior ainda era o compromisso em encontrar o companheiro. Shams acreditava firmemente que, um dia desses, eu lhe daria a informação de que precisava, contando para onde ele devia ir, e a quem encontrar. Por essa fé, ele ficou.

Durante esses nove meses, eu o observei de perto, perguntando-me se para ele o tempo passava num ritmo diverso, mais rápido e mais intenso. O que outros dervixes levavam meses, às vezes anos, para aprender, ele dominava em poucas semanas, ou mesmo dias. Tinha uma impressionante curiosidade sobre tudo que era novo e diferente e era um grande observador da natureza. Muitas vezes encontrei-o no jardim, admirando a simetria de uma teia de aranha ou as gotas de orvalho cintilando nas flores que tinham desabrochado à noite. Insetos, plantas e animais pareciam ser mais interessantes e inspiradores para ele do que livros e manuscritos. Mas, quando eu já começava a achar que ele não tinha qualquer interesse por leitura, encontrava-o imerso em um livro antigo. Depois, de novo, ele podia ficar semanas sem ler nem estudar nada.

Quando lhe perguntei a respeito disso, ele disse que era preciso manter o intelecto saciado, sem, contudo, mimá-lo. Era uma de suas regras. *O intelecto e o amor são feitos de matérias diferentes*, afirmara. *O intelecto amarra a pessoa em um nó e não arrisca nada, mas o amor dissolve todos os emaranhados e arrisca tudo. O intelecto é sempre cauteloso, e aconselha "cuidado com o êxtase", enquanto o amor diz "Ah, não importa! Vá fundo!". O intelecto dificilmente se parte, enquanto o amor pode se tornar ruínas facilmente. Mas há tesouros sob as ruínas. Um coração partido oculta tesouros.*

À medida que o fui conhecendo melhor, comecei a admirar sua coragem e perspicácia. Mas também suspeitei de que houvesse um lado negativo em sua insuperável engenhosidade e originalidade. Por um lado, era franco a ponto de ser brusco. Eu ensinava aos meus dervixes a nunca procurarem defeitos nas outras pessoas, e, se os encontrassem, que se calassem e os perdoassem. Mas Shams não deixava nenhum erro passar despercebido. Sempre que via alguma coisa errada, falava imediatamente, indo direto ao ponto. Sua franqueza ofendia os outros, mas ele gostava de provocar as pessoas, para ver como reagiriam nos momentos de raiva.

Forçá-lo a realizar as tarefas rotineiras era difícil. Shams tinha pouca paciência para esse tipo de trabalho, e se desinteressava assim que aprendia como fazer as coisas. Quanto à rotina, ele ficava exasperado, como um tigre na jaula. Se uma conversa o entediava, ou se alguém fazia um comentário bobo, ele se levantava e saía, jamais perdendo tempo com cortesias. Os valores cultuados pela maioria dos seres humanos, como segurança, conforto e felicidade, pareciam não ter qualquer valor perante seus olhos. E sua desconfiança das palavras era tão intensa que eles às vezes ficavam sem falar por dias a fio. Essa, também, era uma de suas regras: *A maioria dos problemas do mundo decorre de erros linguísticos ou de simples mal-entendidos. Nunca leve as palavras ao pé da letra. Quando você pisa no território do amor, a linguagem, como a conhecemos, torna-se obsoleta. Aquilo que não pode ser posto em palavras só pode ser compreendido através do silêncio.*

Com o tempo, comecei a ficar preocupado com seu bem-estar. Porque, no fundo, percebia que alguém capaz de tanto fervor interno poderia ter uma tendência a se meter em situações perigosas.

No fim das contas, nossos destinos estão nas mãos de Deus, e somente Ele sabe quando e como cada um de nós deixará este mundo. De minha parte, decidi fazer o máximo para acalmar Shams, e acostumá-lo, na medida do possível, a uma vida mais tranquila. Durante um tempo achei que tinha conseguido. Mas então o inverno chegou, e com o inverno veio o mensageiro trazendo uma carta de lugar distante.

E essa carta mudou tudo.

A carta

DE KAYSERI PARA BAGDÁ, FEVEREIRO DE 1243

Bismillahirrahmanirrahim,

Meu caro irmão Baba Zaman,

Que a paz e as bênçãos do Senhor estejam com você.

Faz muito tempo desde que nos vimos pela última vez, e espero que minha carta o encontre em bem. Tenho ouvido falar tantas coisas a respeito do alojamento que você construiu nos arredores de Bagdá, ensinando aos dervixes o amor a Deus, que estou lhe escrevendo esta carta confidencialmente, para discutir uma coisa que muito me tem preocupado. Deixe-me começar pelo princípio.

Como você sabe, o falecido sultão Aladim Caicobado era um homem notável, com grande capacidade de liderança nos momentos difíceis. Era um sonho dele construir uma cidade onde poetas, artesãos e filósofos pudessem viver e trabalhar em paz. Sonho este que muitos consideravam impossível, em face do caos e da hostilidade do mundo, especialmente com os cruzados e os mongóis atacando de ambos os lados. Já vimos de tudo. Cristãos matando muçulmanos, cristãos matando cristãos, muçulmanos matando cristãos, muçulmanos matando muçulmanos. Religiões, seitas, etnias, até mesmo irmãos em guerra. Mas Caicobado era um líder determinado. Escolheu a cidade de Konya — primeiro lugar a emergir depois do grande dilúvio — para realizar seu grande sonho.

Vive hoje em Konya um estudioso, do qual você pode, ou não, já ter ouvido falar. Ele se chama Maulana Jalal ad-Din, mas costuma usar o nome de Rumi. Eu tive o prazer de conhecê-lo, e não apenas isto, mas também de estudar ao lado dele, primeiro como professor, depois, com a morte do pai dele, como seu mentor, e, após alguns anos, como seu aluno. Sim, meu amigo, tornei-me aluno do meu aluno. Tão talentoso e aplicado ele era, que depois de determinado ponto eu já não tinha nada a ensinar-lhe e, em vez disso, passei a aprender com ele. O pai dele também era um estudioso brilhante. Mas Rumi tem uma qualidade que poucos estudiosos possuem: a habilidade de escavar as profundezas da religião e, de seu cerne, trazer aquilo que é universal e eterno.

Quero que você saiba que esta não é uma opinião só minha. Quando Rumi, ainda jovem, encontrou o grande místico, curandeiro e perfumista Fariduddin Attar, este último disse dele: "Este menino vai abrir uma porta no coração do amor e lançar uma chama nos corações de todos os amantes do místico". Da mesma forma, quando Ibn Arabi, o conhecido filósofo, escritor e místico, conheceu certo dia o jovem Rumi, caminhando ao lado do pai, exclamou: "Glória a Deus, um oceano caminhando atrás de um lago!".

Ainda muito jovem, com vinte e quatro anos, Rumi tornou-se um líder espiritual. Hoje, passados treze anos, os moradores de Konya o encaram como um modelo de comportamento, e toda sexta-feira pessoas vindas de toda a região se aglomeram na cidade para ouvir seus sermões. Ele é um sábio em matéria de Leis, Filosofia, Teologia, Astronomia, História, Química e Álgebra. Dizem que já tem dez mil discípulos. Seus seguidores seguem à risca suas palavras e o encaram como um grande iluminador, que gerará mudanças significativas e positivas na história do Islã, ou mesmo na história do mundo.

Mas, para mim, Rumi sempre foi como um filho. Prometi a seu falecido pai que sempre cuidaria dele. E agora que estou velho, chegando ao fim dos meus dias, quero ter certeza de que ele ficará na companhia certa.

Veja, por mais notável e bem-sucedido que seja, Rumi já me confessou várias vezes que, no fundo, se sente insatisfeito. Falta alguma coisa em sua vida — há um vazio que nem sua família, nem seus discípulos conseguem preencher. Certa vez, eu lhe disse que ele, embora nada tivesse de cru, ainda não havia maturado. Seu copo estava cheio até a boca, e, contudo, ele precisava abrir a porta de sua alma para que as águas do amor fluíssem, para dentro e para fora. Quando me perguntou como isso podia ser feito, disse-lhe que ele precisava de um companheiro, um amigo de caminhada, e lembrei-lhe dos dizeres do Alcorão: "Os fiéis são os espelhos uns dos outros".

Se o assunto não tivesse voltado à tona, é possível que eu o houvesse esquecido completamente, mas no dia em que saí de Konya, Rumi veio pedir minha opinião sobre um sonho recorrente que o estava perturbando. Contou-me que, no sonho, ele procurava por alguém em uma cidade grande e movimentada, em um território distante. Havia palavras em árabe. Lindos crepúsculos. Pés de amora e bichos-da-seda em seus casulos secretos, esperando pacientemente por seu momento. Então, ele via a si próprio no pátio de uma casa, sentado junto a um poço, com um lampião na mão, chorando.

No início, não tive ideia de qual seria o significado daqueles fragmentos de sonho. Nada me parecia familiar. Mas um dia, depois de receber de presente uma estola de seda, lembrei-me de que você gostava desse tecido e de bichos-da-seda. Pensei nas coisas maravilhosas que já ouvira sobre sua *tariqa*. E comecei a achar que o lugar que Rumi via em sonhos era seu alojamento de dervixes. Em resumo, meu irmão, não pude deixar de pensar que talvez o companheiro para Rumi viva sob seu teto. Eis a razão pela qual lhe escrevo esta carta.

Não sei se há uma pessoa assim em seu alojamento. Mas, se houver, deixo em suas mãos informá-lo do destino que o espera. Se eu e você pudermos desempenhar um papel, ainda que mínimo, no encontro de dois rios, para que corram até o oceano do Amor Divino como um único curso d'água, se pudermos promover o encontro de dois bons amigos de Deus, eu me considerarei abençoado.

Mas há uma coisa que você precisa levar em consideração. Rumi pode ser uma pessoa influente, adorada e respeitada por muitos, mas isso não significa que não tenha seus críticos. Ele tem. Mais do que isso, o encontro dessas águas poderia provocar descontentamento e oposição, levando a rivalidades além de nossa compreensão. Esse interesse dele por um companheiro poderia provocar também problemas com sua família e seus mais íntimos. Uma pessoa que é abertamente amada por alguém, que por sua vez é admirada por tantos, pode despertar a inveja, ou mesmo o ódio, de outros.

Tudo isso poderia deixar o companheiro de Rumi em situação de imprevisível perigo. Em outras palavras, irmão, a pessoa que você enviar a Konya pode nunca mais voltar. Daí que, antes de tomar qualquer decisão e mostrar essa carta ao companheiro de Rumi, peço que você leve tudo isso em cuidadosa consideração.

Sinto colocá-lo em uma situação difícil, mas, como nós dois sabemos, o fardo que Deus nos dá nunca é maior do que aquilo podemos suportar. Aguardo ansioso por sua resposta, e acredito que, seja qual for o resultado, você dará os passos corretos, na direção certa.

Que a luz da fé jamais deixe de brilhar sobre você e seus dervixes, Mestre Seyyid Burhaneddin.

Shams

BAGDÁ, 18 DE DEZEMBRO DE 1243

Bem adiante, em meio a pingentes de gelo e às estradas cobertas de neve, eis que surge à distância um mensageiro. Disse que vinha de Kayseri, causando grande agitação entre os dervixes, que sabiam que a presença de visitantes nessa época do ano era mais rara do que uvas no verão. Um mensageiro com uma mensagem urgente, a ser trazida por entre tempestades de neve, só podia significar duas coisas: ou algo terrível tinha acontecido, ou algo muito importante ia acontecer.

A chegada do mensageiro provocou um falatório no alojamento dos dervixes, já que todos estavam curiosos sobre o conteúdo da carta entregue ao mestre. Mas, encoberto por um manto de mistério, ele não dava uma pista sequer. Impassível, pensativo e imerso em si mesmo com o maior zelo, o mestre exibiu, durante vários dias, a expressão de quem está lutando com a própria consciência, com enorme dificuldade de chegar à decisão certa.

Durante esse tempo, não foi só por mera curiosidade que fiquei observando Baba Zaman de perto. No fundo, eu intuía que a carta dizia respeito a mim, pessoalmente, embora não soubesse dizer de que maneira. Passei muitas noites na sala de orações, recitando os 99 nomes de Deus, para que Ele me guiasse. Todas as vezes, um nome sobressaía: Al Jabbar — Aquele em cujo domínio nada ocorre, a não ser por Sua vontade.

Nos dias que se seguiram, enquanto todos no alojamento faziam as mais loucas especulações, eu passava o tempo sozinho no jardim, observando a Mãe Natureza, agora envolta em uma pesada coberta de neve. Até que um dia ouvi o sino de bronze bater repetidas vezes na cozinha, chamando-nos para uma reunião urgente. Assim que adentrei a sala principal do *khaneqah*, encontrei todos ali presentes, noviços e dervixes mais velhos, sentados em um largo círculo. No meio deste estava o mestre, os lábios cerrados, os olhos perdidos.

Depois de pigarrear, ele começou:

— *Bismillah*, vocês devem estar se perguntando por que os reuni aqui hoje. É para falar a respeito da tal carta que recebi. Não importa de onde veio. Quero apenas dizer que ela chamou minha atenção para algo de suma importância.

Baba Zaman fez uma pausa e olhou para fora da janela. Parecia cansado, magro e pálido, como se tivesse envelhecido ao longo dos últimos dias. Mas, quando continuou a falar, sua voz trazia uma inesperada determinação.

— Numa cidade não muito distante daqui, vive um estudioso erudito. Ele entende das palavras, mas não tanto das metáforas, pois não é poeta. É amado, respeitado e admirado por milhares de pessoas, mas ele próprio não ama. Por razões que estão além de mim, e de nós, alguém de nosso alojamento deverá ir encontrá-lo e ser seu companheiro.

Meu coração se contraiu no peito. Soltei o ar devagar, bem devagar. Não podia deixar de me lembrar de uma das regras. *A solidão e o estar só são duas coisas distintas. Para quem se sente solitário, é fácil enganar a si mesmo e acreditar que está no caminho certo. Estar só é algo melhor para nós, pois significa estar sozinho sem se sentir solitário. Mas chega o dia em que é melhor você encontrar uma pessoa, aquela que será seu espelho. Lembre-se, somente no coração do outro você conseguirá enxergar a si mesmo, assim como a presença de Deus dentro de você.*

O mestre continuou:

— Estou aqui para lhes perguntar se algum de vocês gostaria de se aventurar nessa jornada espiritual. Eu poderia muito bem ter escolhido alguém, mas esta é uma decisão que não pode ser tomada como um dever. Porque tem que ser feita apenas por amor, e em nome do amor.

Um jovem dervixe pediu permissão para falar.

— Quem é o estudioso, Mestre?

— Só posso revelar o nome àquele que estiver decidido a ir.

Ao ouvir isso, vários dervixes ergueram a mão, empolgados e impacientes. Havia nove candidatos. Aderi a eles, tornando-me o décimo. Baba Zaman fez um gesto com a mão, pedindo que aguardássemos até que ele terminasse:

— Há mais uma coisa que vocês precisam saber, antes de tomar uma decisão.

E assim, o mestre nos contou que a jornada significaria grandes perigos e condições terríveis, não havendo garantia de que a pessoa pudesse um dia voltar. No mesmo instante, todas as mãos baixaram. Menos a minha.

Baba Zaman me olhou direto nos olhos pela primeira vez em muito tempo e, quando nossos olhares se encontraram, eu entendi que ele sabia desde o início que eu seria o único voluntário.

— Shams de Tabriz — disse o mestre, falando devagar e com severidade, como se meu nome pesasse em sua boca. — Respeito sua determinação, mas você não é exatamente um membro desta ordem. Você é nosso hóspede.

— Não vejo como isso possa ser um problema — falei.

O mestre ficou em silêncio por um longo e reflexivo momento. Então, de forma inesperada, pôs-se de pé e concluiu:

— Vamos deixar este assunto de lado por enquanto. Quando chegar a primavera, voltamos a conversar.

Meu coração se rebelou. Embora ele soubesse que essa missão era a única razão pela qual eu viera a Bagdá, Baba Zaman estava roubando minha chance de cumprir o meu destino.

— Por quê, mestre? Por que esperar, se estou pronto para partir imediatamente? Diga-me apenas o nome da cidade e do estudioso e pegarei a estrada! — exclamei.

Mas o mestre retrucou, numa voz fria, dura, que eu não estava acostumado a ouvir:

— Não há mais discussão. A reunião está terminada.

Foi um inverno longo e rigoroso. O jardim ficou completamente congelado, assim como meus lábios. Pelos três meses seguintes, não falei uma palavra com ninguém. Todos os dias, dava uma boa caminhada pelos campos, na esperança de ver alguma árvore com brotos nascendo. Mas o que se via era neve e mais neve. Nem sinal da primavera. Porém, embora por fora parecesse deprimido, no fundo eu estava agradecido e esperançoso, mantendo em mente outra regra. A regra que combinava com meu estado de espírito: *Aconteça o que acontecer em sua vida, por mais difíceis que estejam as coisas, não mergulhe no território do desespero. Mesmo que todas as portas permaneçam fechadas, Deus abrirá um novo caminho para você. Seja grato! É fácil ser grato quando tudo vai bem. Um sufi é grato não apenas pelo que recebeu, mas também por tudo que lhe foi negado.*

Até que finalmente, em uma manhã, vislumbrei um colorido deslumbrante, lindo como uma doce canção, surgindo por entre as montanhas de neve. Era um trevo-do-mato, coberto com pequeninas flores cor de lavanda.

Meu coração se encheu de alegria. Esbarrei no noviço ruivo e o saudei com entusiasmo. Ele estava tão acostumado a me ver fechado em meu silêncio rabugento que seu queixo caiu.

— Sorria, rapaz! — exclamei. — Não está vendo que a primavera está no ar?

Daquele dia em diante, a paisagem se modificou com rapidez impressionante. A última neve derreteu, as árvores deram botões, pardais e cambaxirras voltaram, e logo um leve cheiro de especiarias encheu o ar.

Numa manhã, ouvimos outra vez o sino de bronze tocar. Dessa vez, fui o primeiro a chegar à sala principal. De novo nos sentamos em um grande círculo em torno do mestre, e o ouvimos falar do proeminente estudioso do Islã que conhecia tudo, menos as profundezas do amor. Assim como antes, não houve voluntário algum.

— Vejo que Shams é o único voluntário — anunciou Baba Zaman, sua voz se esganiçando e depois ficando mais fraca, como o uivo do vento. — Mas vou esperar até o outono para tomar uma decisão.

Fiquei perplexo. Não podia acreditar no que estava acontecendo. Ali estava eu, pronto para ir embora depois de três meses de adiamento, e o mestre me dizia que a viagem devia ser postergada por seis meses. Com o coração pesado, protestei, reclamei e supliquei ao mestre que me dissesse o nome da cidade e do estudioso, mas, mais uma vez, ele recusou.

Dessa vez, porém, eu sabia que seria mais fácil esperar, porque não poderia haver outro adiamento. Eu aguentara do inverno até a primavera. Podia esperar da primavera até o outono. A recusa de Baba Zaman não me deixara desesperado. Na verdade, me erguera o moral, reforçando minha determinação. Outra regra dizia: *A paciência não significa esperar passivamente. Significa enxergar longe o suficiente, a ponto de confiar no resultado final de um processo. O que a paciência significa? Significa olhar o espinho e enxergar a rosa, olhar a noite e enxergar a aurora. A impaciência significa enxergar mal, não ser capaz de antever o resultado. Os que amam a Deus nunca perdem a paciência, porque sabem que é preciso tempo para a lua crescente se tornar cheia.*

Quando, no outono, o sino tocou pela terceira vez, caminhei sem pressa, confiante, acreditando que agora, finalmente, tudo se acertaria. O mestre parecia mais pálido e frágil do que nunca, como se já não lhe restasse nenhuma energia. No entanto, quando me viu erguer a mão de novo, não desviou o olhar, nem mudou de assunto. Em vez disso, fez para mim um gesto determinado de aquiescência.

— Está bem, Shams, não há dúvida de que você é a pessoa para embarcar nessa jornada. Amanhã de manhã, você estará a caminho, *inshallah*.

Beijei a mão do mestre. Finalmente ia encontrar meu companheiro.

Baba Zaman sorriu para mim com ternura, pensativo, como um pai sorri para o filho único em sua partida para o campo de batalha. Em seguida, tirou da longa túnica de cor cáqui uma carta selada, deu-a para mim, e saiu da sala em silêncio. Todos os demais o seguiram. Sozinho na sala, parti o selo. Dentro, havia duas informações escritas em uma caligrafia delicada. O nome da cidade e do estudioso. Aparentemente, eu iria para Konya, ao encontro de um certo Rumi.

Meu coração deu um salto. Nunca ouvira aquele nome antes. Até onde sabia, ele podia ser um estudioso famoso, mas para mim era um completo mistério. Uma por uma, pronunciei as letras do seu nome: o R, poderoso e lúcido; o U, aveludado; o M, intrépido e autoconfiante; e o misterioso I, a ser decifrado.

Juntando as letras, repeti o nome dele várias e várias vezes, até que a palavra se dissolveu em minha língua com a doçura de um confeito e se tornou tão familiar quanto "água", "pão" ou "leite".

Ella

NORTHAMPTON, 22 DE MAIO DE 2008

Bem enroscada em seu edredom branco, Ella sentia-se esgotada, e a gargarta doía quando engolia. Ficar acordada até tarde e beber mais do que de costume, por várias noites seguidas, tinha seu preço. Mesmo assim, desceu para preparar o café e sentou-se à mesa ao lado dos gêmeos e do marido, fazendo o possível para parecer interessada na conversa sobre qual era o carro mais bonito da escola, quando tudo o que queria era voltar para a cama e dormir.

De repente, Orly virou-se para a mãe e falou:

— Avi disse que nossa irmã nunca mais vai voltar para casa. É verdade, mãe? — perguntou, com a voz cheia de desconfiança e acusação.

— Claro que não. Sua irmã e eu tivemos uma discussão, como você sabe, mas nós gostamos muito uma da outra — respondeu Ella.

— É verdade que você ligou para o Scott e pediu que ele largasse a Jeannette? — indagou Avi com um sorrisinho, aparentemente adorando o assunto.

Ella olhou para o marido com olhos arregalados, mas David ergueu as sobrancelhas e abriu as mãos, para mostrar que não fora ele quem contara aquilo.

Com a naturalidade de sempre, Ella deu à própria voz o tom autoritário de quando instruía as crianças.

— Não foi bem assim. De fato, eu *falei* com o Scott, mas não sugeri que ele largasse sua irmã. Só falei que eles não deviam ter pressa em se casar.

— Eu nunca vou me casar — anunciou Orly, com convicção.

— Claro, como se alguém fosse querer casar com você! — soltou Avi.

Enquanto ouvia os gêmeos provocando um ao outro, Ella sentiu um sorriso nervoso surgir, por razões que não conseguia compreender. Ela o reprimiu. Mas o sorriso continuava ali, sob sua pele, quando ela os levou até a porta e desejou que tivessem um bom dia.

Somente quando voltou a se sentar à mesa é que conseguiu se livrar do sorriso, e fez isso simplesmente ao se permitir sentir-se amuada. A cozinha parecia ter sido atacada por um exército de ratos. Ovos comidos pela metade, tigelas de cereal largadas e canecas sujas enchiam o balcão. Spirit andava de um lado para o outro, louco para passear, mas, mesmo depois de duas xícaras de café e vitaminas, Ella só conseguiu levá-lo até o jardim por poucos minutos.

De volta do jardim, Ella viu que a luz vermelha da secretária eletrônica estava piscando. Apertou o botão, e, para sua grande alegria, a voz melodiosa de Jeannette encheu o aposento.

— Mãe, você está aí...? Bem, acho que não, caso contrário teria atendido o telefone — disse, dando um risinho. — Ok. Eu estava tão zangada que não queria mais ver sua cara. Mas agora já me acalmei. Quer dizer, o que você fez foi errado, com certeza. Você nunca deveria ter ligado para o Scott. Mas eu entendo por que fez isso. Mãe, você não precisa ficar me protegendo o tempo todo. Não sou mais aquele bebê prematuro que precisou ficar na incubadora. Pare de ser superprotetora! Deixe que eu seja quem sou, está bem?

Os olhos de Ella se encheram de lágrimas. A visão de Jeannette recém-nascida surgiu em sua mente. A pele vermelha e triste, os dedinhos enrugados e quase transparentes, os pulmões ligados a um tubo de oxigênio — a filha não estava preparada para este mundo. Ella passara inúmeras noites ouvindo sua respiração, para ter certeza de que estava viva e de que iria sobreviver.

— Mãe, mais uma coisa — acrescentou Jeannette, como se acabasse de se lembrar. — Amo você.

Com isso, Ella soltou um longo suspiro. Sua mente passou ao e-mail de Aziz. O pedido dele à árvore dos desejos tinha sido atendido. Pelo menos, a primeira parte. Ao ligar, Jeannette tinha feito sua parte. Agora, cabia a Ella fazer o resto. Ligou para o celular da filha e encontrou-a a caminho da biblioteca da universidade.

— Ouvi seu recado, meu bem. Eu sinto muito, filha. Queria pedir desculpa.

Houve uma pausa, breve porém carregada.

— Tudo bem, mãe.

— Não está tudo bem, não. Eu devia ter demonstrado mais respeito pelos seus sentimentos.

— Vamos deixar isso para lá, está bem? — sugeriu Jeannette, como se fosse a mãe e Ella, a filha rebelde.

— Ok, meu bem.

A voz de Jeannette então adquiriu um tom confidencial, como se ela estivesse com medo do que ia perguntar a seguir.

— O que você disse no outro dia me deixou preocupada. Quer dizer, é verdade mesmo? Você é *infeliz*?

— Claro que não — respondeu Ella, um pouco depressa demais. — Eu criei três filhos lindos. Como posso ser infeliz?

Mas Jeannette não pareceu convencida.

— Eu quis dizer com o papai.

Ella não soube o que dizer, então decidiu dizer a verdade.

— Seu pai e eu estamos casados há muito tempo. É difícil continuar apaixonado depois de tantos anos.

— Eu entendo — disse Jeannette, e, estranhamente, Ella achou que entendia mesmo.

Depois de desligar, Ella se permitiu ficar refletindo sobre o amor. Sentou-se toda encolhida na cadeira de balanço e se perguntou como, depois de tanto sofrimento e cinismo, poderia voltar a se apaixonar um dia. Amor era para aqueles que estavam à procura de algum sentido nesse mundo louco. Mas e quanto àqueles que já tinham desistido há muito tempo dessa busca?

Antes que o dia terminasse, ela escreveu para Aziz.

Querido Aziz (se me permite),

Obrigada por sua resposta delicada e reconfortante, que me ajudou a enfrentar uma crise familiar. Minha filha e eu conseguimos deixar de lado aquele terrível desentendimento, como você, gentilmente, o chamou.

Você estava certo a respeito de uma coisa: Eu sempre estou oscilando entre dois extremos: agressiva e passiva. Ou me meto demais nas vidas daqueles que amo, ou me sinto indefesa diante de como eles agem.

Quanto à submissão, jamais experimentei essa rendição pacífica que você mencionou. Honestamente, não acho que estou pronta para ser uma sufi. Mas tenho que admitir algo: para minha surpresa, as coisas entre mim e Jeannette só ficaram do jeito que eu queria depois que parei de interferir. Devo-lhe um muito obrigada. Eu também teria rezado por você, mas faz tanto tempo que não recorro a Deus, que já nem sei se Ele vive no mesmo lugar. Opa, será que falei como o estalajadeiro em sua história? Não se preocupe, não estou tão amarga assim, não. Ainda não. Ainda não.

Sua amiga de Northampton,
Ella

A carta

DE BAGDÁ PARA KAYSERI, 29 DE SETEMBRO DE 1243

*B*ismillahirrahmanirrahim,

Irmão Seyyid Burhaneddin,

Que a paz esteja com você, e a misericórdia de Deus e suas bênçãos.

Fiquei muito feliz em receber sua carta e saber que continua, como sempre, devotado ao caminho do amor. Contudo, sua carta também me deixou em um dilema. Porque, assim que soube que você estava à procura de uma companhia para Rumi, entendi de quem estava falando. Mas fiquei sem saber o que fazer a seguir.

Sabe, havia sob meu teto um dervixe itinerante, Shams de Tabriz, que se encaixava perfeitamente na sua descrição. Shams acreditava ter uma missão especial neste mundo, e que para isso precisava iluminar uma pessoa iluminada. Sem querer nem discípulos nem estudantes, ele pediu a Deus um companheiro. Certa vez, disse que não viera ao mundo para as pessoas comuns. Viera para pôr seu dedo no pulso daqueles que guiavam o mundo para a Verdade.

Quando recebi sua carta, sabia que Shams estava fadado a conhecer Rumi. Porém, para ter certeza de que todos os meus dervixes teriam chance igual, eu os reuni e, sem dar maiores detalhes, falei-lhes sobre o estudioso cujo coração devia ser aberto. Embora tenha havido alguns poucos candidatos, Shams foi o único que perseverou, mesmo depois de saber dos perigos do caminho. Isso foi no inverno passado. A mesma cena se repetiu na primavera, e depois no outono.

Você deve estar se perguntando por que esperei tanto tempo. Pensei muito no assunto e, francamente, só posso lhe oferecer uma razão: eu me afeiçoei a Shams. Doía-me saber que o estava mandando para uma jornada perigosa.

Sabe, Shams não é uma pessoa fácil. Enquanto viveu uma vida nômade, saiu-se muito bem, mas, se permanecer em uma cidade e se misturar com as pessoas, temo que vá se encrespar com alguém. Foi por essa razão que adiei ao máximo sua viagem.

Na noite anterior à partida de Shams, demos um longo passeio em torno das amoreiras, onde crio bichos-da-seda. É difícil se livrar dos velhos hábitos. Profundamente delicados e surpreendentemente fortes, os fios da seda lembram o amor. Eu disse a Shams como os bichos-da-seda destroem os fios que produzem, assim que saem do casulo. É por isso que os fazendeiros precisam fazer uma escolha entre a seda e o bicho-da-seda. Muitas vezes, eles matam o bichinho que ainda está no casulo, para tirar os fios de seda intactos. São necessárias as vidas de centenas de bichos-da-seda para tecer uma única estola.

A noite chegava ao fim. Um vento gelado soprou em nossa direção, e eu estremeci. Velho como estou, me resfrio facilmente, mas sabia que não era o frio que me dera arrepios. Foi porque me dei conta de que aquela era a última vez que Shams estaria em meu jardim. Não tornaremos a nos ver. Não neste mundo. Ele também deve ter pressentido isso, porque havia tristeza em seu olhar.

Hoje de manhã, ao nascer da aurora, ele veio beijar minha mão e pedir a bênção. Fiquei surpreso ao ver que cortara seus longos cabelos pretos e fizera a barba, mas ele nada explicou e eu nada perguntei. Antes que se fosse, ele disse que seu papel nessa história era semelhante ao do bicho-da-seda. Ele e Rumi se retirariam para um casulo de Amor Divino, para sair apenas quando o tempo devido chegasse, e a seda preciosa fosse tecida. Mas, um dia, para que a seda sobrevivesse, o bicho-da-seda teria que morrer.

E assim ele deixou Konya. Que Deus o proteja. Sei que fiz a coisa certa, e você também, mas meu coração está pesado de tristeza, e já sinto falta do mais extraordinário e indisciplinado dervixe que meu alojamento jamais abrigou.

No fim, todos pertencemos a Deus, e a Ele retornaremos.

Que Deus o console,
Baba Zaman

O noviço

BAGDÁ, 29 DE SETEMBRO DE 1243

Basta dizer que ser um dervixe não é fácil. Todos tinham me avisado. O que esqueceram de mencionar foi que eu teria de atravessar o inferno a fim de me tornar um. Desde que cheguei aqui, tenho trabalhado como um cão. Na maior parte dos dias, trabalho tanto que, quando finalmente me atiro no meu catre, não consigo dormir, por causa das dores nos músculos e dos pés latejando. Fico me perguntando se alguém percebe como sou maltratado. Mesmo que percebam, não parecem se importar. E, quanto mais labuto, pior fica. Eles nem ao menos sabem meu nome. "O noviço", é como me chamam, e cochicham pelas minhas costas, "aquele beócio ruivo."

A pior coisa, de longe, é trabalhar na cozinha, sob a supervisão do cozinheiro. O homem tem uma pedra no lugar do coração. Podia muito bem ter sido um comandante sanguinário do exército mongol, em vez de cozinheiro em um alojamento de dervixes. Não me lembro de jamais tê-lo ouvido dizer uma frase gentil para quem quer que seja. Acho que nem sorrir ele sabe.

Certa vez, perguntei a um dervixe mais antigo se todos os noviços precisavam passar pelo trabalho na cozinha. Ele deu um sorriso misterioso e respondeu:

— Todos, não. Só alguns.

Então, por que eu? Por que o mestre quer me fazer sofrer mais do que os outros noviços? É porque meu *nafs* é maior do que o dos outros e precisa de um tratamento mais duro para ser disciplinado?

Todos os dias sou o primeiro a acordar para ir pegar água num riacho aqui perto. Depois, esquento o forno e asso o pão ázimo de gergelim. Preparar a sopa que será servida no desjejum também é tarefa minha. Não é fácil fazer comida para cinquenta pessoas. Tudo precisa ser cozido em caldeirões do tamanho de banheiras. E adivinhe quem areia e lava os caldeirões depois? De manhã à noite, eu esfrego o chão, passo pano nos tampos, limpo as escadas, varro o jardim, corto lenha, passo horas de quatro limpando as velhas tábuas corridas barulhentas. Preparo geleias e molhos de pimenta. Faço conservas com cenouras e abóbora, cuidando para que levem a quantidade certa de sal, que faça um ovo boiar. Se ponho sal de mais ou sal de menos, o cozinheiro tem um ataque e quebra todas as jarras, e eu preciso fazer tudo de novo.

E, além de tudo, querem que eu recite orações em árabe, enquanto estou fazendo todo o serviço. O cozinheiro exige que eu reze em voz alta, para ter certeza de que não pulei ou pronunciei mal alguma palavra. E, assim, eu rezo e trabalho, trabalho e rezo.

— Quanto mais você suportar o trabalho duro na cozinha, mais rápido vai amadurecer, meu filho — disse meu torturador. — Enquanto aprende a cozinhar, sua alma vai se apurando.

— Mas quanto tempo vai durar essa provação? — perguntei certa vez.

— Mil e um dias — respondeu. — Se Sherazade, a contadora de histórias, conseguia inventar um novo conto toda noite por todo esse tempo, você também pode aguentar.

Isso é uma insanidade! Será que eu me pareço minimamente com aquela faladeira da Sherazade? Além do mais, o que ela fazia era se recostar em almofadas de veludo, mexendo os dedinhos, e inventar histórias curiosas, enquanto alimentava o príncipe malvado com uvas doces e invenções de sua cabeça. Isso não é trabalho duro. Ela não teria sobrevivido nem uma semana se tivesse que fazer metade do meu trabalho. Não sei se alguém está fazendo as contas. Mas eu estou. E ainda tenho 624 dias pela frente.

Passei os primeiros quarenta dias de minha provação em uma cela tão pequena e baixa que eu não podia ficar nem deitado, nem em pé, tendo que permanecer sentado sobre os joelhos o tempo todo. Se ansiava por comida boa e algum conforto, se tinha medo do escuro ou da solidão, ou, Deus me perdoe, se tinha sonhos eróticos com um corpo de mulher, era ordenado a tocar os sinos de prata pendurados no teto e a pedir ajuda espiritual. Nunca o fiz. Não estou dizendo que nunca tive desvios de pensamento. Mas o que há de errado em ter algumas distrações quando você não pode nem se mexer?

Ao fim do período de isolamento, fui mandado direto para a cozinha, para as mãos do cozinheiro. E foi só sofrimento. Mas a verdade é que, por mais raiva que tenha dele, eu nunca descumpri sua regra — isto é, até aquela noite em que Shams de Tabriz chegou. Naquela noite, quando o cozinheiro finalmente me agarrou, ele me deu a pior surra que já levei na vida, quebrando várias varas de salgueiro em minhas costas. Depois, botou meus sapatos em frente à porta, com as pontas para fora, deixando claro que era hora de eu ir embora. Num alojamento dervixe, nunca lhe mandam embora ou dizem abertamente que você falhou; em vez disso, fazem *você próprio* sair em silêncio.

— Não podemos fazer de você um dervixe contra sua vontade — disse o cozinheiro. — Um homem pode levar o burro até a água, mas não pode obrigá-lo a beber. O burro precisa querer. Não há outro meio.

Isso faz de mim o burro, claro. Francamente, eu já teria ido embora daqui há muito tempo, não fosse por Shams de Tabriz. Minha curiosidade a respeito dele me segurou. Nunca encontrei alguém igual. Ele não temia ninguém, não obedecia a ninguém. Até o cozinheiro o respeitava. Se algum dia houve um exemplo para mim aqui dentro, foi Shams, com seu charme, sua dignidade e sua rebeldia. E não o velho mestre humilde.

Sim, Shams de Tabriz era meu herói. Depois de conhecê-lo, decidi que não precisava me tornar um dervixe dócil. Se passasse bastante tempo com ele, poderia vir a ser um dervixe impetuoso, firme e rebelde. E assim, no outono, quando soube que Shams estava indo embora para sempre, resolvi ir com ele.

Decidido, fui até Baba Zaman e o encontrei sentado, lendo um livro antigo sob a luz de uma lamparina.

— O que você quer, noviço? — perguntou ele, com voz cansada, como se me ver o aborrecesse.

Com a maior franqueza possível, falei:

— Soube que Shams de Tabriz está partindo em breve, mestre. Quero ir junto. Ele pode precisar de companhia no caminho.

— Não sabia que você gostava tanto dele — comentou o mestre, desconfiado. — Ou será que está querendo dar um jeito de fugir das tarefas na cozinha? Sua provação ainda não está terminada. Você ainda não pode se considerar um dervixe.

— Talvez ir numa jornada com alguém como Shams seja minha provação — sugeri, sabendo que estava sendo atrevido, mas ainda assim enunciando aquelas palavras.

O mestre baixou os olhos, entrando em contemplação. Quanto mais longo era seu silêncio, mais eu me convencia de que, por minha insolência, me mandaria sair dali, e pediria ao cozinheiro que me vigiasse melhor. Mas ele não fez nada disso. Na verdade, lançou-me um olhar desesperado e balançou a cabeça.

— Talvez você não tenha sido criado para viver num alojamento de dervixes, meu filho. Afinal, de cada sete noviços que tomam esse caminho, apenas um ficará. Minha impressão é de que você não foi feito para ser um dervixe, que precisa procurar por seu *kismet* em outro lugar. Quanto a acompanhar Shams, você terá que perguntar a ele próprio.

E encerrando assim nossa conversa, Baba Zaman interrompeu o assunto com um gesto de cabeça gentil, porém senhorial, e voltou para seu livro.

Senti-me triste, apequenado, mas estranhamente liberto.

Shams

BAGDÁ, 30 DE SETEMBRO DE 1243

Batalhando com o vento, meu cavalo e eu saímos correndo ao alvorecer. Somente uma vez parei para olhar para trás. O alojamento de dervixes parecia um ninho de pássaro escondido entre os arbustos e pés de amora. Por um tempo, o rosto cansado de Baba Zaman se manteve em minha mente. Eu sabia que ele estava preocupado comigo. Mas não via razão para tal. Eu embarcara em uma jornada para o cerne do Amor. Como isso poderia resultar em algum mal? Era minha décima regra: *Leste, oeste, sul ou norte, não faz diferença. Não importa qual é seu destino, mas certifique-se de que toda jornada seja uma jornada interior. Se viajar para dentro de si mesmo, viajará pelo mundo inteiro e além.*

Embora antecipasse tempos duros, isso não me preocupava muito. Fosse qual fosse o destino que me aguardava em Konya, seria bem-vindo. Como sufi, eu fora treinado a aceitar o espinho junto com a rosa, as dificuldades ao lado da beleza da vida. Daí, mais uma regra: *A parteira sabe que, quando não há dor, o caminho para o bebê não se faz e a mãe não poderá dar à luz. Da mesma forma, para que nasça um novo Eu, é preciso sofrimento.*

Assim como o tijolo precisa passar por forte calor para ficar forte, o Amor só pode se aperfeiçoar através da dor.

Na noite anterior à minha partida do alojamento dos dervixes, abri todas as janelas do quarto para deixar que os cheiros e os sons da escuridão entrassem. Sob a luz bruxuleante da vela, cortei os longos cabelos. Grossos cachos caíram no chão. Depois fiz a barba e o bigode, raspando também as sobrancelhas. Quando terminei, observei meu rosto no espelho, agora mais leve e mais jovem. Sem pelos no rosto, minha face deixava de ter nome, idade e gênero. Não tinha passado, nem futuro, presa eternamente naquele momento.

— Sua jornada já o está transformando — disse o mestre quando fui até seu quarto para lhe dizer adeus. — E olhe que ainda nem começou.

— Sim, percebo isto — respondi, baixinho. — É mais uma das quarenta regras. *A busca pelo Amor modifica você. Não há ninguém, entre aqueles que procuram o Amor, que não tenha amadurecido no caminho. Do momento em que você começa a buscar o Amor, principia a se transformar, por dentro e por fora.*

Com um leve sorriso, Baba Zaman pegou uma caixa de veludo e entregou para mim. Dentro, encontrei três coisas: um espelho de prata, um lenço de seda e um vidro de unguento.

— Esses três itens vão ajudá-lo em sua jornada. Use-os quando necessário. Se em algum momento você perder a fé em si mesmo, o espelho lhe mostrará sua beleza interior. Caso sua reputação seja manchada, o lenço lhe lembrará do quão puro é seu coração. Quanto ao unguento, ele curará seus ferimentos, tanto internos quanto externos.

Acariciei cada um dos objetos, fechei a caixa e agradeci a Baba Zaman. E já não havia mais nada a ser dito.

Enquanto os passarinhos chilreavam e pequeninas gotas de orvalho pendiam dos galhos com as primeiras luzes da manhã, montei meu cavalo. Saí em direção a Konya, sem saber o que esperar, mas confiando no destino que o Todo-poderoso tinha preparado para mim.

O noviço

BAGDÁ, 30 DE SETEMBRO DE 1243

Bem no encalço de Shams de Tabriz, eu cavalgava meu cavalo roubado. Por mais que tentasse manter uma distância segura entre nós, logo se provou impossível persegui-lo sem que ele me notasse. Quando Shams parou em um bazar de Bagdá para se refrescar e comprar alguns artigos para a viagem, decidi aparecer, e me joguei na frente de seu cavalo.

— Beócio ruivo, o que está fazendo aí estirado no chão? — indagou Shams, do alto do cavalo, parecendo surpreso, mas também divertido.

Eu me coloquei de joelhos, as mãos postas, estiquei o pescoço, como já vira pedintes fazendo, e implorei:

— Quero ir com você. Por favor, deixe que o acompanhe.

— Você tem alguma ideia de para onde estou indo?

Fiquei quieto. Aquela pergunta nunca me ocorrera.

— Não, mas não faz diferença. Quero me tornar seu discípulo. Você é um exemplo para mim.

— Eu sempre viajo sozinho, e não quero nem discípulos, nem estudantes, muito obrigado! Certamente não sou exemplo para ninguém, muito menos para você — disse Shams. — Por isso, siga seu caminho. Mas se no futuro ainda pensar em procurar um mestre, por favor tenha em mente esta regra de ouro: *Há mais falsos gurus e professores sobre a terra do que estrelas no universo visível. Não confunda pessoas autocentradas, interessadas em poder, com um verdadeiro mentor. O genuíno mestre espiritual não dirigirá as atenções para si próprio ou si própria, e não esperará de você total obediência e admiração, mas, ao contrário, vai ajudá-lo a apreciar e admirar seu eu interior. Os verdadeiros mentores são transparentes como o vidro. Deixam a luz de Deus entrar através deles.*

— Por favor, me dê uma chance — implorei. — Todos os viajantes famosos tinham alguém para assisti-los na jornada, como um aprendiz ou algo assim.

Shams esfregou o queixo, pensativo, como se estivesse reconhecendo a verdade das minhas palavras.

— Você é forte o suficiente para aguentar minha companhia? — quis saber ele.

Fiquei de pé com um pulo, fazendo que sim com toda a convicção.

— É claro! E minha força vem de dentro de mim.

— Muito bem, então. Eis sua primeira tarefa: quero que você vá até a taberna mais próxima e compre para você uma caneca de vinho. Vai bebê--la aqui no bazar.

Bem, eu estava acostumado a esfregar o chão com meu roupão, polir panelas e caldeirões, até que ficassem brilhantes como o lindo espelho veneziano que vira na mão de um artesão, que escapara de Constantinopla muito tempo atrás, quando os cruzados tinham saqueado a cidade. Era capaz de picar cem cebolas de uma sentada ou descascar e amassar dentes de alho, tudo em nome do desenvolvimento espiritual. Mas beber vinho no meio de um bazar cheio de gente, com esse objetivo, era demais para mim. Olhei para ele, horrorizado.

— Não posso fazer isso. Se meu pai souber, me quebra a perna. Ele me mandou para o alojamento de dervixes para que eu me tornasse um verdadeiro muçulmano, não um pagão. O que minha família e meus amigos pensariam de mim?

Senti o olhar de Shams me fuzilando e estremeci sob tamanha pressão, do mesmo jeito que naquele dia em que o espiara através da porta.

— Está vendo, você não pode ser meu discípulo — falou, convicto. — É tímido demais para mim. Preocupa-se muito com o que os outros vão pensar. Mas sabe de uma coisa? Como você está desesperado demais para obter a aprovação dos outros, jamais vai conseguir se livrar das críticas deles, por mais que tente.

Percebi que minha chance de o acompanhar estava escapando, e corri a me defender:

— Como eu podia saber se você não estava fazendo esse pedido de propósito? O vinho é estritamente proibido no Islã. Achei que estivesse me testando.

— Mas isso seria brincar de Deus. Não cabe a nós julgar e medir a devoção dos outros — retrucou Shams.

Olhei em volta, em desespero, sem saber o que dizer ante aquelas palavras, a mente sovada como massa de pão.

Shams continuou:

— Você diz que quer percorrer o caminho, mas não quer sacrificar nada para esse fim. Dinheiro, fama, poder, luxúria ou prazer carnal: seja o que for que a pessoa achar mais importante na vida, é isso que precisa largar primeiro.

Dando tapinhas no cavalo, Shams concluiu, com um ar de sentença:

— Acho que você deveria ficar em Bagdá com sua família. Encontre um bom homem de negócios e torne-se seu aprendiz. Tenho a impressão de que você poderá se tornar um bom mercador, um dia. Mas não seja ambicioso! Agora, com sua permissão, preciso ir.

Com isso, lançou-me uma última saudação, tocou o cavalo e saiu a galope, o mundo deslizando sob o estrondo de seus cascos. Pulei no meu cavalo e o segui até os arredores de Bagdá, mas a distância entre nós foi ficando cada vez maior, até que ele se tornou apenas um pontinho escuro lá longe. Mesmo muito depois que aquele pontinho tinha desaparecido no horizonte, eu ainda podia sentir o peso do olhar de Shams sobre mim.

Ella

NORTHAMPTON, 24 DE MAIO DE 2008

Um belo café da manhã é a refeição mais importante do dia. Sendo uma fiel seguidora dessa máxima, todas as manhãs, fosse dia útil ou fim de semana, Ella ia para a cozinha. Um bom café da manhã, pensava, daria o tom para o resto do dia. Lera nas revistas femininas que as famílias que costumavam tomar regularmente o café da manhã juntas eram mais harmoniosas e coesas do que aquelas em que cada membro saía correndo de casa com fome. E, embora acreditasse piamente nessa pesquisa, ainda não tivera a experiência do feliz desjejum sobre o qual as revistas falavam. Sua experiência de café da manhã era uma colisão de galáxias, em que cada membro da família marchava a um ritmo próprio. Todos queriam comer algo diferente no café da manhã, o que se chocava com a ideia dela sobre fazer a refeição juntos. Como poderia haver unidade numa mesa, se uma mordiscava torrada com geleia (Jeannette), enquanto outro engolia cereal cheio de mel (Avi), um terceiro esperava pacientemente ser servido de ovos mexidos (David) e uma quarta se recusava a comer qualquer coisa (Orly)? Mesmo assim, o desjejum era importante. Todas as manhãs, Ella o preparava, decidida a não deixar que algum filho começasse o dia mastigando biscoitos ou qualquer outra porcaria.

Mas, naquela manhã, quando entrou na cozinha, em vez de coar o café, espremer laranjas e torrar o pão, a primeira coisa que fez foi sentar-se à mesa da cozinha e abrir o laptop. Entrou na internet para ver se havia alguma mensagem de Aziz. Para sua alegria, havia.

Querida Ella,

Fiquei muito feliz em saber que as coisas melhoraram entre você e sua filha. Quanto a mim, deixei a aldeia de Momostenango ontem, assim que amanheceu. É estranho, fiquei aqui apenas alguns dias e, no entanto, quando chegou a hora da despedida, me senti triste, quase deprimido. Será que algum dia voltarei a ver essa cidadezinha na Guatemala? Acredito que não.

A cada vez que me despeço de um lugar de que gosto, sinto como se estivesse deixando uma parte minha para trás. Acho que não importa se escolhemos viajar tanto quanto Marco Polo ou, ao contrário, ficamos no mesmo lugar do berço ao túmulo: a vida é sempre uma sequência de nascimentos e falecimentos. Momentos nascem e momentos morrem. Para que novas experiências venham à luz, as antigas precisam se esbater. Você não acha?

Quando estava em Momostenango, eu meditei e tentei visualizar sua aura. Logo três cores me apareceram: um amarelo quente, um laranja tímido e um lilás reservado e metálico. Intuí que eram suas cores. Achei-as bonitas, tanto juntas quanto separadas.

Minha última parada na Guatemala é em Chajul — uma pequena cidade com casas de adobe e crianças com olhos em que há mais sabedoria do que o comum para sua idade. Em cada casa, mulheres de todas as idades tecem tapeçarias magníficas. Pedi a uma anciã que escolhesse uma tapeçaria e disse que era para uma senhora que morava em Northampton. Depois de pensar um pouco, ela puxou, de uma enorme pilha atrás de si, uma tapeçaria. Juro por Deus, havia mais de cinquenta tapeçarias de todas as cores possíveis naquela pilha. Mas a que ela escolheu para você era feita de apenas três tons: amarelo, laranja e lilás. Achei que você ia gostar de saber dessa coincidência, se é que isso existe no universo de Deus.

Já lhe ocorreu que nosso contato pode não ter sido o resultado de uma coincidência?

Com afeto,
Aziz

P.S.: Se quiser, posso lhe mandar a tapeçaria por correio, ou posso esperar até nos encontrarmos para um café e levá-la pessoalmente.

Ella fechou os olhos, tentando imaginar como as cores de sua aura lhe rodeavam o rosto. Curiosamente, a imagem de si própria que lhe surgiu na mente não era a de uma mulher madura, mas de uma criança, com seus sete anos de idade.

Muitas coisas apareceram aos borbotões, lembranças que ela julgava há muito deixadas para trás. A visão de sua mãe, de pé, com um avental cor de pistache amarrado na cintura e uma xícara de medida na mão, o rosto uma máscara de dor, cinzenta; corações de papel pendurados na parede, vistosos e brilhantes; e o corpo de seu pai pendurado do teto, como se quisesse se misturar aos enfeites de Natal e dar à casa um ar festivo. Ela se lembrava de como passara os anos da adolescência achando que a mãe era culpada pelo suicídio do pai. Quando jovem, Ella prometera a si mesma que, quando se casasse, sempre faria o marido feliz e não fracassaria no casamento, como acontecera com sua mãe. Em sua ânsia de tornar o próprio casamento o mais diferente possível do da mãe, não se casara com um cristão, escolhendo alguém de sua própria fé.

Somente alguns anos mais tarde deixara de odiar a mãe, já idosa, e, embora as duas tivessem passado a se dar bem ultimamente, a verdade era que, lá no fundo, Ella ainda se sentia constrangida ao relembrar o passado.

— Mãe! Alô, mãe! Você parece que está no espaço!

Ella ouviu risadas e sussurros às suas costas. Quando se voltou, viu quatro pares de olhos observando-a, divertidos. Orly, Avi, Jeannette e David tinham aparecido juntos dessa vez para o café, e agora olhavam para ela como se fosse uma criatura exótica. Pelo jeito com que a fitavam parecia que estavam ali já há algum tempo, tentando chamar sua atenção.

— Bom dia, todo mundo! — disse Ella, sorrindo.

— Como pode não ter nos escutado? — perguntou Orly, parecendo genuinamente surpresa.

— Você parecia tão absorta naquela tela — comentou David, sem olhá-la.

O olhar de Ella seguiu o do marido, e ali, na tela aberta à sua frente, viu o e-mail de Aziz Z. Zahara, brilhando levemente. Em um segundo, fechou o laptop, sem esperar que ele desligasse.

— Tenho muita leitura a fazer para a agência literária — falou, revirando os olhos.
— Estava trabalhando no meu relatório.

— Não estava, não! Estava lendo seus e-mails — disse Avi, com o rosto sério, decidido.

O que havia nos meninos adolescentes, que estavam sempre interessados em descobrir as falhas e mentiras dos outros? Mas, para seu alívio, o restante da família não pareceu interessada no assunto. Na verdade, agora estavam todos olhando para outro ponto, o balcão da cozinha.

Foi Orly que se virou para ela, verbalizando a pergunta de todos:

— Mãe, por que você não fez café para a gente hoje?

Ella se virou na direção do balcão e viu o que os outros tinham visto. Não havia café sendo passado, nem ovos mexidos no forno, nem torradas com geleia de mirtilo. Balançou a cabeça várias vezes, como se concordasse com uma voz interior, que dizia uma verdade incontestável.

Verdade, pensou, como é que pôde esquecer o café da manhã?

PARTE DOIS

ÁGUA

AS COISAS QUE SÃO FLUIDAS,
MUTANTES E IMPREVISÍVEIS

Rumi

KONYA, 15 DE OUTUBRO DE 1244

Brilhante e cheia, a fabulosa lua cheia parecia uma pérola enorme pendurada no céu. Levantei-me da cama e, pela janela, olhei para o pátio banhado pelo luar. Mas, mesmo depois de observar tanta beleza, meu coração continuou batendo com força, e minhas mãos, tremendo.

— Efêndi, você está pálido. Teve o mesmo sonho de novo? — sussurrou minha esposa. — Quer que eu lhe traga um copo d'água?

Disse-lhe para não se preocupar e voltar a dormir. Não havia nada que ela pudesse fazer. Nossos sonhos eram parte de nossos destinos, e seguiriam seu curso, segundo a vontade de Deus. Além disso, devia haver uma razão, pensei, para que, nos últimos quarenta dias, eu tivesse o mesmo sonho.

O sonho começava de forma ligeiramente diferente a cada vez. Ou talvez fosse sempre igual, mas eu penetrasse nele por um portal diferente a cada noite. Nessa ocasião, vi a mim mesmo lendo o Alcorão em uma sala acarpetada, que parecia familiar, mas não era nenhum lugar onde eu houvesse estado antes. À minha frente, estava sentado um dervixe, alto, magro e ereto, com um véu lhe cobrindo o rosto. Segurava um candelabro com cinco velas acesas, fornecendo luz para que eu pudesse ler.

Depois de um tempo, eu erguia a cabeça para mostrar ao dervixe o verso que estava lendo, e só então me dava conta de que aquilo que pensava ser um candelabro era na verdade a mão direita do homem. Ele estivera erguendo para mim sua mão, e cada um dos dedos estava em chamas.

Em pânico, eu olhava em torno em busca de água, mas não havia nem uma gota à vista. Tirava meu manto e jogava sobre o dervixe para extinguir o fogo. Mas, quando ergui o manto, ele desaparecera, deixando para trás apenas uma vela acesa.

Desse ponto em diante, o sonho era sempre igual. Eu começava a procurá-lo pela casa, buscando em todos os cantos. Depois, corria para o pátio, onde as rosas tinham desabrochado, formando um mar do mais brilhante amarelo. Eu gritava para um lado e para o outro, mas o homem não estava em parte alguma.

— Volte, amado. Onde está você?

Finalmente, como se levado por um horrível pressentimento, eu me aproximava do poço e espiava a água escura lá embaixo. A princípio, não enxergava nada, mas aos poucos a lua mergulhava-me em sua luz brilhante e dava ao pátio uma luminosidade rara. Só então eu via, do fundo do poço, um par de olhos pretos me encarando com uma tristeza inigualável.

"Eles o mataram!", alguém gritava.

Talvez eu. Talvez aquele fosse o som da minha voz num estado de infinita agonia.

E eu gritei e gritei, até que minha mulher me abraçou, apertou-me contra seu peito, e perguntou, baixinho:

— Efêndi, você teve o mesmo sonho de novo?

Depois que Kerra voltou a adormecer, fui até o pátio. Naquele momento, tinha a impressão de que o sonho continuava comigo, vívido e assustador. Na quietude da noite, a visão do poço me deu um arrepio na espinha, mas não pude evitar sentar-me perto dele, enquanto escutava a brisa da noite sussurrando devagar por entre as árvores.

Em momentos assim, sinto uma repentina onda de tristeza tomar conta de mim, embora nunca saiba dizer por quê. Minha vida é plena, completa, uma vez que fui abençoado com as três coisas que mais me são caras: conhecimento, virtude e a capacidade de ajudar outras pessoas a encontrar Deus.

Aos 38 anos, já recebi de Deus muito mais do que poderia pedir. Fui treinado para ser um pregador e jurista, e me iniciei na Ciência da Divina Intuição — o conhecimento dado aos profetas, santos e estudiosos, em diferentes graus. Guiado por meu falecido pai, educado pelos melhores mestres do meu tempo, trabalhei arduamente para aprofundar minha consciência, com a certeza de que era essa a missão que Deus me dera.

Meu velho mestre Seyyid Burhaneddin costumava dizer que eu era um dos amados por Deus, já que recebera a honorável missão de transmitir Sua mensagem a Seu povo, ajudando as pessoas a diferenciar o certo do errado.

Durante muitos anos, tenho ensinado na madraça, discutindo teologia com outros estudiosos da xaria, instruindo meus discípulos, estudando as leis e *hadiths*, dando sermões toda sexta-feira na maior mesquita da cidade. Há muito já perdi a conta de quantos estudantes orientei. Fico envaidecido ao ouvir as pessoas elogiando minha habilidade na pregação e me dizendo que minhas palavras modificaram suas vidas no momento em que mais precisavam de orientação.

Fui abençoado com uma família amorosa, bons amigos, discípulos leais. Nunca passei por situação de pobreza ou necessidade, embora a perda de minha primeira esposa tenha sido devastadora. Achava que jamais tornaria a me casar, mas me casei, e graças a Kerra tenho experimentado o amor e a alegria. Meus dois filhos já são crescidos, embora eu me espante ao ver como eles saíram diferentes um do outro. São como duas sementes que, apesar de plantadas lado a lado no mesmo solo, e alimentadas com o mesmo sol e a mesma água, ao brotar se transformaram em duas plantas completamente diversas. Sinto orgulho deles, assim como me orgulho de nossa filha adotiva, que tem talentos extraordinários. Sou um homem feliz e satisfeito, tanto em minha vida privada quanto na comunidade.

Por que, então, sinto este vazio dentro de mim, crescendo e se alargando a cada dia que passa? Ele morde minha alma como uma doença, e me acompanha aonde quer que eu vá, silencioso como um rato e igualmente faminto.

Shams

KONYA, 17 DE OUTUBRO DE 1244

Bem antes de atravessar os portões de uma cidade que não conheço, paro um minuto para saudar seus santos — os mortos e os vivos, os conhecidos e os ocultos. Nunca na vida cheguei a um lugar novo sem primeiro ter a bênção de seus santos. Para mim não faz diferença se a cidade pertence aos muçulmanos, aos cristãos ou aos judeus. Acredito que os santos estão acima dessas distinções nominais, tão triviais. Um santo pertence a toda a humanidade.

Assim, quando avistei Konya de longe pela primeira vez, fiz o que sempre fazia. Mas uma coisa incomum aconteceu em seguida. Em vez de me saudar de volta, dando-me suas bênçãos, como *eles* sempre faziam, os santos ficaram em um silêncio sepulcral. Eu os saudei de novo, dessa vez mais alto e com mais convicção, para o caso de não terem me escutado. Mas de novo seguiu-se o silêncio. Percebi que os santos tinham me ouvido muito bem. Só não queriam me dar sua bênção.

— Digam-me, o que há de errado? — falei ao vento, para que este carregasse minhas palavras aos santos em toda parte.

Pouco depois, o vento voltou com uma resposta:

— Ah, dervixe, nesta cidade você só encontrará dois extremos, e nada no meio. Ou puro amor ou puro ódio. É um aviso. Se entrar, o risco é seu.

— Nesse caso, não há com o que se preocupar — falei. — Desde que possa encontrar amor puro, isso será suficiente para mim.

Ao ouvir isso, os santos de Konya me deram sua bênção. Mas eu não queria entrar na cidade, ainda. Sentei-me à sombra de um carvalho e, enquanto meu cavalo pastava na grama rala que havia em volta, observei a cidade, lá longe. Os minaretes de Konya cintilavam ao sol como lascas de vidro. De vez em quando, eu ouvia cães latindo, burros relinchando, crianças rindo e ambulantes gritando a plenos pulmões — sons comuns de uma cidade cheia de vida. Que tipo de alegria e tristeza, perguntei-me, estaria sendo experimentado naquele instante por trás das portas e janelas fechadas? Estando acostumado a uma vida itinerante, achei ligeiramente aflitivo ter que me estabelecer numa cidade, mas lembrei-me de outra regra fundamental: *Não tente resistir às mudanças que surgirem em seu caminho. Em vez disso, deixe a vida viver através de você. E não se preocupe se sua vida virar de cabeça para baixo. Como pode saber se o lado ao qual está acostumado é melhor do que aquele que virá?*

Uma voz amiga me tirou de meu devaneio.

— *Salaam Aleikum*, dervixe!

Quando me virei, vi um camponês de pele marrom, o bigode virado para baixo. Guiava uma carroça puxada por um boi tão magro que parecia a ponto de cair morto.

— *Aleikum Essalam*, que Deus o abençoe! — gritei de volta.

— Por que está aí sentado sozinho? Se estiver cansado desse seu cavalo, posso lhe dar uma carona.

Eu sorri.

— Obrigado, mas acho que a pé vou mais rápido do que com seu boi.

— Não faça pouco caso do meu boi — retrucou o camponês, parecendo ofendido. — Ele pode ser velho e fraco, mas ainda é meu melhor amigo.

Tendo sido colocado no meu lugar por essas palavras, pus-me de pé e fiz uma mesura para o camponês. Como é que eu, elemento menor no vasto círculo de criação de Deus, podia menosprezar outro elemento desse círculo, fosse animal ou humano?

— Peço desculpas a você e a seu boi — falei. — Por favor, me perdoe.

Uma sombra de dúvida toldou o rosto do camponês. Ele ficou imóvel por um instante, analisando se eu estava ou não debochando dele.

— Ninguém nunca faz isso — disse ele, depois de um tempo, abrindo um sorriso amistoso.

— O quê? Pedir desculpas para o boi?

— Bom, isso também. Mas eu estava dizendo que ninguém pede desculpas para *mim*. Em geral é o contrário. Eu é que tenho que pedir desculpas o tempo todo. Mesmo para as pessoas que fazem alguma coisa errada comigo, eu peço perdão.

Fiquei emocionado ao ouvir aquilo.

— O Alcorão nos diz que todos nós fomos feitos do melhor molde. É uma das regras — falei, docemente.

— Que regra? — perguntou ele.

— *Deus está sempre ocupado em trabalhar você, por dentro e por fora. Ele se ocupa de você o tempo todo. Cada ser humano é uma obra em andamento, sendo lenta e inexoravelmente conduzida à perfeição. Somos, cada um de nós, uma obra de arte, tanto esperando quanto lutando para se tornar completa. Deus lida com cada um de nós separadamente, porque a humanidade é uma obra-prima, de cuidadosa caligrafia, em que cada traço é igualmente importante para a figura inteira.*

— Você também veio para o sermão? — perguntou o camponês, com renovado interesse. — Parece que vai estar cheio. Ele é um homem extraordinário.

Meu coração deu um salto ao perceber de quem ele estava falando.

— Diga-me, o que há de tão especial nesses sermões de Rumi?

O camponês ficou calado e seu olhar analisou o vasto horizonte por um momento. Sua mente parecia estar ao mesmo tempo em toda parte e em parte alguma.

Então, ele falou:

— Venho de uma aldeia que já enfrentou muitas dificuldades. Primeiro, a fome, depois os mongóis. Eles queimaram e saquearam todos os vilarejos que encontraram pelo caminho. Mas o que fizeram nas cidades grandes foi ainda pior. Capturaram Erzurum, Sivas e Kayseri, e massacraram todos os homens, levando as mulheres com eles. Eu mesmo não perdi nem minha casa, nem minha mulher. Mas teve *uma* coisa que eu perdi. Minha alegria.

— O que isso tem a ver com Rumi? — indaguei.

Baixando os olhos para o boi, o camponês murmurou, sem emoção:

— Todo mundo diz que se você ouvir um sermão de Rumi, sua tristeza vai embora.

Eu, pessoalmente, não achava que houvesse alguma coisa errada com a tristeza. Ao contrário, a hipocrisia fazia as pessoas felizes, e a verdade as deixava tristes. Mas não foi o que disse ao camponês. Em vez disso, falei:

— E se eu for com você até Konya, e você for me falando, no caminho, mais coisas sobre Rumi?

Amarrei o cavalo à carroça e subi no banco, do lado do camponês, feliz em ver que o boi não se importou com o novo peso. Com ou sem passageiro, ele andava a um passo dolorosamente lento. O camponês me ofereceu pão e queijo de cabra. Comemos e conversamos. Dessa forma, enquanto o sol incendiava o céu anil, e sob o olhar atento dos santos da cidade, entrei em Konya.

— Cuide-se bem, meu amigo — falei, ao pular da carroça e afrouxar as rédeas do cavalo.

— Venha mesmo para o sermão — gritou o camponês, animado.

Aquiesci e acenei, dando-lhe adeus.

— *Inshallah.*

Embora estivesse ansioso para ouvir o sermão, e louco para encontrar Rumi, queria primeiro passar algum tempo na cidade e saber o que as pessoas do lugar pensavam sobre o grande pregador. Queria enxergá-lo através de olhos alheios, simpáticos ou não, amorosos ou não, antes de o encarar com os meus próprios.

Hasan, o pedinte

KONYA, 17 DE OUTUBRO DE 1244

Basta pensar que chamam a esse purgatório na terra de "sofrimento sagrado". Sou um leproso preso no limbo. Nem os mortos nem os vivos me querem entre eles. As mães apontam para mim nas ruas para assustar as crianças que se comportam mal, e as crianças me atiram pedras. Os artesãos me expulsam da porta de suas lojas, para afastar o azar que me acompanha aonde quer que eu vá, e mulheres grávidas viram o rosto quando me veem, com medo de que seus bebês nasçam defeituosos. Ninguém parece entender que, por mais que eles queiram me evitar, eu quero mais ainda evitar seus olhares cheios de pena.

Primeiro, é a pele que muda, tornando-se mais grossa e mais escura. Marcas de vários tamanhos, da cor de ovos podres, surgem nos ombros, nos joelhos, nos braços e no rosto. Há comichão e ardor nessa fase, mas por alguma razão a dor desaparece, ou a gente fica indiferente a ela. Depois, as marcas começam a alargar e a inchar, tornando-se bolhas pavorosas. As mãos se transformam em garras, e o rosto fica tão deformado que se torna irreconhecível. Agora que estou chegando aos estágios finais, já não consigo fechar as pálpebras. As lágrimas e a saliva escorrem sem controle. Seis das unhas da minha mão caíram, e outra está quase caindo. Por incrível que pareça, ainda tenho cabelo. Acho que deveria achar isso uma sorte.

Ouvi falar que na Europa os leprosos são mantidos do lado de fora das muralhas. Aqui eles nos deixam viver dentro das cidades, desde que a gente carregue um sino para avisar às pessoas da nossa presença. Também temos permissão de mendigar, o que é uma coisa boa, caso contrário, morreríamos de fome. Mendigar é uma das duas únicas coisas que nos permite sobreviver. A outra é rezar. Não que Deus preste especial atenção a nós, leprosos, mas porque, por alguma razão estranha, as pessoas acham que sim, Ele presta. Daí que, por mais que nos desprezem, as pessoas da cidade também nos respeitam. Elas nos contratam para rezar pelos doentes, os aleijados e os mais velhos. Elas nos pagam e nos alimentam, esperando espremer de nossas bocas mais algumas orações. Nas ruas, os leprosos podem ser mais maltratados que os cachorros, mas nos lugares onde a morte e o desespero são poderosos, nós somos sultões.

Sempre que sou contratado para rezar, baixo a cabeça e emito sons incompreensíveis em árabe, fingindo estar concentrado na oração. Só posso mesmo fingir, porque acho que Deus não me ouve. Não tenho o menor motivo para acreditar no contrário.

Embora seja menos lucrativo, acho mendigar mais fácil do que rezar. Pelo menos assim, não estou enganando ninguém. Sexta-feira é o melhor dia da semana para o pedinte, exceto quando é Ramadã, porque nessa época o mês inteiro é muito lucrativo. O último dia do Ramadã é, de longe, o melhor momento para ganhar dinheiro. É quando mesmo as pessoas que nunca dão esmola correm para dar uma contribuição, na esperança de compensar seus pecados, passados e presentes. Uma vez por ano, as pessoas não viram a cara para os mendigos. Longe disso, elas até procuram por eles, e quanto mais miserável, melhor. É tão grande a necessidade de demonstrar como são generosas e caridosas que não só vão atrás de nós para dar esmola, como, por um dia, até nos amam.

Hoje também pode ser um dia muito lucrativo, uma vez que Rumi vai fazer um de seus sermões de sexta-feira. A mesquita já está lotada. Aqueles que não conseguem lugar lá dentro estão em fila no pátio. A tarde é a ocasião perfeita para os mendigos e aqueles que fazem pequenos furtos. E, assim como eu, eles estão todos por aqui, espalhados pela multidão.

Sentei-me, encostado no tronco de um pé de bordo, diante da mesquita. Havia no ar um cheiro pesado de chuva, misturado ao leve aroma doce que vinha dos pomares distantes. Pus a tigela diante de mim. Ao contrário de outros mendigos, nunca preciso pedir esmola. Um leproso não precisa choramingar e implorar, inventando histórias sobre como sua vida é desgraçada ou como sua saúde é ruim. Uma rápida olhada para meu rosto tem o efeito de mil palavras. Por isso, eu apenas descobri o rosto e me acomodei no chão.

Na hora que se seguiu, algumas poucas moedas caíram na minha tigela. Todas de cobre rachado. Eu ansiava por uma moeda de ouro, com símbolos de sol, leão e da lua crescente. Desde que o falecido Aladim Caicobado afrouxara as regras sobre dinheiro, as moedas emitidas pelos beis de Aleppo, os fatímidas do Cairo e pelo califa de Bagdá, para não falar no florim italiano, passaram a ser válidas. Os governantes de Konya aceitavam todas, e os pedintes da cidade também.

Junto com as moedas, caíram no meu colo algumas folhas secas. A árvore de bordo deixava cair suas folhas de um dourado avermelhado e, quando bateu um vento de tempestade, minha tigela se encheu de folhas, como se a árvore estivesse me dando esmolas. De repente, eu me dei conta de que o bordo e eu tínhamos algo em comum. Uma árvore que perde suas folhas no outono parece um homem que perde seus membros na fase final da lepra.

Eu era uma árvore nua. Minha pele, meus órgãos, meu rosto, tudo desmoronava. A cada dia, uma nova parte do meu corpo me abandonava. E para mim, ao contrário do bordo, não haveria primavera na qual florescer. O que eu perdia, perdia para sempre. Quando as pessoas me olhavam, não viam o que eu era, nem o que estava perdendo. Se botavam uma moeda na minha tigela, faziam isso com incrível rapidez, evitando me olhar nos olhos, como se meu olhar fosse contagioso. Aos olhos deles, eu era pior do que um ladrão ou assassino. Por mais que desaprovassem os fora da lei, não os tratavam como se fossem invisíveis. Comigo, porém, tudo o que viam era a morte encarando-os face a face. Era isso o que os apavorava — tinham medo de ver como a morte podia estar tão próxima e ser tão horrível.

De repente, houve uma grande comoção ao longe. Ouvi alguém gritar:

— Ele está chegando! Ele está chegando!

Claro, lá estava Rumi, em seu cavalo branco como leite, usando um elegante cafetã cor de âmbar, bordado com folhas douradas e pequenas pérolas, muito ereto e orgulhoso, sábio e nobre, seguido por uma multidão de admiradores. Irradiando um ar de carisma e autoconfiança, parecia mais um governante do que um estudioso — o sultão dos ventos, do fogo, da água e da terra. Até mesmo seu cavalo era alto e majestoso, como se também tivesse consciência da importância do homem que carregava.

Enfiei no bolso as moedas da tigela, tapei o rosto, deixando apenas metade de fora, e entrei na mesquita. Lá dentro estava tão cheio que parecia impossível respirar, sobretudo se sentar. Mas a coisa boa de ser leproso é que, por mais que o lugar esteja lotado, eu sempre conseguia achar onde me sentar, já que ninguém queria ficar perto de mim.

— Irmãos — começou Rumi, a voz se elevando e varrendo tudo. — A vastidão do universo nos faz sentir pequenos, e mesmo sem importância. Alguns de vocês podem estar se perguntando: "Que sentido posso eu, em minha limitação, ter para Deus?". Acredito que essa seja uma pergunta que muitos se fazem, de tempos em tempos. No sermão de hoje, quero propiciar algumas respostas específicas para ela.

Os dois filhos de Rumi estavam na primeira fila — o belo Sultan Walad, que todos diziam se parecer com sua falecida mãe, e o mais novo, Aladim, com uma expressão vivaz, mas de olhos curiosamente furtivos. Eu percebia que ambos sentiam orgulho do pai.

— Os filhos de Adão foram honrados com tal saber que nem as montanhas, nem mesmo o paraíso, poderiam igualá-lo — continuou Rumi. — É por isso que, no Alcorão, está dito: *Em verdade, Nós oferecemos o fardo aos céus, à terra e às montanhas, mas eles se recusaram a carregá-lo, pois o temiam. Apenas o homem aceitou.* Tendo obtido posição tão honrada, os seres humanos não devem aceitar menos do que quis a vontade de Deus.

Pronunciando as vogais daquele jeito estranho que só as pessoas educadas são capazes de fazer, Rumi falou sobre Deus, assegurando-nos de que Ele não ficava sentado em um trono distante, no céu, mas sim perto de cada um de nós. E nada nos aproximava mais de Deus, disse ele, do que o sofrimento.

— Suas mãos se abrem e se fecham o tempo todo. Se não o fizessem, vocês estariam paralisados. Sua presença mais profunda está em cada expansão e contração. Os dois movimentos são tão belamente equilibrados e coordenados como as asas de um pássaro.

No início, eu gostei do que ele disse. Aqueceu meu coração pensar na alegria e na tristeza como algo tão ligado entre si que lembravam as asas de um pássaro. Mas logo senti uma onda de ressentimento me subir à garganta. O que Rumi sabia sobre o sofrimento? Filho de um homem importante e herdeiro de uma família rica e proeminente, a vida sempre fora boa para ele. Eu sabia que ele perdera a primeira esposa, mas não acreditava que tivesse enfrentado um verdadeiro infortúnio. Nascido em berço de ouro, educado em círculos de grande distinção, ensinado pelos melhores educadores, e sempre amado, bajulado e admirado — como ele ousava pregar sobre o sofrimento?

Desalentado, percebi que o contraste entre mim e Rumi não poderia ser maior. Por que Deus era tão injusto? Para mim, Ele dera pobreza, doença e miséria. Para Rumi, riqueza, sucesso e sabedoria. Com sua reputação irretocável e seu comportamento majestoso, ele mal pertencia a este mundo, pelo menos não a esta cidade. Eu precisava cobrir o rosto se não quisesse que as pessoas se revoltassem ao me ver, enquanto ele brilhava em público como uma pedra preciosa. Eu me perguntava o que ele acharia se estivesse em meu lugar. Será que já lhe ocorrera que mesmo alguém perfeito e privilegiado como ele podia um dia tropeçar e cair? Será que ele ainda seria o grande Rumi se tivesse recebido a vida que eu recebi?

A cada pergunta, meu ressentimento crescia, varrendo qualquer admiração que eu pudesse sentir por ele. Amargo e irritado, eu me levantei e abri caminho para fora. Muitos dos espectadores me olharam com curiosidade, perguntando-se por que eu estava indo embora de um sermão que tantos outros estavam morrendo de vontade de ouvir.

Shams

KONYA, 17 DE OUTUBRO DE 1244

Bendito seja o camponês que me deixou no centro da cidade, pois graças a ele encontrei um lugar para ficar, um lugar para mim e meu cavalo. A Estalagem dos Mercadores de Açúcar me pareceu exatamente o que eu precisava. Dos quatro quartos que me foram mostrados, escolhi o que tinha menos objetos, com apenas uma esteira e uma coberta mofada, uma lamparina a óleo que estava nas últimas gotas, um tijolo seco ao sol para fazer as vezes de travesseiro e uma boa vista de toda a cidade, que se estendia até o pé das montanhas ao redor.

Após instalado, passeei pelas ruas, encantado com a mistura de religiões, costumes e línguas que permeavam o ar. Encontrei músicos ciganos, viajantes árabes, peregrinos cristãos, mercadores judeus, monges budistas, trovadores francos, artistas persas, acrobatas chineses, indianos encantadores de serpentes, mágicos zoroastristas e filósofos gregos. No mercado de escravos, vi concubinas de pele alva como leite e também eunucos gordos e negros, que, tendo visto tantas atrocidades, tinham perdido o dom da fala. No bazar, encontrei barbeiros itinerantes com seus equipamentos de sangria, adivinhos com suas bolas de cristal e mágicos engolidores de fogo. Havia peregrinos a caminho de Jerusalém e vagabundos que, suspeitei, deviam ser soldados desertores das últimas Cruzadas. Ouvi pessoas falando em veneziano, franco, saxão, grego, persa, turco, curdo, armênio, hebreu e muitos outros dialetos que não consegui distinguir. Apesar de suas aparentemente imensas diferenças, todas essas pessoas passavam uma idêntica sensação de incompletude, dos trabalhos em andamento que eram, cada uma delas uma obra-prima a ser finalizada.

Toda a cidade era uma Torre de Babel. Tudo estava sempre mudando, se quebrando, vindo à luz, transpirando, medrando, se dissolvendo, se decompondo e morrendo. Em meio a esse caos, estava eu, num lugar de imperturbável silêncio e serenidade, completamente indiferente ao mundo e, no entanto, ao mesmo tempo sentindo um amor ardente por todas aquelas pessoas que nele lutavam e sofriam. Enquanto observava a gente à minha volta, lembrei-me de outra regra de ouro: *É fácil amar um Deus perfeito, que é intocável e infalível. Muito mais difícil é amar um ser humano como nós, com todos os defeitos e imperfeições. Lembre-se, só se pode conhecer aquele que é capaz de amar. Não há sabedoria sem amor. Se não pudermos amar a criação de Deus, nem saberemos amar de verdade, nem conheceremos verdadeiramente a Deus.*

Percorri as ruelas onde trabalhavam artesãos de todas as idades, em suas lojinhas sujas. A cada lugar que visitava, entreouvia as pessoas falando sobre Rumi. Como seria a sensação, pensei, de ser tão popular? Como será que isso afetava seu ego? Minha mente fervilhava com essas questões, enquanto eu caminhava na direção oposta à mesquita onde Rumi fazia sua pregação. Aos poucos, os arredores começaram a mudar de aspecto. À medida que eu ia em direção ao norte, as casas foram ficando mais dilapidadas, os jardins mais malcuidados, e as crianças mais arruaceiras e indisciplinadas. Os cheiros também mudaram, tornando-se mais pesados, com mais alho e especiarias. Até que cheguei a uma rua onde três odores enchiam o ambiente: suor, perfume e luxúria. Eu chegara ao lado sujo da cidade.

Havia um barraco no alto da rua íngreme, com paredes apoiadas em pilares de bambu e telhado de palha. Diante da casa, um grupo de mulheres conversava. Quando viram que eu me aproximava, olharam-me com curiosidade, meio surpresas. Ao lado delas havia um jardim com rosas de todas as cores e tons imagináveis, e o aroma era maravilhoso. Perguntei-me quem cuidava delas.

Não precisei esperar muito até ter a resposta. Mal chegara ao jardim e a porta de entrada da casa se abriu, dando passagem a uma mulher. Ela era alta, tinha uma papada, parecia enorme. Quando apertava os olhos, como estava fazendo então, suas pálpebras desapareciam em meio a camadas e camadas de gordura. Tinha um buço escuro e fino, e costeletas volumosas. Levei um tempo até compreender que era ao mesmo tempo homem e mulher.

— O que você quer? — perguntou, desconfiada, a hermafrodita.

O rosto dela estava em constante mutação: uma hora parecia face feminina; então, uma nova onda quebrava, substituindo-a por um rosto de homem.

Eu me apresentei e perguntei seu nome, mas ela ignorou minha pergunta.

— Isso aqui não é lugar para você — falou, sacudindo as mãos como se quisesse me varrer dali.

— Por que não?

— Não está vendo que aqui é um bordel? Vocês, dervixes, não fazem um juramento de que vão ficar longe da luxúria? As pessoas acham que vivemos em pecado aqui, mas eu dou minhas esmolas e fecho as portas no mês do Ramadã. E agora estou salvando você. Fique longe aqui. Aqui é a zona mais imunda da cidade.

— A imundície está dentro, não fora — falei. — É o que diz a regra.

— Que conversa é essa? — rosnou ela.

— É uma das quarenta regras — tentei explicar. — *A verdadeira imundície está do lado de dentro. O resto pode ser simplesmente lavado. Só há um tipo de sujeira que não pode ser lavado com águas puras: a nódoa do ódio e do fanatismo, que contaminam a alma. Você pode purificar seu corpo através da abstinência e do jejum, mas só o amor é capaz de purificar o coração.*

Ela nem quis saber.

— Vocês, dervixes, são malucos. Tenho todo tipo de cliente aqui. Mas um dervixe? Só quando crescer barba em sapo! Se eu deixar você entrar aqui, Deus vai arrasar este lugar e nos amaldiçoar por ter seduzido um homem de fé!

Não pude deixar de rir.

— De onde você tira essas ideias ridículas? Pensa que Deus é um patriarca zangado e mal-humorado, que fica nos espiando lá do céu, para poder atirar pedras e sapos nas nossas cabeças se fizermos alguma coisa errada?

A cafetina cofiou a ponta do seu bigodinho, lançando-me um olhar aborrecido, que era quase maldoso.

— Não se preocupe. Não estou aqui para visitar seu bordel — falei. — Estava só admirando seu jardim de rosas.

— Ah, isso daí — murmurou ela, dando de ombros em sinal de desdém. — Quem plantou foi uma das minhas meninas. A Rosa do Deserto.

Com isso, a cafetina fez um gesto em direção a uma jovem, no meio do grupo de prostitutas diante de nós. Tinha um queixo delicado, pele lustrosa como pérola e olhos escuros e amendoados carregados de preocupação. Era tão bela que doía. Assim que olhei para ela, tive a sensação de que era alguém que estava em meio a uma grande transformação.

Baixei a voz e sussurrei, para que só a cafetina me ouvisse:

— Essa menina é uma boa moça. Um dia, em breve, ela vai embarcar numa jornada espiritual em busca de Deus. Vai abandonar este lugar para sempre. Quando esse dia chegar, não tente impedi-la.

A mulher me olhou espantada, antes de gritar:

— O que diabos você está dizendo? Ninguém vem me dizer o que devo ou não fazer com minhas meninas! É melhor você sumir já daqui. Senão, eu chamo o Cabeça de Chacal!

— Quem é ele? — perguntei.

— Pode acreditar em mim: você não ia gostar de saber — disse ela, gesticulando para enfatizar a frase.

Ouvir o nome daquele estranho me deu um leve estremecimento, mas não dei atenção.

— Estou mesmo indo embora — falei. — Mas vou voltar, por isso, não fique surpresa da próxima vez que me vir por aqui. Não sou um daqueles tipos pios, que passam a vida rezando em cima de um tapete, com os olhos e o coração fechados para o mundo lá fora. Eu leio o Alcorão nas flores que desabrocham e nos pássaros migrantes. Leio o Alcorão que Respira sendo secretado pelos seres humanos.

— Você quer dizer que lê gente? — indagou a cafetina, dando uma risada meio sem graça. — Que maluquice é essa?

— Todo homem é um livro aberto, cada um de nós é um Alcorão ambulante. A busca por Deus está incrustada no coração de todos nós, sejam prostitutas ou santos. O amor existe dentro de cada um de nós desde que nascemos, e espera para ser descoberto pela vida afora. É o que diz uma das quarenta regras: *Todo o universo está contido em um único ser humano: você. Tudo o que você vê em volta, mesmo aquilo que não lhe agrada e até as pessoas que lhe provocam desprezo ou asco, tudo está presente dentro de você, em diferentes graus. Portanto, não procure Sheitan fora de si mesmo, tampouco. O demônio não é uma força extraordinária que ataca de fora para dentro. É uma força comum, interna. Se você se conhecer em profundidade, encarando com honestidade e dureza tanto seu lado claro como seu lado escuro, chegará à suprema forma de consciência. Quando uma pessoa conhece a si própria, ele ou ela conhece Deus.*

Cruzando os braços acima do peito, a mulher hermafrodita se inclinou para a frente e gritou, ameaçadora:

— Um dervixe que prega para putas! — grunhiu. — Vou lhe avisar uma coisa: não vou deixar você chegar perto de ninguém aqui com suas ideias malucas. É melhor você ficar bem longe do meu bordel! Porque, se desobedecer, juro por Deus que o Cabeça de Chacal vai cortar fora essa língua afiada, que eu hei de comer, com o maior prazer!

Ella

NORTHAMPTON, 28 DE MAIO DE 2008

Bem de acordo com seu estado geral, Ella acordou triste. Mas não triste como quando se está chorando ou infeliz, e sim com aquela tristeza de não querer sorrir nem levar as coisas com leveza. Sentia-se como se tivesse chegado a um ponto para o qual não estava preparada. Enquanto coava o café na cozinha, pegou na gaveta sua lista de resoluções e leu:

Dez coisas para fazer antes dos quarenta:

1. Melhorar o gerenciamento do tempo, ser mais organizada e se esforçar para aproveitar o tempo ao máximo. Comprar uma agenda nova. (Consegui)
2. Acrescentar minerais e antioxidantes à dieta. (Consegui)
3. Fazer alguma coisa sobre as rugas. Tentar produtos AHA e começar a usar o novo creme da L'Oréal. (Consegui)
4. Trocar os estofados, comprar plantas novas, comprar almofadas. (Consegui)
5. Avaliar a vida, os valores e as crenças. (Consegui mais ou menos)
6. Eliminar carne da dieta, fazer um cardápio saudável toda semana e começar a dar ao próprio corpo o respeito que ele merece. (Consegui mais ou menos)
7. Começar a ler os poemas de Rumi. (Consegui)
8. Levar as crianças a um musical da Broadway. (Consegui)
9. Começar a escrever um livro de culinária. (Não consegui)
10. Abrir o coração para o amor!!!

Ficou parada, com os olhos fixos naquele décimo item da lista, sem saber o que escrever no fim da linha. Nem mesmo sabia o que queria dizer quando escreveu aquilo. O que estava pensando?

— Deve ser o efeito do *Doce blasfêmia* — murmurou para si mesma.

Nos últimos tempos, toda hora se flagrava pensando sobre o amor.

Querido Aziz,

Hoje é meu aniversário! E me sinto como se tivesse alcançado um marco em minha vida. Dizem que fazer quarenta anos é um momento de definição, principalmente para a mulher. Dizem também que os quarenta são os novos trinta (e os sessenta são os novos quarenta), mas, por mais que eu queira acreditar nisso, parece-me algo fora de questão. Quero dizer o seguinte: a quem estamos enganando? Quarenta é quarenta! Acho que agora terei "mais" de tudo — mais conhecimento, mais sabedoria, e, claro, mais rugas e cabelos brancos.

Os aniversários sempre me deixaram feliz, mas hoje de manhã acordei com um peso no peito, fazendo indagações grandes demais para alguém que não tinha nem tomado café ainda. Fiquei me perguntando: será que quero continuar a viver do jeito que vivi até agora?

E aí me veio uma sensação de medo. E se a resposta, fosse afirmativa ou negativa, de qualquer forma gerasse consequências desastrosas? E aí encontrei outra resposta: talvez!

Com muito carinho,
Ella

P.S.: Lamento não ter podido escrever um e-mail mais alegre. Não sei por que estou tão para baixo hoje. Não encontro uma razão (quer dizer, outra razão além de fazer quarenta anos. Acho que é isso que chamam de crise da meia-idade).

Querida Ella,

Feliz aniversário! Quarenta é uma linda idade, tanto para o homem quanto para a mulher. Sabia que, no pensamento místico, quarenta significa a ascensão a um nível mais alto no despertar espiritual? Quando guardamos luto, nós o fazemos por quarenta dias. Quando um bebê nasce, leva quarenta dias para ele estar pronto a viver sua vida na terra. E, quando estamos apaixonados, precisamos esperar quarenta dias para ter certeza dos nossos sentimentos.

O Dilúvio de Noé durou quarenta dias, e enquanto as águas destruíam a vida, também lavavam toda a impureza do mundo, permitindo aos seres humanos começar tudo de novo. No misticismo islâmico, há quarenta degraus entre o homem e Deus. Da mesma forma, há quatro estágios de consciência, com dez graus cada um, chegando a um total de quarenta. Jesus ficou no deserto durante quarenta dias e quarenta noites. Maomé tinha quarenta anos quando recebeu o chamado e se tornou profeta. Buda meditou sob um pé de tília durante quarenta dias. Para não falar das quarenta regras de Shams.

Aos quarenta, você recebe uma nova missão, um novo sentido para a vida! Alcançou o número mais auspicioso. Parabéns! E não se preocupe com envelhecer. Não há rugas nem cabelo branco capazes de desafiar o poder dos quarenta anos!

Com carinho,
Aziz

Rosa do Deserto, a prostituta

KONYA, 17 DE OUTUBRO DE 1244

Bordéis existem desde o início dos tempos. Assim como mulheres iguais a mim. Mas há uma coisa que me intriga: por que as pessoas que dizem abominar ver as mulheres se prostituindo são as mesmas que infernizam a vida dessas mulheres quando elas, arrependidas, querem começar uma nova vida? É como se estivessem nos dizendo que sentem muito por termos caído tão baixo, mas que, agora que cá estamos, aqui deveremos continuar para sempre. Não sei por que é assim. Só sei que algumas pessoas se alimentam da tristeza alheia, e não gostam quando há uma pessoa triste a menos na face da terra. Mas não importa o que eles façam ou digam — um dia, eu vou sair deste lugar.

Hoje de manhã acordei com um desejo imenso de ouvir a pregação do grande Rumi. Se tivesse dito a verdade à patroa, e pedido permissão, ela teria debochado de mim. "Desde quando putas vão à mesquita?", teria perguntado, rindo tanto que sua cara redonda ficaria escarlate.

Foi por isso que menti. Depois que o dervixe careca foi embora, a patroa pareceu tão preocupada, que senti que era hora de me aproximar dela e falar. É sempre mais fácil abordá-la quando está cismada. Eu lhe disse que precisava ir até o bazar para fazer compras. E ela acreditou. Como eu já trabalho para ela como um cão há nove anos, agora acredita em mim.

— Mas com uma condição — falou. — O Gergelim vai junto.

Isso não era problema. Eu gostava de Gergelim. Homem alto e gordo, de mente infantil, ele era confiável e honesto a ponto de ser simplório. Como sobrevivia nesse mundo cruel era um mistério para mim. Ninguém sabia qual era seu nome verdadeiro, talvez nem ele mesmo. Nós lhe déramos o apelido por causa de seu fascínio pelo doce de gergelim, halva. Quando uma mulher do bordel precisava ir à rua, Gergelim a acompanhava como uma sombra. Era o melhor guarda-costas que eu poderia desejar.

Saímos os dois pelo caminho poeirento e tortuoso, atravessando os pomares. Quando chegamos à primeira interseção, pedi a Gergelim que esperasse por mim e desapareci por trás de um arbusto, onde tinha escondido uma sacola cheia de roupas masculinas.

Foi mais difícil do que eu imaginava, me vestir como homem. Amarrei tiras de tecido para achatar os seios. Depois, enfiei calças largas, uma veste de algodão, uma túnica marrom comprida e um turbante. Por fim, cobri metade do rosto com uma estola, na esperança de ficar parecida com um viajante árabe.

Quando voltei para junto de Gergelim, ele titubeou, parecendo espantado.

— Vamos lá — falei, apressando-o. E, como ele não se moveu, eu descobri o rosto. — Querido, você não me reconheceu?

— Rosa do Deserto, é você?! — exclamou, tapando a boca com a mão, como se fosse uma criança. — Por que se vestiu desse jeito?

— Você consegue guardar um segredo?

Gergelim fez que sim, os olhos arregalados de empolgação.

— Está bem — sussurrei. — Nós vamos a uma mesquita. Mas não conte para a patroa.

O lábio de Gergelim tremeu.

— Não, não. Nós vamos ao bazar.

— Sim, meu bem, mas só que mais tarde. Primeiro, vamos ouvir o grande Rumi.

Gergelim ficou um pouco nervoso, como eu sabia que aconteceria. A mudança de planos o perturbou.

— Por favor! É muito importante para mim — implorei. — Se concordar e prometer que não vai contar nada, compro para você um pedaço grande de halva.

— Halva — disse Gergelim, estalando a língua de prazer, como se só a palavra já tivesse deixado um gosto de mel em sua boca.

E, com essa doce expectativa, saímos em direção à mesquita, onde Rumi ia falar.

Eu nasci em um pequeno vilarejo perto de Niceia. Minha mãe sempre me disse:

— Você nasceu no lugar certo, mas temo que tenha sido sob a estrela errada.

Os tempos eram difíceis, imprevisíveis. De um ano para outro, nada continuava igual. Primeiro, foram os rumores das Cruzadas voltando. Ouvimos histórias terríveis sobre atrocidades que eles cometeram em Constantinopla, saqueando as mansões, demolindo os ícones nas capelas e igrejas. Depois, ficamos sabendo dos ataques do Império Seljúcida. E, antes que as histórias de terror do exército seljúcida se apagassem, começaram as dos impiedosos mongóis. O nome e o rosto do inimigo mudavam, mas o medo de ser destruído por forasteiros era tão permanente quanto as neves do monte Ida.

Meus pais eram padeiros e bons cristãos. Uma de minhas lembranças mais antigas é o cheiro do pão saindo do forno. Não éramos ricos. Mesmo sendo uma criança, eu sabia disso. Mas tampouco éramos pobres. Eu já vira o olhar das pessoas pobres, quando vinham à padaria implorar por migalhas de pão. Toda noite, antes de me deitar, eu agradecia a Deus por não me mandar para a cama com fome. Sentia como se estivesse conversando com um amigo. Porque, naquele tempo, Deus era meu amigo.

Quando eu tinha sete anos, minha mãe ficou grávida. Hoje, olhando para trás, imagino que ela tivesse tido vários abortos espontâneos antes disso, mas eu não sabia nada sobre essas coisas. Era tão inocente que se alguém me perguntasse de onde vinham os bebês, eu responderia que Deus os moldava com uma massa doce e macia.

Mas o pão bebê que Deus moldou para minha mãe devia ser enorme, porque logo sua barriga inchou, ficando grande e lisa. Mamãe ficou tão imensa que mal podia se mover. A parteira disse que o corpo dela estava retendo líquido, mas isso não me pareceu algo ruim.

O que nem minha mãe nem a parteira sabiam é que não havia um bebê, mas três. Todos eram meninos. Meus irmãos tinham travado uma guerra dentro da barriga da minha mãe. Um dos trigêmeos tinha estrangulado outro com seu cordão umbilical e, como se fosse uma vingança, o bebê morto bloqueou a passagem, impedindo assim os outros de sair. Durante quatro dias minha mãe ficou em trabalho de parto. Noite e dia nós ouvíamos seus gritos, até que não ouvimos mais.

Sem poder salvar minha mãe, a parteira fez o possível para salvar meus irmãos. Pegou uma tesoura, abriu a barriga, mas no fim só um sobreviveu. Foi assim que meu irmão nasceu. Meu pai nunca o perdoou, e quando ele foi batizado, nem compareceu à cerimônia.

Sem minha mãe, e com meu pai transformado em um homem amargo e taciturno, a vida nunca mais foi a mesma. As coisas rapidamente se deterioraram na padaria. Perdemos fregueses. Com medo de ficar pobre, e de um dia ter que pedir esmola, comecei a esconder pão debaixo da cama, onde eles secavam e endureciam. Mas foi meu irmão quem mais sofreu. Eu pelo menos tinha sido amada e cuidada no passado. Ele nunca teve nada disso. Eu ficava triste em ver como era maltratado, mas uma parte de mim se sentia aliviada, até mesmo agradecida, por não ser eu o alvo da fúria de papai. Gostaria de ter protegido meu irmão. Tudo teria sido diferente, então, e eu não estaria hoje em um bordel de Konya. A vida é estranha.

Um ano depois, meu pai se casou de novo. A única diferença na vida do meu irmão foi que agora, em vez de ser maltratado só por meu pai, era maltratado por papai e sua nova mulher. Ele começou a fugir de casa, voltando depois com os piores hábitos e os amigos errados. Um dia, meu pai bateu tanto nele que quase o matou. Depois disso, o rapaz se transformou. Surgiu um olhar frio e cruel em sua expressão, que não existia antes. Eu sabia que ele planejava alguma coisa, mas nunca imaginei a coisa horrível que aconteceria. Eu gostaria de ter imaginado. Gostaria de ter podido impedir a tragédia.

Até que, certa manhã, meu pai e minha madrasta foram encontrados mortos, assassinados com veneno de rato. Assim que o incidente se tornou público, todos suspeitaram de meu irmão. Quando os guardas começaram a fazer perguntas, ele fugiu, em pânico. Sem conseguir continuar na casa, onde ainda sentia o cheiro de minha mãe, sem poder trabalhar na padaria, onde as lembranças terríveis enchiam a atmosfera, decidi ir para Constantinopla morar com uma tia solteira, agora minha parente mais próxima. Eu tinha treze anos.

Peguei uma carruagem para Constantinopla. Era a passageira mais jovem a bordo, e a única viajando sozinha. Com poucas horas de estrada, fomos parados por uma gangue de ladrões. Levaram tudo — malas, roupas, botas, cintos e joias, até as salsichas do charreteiro. Sem nada para dar aos ladrões, fiquei quieta em um canto, certa de que não me fariam mal. Mas, quando já estavam indo embora, o líder da gangue virou-se para mim e perguntou:

— Você é virgem, meu docinho?

Fiquei vermelha, recusando-me a responder uma pergunta tão imprópria. Mal sabia eu que aquele rosto corado era a resposta que ele queria.

— Vamos! — gritou o líder. — Tragam os cavalos e a garota!

Enquanto eu lutava com eles, aos prantos, nenhum dos passageiros se mexeu para me ajudar. Os ladrões me levaram para uma floresta fechada, de vegetação densa, onde me surpreendi ao ver que eles tinham construído uma verdadeira cidade. Havia mulheres e crianças. Patos, cabras e porcos estavam por toda parte. Parecia um vilarejo idílico, exceto pelo fato de ser ocupado por criminosos.

Logo entendi por que o líder da gangue me perguntou se eu era virgem. O chefe do vilarejo estava gravemente doente com uma febre nervosa. Estivera de cama por muito tempo, com manchas vermelhas pelo corpo, e tentara inúmeros tratamentos, sem sucesso. Recentemente, alguém o havia convencido de que, se ele se deitasse com uma virgem, a doença seria transmitida a ela e ele estaria livre e curado.

Há coisas na minha vida que não gosto de lembrar. O tempo que passei na floresta é uma delas. Mesmo hoje, sempre que a floresta me vem à mente, eu me concentro nos pinheiros, e apenas nos pinheiros. Preferia me sentar sozinha sob aquelas árvores do que ter a companhia das mulheres do vilarejo, sendo a maioria mulheres ou filhas dos ladrões. Havia também algumas prostitutas, que tinham ido para lá por vontade própria. Eu não conseguia entender, de jeito nenhum, por que não fugiam dali. Eu estava decidida a fazer isso.

Carruagens cruzavam a floresta, em sua maioria da nobreza. Era um mistério para mim ver que não eram assaltadas, até perceber que alguns charreteiros subornavam os ladrões ao cruzar a floresta, recebendo, em troca, o direito de viajar em segurança. Assim que entendi como as coisas funcionavam, fiz meus próprios preparativos. Depois de parar uma charrete que se dirigia a uma cidade grande, implorei ao charreteiro que me levasse com ele. Ele pediu muito dinheiro, embora soubesse que eu não tinha nada. E paguei da única forma que agora conhecia.

Só muito depois de chegar a Constantinopla fui entender por que as prostitutas da floresta nunca fugiam. Na cidade era pior. Era cruel. Nunca procurei minha velha tia. Agora que me desgraçara, sabia que uma mulher direita como ela não ia me querer. Eu estava sozinha. Não demorou muito para que a cidade me dobrasse o espírito e me arruinasse o corpo. De repente, eu estava em outro mundo — um mundo de malícia, estupro, brutalidade e doença. Tive sucessivos abortos, até que fiquei tão debilitada que parei de menstruar, e já não poderia conceber.

Vi coisas, naquelas ruas, para as quais não encontro palavras. Depois que saí de lá, viajei com soldados, artistas e ciganos, servindo a todos. Até que um homem chamado Cabeça de Chacal me encontrou e me trouxe para o bordel em Konya. A patroa não estava interessada em saber de onde eu vinha, desde que estivesse em boa forma. Ficou encantada ao saber que eu não podia ter filhos e que não lhe traria nenhum problema nesse aspecto. Para se referir à minha infertilidade, ela me batizou de "Deserto" e, para de alguma forma embelezar o nome, acrescentou o "Rosa", o que me agradou, pois amo rosas.

E é como vejo a fé — um jardim secreto de rosas, por onde um dia caminhei, sentindo seus aromas perfumados, mas onde já não posso entrar. Eu queria que Deus fosse outra vez meu amigo. Com esse desejo, fico andando em volta do jardim, procurando uma entrada, torcendo para encontrar o portão que me levará a seu interior.

Quando Gergelim e eu chegamos à mesquita, mal pude acreditar em meus olhos. Homens de todas as idades e profissões ocupavam cada canto, até mesmo os lugares ao fundo, em geral reservados para as mulheres. Eu estava a ponto de desistir, quando vi um mendigo abrir mão de seu assento e sair devagar. Dando graças, me espremi no lugar dele, deixando Gergelim do lado de fora.

Foi assim que me vi ouvindo o grande Rumi, dentro de uma mesquita repleta de homens. Não quis nem imaginar o que poderia acontecer caso descobrissem que havia uma mulher entre eles, quanto mais uma prostituta. Afastando os pensamentos ruins, voltei minha atenção ao sermão.

— Deus criou o sofrimento para que a alegria pudesse surgir, em contraposição — disse Rumi. — As coisas se manifestam através dos opostos. Como Deus não tem nenhum oposto, Ele permanece escondido.

À medida que o pregador falava, sua voz se erguia e se encorpava, como um riacho na montanha, alimentado pelo degelo.

— Pensem na vileza da terra e na nobreza do paraíso. Saibam que todos os estados do mundo são assim: inundação e seca, guerra e paz. Aconteça o que acontecer, não esqueçam que Deus não criou nada em vão, seja fúria ou tolerância, honestidade ou astúcia.

Sentada ali, vi que tudo na vida tinha um propósito. A gravidez de minha mãe e a guerra em sua barriga, a solidão sem remédio de meu irmão, até mesmo a morte de meu pai e minha madrasta, os dias terríveis que passei na floresta, e toda a brutalidade que vi nas ruas de Constantinopla — tudo contribuiu, à sua maneira, para minha história. Por trás de toda dificuldade, havia um plano maior. Eu não conseguia entendê-lo muito bem, mas podia senti-lo com todo o coração. Ao ouvir Rumi na mesquita lotada naquela tarde, senti uma onda de paz cair sobre mim, tão boa e reconfortante quanto a visão de minha mãe assando pão.

Hasan, o mendigo

KONYA, 17 DE OUTUBRO DE 1244

Bastante irritado, sentei-me sob o pé de bordo. Continuava furioso com Rumi, por seu discurso extravagante sobre o sofrimento — assunto do qual ele claramente nada sabia. A sombra do minarete avançava devagar pela rua. Meio sonolento, mas espiando quem passava por mim, eu estava a ponto de adormecer quando avistei um dervixe que nunca vira antes. Vestido em andrajos pretos, levando na mão um cajado, sem barba e com um minúsculo brinco de prata em uma orelha, ele tinha uma aparência tão diferente que não pude deixar de observá-lo.

Como seu olhar passeava de um lado para o outro, ele acabou me vendo. Em vez de ignorar minha presença, como faziam todos que me viam pela primeira vez, ele pôs a mão direita sobre o coração e me cumprimentou como se fôssemos velhos amigos. Fiquei tão espantado que olhei em torno, para me certificar de que ele não estava cumprimentando outra pessoa. Mas eu era o único ali junto ao pé de bordo. Admirado, confuso, apesar disso pus a mão no coração e o cumprimentei de volta.

Lentamente, o dervixe caminhou em minha direção. Baixei a vista, na expectativa de que ele jogasse uma moeda de cobre na tigela ou me desse um pedaço de pão. Em vez disso, ele se ajoelhou, ficando na altura dos meus olhos.

— *Salaam Aleikum*, mendigo — disse.

— *Aleikum Essalam*, dervixe — respondi. Minha voz soou estranha e rouca para aos meus ouvidos. Fazia tanto tempo que eu não tinha necessidade de falar com alguém que já tinha quase esquecido qual era seu som.

Ele se apresentou como Shams de Tabriz e perguntou meu nome.

Eu ri.

— Para que um homem como eu precisa de nome?

— Todo mundo tem um nome — discordou ele. — Deus tem incontáveis nomes. Deles, nós conhecemos apenas 99. Se Deus tem tantos nomes, como pode um ser humano, que é a própria imagem Dele, sair por aí sem nome algum?

Eu não sabia como responder, por isso nem tentei. Mas admiti:

— Eu um dia tive uma mulher e uma mãe. Elas costumavam me chamar de Hasan.

— Então, é Hasan — disse o dervixe, aquiescendo.

E depois, para minha surpresa, ele me entregou um espelho de prata.

— Fique com ele — falou. — Um bom homem, em Bagdá, deu esse espelho para mim, mas você precisa dele mais do que eu. Ele vai lembrá-lo de que você tem Deus dentro de você.

Antes que eu conseguisse encontrar palavras para retrucar, começou uma confusão ali perto. A primeira coisa que pensei foi que um ladrão tivesse sido flagrado na mesquita. Mas, quando a gritaria se tornou mais forte e mais agressiva, imaginei que tivesse sido alguma coisa mais grave. Nenhum ladrãozinho ia provocar tanto barulho.

Logo descobrimos. Uma mulher, uma prostituta conhecida, tinha sido pega dentro da mesquita, vestida de homem. Um grupo de pessoas estava empurrando-a para fora, aos gritos de:

— Chicoteiem a impostora! Chicoteiem a prostituta!

Nesse estado, a multidão furiosa chegou à rua. Vislumbrei a jovem vestida de homem. O rosto dela estava pálido como a morte, os olhos castanhos aterrorizados. Eu já assistira a muitos linchamentos antes. Nunca deixava de me espantar ao ver como as pessoas se transformavam drasticamente no meio de uma turba. Quando se juntavam, homens comuns, sem nenhum histórico de violência — artesãos, comerciantes e mascates —, tornavam-se agressivos a ponto de matar. Os linchamentos eram comuns e terminavam com os corpos sendo expostos, para servir de exemplo.

— Pobre mulher — murmurei para Shams de Tabriz, mas quando me virei para ele, esperando uma resposta, não encontrei ninguém.

Vi o dervixe correndo na direção da turba, como uma flecha em chamas sendo atirada para o céu. Pus-me de pé de um pulo e corri atrás dele.

Quando chegou à frente da multidão, Shams ergueu seu cajado como se fosse uma bandeira, então gritou bem alto:

— Parem com isso! Agora!

Intrigados, e subitamente silenciosos, os homens olharam para ele com espanto.

— Vocês todos deviam estar envergonhados! — gritou Shams de Tabriz batendo o cajado no chão. — Trinta homens contra uma mulher. Isso é justo?

— Ela não merece justiça — retrucou um homem corpulento, de cara quadrada e olhos caídos, que parecia ter se autoproclamado líder do grupo raivoso.

Eu o reconheci imediatamente. Era o guarda chamado Baybars, um homem que todos os pedintes da cidade conheciam bem, por sua crueldade e ganância.

— Essa mulher estava vestida de homem e se meteu na mesquita, a fim de enganar os bons muçulmanos — disse Baybars.

— Vocês estão me dizendo que querem punir uma pessoa por tentar entrar em uma mesquita? E isso é crime? — perguntou Shams de Tabriz, com a voz cheia de escárnio.

A pergunta criou uma calmaria momentânea. Pelo visto, ninguém tinha pensado no assunto daquela forma.

— Ela é uma puta! — gritou outro homem, que parecia tão enraivecido que seu rosto estava vermelho-escuro. — Não há lugar para ela na mesquita sagrada!

Isso foi o suficiente para inflamar o grupo de novo.

— Puta! Puta! — gritaram uns lá atrás, em uníssono. — Vamos pegar a puta!

Como se aquilo fosse uma ordem, um jovem deu um pulo à frente e agarrou o turbante da mulher, arrancando-o com toda força. O turbante se soltou e os longos cabelos louros dela, claros como o sol, caíram em cachos graciosos. Todos nós prendemos o fôlego, chocados com sua beleza e juventude.

Shams deve ter reconhecido os sentimentos conflitantes no ar, porque começou a ralhar com todos sem perder um segundo:

— Vocês têm que se decidir, irmãos. Realmente desprezam essa mulher, ou no fundo a desejam?

Dizendo isso, o dervixe pegou a mão da prostituta e a puxou para si, afastando-a do jovem e da multidão. Ela se escondeu atrás dele, como uma menininha agarrada à saia da mãe.

— Você está cometendo um tremendo erro — disse o líder deles, erguendo a voz acima dos murmúrios da multidão. — Você é um forasteiro nesta cidade e não conhece nossas leis. Não se meta nisso!

Alguém se intrometeu:

— Que espécie de dervixe é você? Não tem nada melhor a fazer do que defender os interesses de uma puta?

Shams de Tabriz ficou quieto por um instante, como se analisasse a pergunta. Não demonstrou nenhuma irritação, parecendo invariavelmente tranquilo. Em seguida, falou:

— Mas, para começar, como foi que vocês a viram? Vocês vão à mesquita, mas prestam mais atenção nas pessoas em torno do que em Deus? Se fossem os verdadeiros crentes que dizem ser, não teriam notado essa mulher, nem se ela estivesse nua. Agora voltem para o sermão, e da próxima vez sejam melhores.

Um silêncio constrangido tomou conta da rua inteira. As folhas dançavam na calçada, e, por um momento, foram as únicas coisas em movimento.

— Vamos, vocês aí! Fora! Voltem para o sermão! — gritou Shams de Tabriz, gesticulando, afastando as pessoas com gestos, como se espantasse moscas.

Nem todos se viraram e foram embora, mas todos deram um passo para trás, com um movimento instável, como se não soubessem bem o que fazer a seguir. Alguns poucos olhavam na direção da mesquita, como se pensassem em voltar. Foi então que a prostituta tomou coragem e saiu de trás do dervixe. Rápida como um rato, fugiu correndo, com os longos cabelos esvoaçando para todos os lados, enquanto desaparecia na primeira rua transversal.

Apenas dois homens tentaram persegui-la. Mas Shams de Tabriz bloqueou o caminho deles, agitando o cajado por entre seus pés tão de repente e com tanta força que eles tropeçaram e foram ao chão. Alguns transeuntes riram ao ver a cena, assim como eu.

Desconcertados e atônitos, os dois homens conseguiram se pôr de pé, mas àquela altura a prostituta já tinha desaparecido e o dervixe ia se afastando, tendo cumprido sua tarefa.

Suleiman, o bêbado

KONYA, 17 DE OUTUBRO DE 1244

Bem antes da confusão, eu estava calmamente cochilando, encostado na parede da taberna, até que a gritaria lá fora me fez dar um tremendo salto.

— O que está havendo? — gritei, com os olhos arregalados. — Os mongóis atacaram?

Foi a maior risada. Eu me virei e vi vários fregueses da taberna debochando de mim. Miseráveis!

— Não se preocupe, velho bêbado — gritou Hristos, o dono do lugar. — Não tem nenhum mongol atrás de você, não. É só o Rumi passando aí, com um exército de admiradores atrás.

Fui até uma janela e olhei para fora. Sim, estavam mesmo ali — uma animada procissão de discípulos e admiradores, que não paravam de cantar: "Deus é grande! Deus é grande!". No meio deles, estava a figura ereta de Rumi, montado em um cavalo branco, irradiando força e confiança. Abri a janela, botei a cabeça para fora e fiquei olhando. Movendo-se num passo lento como o de uma lesma, a procissão se aproximava. Na verdade, parte da multidão estava tão próxima que eu poderia facilmente tocar-lhes a cabeça. De repente, tive uma ideia brilhante. Eu ia roubar o turbante de alguém!

Peguei o coçador de costas de madeira que pertence a Hristos. Segurando a janela aberta com uma das mãos, e com o coçador na outra, inclinei-me para a frente, conseguindo alcançar o turbante de um homem na multidão. Estava a ponto de puxar o turbante quando outro homem ergueu o rosto e, por acaso, me viu.

— *Salaam Aleikum* — saudei, com um sorriso de orelha a orelha.

— Um muçulmano na taberna! Que vergonha! — rosnou o homem. — Você não sabe que o vinho é a arma de Sheitan?

Abri a boca para responder, mas antes que conseguisse emitir qualquer som, algo afiado passou zunindo ao lado da minha cabeça. Horrorizado, vi que era uma pedra. Se eu não tivesse me abaixado no último segundo, teria me rachado o crânio. Em vez disso, a pedra entrou pela janela e foi parar na mesa do mercador persa que estava sentado atrás de mim. Bêbado demais para entender o que tinha acontecido, o mercador pegou a pedra e examinou-a como se fosse uma obscura mensagem dos céus.

— Suleiman, feche a janela e volte para sua mesa! — ordenou Hristos, a voz rouca, denotando preocupação.

— Você viu só o que aconteceu? — perguntei enquanto voltava, cambaleante, para minha mesa. — Alguém atirou uma pedra em mim. Podia ter me matado!

Hristos ergueu uma sobrancelha.

— Lamento, mas você esperava o quê? Não sabe que há pessoas que não gostam de ver muçulmanos em uma taberna? E você fica aí se exibindo, cheirando a álcool, com o nariz vermelho como um lampião aceso.

— E d-daí? — gaguejei. — Não sou um ser humano?

Hristos me deu um tapinha no ombro, como quem diz: *Não seja tão sensível.*

— Sabe de uma coisa? É exatamente por isso que eu detesto religião. Todas elas! As pessoas religiosas são tão confiantes de que têm Deus do seu lado, que se acham superiores a todas as outras — falei.

Hristos não retrucou. Ele era um homem religioso, mas também um esperto dono de taberna, que sabia muito bem como amaciar um freguês exaltado. Ele me trouxe outra garrafa de vinho tinto e ficou me observando enquanto eu a entornava. Na rua, soprava um vento forte, batendo as janelas e espalhando folhas secas para todo lado. Por um instante, fiquei ouvindo com atenção, como se houvesse uma melodia para escutar.

— Não entendo por que o vinho é proibido neste mundo, mas prometido no paraíso — falei. — Se fosse tão maléfico como eles dizem, por que iriam servi-lo no paraíso?

— Perguntas… perguntas… — murmurou Hristos, erguendo as mãos. — Você está sempre cheio de perguntas. Será que tem de questionar tudo?

— Claro que tenho. É para isso que recebemos um cérebro, não acha?

— Suleiman, eu lhe conheço há muito tempo. Você não é um freguês como qualquer outro para mim. É meu amigo. E me preocupo com você.

— Eu vou ficar bem… — falei, mas Hristos me interrompeu.

— Você é um bom homem, mas sua língua é afiada como uma adaga. É isso que me preocupa. Há todo tipo de gente em Konya. E não é segredo para ninguém que alguns não acham nada bom um muçulmano que tem como costume beber. Você precisa aprender a ser cauteloso em público. Disfarce seu jeito e preste atenção no que diz.

Eu ri.

— Vamos encerrar essa conversa com um poema de Kayan?

Hristos deu um suspiro, mas o mercador, que tinha escutado, exclamou entusiasmado:

— Sim, queremos um poema de Khayyám!

Outros fregueses aderiram, com estrondoso aplauso. Assim motivado e levemente irritado, pulei sobre uma mesa e comecei a recitar:

Terá Deus feito a uva nascer,
E ao mesmo tempo tornado pecado beber?

O mercador persa gritou:

— Claro que não! Isso não faria o menor sentido!

Então agradeçamos por Ele assim ter ordenado —
Claro que Ele ama o som do vinho brindado!

Se há uma coisa que todos esses anos bebendo me ensinaram é que pessoas diferentes bebem de jeitos diferentes. Eu conhecia pessoas que bebiam galões todas as noites, e só ficavam alegres, cantavam canções, depois dormiam. Mas há também aqueles que viram monstros depois de alguns goles. Se a mesma bebida pode fazer uns felizes, os outros maus e agressivos, não seria o caso de culparmos o bebedor, e não a bebida?

Bebei! Pois não sabemos de onde viemos nem por quê;
Bebei! Pois não sabemos para onde vamos nem por quê.

Seguiu-se outra rodada de aplausos. Até mesmo Hristos participou da animação. No bairro judeu de Konya, na taberna que era de um cristão, nós, um bando de amantes do vinho, pertencentes a todas as crenças, erguemos nossas taças e brindamos juntos, por incrível que pareça, a um Deus que pudesse nos amar e nos perdoar, mesmo que nós próprios claramente não o fizéssemos.

Ella

NORTHAMPTON, 31 DE MAIO DE 2008

"Bem melhor prevenir do que remediar", dizia o site da internet. "Procure por marcas de batom na camisa dele, preste atenção se ele chega em casa com cheiro de um perfume diferente."

Era a primeira vez que Ella Rubinstein fizera um teste online, com o título "Como saber se seu marido está te traindo". Embora achasse as perguntas cafonas, àquela altura sabia muito bem que a vida podia, às vezes, ser um grande clichê.

Apesar da nota final do teste, Ella não queria discutir o assunto com David. Ela ainda não perguntara a ele onde estivera naquela noite em que não voltou para casa. Tinha passado os últimos dias lendo *Doce blasfêmia*, usando o romance para encobrir seu silêncio. Sua mente andava tão distraída que ela estava levando mais tempo do que o normal para terminar o livro. Mesmo assim, estava gostando da história, e, a cada nova regra de Shams, tornava a refletir sobre a própria vida.

Quando os filhos estavam por perto, ela agia normalmente. *Eles* agiam normalmente. Mas, assim que Ella e David ficavam sozinhos, flagrava-o lançando olhares com curiosidade, como se estivesse se perguntando que tipo de esposa deixaria de indagar ao marido onde este tinha passado a noite. Mas a verdade era que Ella não queria uma informação com a qual não saberia lidar. Quanto menos soubesse das escapadas do marido, menos o assunto ocuparia sua mente, acreditava. Era verdade o que se dizia sobre a ignorância. É uma bênção.

A única vez em que essa bênção tinha sido abalada fora no Natal anterior, quando uma pesquisa de um hotel das redondezas foi parar na caixa de correio deles, endereçada a David. O serviço de atendimento queria saber se ele estava satisfeito com a hospedagem. Ella deixou a carta na mesa, no alto de uma pilha de correspondência, e naquela noite viu ele pegar o envelope, abrir e ler.

— Ah, pesquisa de satisfação do hóspede! É a última coisa de que eu precisava! — disse David, dando um meio sorriso para ela. — Tivemos um congresso de dentistas no ano passado. Eles devem ter incluído todos os participantes na lista de correspondência.

Ela acreditou nele. Pelo menos a parte dela que não queria bagunçar o coreto. A outra parte era cínica e descrente. Foi essa parte que, no dia seguinte, achou o telefone do hotel e ligou, só para ouvir o que já esperava: nem naquele ano, nem no anterior, tinha havido um congresso de dentistas no hotel.

Lá no fundo, Ella se culpava. Não tinha envelhecido bem e engordara muito nos últimos seis anos. A cada quilo, sua libido diminuía mais um pouco. As aulas de culinária tornavam mais difícil se livrar dos quilos extras, embora houvesse em seu grupo mulheres que cozinhavam mais assiduamente, e melhor, e ainda assim tinham metade de seu peso.

Quando analisava sua vida, dava-se conta de que a rebeldia nunca a atraíra. Jamais fumou maconha com os rapazes nos quartos, nunca tinha sido expulsa de um bar, nunca usara pílula do dia seguinte, não dera chiliques nem mentira para a mãe. Nunca havia matado aula. Não transou na adolescência. À sua volta, todas as garotas estavam realizando abortos ou dando para adoção os bebês que tinham tido fora do casamento, enquanto Ella observava essas histórias como se estivesse assistindo a um programa de TV sobre a fome na Etiópia. Ella se entristecia por todas essas tragédias estarem acontecendo no mundo, mas a verdade é que nunca se sentiu como parte do universo daquelas pessoas infelizes.

Nunca fora de ir a festas, nem mesmo quando adolescente. Preferia ficar em casa lendo um bom livro, em uma noite de sexta-feira, do que sair aprontando com estranhos em uma festa louca.

— Por que você não é como a Ella? — perguntavam às filhas as mães da vizinhança. — Olhe só, ela nunca arranja problema.

Enquanto as mães a adoravam, as jovens consideravam que ela vivia em uma bolha, sem o menor senso de humor. Não admira que não fosse popular no colégio. Certa vez, uma colega de classe lhe dissera:

— Sabe qual é o seu problema? Você leva a vida muito a sério. Você é um saco!

Ela ouviu aquilo atentamente e disse que ia pensar no assunto.

Nem seu penteado tinha mudado com o passar dos anos — cabelo comprido, liso, loiro em tom cor de mel, que ela prendia em um coque ou trança. Usava pouca maquiagem, só um pouquinho de batom marrom-avermelhado e um delineador verde que, segundo a filha, só fazia esconder, em vez de realçar, o azul-acinzentado de seus olhos. De qualquer maneira, ela jamais conseguia fazer duas linhas curvas perfeitamente iguais com o delineador, e às vezes saía com uma linha de um olho mais grossa que a outra.

Suspeitava de que havia algo errado com ela. Ou era muito intrusiva e intrometida (com os planos de casamento de Jeannette) ou excessivamente passiva e dócil (com as escapadas do marido). Havia uma Ella Controladora e uma Ella Mansa Incurável. Nunca sabia qual das duas ia surgir nem quando.

E havia ainda uma terceira Ella, que tudo observava, quieta, à espera de seu momento. Era essa Ella que a recriminava por ser calma a ponto da paralisia, mas que no fundo continha um eu sufocado, que guardava uma avalanche de ódio e rebeldia. Se continuasse assim, advertia a terceira Ella, explodiria um dia. Era apenas uma questão de tempo.

No último dia de maio, ao analisar tudo isso, Ella fez uma coisa que não fazia há muito tempo. Rezou. Pediu a Deus que desse a ela um amor que absorvesse todo seu ser ou a fizesse dura e indiferente a ponto de não se importar com a falta de amor em sua vida.

— Seja qual for o caso, que aconteça logo — acrescentou, como que se lembrando. — O Senhor pode ter esquecido, mas já estou com quarenta anos. E, como pode ver, não envelheci bem.

Rosa do Deserto, a prostituta

KONYA, 17 DE OUTUBRO DE 1244

Baforando, tentando recuperar o fôlego, corri e corri pelas ruas estreitas, sem poder olhar para trás. Meus pulmões queimavam, meu peito martelava, quando finalmente alcancei o bazar cheio de gente, e me abaixei junto à parede, quase desfalecendo. Só então consegui reunir coragem para me virar. Para meu grande alívio e surpresa, havia apenas uma pessoa me seguindo: Gergelim. Ele parou ao meu lado, também sem fôlego, com as mãos junto à lateral do corpo, a expressão de espanto e preocupação, sem conseguir entender por que eu tinha começado a correr feito uma louca pelas ruas de Konya.

Tudo tinha acontecido tão depressa que foi só no bazar que consegui juntar as peças. Em um minuto, eu estava sentada na mesquita, absorta pelo sermão, sorvendo as pérolas de sabedoria de Rumi. Em transe, nem notei que o sujeito do meu lado tinha pisado sem querer na estola que me cobria o rosto. Antes que eu percebesse, a estola se afrouxou e meu turbante pendeu de lado, deixando à mostra meu rosto e uma parte do cabelo. Arrumei a estola depressa e continuei ouvindo Rumi, certa de que ninguém tinha notado nada. Mas quando tornei a erguer os olhos, vi um jovem na fileira da frente me olhando fixamente. Rosto quadrado, olhos caídos, nariz adunco, boca com um esgar de escárnio. Eu o reconheci. Era Baybars.

Baybars era um cliente irritante, com quem nenhuma das garotas do bordel queria se deitar. Alguns homens têm mania de procurar as prostitutas e ao mesmo tempo insultá-las. Ele era um desses. Sempre soltando piadas chulas, e com um temperamento péssimo. Certa vez, ele bateu tanto em uma garota que a patroa, que gosta de dinheiro acima de tudo, precisou pedir que ele se retirasse e nunca mais voltasse. Mas ele continuou aparecendo. Então, por uma razão desconhecida, Baybars parou de ir ao bordel, e nunca mais tivemos notícia dele. Agora ali estava, sentado na fileira da frente, tendo deixado crescer a barba, como um homem devoto, mas com o mesmo brilho feroz no olhar.

Virei o rosto. Mas era tarde demais. Ele tinha me reconhecido.

Baybars cochichou alguma coisa para o homem a seu lado, e então os dois se viraram e olharam para mim. Em seguida, ele me apontou para outra pessoa, e assim, um por um, todos os homens daquela fileira olharam em minha direção. Senti o rosto arder e o coração aos pulos, mas não podia me mexer. Em vez disso, aferrei-me à esperança infantil de que, se ficasse com os olhos fechados, a escuridão engolfaria a todos e não haveria com que me preocupar.

Quando ousei reabrir os olhos, Baybars abria caminho em meio à multidão, vindo até mim. Corri para a porta, mas era impossível escapar, cercada como estava por um mar compacto de gente. Em um segundo Baybars tinha me alcançado; estava tão ameaçadoramente perto que eu podia sentir seu hálito. Agarrando-me pelo braço, ele disse, entre dentes:

— O que uma puta está fazendo aqui? Você não tem vergonha, não?

— Por favor... por favor, me s-solte — gaguejei, mas acho que ele nem me ouviu.

Os amigos dele chegaram. Sujeitos brutos, apavorantes, confiantes, desdenhosos, recendendo a ódio e amargura, me cobrindo de insultos. Todos em volta se viraram para ver que confusão era aquela, e algumas pessoas deram muxoxos de desaprovação, mas ninguém interveio. Com o corpo apático como um naco de massa, me deixei mansamente ser levada para a saída. Assim que estivéssemos na rua, eu esperava que Gergelim viesse me ajudar e que, na pior das hipóteses, eu conseguisse sair correndo. Mas, quando chegamos do lado de fora, os homens ficaram mais beligerantes e agressivos. Percebi, com horror, que dentro da mesquita, em respeito ao pregador e à comunidade, eles tinham evitado gritar e me empurrar de um lado para o outro, mas, uma vez na rua, nada iria impedi-los.

Eu já tinha enfrentado muita dificuldade na vida, mas, ainda assim, duvido que alguma vez tenha me sentido tão humilhada. Depois de anos de hesitação, eu dera um passo em direção a Deus, e como Ele me respondia? Chutando-me para fora de Sua casa!

— Eu nunca devia ter ido lá — falei para Gergelim, com a voz falhando. — Eles têm razão, sabe? Uma prostituta não tem lugar dentro de uma mesquita ou numa igreja, nem em nenhuma das casas do Senhor.

— Não diga isso.

Quando me virei para ver quem tinha dito aquela frase, não pude acreditar nos meus olhos. Era ele, o dervixe itinerante e careca. Gergelim abriu um grande sorriso, feliz em vê-lo outra vez. Eu me inclinei para lhe beijar as mãos, mas ele deteve o gesto.

— Não, por favor.

— Mas como posso agradecer? Eu lhe devo tanto... — implorei.

Ele deu de ombros, parecendo não se importar.

— Você não me deve nada. Não devemos nada a ninguém, a não ser a Ele.

O dervixe se apresentou como Shams de Tabriz, e depois disse a coisa mais estranha:

— Algumas pessoas têm um começo de vida com uma aura perfeitamente brilhante, mas que depois vai perdendo a cor e se apagando. Você parece ser uma dessas. Antes, sua aura era mais alva que os lírios, com pontos em amarelo e rosa, mas com o tempo ela esmaeceu. Agora é de um marrom desbotado. Você não sente falta de suas cores originais? Não gostaria de se reunir à sua essência?

Fiquei olhando para ele, sentindo-me completamente perdida em suas palavras.

— Sua aura perdeu o brilho porque, durante todos esses anos, você convenceu a si mesma de que é uma pessoa suja, por dentro e por fora.

— Eu *sou* suja — falei, mordendo o lábio. — Você não sabe o que eu faço para viver?

— Deixe-me contar uma história — retrucou Shams.

E eis o que ele me narrou:

Um dia, uma prostituta passou por um cachorro de rua. O animal ofegava sob o sol quente, sedento e abandonado. A prostituta imediatamente tirou o sapato e o encheu de água, em um poço que havia por perto, e deu para o cão. Depois, seguiu seu caminho. No dia seguinte, ela encontrou um sufi, que era um homem de grande sabedoria. Assim que a viu, ele lhe beijou as mãos. Ela ficou chocada. Mas o sufi lhe disse que sua gentileza para com um cachorro tinha sido tão genuína que todos os seus pecados haviam sido perdoados naquele mesmo instante.

Eu entendi o que Shams de Tabriz estava querendo dizer, mas alguma coisa dentro de mim se recusava a acreditar nele. Por isso, falei:

— Posso lhe garantir que, mesmo que eu alimentasse todos os cachorros de Konya, isso não seria suficiente para minha redenção.

— Você não tem como saber. Só Deus sabe. Além do mais, o que a faz pensar que algum daqueles homens que a expulsaram da mesquita hoje possa estar mais perto de Deus?

— Mesmo que não estejam mais próximos de Deus — respondi, convicta —, quem vai dizer isso a eles? Você?

Mas o dervixe balançou a cabeça.

— Não, não é assim que a coisa funciona. É você quem tem de dizer a eles.

— E acha que eles me escutariam? Aqueles homens me odeiam.

— Vão escutar, sim — disse o dervixe, determinado. — Porque não existe nenhum "eles", assim como não existe nenhum "eu." Você só precisa ter em mente que tudo e todos neste universo estão interligados. Não somos centenas ou milhares de seres humanos diferentes. Somos apenas Um.

Esperei que ele explicasse, mas, em vez disso, o dervixe continuou:

— É uma das quarenta regras. *Se você quer mudar a maneira como as outras pessoas o tratam, deve primeiro mudar a maneira como trata a si mesmo. Se não aprender a se amar, sincera e totalmente, não tem como ser amado. Porém, quando conseguir alcançar esse estágio, seja grato por cada espinho que lhe jogarem. É o sinal de que logo receberá uma chuva de rosas.*

Ele fez uma pausa breve, e prosseguiu:

— Como pode culpar os outros por desrespeitarem você, quando você própria não se acha digna de respeito?

Fiquei ali, sem conseguir dizer palavra, sentindo que meu apego ao que era real se esvaía. Pensei em todos os homens com quem me deitara — como eles cheiravam, como suas mãos eram calosas, a forma como urravam ao gozar... Eu tinha visto rapazes bons transformados em monstros, e monstros transformados em bons meninos. Certa vez, tive um freguês com o hábito de cuspir nas prostitutas enquanto transava com elas. "Suja", dizia, cuspindo-me no rosto e na boca. "Sua puta suja."

E ali estava o dervixe me dizendo que eu era mais limpa do que a água de um riacho. Parecia uma piada de mau gosto, mas quando tentei me forçar a rir, o som não pôde atravessar minha garanta e acabei sufocando um soluço.

— O passado é um turbilhão. Se deixar que ele domine seu presente, ele vai sugar você — disse Shams, como se tivesse lido meus pensamentos. — O tempo é só uma ilusão. Você precisa viver o agora. É o que importa.

Dizendo isso, ele tirou do bolso da túnica um lenço de seda.

— Fique com ele — falou, entregando o lenço. — Um bom homem de Bagdá me deu, mas você precisa mais do que eu. Vai fazê-la lembrar-se de que seu coração é puro e que Deus está dentro de você.

E, assim, o dervixe pegou o cajado e se ergueu, para ir embora.

— Vá embora do bordel.

— Para onde? Como? Não tenho para onde ir.

— Isso não é problema — disse Shams, os olhos brilhando. — *Não pense em para onde a estrada vai lhe levar. Em vez disso, concentre-se no primeiro passo. É a parte mais difícil, aquela que depende de você. Uma vez dado o primeiro passo, deixe que tudo aconteça naturalmente, e o resto virá. Não vá com o fluxo. Seja você o fluxo.*

Aquiesci. Não precisava perguntar, porque já tinha entendido que essa também era uma das regras.

Suleiman, o bêbado

KONYA, 17 DE OUTUBRO DE 1244

Bem antes da meia-noite, bebi meu último copo e saí da taberna.

— Lembre-se do que eu falei. Cuidado com a língua — disse Hristos, ao se despedir.

Fiz que sim, feliz por ter um amigo que se preocupava comigo. Mas, assim que botei o pé na rua vazia e escura, fui tomado por um cansaço que nunca tinha sentido. Lamentei não ter trazido uma garrafa de vinho comigo. Estava precisando de um trago.

Enquanto seguia cambaleante, com as botas fazendo barulho no chão de pedras rachadas, a visão dos homens na procissão de Rumi me veio à mente. Doeu relembrar o brilho de desprezo nos olhos deles. Se havia uma coisa que eu detestava neste mundo era o puritanismo. Já fora repreendido por gente afetada e santarrona tantas vezes que a mera lembrança disso me dava um frio na espinha.

Lutando contra esses pensamentos, virei uma esquina e entrei em uma rua transversal. Estava ainda mais escuro ali, por causa das árvores e enormes copas. Como se não fosse o bastante, a lua de repente se escondeu atrás de uma nuvem, deixando-me imerso em uma escuridão fechada. Se não fosse por isso, eu teria notado a aproximação dos dois guardas.

— *Salaam Aleikum* — flauteei.

Na tentativa de esconder a ansiedade, minha voz saiu alegre demais.

Mas os guardas não devolveram o cumprimento. Em vez disso, perguntaram o que eu estava fazendo na rua àquela hora da noite.

— Só caminhando — murmurei.

Ficamos parados, frente a frente, em um silêncio constrangido, interrompido apenas pelo uivo de cães, longe dali. Um dos homens deu um passo em minha direção e farejou o ar.

— Está cheirando mal aqui — disse, de repente.

Decidi tratar a situação com leveza.

— Não se preocupem. O fedor é apenas metafórico. Como só o vinho metafórico é permitido a nós, muçulmanos, o cheiro tem de ser metafórico.

— Mas que raios ele está falando? — rosnou o primeiro guarda.

Naquele exato instante, a lua saiu de trás da nuvem, cobrindo-nos com sua luz pálida e suave. Eu agora conseguia ver a cara do homem na minha frente. Tinha um rosto quadrado, com o queixo protuberante, olhos azuis gélidos, e um nariz adunco. Podia ser um homem bonito, não fosse por aqueles olhos caídos e a permanente expressão de escárnio.

— O que você está fazendo na rua a uma hora dessas? — repetiu o homem. — De onde você vem e para onde vai?

Eu não resisti.

— São perguntas profundas, meu filho. Se eu soubesse as respostas, teria resolvido o mistério do nosso propósito neste mundo.

— Você está debochando de mim, seu imundo? — questionou o guarda, franzindo a testa.

E, antes que eu me desse conta do que estava acontecendo, ele pegou um chicote, que estalou no ar.

O gesto foi tão dramaticamente exagerado que soltei uma risada. Seu movimento seguinte foi bater com o chicote no meu peito. Foi uma pancada tão repentina que eu me desequilibrei e caí.

— Talvez com isso você aprenda a ter boas maneiras — disse o guarda, passando o chicote de uma mão para outra. — Você não sabe que beber é um pecado terrível?

Mesmo sentindo o calor do meu sangue, mesmo com a cabeça rodando, assomado pela dor, eu ainda não conseguia acreditar que tinha sido chicoteado no meio da rua, por um homem que tinha idade para ser meu filho.

— Então pode me castigar — retruquei. — Se o paraíso divino é reservado a pessoas do seu tipo, eu prefiro mesmo queimar no fogo do inferno.

Em um ataque de raiva, o jovem guarda começou a me chicotear com toda força. Cobri o rosto com as mãos, mas não ajudou muito. Uma velha canção alegre me veio à mente, e explodiu através da minha boca ensanguentada. Decidido a não mostrar meu sofrimento, cantei cada vez mais alto a cada estalo do chicote.

Beije-me, querida, faça pouco do meu coração,
Seus lábios são doces como vinho de cereja, despeje mais uma porção.

Meu sarcasmo fez o guarda ficar louco de raiva. Quanto mais alto eu cantava, com mais força ele me batia. Nunca pensei que pudesse haver tamanho ódio represado dentro de um homem.

— Chega, Baybars! — Ouvi o outro guarda gritar, em pânico. — Pare com isso, homem!

De repente, assim como tinha começado, a surra parou. Eu queria ter a última palavra, dizer alguma coisa poderosa e impactante, mas o sangue em minha boca me afogou a voz. Meu estômago se contraiu e, antes de sentir o que vinha, vomitei.

— Você está um lixo — acusou Baybars. — E a culpa pelo que fiz a você é toda sua.

Os dois se viraram e desapareceram na noite.

Não sei quanto tempo fiquei ali, jogado. Pode ter sido só alguns minutos ou a noite inteira. O tempo perdeu seu peso, assim como tudo o mais. A luz se escondeu nas nuvens, deixando-me não apenas sem sua luz, mas também sem saber exatamente quem eu era. Logo estava flutuando em um limbo entre a vida e a morte, e sem ligar muito para o que aconteceria comigo. Afinal, a tontura começou a passar, e todas as feridas, todos os vergões, todos os cortes em meu corpo começaram a doer loucamente, varrendo-me com ondas e ondas de dor. A cabeça rodava, pernas e braços latejavam. Naquele estado, eu uivava como um animal ferido.

Devo ter desmaiado. Quando abri os olhos, meu *salwar* estava ensopado de urina, e todos os membros do meu corpo doíam muito. Rezava a Deus que me fizesse desmaiar, ou que me desse uma bebida, quando ouvi passos se aproximando. Meu coração deu um salto. Talvez fosse um pedinte ou um ladrão, até mesmo um assassino. Mas então pensei: o que eu tinha a temer? Chegara a um ponto em que a noite não poderia trazer mais nada que me assustasse.

Das sombras, saiu um dervixe alto, magro e careca. Ajoelhou-se ao meu lado e me ajudou a sentar. Apresentou-se como Shams de Tabriz e perguntou meu nome.

— Suleiman, o bêbado de Konya, às suas ordens — falei, tirando da boca um dente solto. — Prazer em conhecê-lo.

— Você está sangrando — sussurrou Shams, começando a limpar o sangue em meu rosto. — Não só por fora, mas por dentro também.

Dizendo isso, tirou do bolso da túnica um frasquinho de prata.

— Aplique esse unguento nas suas feridas — falou. — Foi um bom homem, em Bagdá, que deu para mim, mas você está precisando mais do que eu. Porém, você deve saber que o ferimento que tem do lado de dentro é mais profundo, e é com esse que deve se preocupar. Isso vai lhe fazer lembrar que você tem Deus dentro de você.

— Obrigado — falei sem pensar, comovido com sua gentileza. — Aquele guarda... ele me chicoteou. Disse que eu merecia.

Assim que proferi tais palavras, percebi o choramingar infantil em minha voz e a necessidade de compaixão, de ser confortado.

Shams de Tabriz balançou a cabeça.

— Eles não tinham o direito de fazer isso. Todo indivíduo é autossuficiente em sua busca pelo divino. Há uma regra que diz: *Fomos criados à Sua imagem, e, contudo, fomos todos criados diferentes e únicos. Não há duas pessoas iguais. Não há dois corações que batam no mesmo ritmo. Se Deus quisesse que todos fôssemos um só, teria nos criado assim. Portanto, desrespeitar as diferenças e impor sua própria forma de pensar aos outros é o equivalente a desrespeitar o sagrado desígnio de Deus.*

— Isso faz sentido — falei, admirado com a naturalidade em minha voz. — Mas vocês, sufis, nunca duvidam de nada no que diz respeito a Deus?

Shams de Tabriz deu um sorriso cansado.

— Duvidamos, e a dúvida é uma coisa boa. Significa que você está vivo, que está procurando.

Ele falava em um tom cantado, como se lesse um livro.

— Além disso, ninguém se torna um crente da noite para o dia. Ele pensa que é um crente; então, alguma coisa acontece em sua vida e ele deixa de crer; depois disso, ele se torna um crente outra vez, depois deixa de ser, e assim por diante. Até alcançarmos um determinado estágio, nós vacilamos muito. É a única maneira de evoluir. A cada novo passo, chegamos mais perto da Verdade.

— Se Hristos ouvisse você falando assim, diria para tomar cuidado com a língua — falei. — Ele diz que nem toda palavra é adequada a todo ouvido.

— Bem, ele tem certa razão — respondeu Shams de Tabriz, dando uma risada e pondo-se de pé. — Vamos, vou te levar para casa. Precisamos cuidar desses ferimentos e garantir que você descanse um pouco.

Ele me ajudou a levantar, mas eu mal conseguia andar. Sem hesitar, o dervixe me ergueu do chão e, como se eu não pesasse nada, me pôs nas costas.

— Cuidado, eu estou fedendo — murmurei, envergonhado.

— Tudo bem, Suleiman, não se preocupe.

E assim, sem se importar com o sangue, a urina, o mau cheiro, o dervixe me carregou pelas ruas estreitas de Konya. Passamos por casas e barracos mergulhados no mais profundo sono. Por trás das grades dos jardins, cães latiam alto, ferozes, informando a todos da nossa presença.

— Sempre tive curiosidade sobre a menção ao vinho na poesia sufi — falei. — É um vinho metafórico ou real que os sufis elogiam?

— Que diferença faz, meu amigo? — perguntou Shams de Tabriz, pondo-me no chão, diante da minha casa. — Há uma regra que explica isso: *Quando o verdadeiro amante de Deus entra em uma taberna, a taberna se transforma em seu local de prece, mas quando um bêbado entra no mesmo local, ele se torna sua taberna. Em tudo o que fazemos é nosso coração que faz a diferença, não nossa aparência. Os sufis não julgam as outras pessoas por quem elas são ou pela maneira como se apresentam. Quando um sufi olha para alguém, mantém os olhos fechados e abre um terceiro olho — o olho que enxerga a esfera interior.*

Sozinho em casa, depois daquela longa e exaustiva noite, fiquei refletindo sobre o que ocorrera. Por mais miserável que me sentisse, em algum ponto profundo dentro de mim havia uma tranquilidade abençoada. Por um breve instante eu a senti, e ansiei por permanecer ali para sempre. Naquele instante, eu soube que afinal de contas havia um Deus, e que Ele me amava.

Embora ferido, machucado pelo corpo todo, por mais estranho que parecesse eu já não sentia dor.

Ella

NORTHAMPTON, 3 DE JUNHO DE 2008

Beach Boys: a música entrava pela janela aberta, enquanto estudantes universitários passavam lá fora, com seus rostos exibindo o bronzeado do começo do verão. Ella olhava, indiferente à alegria deles, já que sua mente se concentrava nos acontecimentos dos últimos dias. Primeiro, ela encontrara Spirit morto na cozinha, e embora muitas vezes tivesse dito a si própria que precisava estar pronta para aquele momento, foi tomada não apenas por uma tristeza imensa, mas também por uma sensação de vulnerabilidade e solidão, como se perder o cachorro fosse o mesmo que ser jogada no mundo, sozinha. Depois, tinha descoberto que Orly estava sofrendo de bulimia, e que quase todo mundo na sala dela sabia disso. Isso trouxe a Ella uma onda de culpa, fazendo-a duvidar da relação com a filha, e a questionar-se como mãe. A culpa não era um elemento novo no repertório de sentimentos dela, mas aquela perda de confiança em sua capacidade como mãe, sim.

Foi nesse meio-tempo que Ella começou a trocar uma série de e-mails com Aziz Z. Zahara todos os dias. Dois, três, às vezes cinco. Escrevia para ele falando de tudo e, para sua surpresa, Aziz sempre tinha uma resposta. Como ele conseguia tempo, e conexão de internet, para checar os e-mails em todos os lugares por onde andava, Ella não conseguia entender. Mas, em pouco tempo, ela ficou viciada nas palavras dele. Não demorava muito, estava verificando os e-mails de Aziz a cada oportunidade — era a primeira coisa que fazia de manhã, logo depois do café, quando voltava da caminhada matinal, quando estava preparando o almoço, quando saía para comprar coisas e mesmo durante as compras, parando em cibercafés. Quando assistia a seus programas de TV favoritos, picando tomates no Clube da Fusion Food, falando ao telefone com amigas ou ouvindo o tagarelar dos gêmeos sobre escola e deveres de casa, ela sempre mantinha o laptop ligado e a caixa de entrada aberta. E a cada vez que recebia um novo e-mail dele, não podia conter um sorriso, meio alegre, meio constrangido, devido ao que estava acontecendo. Porque alguma coisa *estava* acontecendo.

Logo trocar e-mails com Aziz passou a fazer Ella se sentir como se estivesse rompendo com sua vidinha parada e tranquila. De uma mulher cuja vida era uma tela feita de cinza e marrons, ela estava se transformando em alguém com uma cor secreta — um vermelho vívido, sedutor. E estava adorando isso.

Aziz não era um homem de amenidades. Para ele, quem não fizesse do coração o principal guia na vida, quem não conseguisse se abrir para o amor e seguir seu caminho, assim como um girassol busca o sol, não era alguém que vivia (Ella se perguntava se isso fazia dela um desses objetos inanimados). Aziz não escrevia sobre o tempo, nem sobre o último filme a que tinha assistido. Escrevia sobre outras coisas, mais profundas, como a vida e a morte, e acima de tudo o amor. Ella não estava acostumada a expressar seus sentimentos sobre esse tipo de assunto, especialmente para um estranho, mas talvez fosse preciso um estranho para que uma mulher como ela dissesse o que pensava.

Se havia qualquer sinal de flerte nas conversas, pensava Ella, era algo inocente, que poderia fazer bem aos dois. Eles podiam flertar um com o outro, estando cada um num extremo da infinita rede do ciberespaço. Graças a essa troca, ela esperava recuperar um pouco de sua autoestima, algo que perdera ao longo do casamento. Aziz era aquele tipo raro de homem que uma mulher podia amar sem perder o respeito por si própria. E talvez ele também pudesse encontrar algum prazer em ser o centro das atenções de uma mulher americana de meia-idade. O ciberespaço ampliava e misturava comportamentos da vida real, criando uma oportunidade para o flerte sem culpa (coisa que ela não queria, porque já tinha demais) e uma aventura sem riscos (que ela queria, porque nunca tinha uma). Era como petiscar iguarias proibidas, sem se preocupar com as calorias extras — uma coisa sem consequência.

E talvez fosse uma blasfêmia uma mulher casada e com filhos estar escrevendo e-mails íntimos para um estranho, mas, devido à natureza platônica do relacionamento deles, deduziu Ella, era uma doce blasfêmia.

Ella

NORTHAMPTON, 5 DE JUNHO DE 2008

Bem-amado Aziz,

Em um dos nossos primeiros e-mails, você disse que a ideia de que podemos controlar o curso de nossas vidas através de decisões racionais é algo tão absurdo quanto um peixe que tenta controlar o oceano em que nada. Pensei muito a respeito da sua frase seguinte: "A ideia de um Eu Conhecedor gerou não apenas expectativas falsas, mas também decepções, nos pontos em que a vida não é aquilo que esperamos".

E agora é hora de confessar: eu própria sou um pouco assim, controladora. Pelo menos é o que lhe diriam as pessoas que me conhecem melhor. Até pouco tempo, eu era uma mãe muito severa. Tinha uma série de regras (e, acredite, não são regras tão legais como as suas regras sufis!), e comigo não havia barganha possível. Uma vez, minha filha mais velha me acusou de adotar uma estratégia de guerrilha. Disse que eu escavava a vida deles e, da minha trincheira, tentava capturar cada pensamento ou desejo errado que eles pudessem ter!

Você se lembra da canção "Que será, será"? Bem, acho que essa nunca foi a minha canção. Nunca me pareceu certo; eu simplesmente não consigo me deixar levar pelo fluxo. Sei que você é uma pessoa religiosa, mas eu não sou. Embora em família nós estejamos acostumados a celebrar o shabat de vez em quando, eu pessoalmente nem me lembro de qual foi a última vez que rezei (ah, agora lembrei. Foi na minha cozinha, há apenas dois dias, mas essa não conta, porque eu estava mais reclamando para um ser divino).

Houve uma época, na faculdade, em que me interessei pela espiritualidade do Oriente e li alguma coisa sobre budismo e taoísmo. Cheguei a fazer planos, com uma amiga excêntrica, de passar um mês em um ashram na Índia, mas essa fase não durou muito. Por mais convidativos que fossem os ensinamentos místicos, achei que eram por demais indulgentes e inaplicáveis à vida moderna. Desde então, não mudei mais de ideia.

Espero que minha aversão à religião não o ofenda. Por favor, encare isso como uma confissão, há muito devida, por parte de alguém que gosta de você.

Com ternura,
Ella

Querida Ella guerrilheira,

Recebi seu e-mail quando ia viajar de Amsterdã para o Malawi. Fui contratado para fazer fotografias de pessoas em uma cidadezinha com um surto de Aids, e onde quase todas as crianças são órfãs.

Agora, se tudo caminhar bem, voltarei dentro de quatro dias. Posso esperar que sim? Posso. Posso controlar isso? Não! Só o que posso fazer é levar comigo meu laptop, tentar encontrar uma boa conexão de internet, e esperar viver mais um dia. O resto não está em minhas mãos. E é a isso que os sufis chamam o quinto elemento — o vazio. O elemento divino inexplicável e incontrolável que nós, como seres humanos, somos incapazes de compreender, porém do qual jamais devemos esquecer. Não acredito em "inação" se você, com isso, quer dizer não fazer nada e não mostrar interesse pela vida. Mas acredito, sim, em respeito ao quinto elemento.

Acho que cada um de nós faz um acordo com Deus. Eu sei que fiz. Quando me tornei sufi, prometi a Deus fazer minha parte da melhor forma possível e deixar o resto com Ele, e apenas com Ele. Aceito o fato de que há coisas além desse limite. Só consigo enxergar determinadas partes, como fragmentos flutuantes de um filme, mas o plano maior está além da minha compreensão.

Olha, você pensa que sou um homem religioso. Não sou.

Sou espiritualista, o que é diferente. A religiosidade e a espiritualidade não são a mesma coisa, e acredito que a distância entre as duas nunca foi tão grande quanto hoje em dia. Quando observo o mundo, vejo um dilema crescente. Por um lado, acreditamos na liberdade e no poder individual, sem contar com Deus, os governos, a sociedade. De muitas maneiras, os seres humanos estão se tornando mais autocentrados e o mundo, mais materialista. Por outro lado, a humanidade como um todo se torna mais espiritualista. Depois de se calcar na razão durante tanto tempo, parece que chegamos a um ponto em que reconhecemos os limites da mente.

Hoje, assim como nos tempos medievais, há uma explosão de interesse na espiritualidade. Mais e mais pessoas no Ocidente tentam buscar espaço para ela em meio a suas vidas apressadas. Mas, embora com boa intenção, seus métodos são em geral inadequados. A espiritualidade não é mais um novo molho para a mesma velha comida. Não é algo que possamos adicionar à nossa vida sem fazer grandes transformações.

Sei que você gosta de cozinhar. Você sabia que Shams dizia que o mundo é um grande caldeirão, e que nele se cozinha algo imenso? Ainda não sabemos o quê. Tudo o que fazemos, sentimos ou pensamos são ingredientes dessa mistura. Precisamos perguntar a nós mesmos o que estamos acrescentando ao caldeirão. Estamos botando ressentimentos, animosidade, raiva e violência? Ou amor e harmonia?

E você, querida Ella? Que ingredientes você está acrescentando no caldo coletivo da humanidade? Sempre que penso em você, o ingrediente que acrescento é um grande sorriso.

Com amor,
Aziz

PARTE TRÊS

AR

AS COISAS QUE MUDAM, EVOLUEM E DESAFIAM

O fanático

KONYA, 19 DE OUTUBRO DE 1244

Bem embaixo da minha janela aberta, os cães ladravam e rosnavam. Levantei-me da cama, suspeitando que eles tivessem visto um ladrão tentando entrar em uma casa, ou algum bêbado imundo passando por ali. As pessoas decentes já não podem dormir em paz. A luxúria e a devassidão estão por toda parte. Nem sempre foi assim. Esta cidade era um lugar mais seguro até poucos anos atrás. A corrupção moral não difere em nada de uma doença horrível, que chega sem aviso e se espalha rapidamente, infectando ricos e pobres, velhos e jovens da mesma maneira. É assim que está nossa cidade agora. Se não fosse por minha posição na madraça, eu mal sairia de casa.

Graças a Deus, há pessoas que põem os interesses da comunidade acima dos próprios, e trabalham dia e noite para garantir a ordem. Pessoas como meu jovem sobrinho, Baybars. Minha mulher e eu estamos orgulhosos dele. É reconfortante saber que, a esta hora da noite, quando malfeitores, criminosos e bêbados saem em bandos, Baybars e seus colegas, os guardas, patrulham a cidade para nos proteger.

Com a morte precoce do meu irmão, tornei-me o principal tutor de Baybars. Jovem brilhante, ele começou a trabalhar na guarda há seis meses. Os fofoqueiros disseram que foi graças à minha posição como professor da madraça que ele conseguiu o emprego. Tolice! Baybars é forte e corajoso o suficiente para esse trabalho. Ele também teria dado um excelente soldado. Baybars queria ir para Jerusalém lutar contra as Cruzadas, mas minha mulher e eu achamos que ele devia sossegar e formar uma família.

— Precisamos de você aqui, filho — falei. — Há tantas coisas para enfrentar hoje em dia.

E havia mesmo. Hoje de manhã, eu disse à minha mulher que estamos vivendo dias difíceis. Não é só coincidência que todos os dias ouçamos falar de uma nova tragédia. Se os mongóis têm sido vitoriosos, se os cristãos conseguem expandir sua doutrina, se cidade após cidade e vilarejo após vilarejo é saqueado pelos inimigos do Islã, isso se deve àqueles que são muçulmanos apenas da boca para fora. Quando as pessoas perdem sua ligação com Deus, elas se desgarram. Os mongóis foram enviados como uma punição por nossos pecados. Se não fossem os mongóis, poderia ter sido um terremoto, a fome ou uma inundação. Quantas calamidades mais teremos que enfrentar até que os pecadores desta cidade recebam a mensagem e se arrependam? Temo que a próxima coisa seja uma chuva de pedras vinda dos céus. Algum dia, não muito distante, todos nós poderemos ser varridos daqui, seguindo os passos dos habitantes de Sodoma e Gomorra.

E esses sufis, eles são uma péssima influência. Como ousam se autodenominar muçulmanos, se dizem coisas que nenhum muçulmano poderia sequer pensar? Meu sangue ferve quando os ouço falar o nome do profeta, que a paz esteja com ele, para promover suas ideias tolas. Esses sufis asseguram que, seguindo uma campanha de guerra, o profeta Maomé anunciou que, dali em diante, seu povo estaria deixando de lado o pequeno jihad em favor de um grande jihad — a luta contra si mesmo. Os sufis alegam que, desde então, o ego é o único adversário que o muçulmano deve enfrentar. Parece bom, mas como isso poderá ajudar na luta contra os inimigos do Islã? É o que me pergunto.

Os sufis chegam a dizer que a xaria é apenas um estágio do caminho. De que estágio, pergunto eu, estão falando? Como se isso não fosse algo alarmante, eles alegam que alguém iluminado não pode se prender às regras dos primeiros estágios. E como gostam de se considerar pessoas que já chegaram a altos patamares, usam isso como reles desculpa para descumprir as regras da xaria. Bebida, dança, música, poesia e pintura parecem mais vitais para eles do que os deveres espirituais. Ficam pregando que, como não há nenhuma hierarquia no Islã, todos estão aptos a fazer suas próprias perguntas a Deus. Isso tudo soa inofensivo e inocente, mas depois que atravessamos a verbosidade entediante, descobrimos que há um lado sinistro na mensagem: o de que não há necessidade de prestar atenção às autoridades religiosas!

No que diz respeito aos sufis, o sagrado Alcorão está repleto de símbolos obscuros e de camadas de alusões, cada qual podendo ser interpretada de forma mística. E, assim, eles examinam como cada palavra vibra para um número, estudam os significados oclusos dos números e buscam referências veladas no texto, fazendo tudo que está em seu poder para evitar ler a mensagem de Deus, clara e límpida.

Alguns sufis chegam mesmo a dizer que os seres humanos são o Alcorão que Fala. Se isso não é pura e simples blasfêmia, não sei o que é. E há também os dervixes itinerantes, outra complicada categoria de farsantes. Qalandaris, Haydaris, Camiis — são conhecidos por toda sorte de nomes. Eu diria que são os piores. Que bem há de vir de um homem que não pode se fixar em um lugar, se a pessoa não tem nenhuma noção de pertencimento, pode flutuar em qualquer direção, como uma folha seca ao vento? A vítima perfeita de Sheitan.

Os filósofos são tão ruins quanto os sufis. Ruminam e refletem, como se suas mentes limitadas pudessem captar a incompreensibilidade do universo! Há uma história que espelha o que é a conspiração entre filósofos e sufis.

> Um dia, um filósofo encontrou um dervixe, e os dois imediatamente se entenderam. Conversaram por dias e dias, um completando as frases do outro.
>
> Finalmente, quando se separaram, o filósofo resumiu assim a conversa deles: "Tudo o que eu sei, ele vê".
>
> Em seguida, o sufi deu seu testemunho: "Tudo o que eu vejo, ele sabe".

Assim, o sufi pensa que *vê*, e o filósofo pensa que *sabe*. Na minha opinião, eles não veem nada, nem sabem de nada. Será que não se dão conta de que nós, na qualidade de seres humanos simples, limitados e, afinal, mortais, não podemos querer saber mais do que nos cabe saber? O melhor dos seres humanos é capaz apenas de obter mera centelha de informação sobre o Todo-poderoso. E isso é tudo. Nossa tarefa não é interpretar os ensinamentos de Deus, mas obedecê-los.

Quando Baybars chegar em casa, vamos conversar sobre esses assuntos. Já se tornou um hábito, nosso pequeno ritual. Todas as noites, depois da troca de guarda, ele toma sua sopa e o pão que minha mulher lhe serve, e começamos a conversar sobre esse tipo de coisa. Fico satisfeito em ver que bom apetite ele demonstra. Um jovem como ele, cheio de princípios, tem muito trabalho a fazer neste mundo sem Deus.

Shams

KONYA, 30 DE OUTUBRO DE 1244

Bem antes de me encontrar com Rumi, apenas uma noite antes, sentei-me na varanda da Estalagem dos Mercadores de Açúcar. Meu coração se alegrava com a imensidão do universo que Deus havia criado à Sua imagem, de forma que para qualquer um que olhássemos, podíamos buscá-Lo e encontrá-Lo. E, contudo, os seres humanos quase nunca faziam isso.

Lembrei dos indivíduos com quem me encontrara — o mendigo, a prostituta e o bêbado. Pessoas comuns, sofrendo de um problema comum: a separação do Uno. Eram pessoas do tipo que os estudiosos deixam de enxergar, quando se sentam em suas torres de marfim. Eu me perguntava se Rumi seria diferente nisso. Se não fosse, eu estava decidido a me tornar um elo entre ele e as camadas mais baixas da sociedade.

A cidade finalmente adormecera. É nesse momento da noite em que mesmo os animais noturnos ficam relutantes em perturbar a paz reinante. Sempre me deixou ao mesmo tempo imensamente triste e exultante escutar uma cidade adormecida, pensando em que tipo de histórias estaria se desenrolando por trás das portas fechadas, que tipo de histórias eu poderia ter vivido caso tivesse escolhido outro caminho. Mas eu não fiz qualquer escolha. Na verdade, foi o caminho que me escolheu.

Lembrei-me de um conto.

Um dervixe itinerante chegou a uma cidade onde os nativos não confiavam em forasteiros. "Vá embora!", gritaram para ele. "Ninguém conhece você aqui!"

O dervixe respondeu, com toda calma: "Sim, mas eu conheço a mim mesmo e, pode acreditar, teria sido muito pior se fosse o contrário".

Contanto que eu me conhecesse, estaria bem. Aquele que se conhece, conhece o Uno.

A lua me banhou com seu brilho cálido. Uma chuva leve, delicada como uma estola de seda, começou a cair sobre a cidade. Agradeci a Deus por esse momento abençoado, e me pus em Suas mãos. Senti mais uma vez a fragilidade, a brevidade da vida, e lembrei de mais uma regra: *A vida é um quinhão temporário, e este mundo nada mais é que um esboço imitando a Realidade. Apenas as crianças confundem os brinquedos com as coisas verdadeiras. E, no entanto, os seres humanos ou se encantam pelo brinquedo, ou, de forma desrespeitosa, quebram-no, jogando-o fora. Nesta vida, fique distante de todo tipo de extremos, porque eles destruirão seu equilíbrio interior.*

Os sufis não se dão a extremos. Um sufi se mantém sereno e moderado.

Amanhã de manhã, vou à grande mesquita para escutar Rumi. Ele pode ser o grande pregador que todos dizem que é, mas, no fim das contas, a amplitude e o escopo de qualquer orador são determinados pelos de sua plateia. As palavras de Rumi podem ser como um jardim selvagem, cheio de cardos, ervas, abetos e arbustos, mas sempre caberá ao visitante descobrir sua beleza. As flores bonitas são logo colhidas, mas poucas pessoas prestam atenção nas plantas com espinhos. E a verdade é que grandes remédios são feitos dessas últimas.

Não ocorre o mesmo com o jardim do amor? Como pode o amor ser digno do próprio nome, se a pessoa escolher apenas as coisas boas, deixando de lado as dificuldades? É fácil usufruir do bom, e desgostar do ruim. Qualquer um consegue fazer isso. O verdadeiro desafio é amar igualmente o bom e o ruim, não porque você precise aceitar as dificuldades da vida, mas porque deve ir além dessas descrições e aceitar o amor em sua inteireza.

Resta apenas mais um dia antes do encontro com meu companheiro. Não consigo dormir.

Ah, Rumi! Soberano do reino das palavras e dos significados!

Será que você vai me reconhecer quando me vir?

Veja-me!

Rumi

KONYA, 31 DE OUTUBRO DE 1244

Bênçãos sobre este dia, pois conheci Shams de Tabriz. Neste último dia de outubro, o ar tem nova frescura e os ventos sopram mais forte, anunciando a partida do outono.

Hoje à tarde, a mesquita estava cheia, como sempre. Quando prego para multidões, sempre tomo cuidado para não esquecer, nem lembrar da minha plateia. E só há uma forma de fazer isso: imaginar que a multidão é apenas uma pessoa. Centenas de fiéis me ouvem toda semana, mas eu sempre falo para apenas um — aquele que escuta minhas palavras ecoando em seu coração, e que me conhece como ninguém.

Depois, quando saí da mesquita, encontrei meu cavalo pronto para montar. A crina dele tinha sido trançada com fitas de ouro e minúsculos sinos de prata. Gostei de ouvir o som dos sininhos a cada passo, mas com tantas pessoas no caminho não dava para seguir muito rápido. Em um passo medido, passamos diante das casas e lojas humildes, com telhados de palha. Os gritos dos fiéis se misturavam ao choro de crianças e aos brados de pedintes ansiosos por ganhar algumas moedas. A maior parte das pessoas queria me pedir que rezasse por elas; algumas desejavam apenas caminhar perto de mim. Mas outras tinham vindo com maiores expectativas, pedindo-me que lhes curasse de uma doença terminal ou afastasse um feitiço ruim. Esses eram os que me preocupavam. Será que não viam que eu, não sendo nem profeta, nem sábio, era incapaz de fazer milagres?

Assim que viramos uma esquina e nos aproximamos da Estalagem dos Mercadores de Açúcar, vi um dervixe itinerante abrindo caminho na multidão, vindo até mim e me olhando com olhos penetrantes. Seus movimentos eram hábeis e concentrados, exalando um ar de autossuficiente competência. Ele não tinha cabelo. Nem barba. Nem sobrancelhas. E, embora seu rosto fosse tão franco quanto possível para qualquer homem, a expressão era inescrutável.

Mas não foi sua aparência que me intrigou. Ao longo dos anos, tinha visto dervixes itinerantes de toda espécie passando por Konya em sua busca por Deus. Com tatuagens impressionantes, inúmeros brincos nas orelhas e no nariz, essas pessoas tinham, em sua maioria, um aspecto de rebeldes. Ou usavam os cabelos compridos, ou raspavam completamente a cabeça. Alguns Qalandaris tinham brincos até na língua e nos mamilos. Por isso, quando vi aquele dervixe pela primeira vez, não foi seu exterior que me espantou. Foi, ouso dizer, seu olhar.

Seus olhos escuros e brilhantes se cravaram em mim como adagas. Ele ficou no meio da rua e ergueu bem alto os braços, abrindo-os, como se quisesse fazer parar não apenas a procissão, mas o curso do tempo. Senti um choque percorrer meu corpo, como uma repentina intuição. Meu cavalo ficou nervoso e começou a relinchar alto, balançando a cabeça para cima e para baixo. Tentei acalmá-lo, mas ele estava tão irrequieto que eu também fiquei nervoso.

Diante dos meus olhos, o dervixe se aproximou do cavalo, que estava cismado e não parava de se mexer, e cochichou para ele alguma coisa inaudível. O animal começou a ofegar, mas quando o dervixe fez um gesto com a mão ele instantaneamente se aquietou. Uma onda de entusiasmo percorreu a multidão, e ouvi alguém sussurrar: "É magia maligna".

Alheio ao entorno, o dervixe me olhava com curiosidade.

— Ó, grande estudioso do Ocidente e do Oriente, tenho ouvido muitas coisas sobre sua pessoa. Vim aqui hoje para lhe fazer uma pergunta, se me permitir.

— Pode fazer — falei, contendo a respiração.

— Bem, você precisa descer do cavalo primeiro, e estar no mesmo nível que eu.

Fiquei tão espantado ao ouvir aquilo que por um instante não consegui falar. As pessoas em volta pareceram igualmente surpresas. Ninguém jamais ousara se dirigir a mim daquele jeito.

Senti o rosto em fogo e meu estômago se revirar de irritação, mas consegui controlar meu ego e desmontei do cavalo. O dervixe já tinha se virado e ia se afastando.

— Ei, espere, por favor! — gritei, aproximando-me dele. — Quero ouvir sua pergunta.

Ele parou e se virou, sorrindo para mim pela primeira vez.

— Está certo, diga-me, por favor, qual dos dois considera maior: o profeta Maomé ou o sufi Bistami?

— Que tipo de pergunta é essa? — falei. — Como você pode comparar o venerado profeta Maomé, que a paz esteja com ele, o último na linhagem dos profetas, com um místico infame?

A multidão curiosa se aglomerara ao nosso redor, mas o dervixe não parecia se importar com a plateia. Ainda estudando meu rosto, ele insistiu:

— Por favor, pense no assunto. O profeta não disse "perdoai-me, ó, Deus, não pude conhecê-Lo como devia", enquanto Bistami falou "glória a mim, que levo Deus em meu manto"? Se um homem se sente tão pequeno diante de Deus, enquanto o outro alega carregar Deus consigo, qual dos dois é maior?

Meu coração veio à boca. A pergunta já não parecia tão absurda. Na verdade, parecia que um véu fora erguido e que por baixo, à minha espera, estava um intrigante quebra-cabeça. Um sorriso furtivo, como uma brisa que passa, surgiu nos lábios do dervixe. Agora eu sabia que ele não era um lunático. Era um homem com uma pergunta — uma pergunta que nunca me ocorrera.

— Entendo o que está querendo dizer — comecei a falar, sem querer deixar que ele percebesse o tremor na minha voz. — Vou comparar as duas declarações e lhe dizer por que, embora a de Bistami pareça superior, o certo é o contrário.

— Sou todo ouvidos — respondeu o dervixe.

— Sabe, o amor de Deus é um oceano infinito, e os seres humanos lutam para tirar o máximo de água possível dele. Mas, ao fim do dia, a quantidade de água que cada um de nós consegue tirar depende do tamanho de nossos recipientes. Algumas pessoas têm barris, outras têm baldes, enquanto algumas têm apenas tigelas.

Enquanto eu falava, vi a expressão do dervixe se transformar, de um súbito escárnio para um aberto reconhecimento, e deste para um sorriso suave, de alguém que vê seus próprios pensamentos nas palavras de outrem.

— O recipiente de Bistami era relativamente pequeno, e sua sede foi saciada com um único gole. Ele ficou feliz nesse estágio. Foi maravilhoso que tenha reconhecido o divino em si próprio, mas, mesmo ali, havia uma distinção entre Deus e o Eu. A Unidade não foi alcançada. Quanto ao profeta, ele foi o Eleito de Deus, e tinha um recipiente muito maior para encher. É por isso que Deus perguntou a ele, no Alcorão: *Nós não abrimos seu coração?*. Com o coração assim aberto, com seu recipiente imenso, deu-se sede e mais sede. Não admira que tenha dito: "Perdoai-me, ó, Deus, não pude conhecê--Lo como devia", embora certamente O conhecesse como mais ninguém.

Abrindo um sorriso bem-humorado, o dervixe fez que sim com a cabeça e me agradeceu. Em seguida, pousou a mão sobre o coração, em um gesto de gratidão, e assim ficou durante alguns segundos. Quando nossos olhos tornaram a se encontrar, notei que uma expressão de gentileza surgira em seu olhar.

Fiquei olhando para o dervixe, diante da paisagem cinza e perolada, típica de nossa cidade nesta época do ano. Algumas poucas folhas secas farfalharam em torno de nossos pés. O dervixe me observou com renovado interesse, e na luz mortiça do sol poente, por um segundo, pude jurar que enxerguei uma aura cor de âmbar em torno dele.

Ele fez uma mesura respeitosa. Eu fiz o mesmo. Não sei por quanto tempo ficamos assim, com o céu violeta acima de nossas cabeças. Depois de um tempo, a multidão em torno de nós começou a se movimentar nervosamente, tendo assistido àquele nosso intercâmbio com uma surpresa que beirava a desaprovação. Nunca tinham me visto fazer uma mesura, e o fato de tê-la feito para um simples sufi itinerante foi um choque para aquela gente, incluindo meus discípulos mais próximos.

O dervixe deve ter percebido a sensação de censura no ar.

— Agora é melhor eu ir embora e deixá-lo com seus admiradores — falou, a voz apresentando um timbre aveludado, quase um sussurro.

— Espere — pedi. — Não vá, por favor. Fique!

Percebi em seu rosto uma expressão de reflexão, um traço de melancolia nos lábios, como se quisesse dizer mais, porém não pudesse ou não devesse. E, naquele instante, naquela pausa, eu ouvi a pergunta que ele não me fizera.

E quanto a você, grande pregador? O quão grande é seu recipiente?

Então, nada mais havia a dizer. Ficamos sem palavras. Dei um passo em direção ao dervixe, chegando tão perto que conseguia ver os tracinhos dourados em seus olhos escuros. De repente, fui tomado por um estranho sentimento, como se já tivesse vivido aquele momento antes. Não uma, mas dezenas de vezes. Comecei a recordar fragmentos. Um homem alto, magro, com um véu sobre o rosto, os dedos em chamas. E então entendi. O dervixe que estava diante de mim era o homem a quem eu via em sonhos.

E soube que tinha encontrado meu companheiro. Mas, em vez de ser tomado pela mais genuína alegria, como sempre me imaginei, vi-me assoberbado por um pavor abjeto.

Ella

NORTHAMPTON, 8 DE JUNHO DE 2008

Bombardeada por perguntas e sem ter as respostas, Ella descobriu que havia muito mais coisas surpreendentes em sua correspondência com Aziz, inclusive o próprio fato de essa correspondência existir. Os dois eram tão diferentes em relação a todas as questões que ela se perguntava o que teria em comum com ele, para estarem trocando e-mails tão frequentemente.

Aziz era como um quebra-cabeça que precisava ser completado, peça por peça. A cada novo e-mail que recebia dele, mais uma peça do quebra-cabeça se encaixava. Ella ainda precisaria ver toda a imagem, mas já descobrira algumas coisas sobre esse homem com o qual vinha se correspondendo.

Descobrira, no blog dele, que Aziz era fotógrafo profissional; viajava com avidez pelo mundo inteiro e considerava abrir caminho pelos mais distantes recônditos do planeta algo tão fácil e natural quanto um passeio pelo parque da vizinhança. Nômade incansável por natureza, tinha estado em toda parte, sentindo-se igualmente em casa na Sibéria, em Xangai, em Calcutá ou em Casablanca. Viajando apenas com uma mochila e uma flauta de bambu, fizera amigos em lugares que Ella sequer conseguia localizar no mapa. Guardas de fronteira intransigentes, impossibilidade de obter visto de governos hostis, doenças parasitárias em água de má qualidade, disenterias intestinais por comida contaminada, o perigo de ser assaltado, lutas entre rebeldes e tropas governamentais — nada era capaz de impedir que ele viajasse de leste a oeste, de norte a sul.

Ella via Aziz como uma cascata caudalosa. Onde ela temia pisar, ele entrava correndo. Onde ela hesitava e se preocupava antes de agir, ele agia primeiro e se preocupava depois, se é que se preocupava. Tinha uma personalidade entusiasmada, muito idealismo e paixão para um só corpo. Possuía múltiplas facetas e todas lhe caíam bem.

Ella se considerava uma progressista e opiniática eleitora do Partido Democrata, judia não praticante e aspirante a vegetariana que estava determinada a, um dia, cortar todo tipo de carne de sua dieta. Separava as coisas em categorias estanques, organizando seu mundo como organizava a casa, mantendo-a limpa e em ordem. Sua mente operava com duas listas mutuamente excludentes e igualmente extensas: as coisas de que gostava e as coisas que detestava.

Embora não fosse de forma alguma ateia e gostasse de cumprir certos rituais de vez em quando, acreditava que o maior problema que consumia a humanidade hoje em dia, assim como no passado, era a religião. Com sua arrogância sem paralelo e sua crença autoproclamada na supremacia de seus costumes, as pessoas religiosas lhe davam nos nervos. Os fanáticos de todos os matizes eram insuportáveis, mas, lá no fundo, Ella achava que os fanáticos islâmicos eram os piores.

Aziz, porém, era um homem espiritualista que levava a sério as questões da fé e da religião, mantinha-se afastado da política contemporânea e não "detestava" nada nem ninguém. Louco por carne, dizia que jamais recusaria um prato de shish kebab bem-feito. Convertera-se do ateísmo ao islamismo em meados dos anos 1970, como ele próprio dizia, brincando, "em algum momento depois de Kareem Abdul-Jabbar e antes de Cat Stevens". Desde então, tinha dividido o pão com centenas de místicos de todos os países e religiões, declarando que eram "os irmãos e irmãs que tinha encontrado ao longo do caminho".

Um comprometido pacifista com profunda visão humanitária, Aziz acreditava que todas as guerras religiosas eram, em sua essência, um "problema linguístico". A linguagem, dizia, contribuía mais para esconder do que para revelar a Verdade, e o resultado era que as pessoas geralmente entendiam ou julgavam mal as outras. Num mundo mergulhado em erros de tradução, não adiantava ter opinião forte quanto a nenhum tópico, uma vez que podia muito bem acontecer de nossa mais forte convicção ser o resultado de um mal-entendido. Em geral, não se devia ser excessivamente rígido com nada, porque "viver é estar sempre mudando de cor".

Aziz e Ella viviam em territórios diferentes. Literal e metaforicamente. Para ela, tempo significava principalmente futuro. Passava a maior parte dos dias obcecada com planos para o ano seguinte, o mês seguinte, o dia seguinte, ou até mesmo o minuto seguinte. Mesmo com as coisas mais triviais, como ir ao shopping ou mandar consertar uma cadeira quebrada, Ella planejava tudo com antecedência nos mínimos detalhes, lidando com calendários meticulosos e listas de itens a fazer, que guardava na bolsa.

Já para Aziz, o tempo se concentrava no agora, e tudo fora do momento presente era uma ilusão. Pela mesma razão, ele achava que o amor nada tinha a ver com "planos para o futuro" ou "memórias do passado". O amor só podia existir aqui e agora. Um de seus primeiros e-mails para Ella terminava assim: "Sou um sufi, filho do momento presente".

"Que coisa estranha de se dizer", escreveu Ella, "para uma mulher que sempre pensou demais no passado, e mais ainda no futuro, mas que, no fim das contas, nunca chegou sequer a tocar o momento presente."

Aladim

KONYA, 16 DE DEZEMBRO DE 1244

Bem, por artes do destino, eu não estava lá quando o dervixe cruzou o caminho de meu pai. Tinha ido caçar veados com vários amigos e voltei apenas no dia seguinte. A essa altura, o encontro entre meu pai e Shams de Tabriz já era assunto na cidade inteira. Quem era esse dervixe, fofocavam as pessoas, e como podia um erudito como Rumi tê-lo levado a sério, a ponto de lhe fazer uma mesura?

Desde que eu era garoto, via as pessoas se ajoelharem diante de meu pai, e nunca imaginei que pudesse acontecer o inverso — quer dizer, a não ser que a outra pessoa fosse um rei ou grão-vizir. Por isso, recusei-me a crer em metade das coisas que ouvi, não deixando que a fofoca me contaminasse, até que cheguei em casa e Kerra, minha madrasta, que nunca mente nem exagera, me confirmou a história toda. Sim, era verdade, um dervixe itinerante chamado Shams de Tabriz havia desafiado meu pai em público e, o que era pior, estava agora hospedado em nossa casa.

Quem seria esse estranho que tinha se imiscuído em nossas vidas como uma pedra misteriosa vinda do céu? Louco para vê-lo com meus próprios olhos, perguntei a Kerra:

— E onde está esse homem?

— Fique quieto — sussurrou Kerra, um pouco nervosa. — Seu pai e o dervixe estão na biblioteca.

Podíamos ouvir ao longe o rumor de vozes, embora fosse impossível discernir sobre o que falavam. Fui naquela direção, mas Kerra me parou.

— Temo que você tenha que esperar. Eles pediram para não ser incomodados.

Durante o dia inteiro, eles não saíram da biblioteca. Nem no dia seguinte, nem no outro. Sobre o que estariam conversando? O que alguém como meu pai e um simples dervixe podiam ter em comum?

Uma semana se passou, depois outra. Toda manhã, Kerra preparava o desjejum e deixava em uma bandeja, diante da porta. Fossem quais fossem as iguarias que ela preparava, eles recusavam tudo, satisfazendo-se apenas com uma fatia de pão de manhã e um copo de leite de cabra à noite.

Perturbado, inquieto, fui tomado pelo mau humor nesse período. Nas mais diversas horas do dia, eu procurava buracos e rachaduras na porta para espiar dentro da biblioteca. Sem me importar com o que aconteceria se eles abrissem a porta de repente e me flagrassem espionando, eu passava boa parte do tempo agachado, tentando entender sobre o que estavam falando. Mas só conseguia ouvir um murmúrio, baixinho. Tampouco conseguia ver muita coisa. O aposento era sombrio, por causa da cortina meio fechada. Sem muito o que ver ou ouvir, deixava que minha imaginação preenchesse os silêncios, fabricando as conversas que eles deviam estar tendo.

Certa vez Kerra me flagrou com o ouvido colado à porta, mas não disse nada. Por essa época, ela já estava mais desesperada do que eu para entender o que acontecia. As mulheres não resistem à curiosidade; faz parte de sua natureza.

Mas a história mudou quando meu irmão, Sultan Walad, me pegou espiando. Ele me lançou um olhar penetrante e fez uma careta.

— Você não tem direito de espionar as outras pessoas, muito menos seu pai — falou, me repreendendo.

Dei de ombros.

— Honestamente, meu irmão, você não se incomoda em ver nosso pai passar o tempo todo com um estranho? Já faz mais de um mês. Nosso pai se afastou da própria família. Isso não o aborrece?

— Nosso pai não se afastou ninguém — disse meu irmão. — Ele encontrou um bom amigo em Shams de Tabriz. Em vez de ficar choramingando e reclamando como um garotinho, você devia estar feliz por nosso pai. Isso se você o amar de verdade.

Era o tipo da coisa que só meu irmão poderia dizer. Eu estava acostumado a suas peculiaridades, por isso não me ressenti com seus comentários críticos. Sempre o bom rapaz, era o queridinho da família e da vizinhança, o filho favorito de meu pai.

Exatos quarenta dias depois de meu pai e o dervixe terem se trancado na biblioteca, algo estranho aconteceu. Eu estava agachado junto à porta de novo, espiando em meio a um silêncio mais pesado que de costume, quando de repente ouvi a voz do dervixe:

— Faz quarenta dias que nos fechamos aqui. Todos os dias, discutimos uma das Quarenta Regras da Religião do Amor. Agora que acabamos, acho melhor sairmos. Sua ausência pode aborrecer sua família.

Meu pai se opôs.

— Não se preocupe. Minha mulher e meus filhos são maduros o suficiente para compreender que eu possa precisar de algum tempo longe deles.

— Bem, eu nada sei sobre sua esposa, mas seus filhos são diferentes como o dia da noite — respondeu Shams. — O mais velho segue seus passos, mas o mais jovem, temo que marche em um ritmo totalmente distinto. O coração dele está toldado por ressentimento e inveja.

Meu rosto ardeu de raiva. Como ele podia dizer essas coisas horríveis sobre mim sem nem me conhecer?

— Ele pensa que eu não o conheço, mas conheço, sim — disse o dervixe, um pouco depois. — Enquanto ele estava agachado, com o ouvido na porta, me observando pelos buracos, eu também o observava.

Senti um súbito frio me percorrer, como se cada pelo do meu braço tivesse ficado em pé. Sem pensar em mais nada, escancarei a porta e entrei no aposento, pisando firme. Os olhos de meu pai se arregalaram, sem compreender, mas logo seu choque se transformou em raiva.

— Aladim, você perdeu a cabeça? Como ousa nos incomodar desse jeito? — gritou meu pai.

Ignorando a pergunta, apontei para Shams e indaguei:

— Por que você não pergunta primeiro a ele como ousa falar de mim dessa maneira?

Meu pai não disse nada. Apenas me olhou e deu um profundo suspiro, como se minha presença fosse um pesado fardo sobre seus ombros.

— Por favor, pai, Kerra sente sua falta. E seus alunos também. Como você pode virar as costas a todos os entes queridos em troca de um reles dervixe?

Assim que essas palavras saíram de minha boca, eu me arrependi, mas já era tarde. Meu pai olhou para mim com desapontamento. Eu nunca o vira daquele jeito.

— Aladim, faça um favor para si mesmo. Desapareça daqui... agora — disse ele. — Vá para um lugar tranquilo e pense no que fez. Não volte a falar comigo sem antes olhar para dentro de si e ver o erro que cometeu.

— Mas, pai...

— Vá embora! — repetiu ele, dando-me as costas.

Com o coração pesado, saí do aposento, as mãos úmidas, os joelhos trêmulos.

Naquele instante, entendi que, por algum motivo incompreensível, nossas vidas tinham mudado, e nada tornaria a ser como antes. Desde a morte de minha mãe, há oito anos, era a segunda vez em que me sentia abandonado por um de meus pais.

Rumi

KONYA, 18 DE DEZEMBRO DE 1244

Batin Allah — a face oculta de Deus. Abra minha mente, para que eu possa enxergar a Verdade.

Quando Shams de Tabriz me fez a pergunta sobre o profeta Maomé e o sufi Bistami, senti como se nós dois fôssemos os únicos seres humanos sobre a terra. Diante de nós, estendiam-se os sete estágios do Caminho da Verdade — sete *maqamat* que toda alma deve enfrentar a fim de alcançar a Unidade.

O primeiro estágio é o *Nafs Depravado*, o mais primitivo e básico estado do ser, quando a alma se encontra presa às buscas mundanas. A maioria dos seres humanos está atada aí, lutando e sofrendo a serviço de seu eu primitivo, mas sempre colocando os outros como responsáveis por sua infelicidade.

Se, e quando, uma pessoa se torna consciente da baixeza de seu estado, ao começar a trabalhar consigo mesmo, ela pode saltar para o estágio seguinte que, de certa forma, é o oposto do anterior. Em vez de culpar as outras pessoas o tempo todo, o indivíduo que chega a esse patamar culpa a si mesmo, às vezes ao ponto do autoapagamento. E assim ele chega ao *Nafs Acusador*, começando a jornada em direção à purificação interior.

No terceiro estágio, a pessoa está mais madura, e o eu evoluiu, chegando ao *Nafs Inspirado*. Somente nesse patamar, e nunca antes, é que o indivíduo pode experimentar o verdadeiro sentido da palavra "desapego", e assim percorrer o Vale do Conhecimento. Qualquer um que tenha chegado a esse ponto possuirá e distribuirá paciência, perseverança, sabedoria e humildade. O mundo lhe parecerá novo e cheio de inspiração. Contudo, muitas pessoas que alcançam esse terceiro estágio sentem necessidade de combater nesse ponto, perdendo a vontade e a coragem de ir adiante. É por isso que, embora belo e abençoado, o terceiro estágio é uma armadilha para aquele que ambiciona ir além.

Aqueles que conseguem seguir em frente alcançam o Vale da Sabedoria, pondo-se em contato com o *Nafs Sereno*. Lá, a percepção do eu já não é a mesma, tendo sido alterada rumo a um novo estado da consciência. Generosidade, gratidão e uma incontornável sensação de contentamento, não importando as dificuldades da vida, são as principais características que acompanham qualquer um que tenha chegado aí. À frente, está o Vale da Unidade. Aqueles que aqui estão ficam satisfeitos com qualquer situação que Deus lhes apresentar. Questões mundanas já não farão diferença, já que alcançaram o *Nafs Satisfeito*.

No passo seguinte, o *Nafs Generoso*, a pessoa se torna uma luz para a humanidade, irradiando energia a todos que estão necessitados, ensinando e iluminando como um verdadeiro mestre. Às vezes, uma pessoa assim pode ter também o poder da cura. Aonde quer que vá, fará grande diferença na vida de outras pessoas. Em tudo o que faz e aspira a fazer, seu principal objetivo é servir a Deus servindo ao próximo.

Finalmente, no sétimo estágio, chega-se ao *Nafs Purificado*, quando a pessoa se torna *Insan-i Kâmil*, o ser humano perfeito. Mas ninguém sabe muita coisa sobre esse patamar, e mesmo que uns poucos soubessem, nada diriam sobre isso.

Os estágios ao longo do caminho são fáceis de resumir, mas difíceis de viver. Além dos obstáculos que surgem pela estrada, há o fato de que não existe garantia de um progresso contínuo. A rota do primeiro ao último estágio não é de maneira alguma linear. Há sempre o perigo de voltar aos estágios anteriores, às vezes caindo até de um patamar superior àquele que é o primeiro passo. Devido às inúmeras armadilhas que existem pelo caminho, não admira que, a cada século, apenas poucas pessoas consigam alcançar os estágios finais.

Assim, quando Shams me fez a pergunta, não era apenas uma comparação o que ele buscava. Queria saber até onde eu pretendia ir, a ponto de apagar minha personalidade e ser absorvido por Deus. Havia uma segunda pergunta oculta por trás da primeira.

— E quanto a você, grande pregador? — perguntou ele. — Dos sete estágios, em qual você está? E acredita ter a determinação de ir mais longe, até o fim? Diga-me, quão grande é seu recipiente?

Kerra

KONYA, 18 DE DEZEMBRO DE 1244

Bater-me com meu destino não me faz bem, eu sei. Porém, não consigo deixar de desejar que fosse mais letrada em religião, história, filosofia e em todas as coisas sobre as quais Rumi e Shams conversam dia e noite. Há momentos em que tenho vontade de me rebelar por ter sido feita mulher. Quando se nasce menina, você aprende a cozinhar e a limpar, a lavar a roupa suja, a remendar meias velhas, a fazer manteiga e queijo e a alimentar os bebês. A algumas mulheres também são ensinadas as artes do amor, e a tornarem-se atraentes para os homens. Mas é só. Ninguém dá às mulheres livros para lhe abrir os olhos.

No primeiro ano do meu casamento, eu costumava entrar na biblioteca de Rumi a cada oportunidade que tinha. Ficava sentada lá, em meio aos livros que ele tanto amava, respirando aquele aroma de poeira e umidade, perguntando-me que mistérios ele escondia. Sabia bem como Rumi amava os livros, muitos dos quais tinham sido presenteados a ele por seu falecido pai, Baha' al-Din. Entre esses, ele amava particularmente o *Ma'arif*. Muitas noites passava quase toda a madrugada acordado, lendo-o, embora eu suspeitasse de que já sabia o texto de cor.

— Mesmo que me pagassem sacos de ouro, eu nunca venderia os livros de meu pai. — Rumi costumava dizer. — Cada um desses livros é um legado dos meus ancestrais, de valor inestimável. Eu os herdei de meu pai e pretendo passá-los a meus filhos.

Aprendi, da pior forma, o quão importantes os livros são para ele. Ainda no nosso primeiro ano de casados, quando estava sozinha em casa um dia, pensei em limpar a biblioteca. Tirei todos os livros das prateleiras e limpei as capas com um pedaço de veludo embebido em água de rosas. Os habitantes daqui acreditam que existe uma espécie de *djinn* infantil, que tem o nome de Kebikec, e que se dá ao estranho prazer de destruir os livros.

A fim de espantá-lo, é costume escrever uma nota de advertência dentro de cada exemplar: "Fique quieto, Kebikec, fique longe deste livro!". Como eu ia saber que não era só Kebikec que precisava ficar longe dos livros do meu marido, mas eu também?

Naquela tarde, tirei o pó e limpei cada livro da biblioteca. Enquanto trabalhava, lia a *Vivificação das ciências religiosas*, de Algazali. Somente quando ouvi atrás de mim uma voz seca, fria, foi que me dei conta de quanto tempo tinha passado ali.

— Kerra, o que você pensa que está fazendo aqui?

Era Rumi, ou alguém parecido com ele — a voz era mais severa no tom, mais dura na expressão. Nos nossos oito anos de casamento, aquela foi a única ocasião em que ele falou comigo daquele jeito.

— Estou limpando — murmurei, com a voz fraca. — Queria fazer uma surpresa.

Rumi respondeu:

— Eu entendo, mas não volte a tocar em meus livros. Prefiro mesmo que você não entre mais neste aposento.

Depois daquele dia, fiquei longe da biblioteca, mesmo quando não tinha mais ninguém em casa. Entendi e aceitei que o mundo dos livros não fora, nunca tinha sido e nunca seria para mim.

Mas quando Shams de Tabriz chegou à nossa casa, e ele e meu marido se trancaram na biblioteca durante quarenta dias, senti um antigo ressentimento ferver dentro de mim. Uma ferida, que eu nem sabia que existia, começou a sangrar.

Kimya

KONYA, 20 DE DEZEMBRO DE 1244

Bem, eu nasci em uma família modesta de camponeses, em um vale perto dos montes Tauro, e tinha doze anos quando Rumi me adotou. Meus pais verdadeiros eram pessoas que trabalhavam duro, aparentando mais idade do que tinham. Morávamos em uma casa pequena, e minha irmã e eu dividíamos o mesmo quarto com os fantasmas de nossos irmãos mortos, cinco filhos perdidos para doenças banais. Eu era a única na casa que via os fantasmas. Isso assustava minha irmã, fazendo minha mãe chorar sempre que eu mencionava o que os pequenos espíritos estavam fazendo. Eu tentava explicar que elas não precisavam ter medo nem se preocupar, já que nenhum dos meus irmãos parecia assustado ou infeliz, mas não adiantava. Jamais consegui fazer com que minha família entendesse isso.

Um dia, um ermitão passou por nosso vilarejo. Vendo como ele estava exausto, meu pai o convidou para pernoitar em nossa casa. Naquela noite, quando estávamos todos sentados em volta do fogo, assando queijo de cabra, o ermitão nos contou histórias encantadoras de terras distantes. Enquanto sua voz fluía, eu fechei os olhos, viajando com ele pelos desertos da Arábia, por tendas de beduínos no Norte da África e por um mar do mais profundo azul chamado Mediterrâneo. Lá, encontrei na praia uma concha, grande e torneada, colocando-a no bolso. Eu pretendia percorrer a praia de uma ponta à outra, mas um cheiro forte, repulsivo, me sustou o passo no meio do caminho.

Quando abri os olhos, encontrei-me deitada no chão, com todos em volta de mim e parecendo assustados. Minha mãe me segurava a cabeça com uma das mãos, enquanto na outra estava meia cebola, que ela me forçava a cheirar.

— Ela voltou! — disse minha irmã, batendo palmas de alegria.

— Graças a Deus! — exclamou minha mãe, com um suspiro.

Então, virou-se para o ermitão e falou:

— Desde que era uma garotinha, Kimya tem esses desmaios. Acontece o tempo todo.

De manhã, o ermitão nos agradeceu pela acolhida e se despediu. Mas, antes de sair, disse a meu pai:

— Sua filha Kimya é uma criança fora do comum. Tem um grande dom. Seria uma pena se esse dom fosse desperdiçado. O senhor deveria mandá-la para uma escola...

— Para que uma menina vai querer ir à escola? — interveio minha mãe. — Onde foi que você ouviu uma coisa dessas? Ela tem de ficar comigo e tecer tapetes até se casar. Ela é uma ótima tecelã de tapetes, sabia?

Mas o ermitão não se deu por vencido.

— É, mas como estudiosa ela poderia se tornar ainda melhor, um dia. Está claro que Deus não discriminou sua filha pelo fato de ser menina, e cumulou-a de dons. A senhora acha que sabe mais do que Deus? — perguntou. — Se não houver escolas para ela, mande-a para um estudioso, que lhe dará a educação que ela merece.

Mamãe balançou a cabeça. Mas percebi que meu pai pensava diferente. Sabendo de seu amor pela educação e pelo conhecimento, e de que como admirava minha habilidade, não me surpreendi ao ouvi-lo dizer:

— Não conhecemos nenhum estudioso. Onde posso encontrar um?

Foi então que o ermitão pronunciou o nome que mudaria minha vida. Ele disse:

— Há um estudioso fantástico em Konya, chamado Maulana Jalal ad-Din Rumi. Ele ficaria feliz em ensinar a uma menina como Kimya. Leve-a até ele. O senhor não vai se arrepender.

Quando o ermitão foi embora, minha mãe ergueu os braços.

— Eu estou grávida. Logo teremos outra boca para alimentar nesta casa. Eu preciso de ajuda. Uma menina não precisa de livros. Precisa é aprender a cuidar da casa e dos filhos.

Eu teria preferido que minha mãe se opusesse à minha ida por outros motivos. Se ela tivesse dito que sentiria minha falta e que não aguentaria me entregar para outra família, ainda que de forma temporária, eu poderia ter escolhido ficar. Mas ela não disse nada disso. De qualquer maneira, meu pai estava convencido de que o ermitão tinha razão, e, em poucos dias, eu também fiquei.

Pouco depois, meu pai e eu viajamos para Konya. Esperamos por Rumi do lado de fora da madraça onde ele ensinava. Quando saiu, eu fiquei tão constrangida que nem podia olhar para ele. Em vez disso, observei suas mãos. Os dedos eram longos, flexíveis, delgados, parecendo mais os dedos de um artesão do que os de um estudioso. Meu pai me empurrou na direção dele.

— Minha filha tem um grande dom. Mas eu sou um homem simples, e minha mulher também. Disseram-nos que o senhor é o maior sábio da região. Gostaria de ser professor dela?

Mesmo sem olhar no rosto dele, senti que Rumi não ficara surpreso. Devia estar acostumado a pedidos desse tipo. Enquanto ele e meu pai conversavam, fui até o jardim; vi vários meninos, mas nenhuma menina. Porém, ao voltar, fiquei agradavelmente surpresa ao ver uma jovem, parada sozinha em um canto, de rosto branco e imóvel como se esculpido em mármore. Acenei para ela, que pareceu surpresa, mas, depois de breve hesitação, acenou de volta.

— Olá, garotinha. Você consegue me ver? — perguntou.

Quando aquiesci, ela abriu um sorriso, batendo palmas.

— Isso é maravilhoso. Ninguém mais consegue.

Voltamos em direção a meu pai e a Rumi. Pensei que fossem parar de falar quando vissem a jovem, mas ela tinha razão — eles não a enxergavam.

— Venha cá, Kimya — disse Rumi. — Seu pai me falou de seu amor pelos estudos. Diga-me, o que você mais gosta nos livros?

Engoli em seco, sem conseguir responder, paralisada.

— Vamos, meu bem — incentivou meu pai, parecendo desapontado.

Eu queria dar a resposta correta, uma frase que deixasse meu pai orgulhoso de mim, mas não sabia que frase seria essa. Imersa em tamanha ansiedade, o único som que saiu de minha boca foi um soluço de grande aflição.

Meu pai e eu teríamos voltado para casa de mãos vazias, não fosse pela jovem, que então interveio. Ela segurou minha mão e disse:

— Fale a verdade sobre você mesma, só isso. Vai dar tudo certo, prometo.

Sentindo-me melhor, virei para Rumi e respondi:

— Ficaria honrada de estudar o Alcorão com o senhor, mestre. Não tenho receio de trabalhar duro.

O rosto de Rumi se iluminou.

— Muito bem — falou, mas em seguida parou, como se tivesse recordado um detalhe desagradável. — Mas você é uma menina. Mesmo que possamos estudar intensamente e progredir bastante, logo vai se casar e ter filhos. Os anos de educação não servirão para nada.

Agora eu não sabia o que dizer, e me sentia desapontada, quase culpada. Meu pai, também parecendo envergonhado, começou a olhar fixamente os próprios sapatos. Mais uma vez, a jovem veio me ajudar.

— Diga-lhe que a esposa dele sempre quis ter uma menina, e que ficaria feliz em vê-lo educando você.

Rumi riu quando eu transmiti a mensagem.

— Então vejo que você já visitou minha casa e conversou com minha mulher. Mas deixe-me lhe dizer uma coisa, Kerra não se envolve nas minhas responsabilidades como professor.

Devagar, mas com aflição, a jovem balançou a cabeça e sussurrou em meu ouvido:

— Diga a ele que você não está falando da segunda esposa, Kerra, e sim da primeira, Gevher, a mãe de seus filhos.

— Eu estava falando de Gevher — disse, pronunciando bem o nome. — A mãe de seus dois filhos.

O rosto de Rumi ficou pálido.

— Gevher está morta, menina — respondeu, secamente. — Mas o que você sabe sobre minha falecida esposa? Acaso isso é uma brincadeira de mau gosto?

Meu pai se intrometeu.

— Tenho certeza de que ela não fez por mal, mestre. Posso lhe assegurar que Kimya é uma menina séria. Ela nunca desrespeita os mais velhos.

Eu me dei conta de que tinha de dizer a verdade.

— Sua falecida esposa está aqui. Ela está segurando minha mão e me encorajando a falar. Tem olhos escuros amendoados, sardas bonitas e usa uma túnica amarela...

Parei, vendo que a jovem apontava para as próprias sandálias.

— Ela quer que eu lhe fale sobre suas sandálias. São feitas de seda brilhante, cor de laranja, e bordadas com pequenas flores vermelhas. São muito lindas.

— Eu trouxe essas sandálias para ela de Damasco — contou Rumi, com os olhos cheios d'água. — Ela as adorava.

Dizendo isso, o professor se fez silencioso, cofiando a barba, com uma expressão solene e distante. Mas quando tornou a falar, sua voz foi gentil, amigável, sem qualquer traço de tristeza.

— Agora entendo por que você diz que sua filha tem um dom — disse Rumi para meu pai. — Vamos até minha casa. Podemos conversar sobre o futuro dela durante o jantar. Tenho certeza de que ela será uma excelente estudante. Melhor do que muitos meninos.

Rumi então virou-se para mim e perguntou:

— Pode contar isso para Gevher?

— Não há necessidade, mestre. Ela o ouviu — falei. — Ela diz que agora precisa ir. Mas sempre estará olhando para o senhor com amor.

Rumi deu um sorriso terno. E meu pai também. Havia agora um ambiente descontraído, diferente de antes. Naquele instante, eu soube que meu encontro com Rumi teria consequências muito mais duradouras. Nunca me sentira próxima de minha mãe, mas, para compensar sua falta, Deus me presenteara com dois pais, meu pai verdadeiro e meu pai adotivo.

Foi assim que cheguei à casa de Rumi há oito anos, uma criança tímida, sedenta por conhecimento. Kerra foi amorosa e compassiva, mais do que minha própria mãe, e os filhos de Rumi me receberam bem, especialmente o primogênito, que se tornou um irmão mais velho.

No fim, o ermitão estava certo. Por mais que eu sentisse falta de meus pais e irmãos, não houve um só momento em que me arrependesse por ter vindo a Konya e me agregado à família de Rumi. Passei muitos dias felizes sob este teto.

Quer dizer, até que Shams de Tabriz chegou. Sua presença mudou tudo.

Ella

NORTHAMPTON, 9 DE JUNHO DE 2008

Bem longe de ser uma pessoa que apreciava a solidão, Ella ultimamente passara a gostar dela. Imersa nos detalhes finais que dava a seu relatório sobre *Doce blasfêmia*, pedira a Michelle mais uma semana para entregá-lo. Poderia tê-lo acabado antes, mas não queria. A tarefa lhe dava uma desculpa para mergulhar dentro de si mesma, deixando de lado os afazeres familiares e os longamente adiados confrontos do casamento. Naquela semana, pela primeira vez, deixara de ir ao Clube de Fusion Food, sem vontade de cozinhar e de ficar conversando com quinze mulheres que tinham vidas parecidas com a dela, em um momento em que não tinha certeza do que faria dali em diante. Em cima da hora, ligou dizendo que estava doente.

Ella tratava sua correspondência com Aziz como um segredo, e subitamente parecia ter segredos demais. Aziz não sabia que, além de ler seu romance, ela também estava escrevendo um relatório sobre ele; a agência literária não sabia que ela estava flertando em segredo com o autor do livro que deveria avaliar; e seus filhos e marido não sabiam de nada sobre o tema do romance, sobre o autor ou sobre o flerte. No espaço de poucas semanas, ela se transformara de uma mulher cuja vida era transparente como a pele de um recém-nascido em outra mulher, mergulhada em segredos e mentiras. O que a deixava ainda mais surpresa do que essa transformação era o fato de que isso não a perturbava em nada. Era como se estivesse esperando, com confiança e paciência, por alguma coisa momentosa acontecer. Essa expectativa irracional era parte do charme de seu novo estado de ânimo, porque, apesar de todos os segredos, havia muito charme.

A essa altura, e-mails não eram suficientes. Ella foi a primeira a ligar para Aziz. Agora, apesar das cinco horas de diferença de fuso horário, eles se falavam ao telefone quase todos os dias. Aziz comentara que a voz dela era suave e frágil. Quando ela riu, a risada saiu fragmentada, pontuada por pequenos soluços, como se Ella não tivesse certeza de quão mais devia rir. Era a risada de uma mulher que jamais aprendera a não prestar atenção demais na opinião dos outros.

— Deixe-se levar pelo fluxo, só isso — disse ele. — Se solte!

Mas o fluxo em torno dela era incerto e perturbador, uma vez que várias coisas estavam acontecendo em sua casa nessa época. Avi começara a ter aulas particulares de matemática, Orly estava frequentando uma terapeuta por causa de seus distúrbios alimentares. Pela manhã, ela havia comido meia omelete — sua primeira refeição substancial em meses — e, embora tivesse perguntado imediatamente quantas calorias aquilo tinha, foi um pequeno milagre que não tivesse se sentido culpada e punido a si própria vomitando tudo depois. Enquanto isso, Jeannette lançara uma bomba, ao anunciar seu rompimento com Scott. Não deu explicação alguma, exceto o fato de que os dois estavam precisando de espaço. Ella se perguntou se "espaço" significava um novo amor, já que nem Jeannette nem Scott tinham perdido tempo antes de começar a namorar outra pessoa.

A rapidez com que as relações humanas se materializavam e se dissipavam deixava Ella cada vez mais espantada; mas, apesar disso, ela procurava não ficar julgando as pessoas. Se havia uma coisa que tinha aprendido em sua correspondência com Aziz era que, quanto mais calma e composta ficasse, mais as crianças compartilhavam com ela. Desde que parara de persegui-los, eles tinham parado de fugir dela. Sem que soubesse explicar por quê, as coisas estavam correndo mais tranquilas, mais de acordo com o que ela gostaria que fossem, do que quando tentara ajudar e consertar as situações de forma incansável.

E pensar que ela não estava fazendo nada para conseguir esse resultado! Em vez de encarar seu papel dentro de casa como uma espécie de cola, o elo invisível, porém central, que mantinha tudo unido, Ella se tornara apenas uma espectadora silenciosa. Observava os acontecimentos se desenrolando e os dias correndo, não exatamente com indiferença ou frieza, mas com claro distanciamento. Descobrira que se aceitasse que não podia se estressar com coisas que não estavam sob seu controle, um novo eu surgia de dentro dela — alguém mais sábio, mais calmo e muito mais sensato.

— O quinto elemento — murmurava para si mesma várias vezes durante o dia. — Simplesmente aceite o vazio.

Não custou muito para que seu marido notasse que alguma coisa estranha estava acontecendo com ela, alguma coisa que não se parecia com sua mulher. Seria por isso que, de repente, ele estava sentindo mais vontade de ficar perto dela? Chegava mais cedo em casa, e Ella suspeitava que não vinha saindo com outras mulheres havia algum tempo.

— Querida, está tudo bem com você? — David vivia perguntando.

— Tudo ótimo — respondia Ella, sempre rindo.

Era como se aquele recuo para um espaço só seu, mais calmo e privado, houvesse retirado a camada de educado decoro sob a qual seu casamento repousava, imperturbável, havia tantos anos. Agora que os fingimentos entre eles tinham desaparecido, ela enxergava defeitos e erros em toda sua crueza. Ela parara de fingir. E tinha a impressão de que David estava a ponto de fazer o mesmo.

Durante os cafés da manhã e jantares, eles conversavam sobre os acontecimentos do dia em um tom adulto, tranquilo, como se estivessem discutindo os lucros de seu investimento anual. Depois, ficavam em silêncio, cientes do fato inegável de que não tinham muito mais a dizer um para o outro. Não mais.

Às vezes, Ella flagrava o marido olhando-a intensamente, esperando que ela dissesse alguma coisa, qualquer coisa. Sentia que se lhe perguntasse sobre seus casos, ele contaria tudo. Mas não tinha certeza se queria mesmo saber.

No passado, fingia ignorância para não abalar o casamento. Mas agora tinha parado de fingir que não sabia o que ele fazia quando estava fora. Deixava claro que *sabia sim*, e que não estava interessada. Era exatamente essa indiferença que deixava o marido assustado. Ella o compreendia, porque, lá no fundo, ela se assustava com isso também.

Um mês atrás, se David tivesse dado um mínimo passo para melhorar o casamento deles, ela teria se sentido grata. Qualquer tentativa da parte dele a deixaria encantada. Agora, não mais. Agora, Ella tinha a impressão de que sua vida não era exatamente real. Como chegara a esse ponto? Como podia a mãe realizada de três filhos ter descoberto seu próprio desalento? E mais, se estava mesmo infeliz, como certa vez dissera a Jeannette, por que não fazia as coisas que as pessoas infelizes costumam fazer? Não chorava no chão do banheiro, não soluçava na pia da cozinha, não dava longas caminhadas melancólicas para longe da casa, não atirava coisas na parede... nada.

Ella fora envolta por uma estranha calma. Sentia-se mais estável do que jamais estivera, como se flutuasse para longe da vida que conhecia. De manhã, olhava-se bem no espelho, com atenção, para ver se havia alguma mudança visível em seu rosto. Será que parecia mais jovem? Mais bonita? Ou talvez mais cheia de vida? Não conseguia ver nenhuma diferença. Nada mudara, e, contudo, nada era mais o mesmo.

Kerra

KONYA, 5 DE MAIO DE 1245

Baixos sob o peso da neve estavam os galhos diante de nossas janelas, galhos que agora estão em flor — e, no entanto, Shams de Tabriz continua conosco. Durante esse tempo, vi meu marido se transformar em uma nova pessoa, a cada dia se afastando mais de mim e de sua família. No início, achei que eles logo se cansariam um do outro, mas não foi o que aconteceu. Ao contrário, ficaram ainda mais unidos. Quando estão juntos, ficam mergulhados em um estranho silêncio ou conversam em um incessante sussurrar, entrecortado pelo estouro de gargalhadas, deixando-me espantada por nunca ficarem sem assunto. Ao final de cada conversa com Shams, Rumi sai um homem transformado, distante e absorto, como se intoxicado por uma substância que eu não posso provar nem ver.

O laço que os une é um ninho para dois, não havendo espaço para uma terceira pessoa. Eles assentem, sorriem, dão risada ou franzem a testa, do mesmo jeito e ao mesmo tempo, trocando longos e significativos olhares entre as palavras. Até o estado de ânimo de cada um parece depender do outro. Em alguns dias estão mais calmos que uma canção de ninar, sem comer, sem falar, enquanto em outros dias vagam com tal euforia que ambos parecem homens loucos. De um jeito ou de outro, eu já não consigo reconhecer meu marido. O homem com o qual estou casada há mais de oito anos, o homem cujos filhos criei como se fossem meus e com o qual tive um bebê tornou-se um estranho. O único momento em que me sinto mais próxima dele é quando está dormindo profundamente. Durante muitas noites, nessas últimas semanas, tenho ficado acordada, escutando o ritmo de sua respiração, sentindo o sussurro suave de seu hálito em minha pele, e o som reconfortante de seu coração batendo junto a meu ouvido, tudo para me recordar de que ele continua sendo o homem com quem me casei.

Fico dizendo a mim mesma que é apenas uma fase. Shams irá embora um dia. Ele é um dervixe itinerante, afinal de contas. Rumi ficará aqui comigo. Ele pertence a esta cidade e a seus alunos. Não preciso fazer nada, a não ser esperar. Mas paciência não é algo fácil, e vai ficando mais difícil a cada dia que passa. Quando me desespero, tento me lembrar dos velhos dias — especialmente do tempo em que Rumi ficou ao meu lado, contra tudo e contra todos.

— Kerra é cristã. Mesmo que se converta ao Islã, nunca será uma de nós — comentavam as pessoas, quando ouviram os primeiros rumores sobre o nosso casamento. — Um dos principais estudiosos do Islã não deve se casar com uma mulher de outra religião.

Mas Rumi não deu ouvidos a eles. Nem naquela época, nem depois. Sempre lhe serei grata por isso.

Anatólia é composta de uma mistura de crenças, pessoas e culinárias. Se podemos comer a mesma comida, cantar as mesmas canções tristes, acreditar nas mesmas superstições, e à noite sonhar sonhos iguais, por que não poderíamos viver juntos? Já conheci bebês cristãos com nomes muçulmanos e bebês muçulmanos alimentados por amas de leite cristãs. Nosso mundo é eternamente fluido, um lugar onde tudo escorre e se mistura. Se há uma fronteira entre cristianismo e islamismo, só pode ser mais flexível do que os estudiosos de ambos os lados pensam.

Como sou a mulher de um famoso sábio, as pessoas esperam que eu tenha em alta conta os estudiosos, mas a verdade é que não é assim. Os estudiosos sabem muito, isso é inegável, mas será que tanto conhecimento é útil quando se trata de questões de fé? Eles sempre falam palavras tão sofisticadas que é difícil acompanhar o que dizem. Os estudiosos muçulmanos criticam o cristianismo por aceitar a Trindade, e os estudiosos cristãos criticam o Islã por dizer que o Alcorão é um livro perfeito. Ouvindo-os, pode-se pensar que as duas religiões estão a um mundo de distância uma da outra. Mas eu acho que, quando se trata do básico, os cristãos e muçulmanos comuns têm mais semelhanças uns com os outros do que com seus respectivos estudiosos.

Dizem que a coisa mais difícil para um muçulmano que vai se converter ao cristianismo é aceitar a Trindade. E que a coisa mais difícil para um cristão que se converte ao Islã é deixar de crer nela. No Alcorão, Jesus diz, *Por certo sou o servo de Deus; Ele me concedeu o Livro e me tornou um profeta.*

Mas para mim a ideia de que Jesus não era o filho de Deus, mas sim um servo de Deus não foi tão difícil de acreditar. O que achei mais difícil de fazer foi abrir mão de Maria. Nunca disse isso para ninguém, nem mesmo para Rumi, mas às vezes eu anseio pelos olhos bondosos da Virgem. O olhar dela sempre teve um efeito tranquilizador sobre mim.

A verdade é que, desde que Shams de Tabriz veio para nossa casa, tenho estado tão aborrecida e confusa que me pego, mais do que nunca, ansiando por Maria. Como se fosse uma febre me percorrendo as veias, meu desejo de rezar para ela voltou com tanta força que mal consigo controlar. Em momentos assim, a culpa me consome, como se eu estivesse traindo minha própria religião.

Ninguém sabe disso. Nem mesmo minha vizinha, Safiya, que em outros assuntos é minha confidente. Ela não entenderia. Eu gostaria de dividir isso com meu marido, mas não vejo como. Ele tem estado tão afastado; tenho medo de que isso nos afaste ainda mais. Rumi era tudo para mim. Agora, é um estranho. Nunca pensei que fosse possível viver com alguém, sob o mesmo teto, dormindo na mesma cama, e ainda assim sentir como se ele não estivesse ali.

Shams de Tabriz

KONYA, 12 DE JUNHO DE 1245

Bobos são alguns crentes! Se fazem jejum todo Ramadã em nome de Deus, e se no Eid sacrificam um carneiro ou uma cabra para expiar seus pecados, se lutam a vida inteira para fazer uma peregrinação a Meca, e cinco vezes por dia se ajoelham para rezar, mas ao mesmo tempo não abrem espaço para o amor em seus corações, por que se dão a tanto trabalho? A fé não passa de uma palavra, se não tiver em seu cerne o amor, uma palavra tão frouxa e sem vida, tão vaga e vazia — nada em que se possa verdadeiramente confiar.

Será que eles pensam que Deus vive em Meca ou na Medina? Ou em alguma mesquita local? Como podem imaginar Deus confinado a um espaço limitado, quando ele abertamente diz: *Nem meu Paraíso nem minha Terra Me contêm, mas os corações dos Meus servos fiéis, sim.*

Tenha pena do tolo que pensa que as fronteiras de sua mente mortal são as mesmas das de Deus Todo-poderoso. Tenha pena do ignorante que supõe poder negociar e saldar suas dívidas com Deus. Será que essas pessoas pensam que Deus é um dono de armazém, que pesa nossos erros e nossas virtudes em duas balanças separadas? Será Ele um secretário, transcrevendo meticulosamente nossos pecados em seu livro de registros, para que possamos Lhe pagar de volta um dia? Será essa a ideia que fazem da Unidade?

Nem dono de armazém nem secretário, meu Deus é um Deus magnífico. Um Deus vivo! Por que eu haveria de querer um Deus morto? Vivo Ele é. Seu nome é *Al Hayy* — o Eterno Vivente. Por que eu iria mergulhar em infindáveis medos e ansiedades, sempre amarrado por proibições e limitações? Compaixão infinita é o que Ele é. Seu nome é *Al Wadud*. Todo-louvável Ele é. Eu O louvo com todas as palavras e intenções, sem esforço e com a mesma naturalidade com que respiro. Seu nome é *Al Hamid*. Como poderia eu espalhar calúnias e difamações, se no fundo de meu coração eu sei que

Deus a tudo ouve e a tudo vê? Seu nome é *Al Basir*. Belo para além de todos os sonhos e esperanças.

Al-Jamal, Al Qayyum, Al Rahman, Al Rahim. Na fome e no dilúvio, na seca e na sede, hei de cantar e dançar por Ele, até que meus joelhos fraquejem, meu corpo desabe e meu coração pare de bater. Esmagarei meu ego até a nulidade, até que eu não seja mais do que uma partícula do nada, o viajante do vazio puro, a poeira da poeira de Sua imensa arquitetura. Com gratidão, alegria, de forma incansável, louvo Seu esplendor e Sua generosidade. Eu O agradeço por tudo o que Ele me deu, e tudo o que me negou, porque apenas Ele sabe o que é melhor para mim.

Recordando mais uma regra em minha lista, sinto uma nova onda de alegria e esperança. *O ser humano tem um papel único na criação divina. "Eu sopro sobre ele Meu Espírito", disse Deus. Todos e cada um de nós sem exceção fomos designados a ser o representante de Deus na terra. Pergunte a si mesmo com que frequência se comporta como um representante, se é que algum dia o fez. Lembre-se, cabe a cada um de nós descobrir o espírito divino em nosso interior, e viver com ele.*

Em vez de se perder no amor a Deus e se bater numa guerra contra o ego, os guardiães da fé lutam com outras pessoas, gerando onda após onda de medo. Observando todo o universo com uma tinta de medo nos olhos, não admira que vejam uma pletora de coisas a que temer. Onde quer que haja um terremoto, inundação ou qualquer outra calamidade, eles encaram como um sinal do Ódio Divino — como se Deus não tivesse dito claramente: *Minha compaixão é maior que Meu ódio.* Sempre ressentidos contra alguém ou alguma coisa, eles parecem esperar que Deus Todo-poderoso se intrometa em favor deles e tome em Suas mãos sua reles vingança. A vida deles é um estado de permanente amargura e hostilidade, um descontentamento tão vasto que os persegue aonde quer que vão, como uma nuvem carregada, escurecendo tanto seu passado quanto seu futuro.

Na fé às vezes é possível não ser capaz de ver o todo, apenas as partes. A totalidade da religião é muito maior e mais profunda que a soma das partes que a compõem. Regras individuais devem ser lidas à luz do todo. E o todo está oculto na essência.

Mas, em vez de buscar pela essência do Alcorão e aceitá-lo como um todo, os fanáticos destacam um ou dois versos específicos, dando prioridade aos mandamentos divinos que eles sentem estar sintonizados com suas mentes temerosas. Não param de relembrar a todos que no Dia do Juízo todos os seres humanos serão forçados a atravessar a Ponte de Siraat, mais estreita que um fio de cabelo, mais amolada que uma navalha. Se não conseguir cruzar a ponte, o pecador despencará para os poços do inferno embaixo, onde sofrerá pela eternidade. Aqueles que tiverem vivido uma vida virtuosa conseguirão alcançar o outro extremo da ponte, onde serão recompensados com frutos exóticos, águas doces e virgens. Isto, resumindo, é a noção deles de vida depois da morte. Tamanha é sua obsessão com horrores e recompensas, chamas e frutos, anjos e demônios, que em sua ânsia por alcançar um futuro que justificará aquilo que são hoje eles se esquecem de Deus! Será que não conhecem uma das quarenta regras? *O inferno é aqui e agora. E assim também é o paraíso. Pare de se preocupar com o inferno ou de sonhar com o paraíso, uma vez que ambos estão presentes dentro de você neste exato momento. Todas as vezes em que amamos, ascendemos ao paraíso. Todas as vezes em que odiamos, invejamos, ou lutamos contra alguém, despencamos direto para o fogo do inferno.* É o que diz a Regra Número Vinte e Cinco.

Pode existir inferno maior do que o tormento de um homem que sabe, lá no fundo de sua consciência, que fez alguma coisa errada, terrivelmente errada? Pergunte ao homem. Ele lhe dirá o que é o inferno. Existe paraíso melhor do que a bênção que recai sobre um homem, naqueles raros momentos da vida em que todas as trancas do universo se abrem, e ele se sente na posse de todos os segredos da eternidade e completamente em união com Deus? Pergunte ao homem. Ele lhe dirá o que é o paraíso.

Por que se preocupar tanto com o amanhã, com um futuro imaginário, se o agora é o único momento que podemos experimentar, verdadeira e completamente, tanto a presença quanto a ausência de Deus em nossas vidas? Não sendo motivados nem pelo medo da punição no inferno nem pela recompensa do paraíso, os sufis amam a Deus simplesmente porque O amam, de forma pura e fácil, intocada e inegociável.

O amor é a razão. O amor é o objetivo.

E quando você ama demais a Deus, quando ama a tudo e a todos de Sua criação por causa Dele e graças a Ele, as divisões supérfluas desaparecem no ar. Desse ponto em diante, já não há mais "Eu". Você não passa de um zero, tão imenso que o recobre por inteiro.

Outro dia, Rumi e eu estávamos contemplando essas questões, quando de repente ele fechou os olhos e expressou os seguintes versos:

O MANUSCRITO ✿ 187

Nem cristão, nem judeu, muçulmano, hindu, budista, sufi ou zen. De nenhuma religião ou sistema cultural. Não sou do leste, nem do oeste...
Meu lugar é o sem lugar, um rastro dos sem rastro.

Rumi acredita que jamais será um poeta. Mas há um poeta dentro dele. E é fabuloso! Agora esse poeta está sendo revelado.

Sim, Rumi está certo. Ele não pertence nem ao Ocidente nem ao Oriente. Pertence ao Reinado do Amor. Ele pertence ao Amado.

Ella

NORTHAMPTON, 12 DE JUNHO DE 2008

Bastou Ella terminar de ler *Doce blasfêmia* e se pôs a dar os toques finais em seu relatório. Embora morresse de vontade de discutir os detalhes do romance com Aziz, seu senso de profissionalismo a detinha. Não seria correto. Não antes de terminar a tarefa. Não tinha nem contado a Aziz que, tendo lido o romance, comprara um volume de poemas de Rumi, e que agora lia pelo menos alguns deles toda noite antes de dormir. Tinha separado completamente seu trabalho no romance da correspondência com o autor. Mas, no 12º dia de junho, aconteceu uma coisa que rompeu para sempre a fronteira entre eles.

Até aquele dia, Ella jamais vira uma fotografia de Aziz. Como não havia fotos dele no site, não tinha ideia de como era sua aparência. No início, gostou do mistério de escrever para um homem sem rosto. Mas, com o passar do tempo, sua curiosidade começou a falar mais alto, assim como a necessidade de dar um rosto às mensagens que recebia. Ele jamais pedira uma foto dela, algo que Ella achava esquisito, muito esquisito.

Então, do nada, ela enviou para ele uma foto de si própria. Lá estava ela, na varanda com o querido Spirit, usando um vestido azul-escuro curto, que revelava sutilmente suas curvas. Estava sorrindo na foto — um sorriso meio alegre, meio preocupado. Os dedos estavam firmemente seguros na coleira do cachorro, como se ela buscasse receber dele alguma força. Lá em cima, o céu era uma mistura de cinza e lilases. Não era uma de suas melhores fotografias, mas havia nela algo de espiritual, quase etéreo. Pelo menos, ela esperava que sim. Mandou a foto anexada ao e-mail, e simplesmente aguardou. Era a maneira de pedir a Aziz que mandasse uma foto também.

E ele mandou.

Quando Ella viu a fotografia mandada por Aziz, imaginou que tivesse sido tirada em algum lugar do Extremo Oriente, não que ela já tivesse estado lá. Na foto, Aziz estava rodeado de mais de uma dúzia de crianças nativas, de cabelos escuros, de diversas idades. Vestido com camisa preta e calça marrom, ele exibia um nariz reto, rosto ossudo, e cabelos escuros, longos, que lhe caíam em ondas pelos ombros. Os olhos eram duas esmeraldas, brilhando de energia e de algo mais que Ella interpretou como compaixão. Usava um único brinco na orelha e um colar de um formato intrincado, que ela não conseguiu discernir. Ao fundo, um lago prateado, cercado de grama alta, e em um dos cantos, a sombra de alguém ou alguma coisa que estava fora do enquadramento.

Enquanto observava a foto do homem, prestando atenção em cada detalhe, Ella teve a impressão de que o conhecia de algum lugar. Por mais estranho que parecesse, podia jurar que já o tinha visto.

E de repente entendeu.

Shams de Tabriz tinha mais do que uma simples semelhança com Aziz Z. Zahara. Ele era exatamente igual à descrição de Shams no livro, antes de sua ida para Konya, para encontrar Rumi. Ella se perguntou se Aziz tinha baseado o personagem em si mesmo de propósito. Como escritor, ele bem poderia ter criado seu personagem central à sua própria imagem, assim como Deus fizera com os seres humanos.

Ao pensar nisso, viu surgir outra possibilidade. Será que o verdadeiro Shams de Tabriz tinha a exata aparência descrita no livro, caso em que haveria uma incrível semelhança entre dois homens separados por oitocentos anos? Será que a semelhança estava além do controle, e talvez até do conhecimento, do autor? Quanto mais pensava nisso, mais Ella suspeitava que Shams de Tabriz e Aziz Z. Zahara estavam conectados de uma forma que ultrapassava o simples truque literário.

A descoberta provocou dois inesperados impactos nela. Primeiro, sentiu necessidade de voltar a *Doce blasfêmia* e tornar a ler o romance, com um novo olhar, dessa vez não prestando atenção na história, mas tentando encontrar o autor escondido no personagem principal, encontrar Aziz em Shams de Tabriz.

O segundo impacto foi que ela ficou ainda mais intrigada com a personalidade de Aziz. Quem era ele? Qual era sua história? Em um e-mail anterior, ele contara que era escocês, mas por que então tinha um nome asiático — Aziz? Seria este seu verdadeiro nome? Ou seria seu nome sufi? E, por falar nisso, o que significava ser um sufi?

E havia algo mais a ocupar sua mente: os primeiríssimos, quase imperceptíveis, sinais de desejo. Fazia tanto tempo que ela sentira isso pela última vez, que precisou de alguns segundos a mais para reconhecer a sensação. Mas lá estava. Forte, impositivo, desobediente. Ella percebeu que desejava aquele homem da foto, e se perguntou como seria a sensação de beijá-lo.

A sensação foi tão surpreendente e vergonhosa que ela rapidamente desligou o laptop, como se, caso contrário, o homem na foto a sugaria direto para ele.

Baybars, o guerreiro

KONYA, 10 DE JULHO DE 1245

"Baybars, meu filho, não confie em ninguém", dizia meu tio, "porque o mundo está ficando cada vez mais corrupto." Ele garante que o único momento em que as coisas foram diferentes foi durante a Época de Ouro, quando o profeta Maomé, que a paz esteja com ele, estava na posição de líder. Desde sua morte, tudo tem decaído. Mas, se você quer saber, qualquer lugar onde haja mais de duas pessoas arrisca se transformar em um campo de batalha. Mesmo no tempo do profeta, as pessoas tinham lá suas hostilidades, não tinham? A guerra é o cerne da vida. O leão come o veado, e os abutres reduzem a ossos nus o que sobrou da carcaça. A natureza é cruel. Na terra, no mar e no ar, para todas as criaturas, sem exceção, há apenas um meio de sobrevivência: ser mais esperto e mais forte que seu pior inimigo. Para se manter vivo, você precisa lutar. Simples assim.

E lutar nós devemos. Mesmo a pessoa mais ingênua percebe que não há outra maneira de agir nos dias de hoje. As coisas ficaram difíceis cinco anos atrás, quando centenas de diplomatas mongóis enviados por Gengis Khan para negociar a paz foram assassinados. Depois disso, Gengis Khan se transformou em uma bola de fúria, declarando guerra ao Islã. Como e por que os diplomatas foram mortos, ninguém sabe dizer. Alguns suspeitam de que foi o próprio Gengis Khan que mandou matá-los, para dar início a essa campanha maciça de guerra. Pode ser verdade. Nunca se sabe. O que *eu sei* é que, em cinco anos, os mongóis devastaram toda a região de Coração, provocando destruição e morte por onde passavam. E, há dois anos, eles derrotaram as forças seljúcidas em Kosedag, transformando o sultão em um vassalo pagador de tributos. A única razão pela qual os mongóis não nos riscaram do mapa foi que é mais lucrativo, para eles, nos manterem sob seu jugo.

As guerras podem estar presentes desde tempos imemoriais, pelo menos desde que Caim matou Abel, mas o exército mongol não se parece com nada que tenhamos visto antes. Usam inúmeros tipos de armamento, cada um para um determinado fim, sendo especializados em vários deles. Todo soldado mongol é fortemente armado, com maça, machado, sabre e lança. Além de tudo isso, eles têm flechas capazes de penetrar as armaduras, incendiar aldeias inteiras, envenenar as vítimas e se cravar mesmo no mais duro osso do corpo humano. Têm também flechas que assobiam, usadas para enviar mensagens de um batalhão para o outro. Com esse bem desenvolvido e inteligente aparato de guerra, e sem nenhum deus a quem temer, os mongóis atacam e aniquilam todas as cidades, vilarejos e aldeias que encontram no caminho. Mesmo as cidades mais antigas, como Bucara, foram incendiadas e reduzidas a escombros. E não foram apenas os mongóis. Precisamos retomar Jerusalém dos cruzados, isso sem falar na pressão por parte dos bizantinos e na rivalidade entre xiitas e sunitas. Cercados por inimigos frios e cruéis por todos os lados, como podemos ser pacíficos?

É por isso que pessoas como Rumi me dão nos nervos. Não importa quão superior o considerem. Para mim, trata-se de um covarde, que não faz nada a não ser espalhar covardia. Pode ter sido um bom estudioso no passado, mas hoje em dia está claramente sob a influência desse herege chamado Shams. No momento em que os inimigos do Islã se multiplicam, o que Rumi vem pregar? Paz! Passividade! Submissão!

Irmão, suporte a dor. Escape do veneno
De seus impulsos. O céu se curvará à sua beleza
Se fizer isso... É assim que um espinho se expande até a rosa.
Algo particular brilha com o universal.

Rumi prega a subserviência, transformando os muçulmanos em um rebanho de carneiros, mansos, tímidos. Ele diz que, para cada profeta, há uma comunidade de seguidores e que, para cada comunidade, há um tempo certo. Além de "amor", suas outras palavras favoritas são "paciência", "equilíbrio" e "tolerância." Se fosse por ele, todos nós ficaríamos sentados em nossas casas, esperando ser assassinados por nossos inimigos ou atingidos por qualquer outra calamidade. E tenho certeza de que ele então viria examinar as ruínas, classificando-as como *baraqa*. Há quem o tenha ouvido dizer: "Quando escola e mesquita e minarete tiverem sido postos abaixo, os dervixes poderão então construir sua comunidade". Ora, que conversa é essa?

Pensando bem, a única razão para Rumi ter vindo parar nesta cidade é que, décadas atrás, a família dele saiu do Afeganistão buscando exílio na Anatólia. Muitas outras pessoas poderosas e ricas daquela época tinham sido abertamente convidadas pelo sultão seljúcida, e entre elas o pai de Rumi. Assim, abrigada e privilegiada, sendo o centro das atenções e de aprovação, a família de Rumi deixou para trás o tumulto do Afeganistão pela tranquilidade dos pomares de Konya. É fácil pregar a tolerância quando sua vida foi assim!

Outro dia ouvi uma história que Shams de Tabriz contou para um grupo de pessoas no bazar. Ele disse que Ali, sucessor e companheiro do profeta, estava lutando contra um infiel, num campo de batalha. Ali estava a ponto de cravar sua espada no coração do outro homem quando, de repente, o infiel ergueu a cabeça e cuspiu nele. Ali imediatamente deixou cair a espada, respirou fundo, e se afastou. O infiel ficou perplexo. Correu atrás de Ali e perguntou por que o estava libertando.

— Porque estou com muita raiva de você — respondeu Ali.

— Então, por que não me mata? — perguntou o infiel. — Não entendo.

Ali explicou:

— Quando você me cuspiu no rosto, fiquei com muita raiva. Meu ego foi provocado, clamando por vingança. Se eu o matasse agora, estaria cedendo a meus piores instintos. E isso seria um erro terrível.

E Ali deixou o homem livre. O infiel ficou tão impressionado, que se tornou seguidor e amigo de Ali, convertendo-se depois ao Islã, por sua própria vontade.

Pelo visto, são histórias assim que Shams de Tabriz gosta de contar. E qual é a mensagem dela? Deixem os infiéis lhes cuspirem na cara! Querem saber? Nem por cima do meu cadáver! Infiel ou não, ninguém vai cuspir no rosto de Baybars, o Guerreiro.

Ella

NORTHAMPTON, 12 DE JUNHO DE 2008

Bem-amado Aziz,

Você vai pensar que estou louca, mas há uma coisa que venho querendo perguntar: você é Shams de Tabriz?

Ou é o contrário? Shams é você?

Abraço,
Ella

Querida Ella,

Shams é a pessoa que foi responsável pela transformação de Rumi de um clérigo local a um poeta e místico conhecido no mundo inteiro.

Mestre Sameed costumava me dizer: "Mesmo que haja o equivalente de Shams em alguma pessoa, o que importa é — onde estará o Rumi que enxergará isso?"

Carinhosamente,
Aziz

Querido Aziz,

Quem é mestre Sameed?

Abraço,
Ella

Bem-amada Ella,

É uma longa história. Você quer mesmo saber?

    Com ternura,
    Aziz

Querido Aziz,

Tenho tempo de sobra.

    Com amor,
    Ella

Rumi

KONYA, 2 DE AGOSTO DE 1245

Basta é sua vida, ampla e completa. Ou você assim acredita, até que surge alguém e o faz se dar conta de tudo o que não vinha aproveitando durante todo esse tempo. Como um espelho que reflete o que falta, mais do que aquilo que está presente, ele lhe aponta o vazio em sua alma — o vazio que você se recusava a ver. Essa pessoa pode ser um amante, um amigo ou um mestre espiritual. Às vezes, pode ser uma criança de quem você tomará conta. O que importa é encontrar a alma que completará a sua. Todos os profetas deram o mesmo conselho: encontre aquele que será seu espelho! Para mim, o espelho é Shams de Tabriz. Antes que ele chegasse e me forçasse a olhar com profundidade para os meandros da minha alma, eu ainda não encarara a verdade fundamental sobre mim mesmo: a de que, apesar de bem-sucedido e próspero externamente, interiormente eu era solitário e frustrado.

É como se, durante anos, você compilasse um dicionário pessoal. Nele, você dá sua definição para todos os conceitos que lhe importam, como "verdade", "felicidade" ou "beleza." A cada grande mudança em sua vida, você consulta esse dicionário, sem sentir necessidade de questionar suas premissas. Até que um dia um estranho chega, agarra seu precioso dicionário e o joga fora.

— Todas as suas definições precisam ser refeitas — diz ele. — Chegou o momento de você desaprender tudo o que aprendeu.

E, por alguma razão desconhecida para sua mente, mas óbvia para seu coração, você, em vez de fazer objeções e se zangar com ele, aceita de bom grado. Foi o que Shams de Tabriz fez comigo. Nossa amizade me ensinou bastante. Mas, mais do que isso, ensinou-me a desaprender tudo o que eu sabia.

Quando você ama alguém a esse ponto, espera que todos ao redor sintam o mesmo, partilhando de sua felicidade e euforia. E, quando isso não ocorre, você se sente surpreso, depois ofendido e traído.

Como fazer com que minha família e meus amigos vejam o que eu vejo? Como eu poderia descrever o indescritível? Shams é meu Mar de Misericórdia e Graça. É meu Sol de Verdade e Fé. Eu o chamo de Rei dos Reis do Espírito. Ele é minha fonte de vida e meu alto cipreste, sempre verde e majestoso. Sua companhia é como a quarta leitura do Alcorão — uma jornada que só pode ser vivida internamente, nunca alcançada a partir do exterior.

Infelizmente, a maioria das pessoas faz seus julgamentos baseada em aparências e rumores. Para elas, Shams é um dervixe excêntrico. Acham que ele se comporta de maneira estranha e que fala blasfêmias, que é totalmente imprevisível e não confiável. Mas, para mim, ele é a epítome do Amor que move o universo inteiro, às vezes retirando-se do centro das atenções para manter todas as peças unidas, e às vezes rompendo em explosões. Um encontro desse tipo só acontece uma vez na vida. Uma vez em 38 anos.

Desde que Shams surgiu em nossas vidas, as pessoas me têm perguntado o que vejo de tão especial nele. Mas não tenho como lhes responder. Afinal de contas, aqueles que me perguntam são os que jamais entenderiam, uma vez que aqueles que *de fato* entendem não fazem esse tipo de pergunta.

O dilema em que me encontro me faz lembrar da história de Layla e Harune Arraxide, o famoso imperador abássida. Ao ouvir que um poeta beduíno chamado Qays havia se apaixonado perdidamente por Layla, perdendo a cabeça por causa dela, e por isso recebendo o nome de Majnoen — o homem louco —, o imperador ficou curioso a respeito dessa mulher que causara tanta desgraça.

Essa Layla deve ser uma criatura muito especial, pensou. *Uma mulher superior a todas as mulheres. Talvez seja uma feiticeira de beleza e charme inigualáveis.*

Entusiasmado, intrigado, o imperador usou de todos os truques possíveis para descobrir uma forma de ver Layla com seus próprios olhos.

Finalmente, um dia, Layla foi levada ao palácio do imperador. Quando ela retirou o véu, Harune Arraxide ficou decepcionado. Não que Layla fosse feia, aleijada ou velha. Mas tampouco era extraordinariamente bonita. Era um ser humano, com necessidades humanas comuns e inúmeros defeitos: uma mulher simples, como tantas outras.

O imperador não escondeu sua decepção.

— Você é aquela por quem Majnoen enlouqueceu? Mas parece tão comum. O que há de tão especial em você?

Layla sorriu.

— Sim, eu sou Layla. Mas vossa majestade não é Majnoen — respondeu ela. — Precisaria me ver com os olhos de Majnoen. Caso contrário, nunca podereis desvendar esse mistério chamado amor.

Como posso eu explicar o mesmo mistério para minha família, para meus amigos e alunos? Como fazê-los compreender que, se quiserem entender o que há de tão especial em Shams de Tabriz, terão de começar a olhá-lo com os olhos de Majnoen?

Existe alguma forma de compreender o que é o amor sem antes se apaixonar?

O amor não pode ser explicado. Pode apenas ser experimentado.

O amor não pode ser explicado, e, no entanto, explica tudo.

Kimya

KONYA, 17 DE AGOSTO DE 1245

Bastante ansiosa, aguardo ser convocada, mas Rumi não tem mais tempo para estudar comigo. Por mais que tenha saudade de nossas aulas, e me sinta negligenciada, não estou aborrecida com ele. Talvez seja porque amo Rumi demais para me zangar. Ou talvez porque possa entender melhor do que qualquer outra pessoa como ele se sente, porque, lá no fundo, eu também fui arrastada pela correnteza estonteante que é Shams de Tabriz.

Os olhos de Rumi seguem Shams como o girassol segue o sol. O amor de um pelo outro é tão visível e intenso, e o que dividem é algo tão raro, que nós não podemos evitar sentir certa frustração, ao perceber que um laço de tal magnitude está faltando em nossa vida. Nem todos na casa conseguem tolerar isso, a começar por Aladim. Quantas vezes não já o flagrei olhando com raiva para Shams. Kerra também está incomodada, mas nunca diz nada, nem eu pergunto. Todos estamos sentados sobre um barril de pólvora prestes a explodir. Estranhamente, Shams de Tabriz, o homem responsável por toda essa tensão, ou não percebe a situação ou não se importa.

Parte de mim sente amargura por Shams ter tirado Rumi de nós. Outra parte de mim, porém, está morrendo de vontade de conhecê-lo melhor. Tenho lutado com esses sentimentos opostos há algum tempo, mas, hoje, temo ter me denunciado.

No final da tarde, peguei o Alcorão que fica pendurado na parede, decidida a estudar sozinha. No passado, Rumi e eu sempre seguíamos a ordem em que os versos nos foram revelados, mas agora que já não há ninguém para me guiar, e nossas vidas viraram de cabeça para baixo, não vi problema em ler fora da ordem. Assim, abri uma página ao acaso e apontei o dedo para o primeiro verso que vi. Aconteceu de ser o An-Nissá, de todos os versos do livro o que mais me perturba. Com seus ensinamentos nada animadores sobre as mulheres, o An-Nissá me parecia difícil de entender, e mais ainda de aceitar. Estava lendo o verso mais uma vez, quando me ocorreu pedir ajuda. Rumi podia estar faltando às nossas aulas, mas não havia motivo para eu não lhe fazer perguntas. Por isso, peguei o Alcorão e fui até seu quarto.

Para minha surpresa, em vez de Rumi, quem encontrei lá foi Shams, sentado junto à janela com um rosário nas mãos, enquanto a luz do sol poente lhe acariciava o rosto. Pareceu-me tão bonito que tive de desviar os olhos.

— Desculpe — falei, depressa. — Estava procurando por Maulana. Depois eu volto.

— Por que a pressa? Fique — disse Shams. — Parece que você veio até aqui para perguntar alguma coisa. Talvez eu possa ajudar.

Não vi razão para não dividir aquilo com ele.

— Bem, é que há um verso no Alcorão que eu acho difícil de entender — falei, hesitante.

Shams sussurrou, como se falasse consigo mesmo:

— O Alcorão é como uma noiva tímida. Só erguerá o véu se perceber que quem o olha é gentil e compassivo de coração. — Em seguida ajeitou a postura e perguntou: — Qual é o verso?

— An-Nissá — falei. — Há algumas passagens dele que dizem que os homens são superiores às mulheres. Diz até mesmo que os homens podem bater em suas esposas...

— É mesmo? — perguntou Shams, com um interesse tão exagerado que não tive certeza se falava sério ou se estava me provocando.

Depois de um silêncio momentâneo, ele deu um sorriso suave e, de memória, recitou o verso:

Os homens têm autoridade sobre as mulheres, pelo que Alá preferiu alguns a outros, e pelo que despendem de suas riquezas. Então, as íntegras são devotas, custódias da honra, na ausência dos maridos, pelo que Alá as custodiou. E àquelas de quem temeis a desobediência, exortai-as, pois, e abandonai-as no leite, e batei-lhes. Então, se elas vos obedecem, não busqueis meio de importuná- -las. Por certo, Alá é Altíssimo, Grande.

Quando terminou, Shams fechou os olhos e recitou o mesmo verso, dessa vez com uma tradução diferente:

Os homens são os protetores das mulheres, porque Alá dotou uns com mais força do que as outras, e porque as sustentam do seu pecúlio. As boas esposas são as devotas, que guardam, na ausência do marido, o que Alá ordenou que fosse guardado. Quanto àquelas de quem constatais rebeldia, admoestai-as na primeira vez, abandonai os seus leitos na segunda vez e castigai-as na terceira vez; porém, se vos obedecerem, não procureis meios escusos contra elas. Sabei que Alá é Excelso, Magnânimo.

— Você percebe a diferença entre as duas? — perguntou Shams.

— Sim, percebo — falei. — O texto, como um todo, é diferente. O primeiro soa como se desse ao marido consentimento para bater na esposa, enquanto o outro o aconselha a ir embora. Acho que essa é a grande diferença. Por que isso acontece?

— Por que isso acontece? Por que isso acontece? — repetiu Shams várias vezes, como que gostando da pergunta. — Diga-me uma coisa, Kimya. Alguma vez você já foi nadar em um rio?

Fiz que sim, enquanto uma lembrança de infância me voltava. Os riachos gelados, onde matávamos a sede, nos montes Tauro, me vieram à mente. Pouco restava daquela menina que desfrutara de muitas tardes felizes em suas águas, com a irmã e os amigos. Virei o rosto, pois não queria que Shams visse as lágrimas em meus olhos.

— Quando olha para um rio de longe, Kimya, pode pensar que há apenas um curso d'água. Mas, se mergulhar, verá que há mais do que um rio. O rio esconde várias correntes, todas elas fluindo em harmonia e, no entanto, separadas umas das outras.

Dizendo isso, Shams de Tabriz aproximou-se de mim, segurou meu queixo entre dois dedos, forçando-me a olhar diretamente em seus olhos escuros, profundos, eloquentes. Meu coração disparou. Eu não conseguia nem respirar.

— O Alcorão é um rio caudaloso — disse. — Aqueles que o observam a distância veem apenas o rio. Mas, para quem nele nada, as correntes são quatro. Assim como certos tipos de peixe, alguns nadam perto da superfície, enquanto outros nadam nas águas profundas, lá embaixo.

— Lamento, mas não entendi — falei, embora estivesse começando a compreender.

— Aqueles que gostam de nadar perto da superfície se satisfazem com o conteúdo superficial do Alcorão. Muitos são assim. Levam os versos ao pé da letra. Não admira que, ao ler versos como o An-Nissá cheguem à conclusão de que os homens são superiores às mulheres. Porque isso é exatamente o que eles querem enxergar.

— E quanto às outras correntes? — perguntei.

Shams deu um leve suspiro, e não pude deixar de prestar atenção em sua boca, misteriosa e convidativa como um jardim secreto.

— Há outras três correntes. A segunda é um pouco mais funda do que a primeira, mas ainda fica perto da superfície. À medida que sua consciência se expande, ocorre o mesmo com sua compreensão do Alcorão. Mas, para que isso aconteça, você precisa mergulhar.

Ouvindo-o, eu me senti repleta e vazia ao mesmo tempo.

— E o que acontece quando você mergulha? — perguntei, com cautela.

— A terceira corrente é a leitura esotérica, *al-Batin*. Se você ler o An-Nissá com seus olhos interiores, verá que o verso não é a respeito de homens e mulheres, mas de masculinidade e feminilidade. E todos, inclusive você e eu, temos tanto a *feminilidade* quanto a *masculinidade* dentro de nós, em variados graus e matizes. Apenas quando aprendemos a abraçar a ambos é que chegamos à harmonia da Unidade.

— Você está me dizendo que tenho um homem dentro de mim?

— Ah, sim, sem dúvida. E eu tenho uma mulher, também.

Não pude deixar de soltar um risinho.

— E Rumi? E quanto a ele?

Shams deu um sorriso fugaz.

— Todo homem tem dentro de si uma porção de feminilidade.

— Mesmo aqueles mais másculos?

— Especialmente esses, meu bem — disse Shams, coroando a fala com uma piscadela, e falando baixinho como se partilhasse um segredo.

Sufoquei uma risada, como se fosse uma garotinha. Foi esse o impacto de ter Shams tão perto de mim. Ele era um homem estranho, com uma voz estranhamente encantadora, as mãos ágeis e musculosas, o olhar como um raio de sol, fazendo com que tudo sobre o que recaía se tornasse mais vivo e mais intenso. Perto dele, eu sentia minha juventude em toda sua força, e, ao mesmo tempo, dentro de mim aflorava um instinto maternal, recendendo ao aroma espesso e leitoso da maternidade. Eu queria protegê-lo. Como e do que, não saberia dizer.

Shams pôs a mão em meu ombro, com o rosto tão próximo ao meu que eu podia sentir seu hálito quente. Havia agora ali em seus olhos uma expressão nova, sonhadora. Ele me manteve presa junto a si, acariciando-me as faces, a ponta de seus dedos tão quentes como uma chama em minha pele. Eu estava hipnotizada. Agora, o dedo dele se movia para baixo, tocando meu lábio inferior. Perplexa, tonta, fechei os olhos, sentindo uma agitação única me remoer o estômago. Mas, assim que tocou meu lábio, Shams retirou a mão.

— Agora você precisa ir, querida Kimya — murmurou, fazendo com que meu nome parecesse uma palavra triste.

Saí de lá, com a cabeça rodando e o rosto em fogo.

Só depois de chegar a meu quarto, deitar-me no colchão encarando o teto e me perguntar como seria ser beijada por Shams, foi que me ocorreu que eu esquecera de lhe perguntar sobre a quarta corrente — a mais profunda leitura do Alcorão. Qual seria? Como poderia alguém um dia alcançar tais profundidades?

E o que acontecia àqueles que davam o mergulho?

Sultan Walad

KONYA, 4 DE SETEMBRO DE 1245

Bem, sendo seu irmão mais velho, sempre me preocupei com Aladim, mas nunca tanto quanto agora. Ele sempre foi uma pessoa irascível, desde pequeno, mas ultimamente está ainda mais beligerante e irritadiço. Pronto para brigar por praticamente qualquer coisa, por mais sem sentido e insignificante que seja — tem sido tão agressivo que até as crianças da rua ficam com medo quando o veem chegando. Com apenas dezessete anos, já tem rugas de tanto franzir a testa e apertar os olhos. Hoje mesmo, de manhã, notei que está com uma nova ruga junto à boca, por mantê-la apertada, como uma linha reta, o tempo todo.

Estava eu ocupado, escrevendo num pergaminho de pele de carneiro, quando ouvi um leve ruído atrás de mim. Era Aladim, seus lábios formando uma carranca zangada. Deus sabe há quanto tempo ele estava ali de pé, me observando com aquela expressão tensa em seus olhos castanhos. Perguntou-me o que eu estava fazendo.

— Estou copiando uma antiga aula do nosso pai — falei. — É bom ter uma cópia extra de todos elas.

— Qual a utilidade disso? — disse Aladim, bufando. — Nosso pai deixou de dar aulas e sermões. Caso não tenha notado, ele tampouco está dando aula na madraça. Você não vê que ele deixou de lado todas as suas responsabilidades?

— É uma situação temporária — afirmei — Logo, ele recomeçará a lecionar.

— Você está se enganando. Não vê que nosso pai não tem mais tempo para nada nem para ninguém, a não ser Shams? Não é engraçado? O homem que é supostamente um dervixe itinerante criou raízes em nossa casa.

Aladim deu uma gargalhada maldosa, esperando que eu concordasse com ele, mas, como eu nada disse, começou a andar de um lado para o outro do quarto. Mesmo sem olhar para ele, eu podia sentir seu olhar furioso.

— As pessoas já estão fazendo comentários — continuou Aladim, emburrado. — Todos fazem a mesma pergunta: como pode um estudioso tão respeitado se deixar manipular assim por um herege? A reputação do nosso pai parece gelo derretendo sob o sol. Se ele não retomar logo o controle de si próprio, talvez nunca mais encontre quem queira ser seu aluno nesta cidade. Ninguém mais iria querê-lo como professor. E eu não os culparia.

Pus de lado o pergaminho e olhei para meu irmão. Ele era apenas um garoto, embora cada gesto e expressão nele mostrasse que estava prestes a se tornar um homem. Mudara muito no último ano, e eu começava a suspeitar de que pudesse estar apaixonado. Só não sabia dizer quem poderia ser a garota, nem seus amigos íntimos me contavam.

— Irmão, eu sei que você não gosta de Shams, mas ele é um hóspede em nossa casa e devemos respeitá-lo. Não dê ouvidos ao que os outros dizem. Honestamente, não devemos fazer tempestade em copo d'água.

Assim que acabei de pronunciar essas palavras, me arrependi do meu tom condescendente. Mas era tarde demais. Aladim incendeia fácil, como um galho seco.

— Tempestade em copo d'água?! — rosnou. — É assim que você define a calamidade que desabou sobre nós? Como pode ser tão cego?

Peguei um novo pergaminho, alisando sua superfície delicada. Sempre me dava enorme prazer reproduzir as palavras de meu pai, e pensar que ao fazer isso eu estava contribuindo para que elas durassem mais. Mesmo depois de passados cem anos, as pessoas poderiam ler os ensinamentos de meu pai e inspirar-se neles. Desempenhar um papel nessa transmissão, por menor que fosse, me deixava orgulhoso.

Ainda reclamando, Aladim parou junto de mim começou a espiar meu trabalho, com seus olhos meditativos, amargos. Por um breve instante, vi uma carência em seu olhar e reconheci o rosto de um menino precisando do amor do pai. Com o coração pesado, entendi que não era com Shams que ele estava realmente zangado. Era com o pai.

Aladim estava furioso com o pai por não o amar o suficiente, e por ser quem era. Meu pai podia ser famoso e importante, mas também fora completamente impotente diante da morte que levara nossa mãe ainda muito jovem.

— Estão dizendo que Shams botou um feitiço em nosso pai — disse Aladim. — Falam que ele foi mandado pelos Assassinos.

— Os Assassinos?! — protestei. — Isso é absurdo.

Os Assassinos eram uma seita, famosa por seus meticulosos métodos de matar, e também pelo uso extenso de substâncias venenosas. Tendo como alvo pessoas influentes, matavam suas vítimas em público, de modo a disseminar o medo e o pânico no coração das pessoas. Já tinham feito coisas como deixar um bolo envenenado na tenda de Saladino, com um bilhete que dizia, *Você está em nossas mãos*. E Saladino, o grande comandante do Islã que tinha lutado contra os cruzados cristãos e recapturado Jerusalém, não ousara enfrentar os Assassinos, preferindo fazer um acordo com eles. Como as pessoas podiam pensar que Shams tivesse ligações com essa seita do terror?

Pus a mão no ombro de Aladim e forcei-o a olhar para mim.

— Além do mais, você não sabe que a seita já não é mais a mesma? Agora, eles são pouco mais do que um nome.

Por um instante, Aladim pensou naquela possibilidade.

— Sim, mas dizem que havia três comandantes muito leais a Haçane Saba. Eles saíram do castelo de Alamute, prometendo espalhar o terror e causar problema por onde passassem. As pessoas suspeitam que Shams é seu líder.

Eu começava a perder a paciência.

— Deus me ajude! E você pode, por favor, me dizer, por que razão os Hashshashin iam querer matar nosso pai?

— Porque eles detestam pessoas influentes e gostam de promover o caos! — respondeu Aladim.

Estava tão agitado com essas teorias conspiratórias que manchas vermelhas tinham surgido em suas faces.

Percebi que precisava lidar com aquilo com mais cautela.

— Ouça, as pessoas dizem todo tipo de coisas, o tempo inteiro — falei. — Você não pode levar a sério esses rumores horríveis. Afaste esses pensamentos rancorosos. Eles estão envenenando você.

Aladim resmungou, ressentido, mas eu continuei assim mesmo:

— Você pode não gostar de Shams como pessoa. Não é sua obrigação. Mas, por nosso pai, deveria demonstrar respeito a ele.

Aladim me olhou com amargura e desprezo. Entendi que meu irmão mais novo estava não apenas zangado com meu pai e furioso com Shams. Estava também decepcionado comigo. Achava que minha apreciação por Shams era um sinal de fraqueza. Talvez pensasse que, para cair nas graças de meu pai, eu estava sendo subserviente e cínico. Era apenas uma suspeita de minha parte, mas uma que me feriu fundo.

Apesar disso, não consegui ficar com raiva dele, e, mesmo que ficasse, ela não teria durado muito. Aladim era meu irmão caçula. Para mim, seria sempre um menino correndo atrás dos gatos de rua, sujando os pés nas poças de lama e beliscando o dia inteiro pedaços de pão cobertos de iogurte. Não conseguia deixar de ver nele o rosto do menino que fora um dia, meio gordinho, um pouco baixo para a idade, o garoto que ouviu a notícia da morte de nossa mãe sem derramar uma lágrima. Apenas olhou para os próprios pés, como se de repente estivesse com vergonha dos sapatos, e mordeu o lábio inferior até ficar branco. Nenhuma palavra e nenhum soluço saíram de sua boca. Eu gostaria que ele tivesse chorado.

— Você se lembra de quando se meteu em uma briga com os meninos da vizinhança? — perguntei. — Você chegou em casa chorando, com o nariz sangrando. O que foi que nossa mãe disse para você então?

Os olhos de Aladim primeiro se estreitaram, depois se abriram diante da lembrança, mas ele não falou nada.

— Ela lhe disse que, toda vez que você se zangasse com alguém, devia substituir o rosto dessa pessoa, em sua mente, pelo rosto de alguém que amasse. Você já tentou substituir o rosto de Shams pelo da nossa mãe? Talvez assim pudesse achar alguma coisa para gostar nele.

Um sorriso furtivo, rápido e tímido como a nuvem que passa, passou pelos lábios de Aladim, e fiquei impressionado de ver como ele suavizou sua expressão.

— Talvez pudesse, sim — falou, toda a raiva desaparecendo de sua voz.

Meu coração se enterneceu. Dei um abraço em meu irmão, sem saber o que mais dizer. Quando ele me abraçou de volta, fiquei certo de que ele repararia sua relação com Shams, e que logo a harmonia voltaria à nossa casa.

Mas, a julgar pelos acontecimentos que sucederam, eu não poderia estar mais enganado.

Kerra

KONYA, 22 DE OUTUBRO DE 1245

Bati na porta fechada, do outro lado da qual Shams e Rumi conversavam com fervor outro dia, só Deus sabe sobre o quê. Entrei sem esperar a resposta, carregando uma bandeja com um prato de halva. Normalmente, Shams não diz nada quando eu estou por perto, como se minha presença o obrigasse a ficar em silêncio. E ele jamais faz comentários sobre meus dotes culinários. De todo modo, come muito pouco. Às vezes, tenho a impressão de que para ele não faz diferença se eu sirvo um jantar fabuloso ou um pão duro. Mas, dessa vez, assim que deu uma mordida em minha halva, ele arregalou os olhos.

— Está uma delícia, Kerra. Como você fez? — perguntou.

Não sei o que deu em mim. Em vez de ver o elogio pelo que era, retruquei, sem pensar:

— Por que está perguntando? Mesmo que eu contasse, você não ia saber fazer.

Shams me encarou e fez um leve gesto com a cabeça, como se estivesse concordando com o que eu disse. Esperei que respondesse, mas ele ficou ali, mudo e tranquilo.

Pouco depois, saí do aposento e fui para a cozinha, achando que o incidente estava encerrado. E talvez não tivesse voltado a pensar nele, não fosse pelo que veio à tona na manhã seguinte.

Estava batendo manteiga perto da lareira, na cozinha, quando ouvi vozes estranhas no pátio. Corri lá para fora e dei com a cena mais estranha que já vi. Havia livros por toda parte, em grandes pilhas instáveis, e outros tantos boiando dentro da fonte. Com toda a tinta que estava se dissolvendo, a água da fonte tinha ficado de um azul vívido.

Com Rumi de pé bem ali, Shams pegou um livro da pilha — *Poemas Reunidos de Almotanabi* —, olhou-o com uma expressão soturna e atirou-o na água. Mal o livro afundara e ele pegou outro. Dessa vez foi o *Livro dos Segredos*, de Attar.

Dei um grito de horror. Um por um, ele estava destruindo os livros favoritos de Rumi! O próximo a ser jogado dentro d'água seria *Ciências divinas*, escrito pelo pai de Rumi. Sabendo o quanto Rumi amava o pai e venerava seus escritos, olhei para ele, esperando sua explosão.

Mas, em vez disso, vi Rumi parado a um lado, com o rosto pálido como cera e as mãos tremendo. Eu não conseguia por nada no mundo entender por que ele permanecia em silêncio. O homem que um dia me repreendera apenas porque eu limpara a poeira de seus livros agora observava enquanto aquele lunático destruía toda sua biblioteca, e ainda assim não proferia uma única palavra. Não era justo. Se Rumi não ia intervir, eu iria.

— O que você está fazendo? — perguntei a Shams. — Esses livros não têm cópia. Detêm enorme valor. Por que você os está jogando na água? Ficou louco?

Em vez de responder, Shams fez um sinal com a cabeça para Rumi.

— Você pensa assim também? — indagou.

Rumi trancou os lábios e deu um leve sorriso, mas nada disse.

— Por que você não fala nada? — gritei para o meu marido.

Diante disso, Rumi se aproximou de mim e apertou minha mão com força.

— Acalme-se, Kerra, por favor. Eu confio em Shams.

Olhando-me por cima do ombro, relaxado e confiante, Shams enrolou as mangas e começou a tirar livros da água. Para meu espanto, todos os livros que ele tirou estavam completamente secos.

— Isso é magia? Como foi que fez isso? — perguntei.

— Mas por que está perguntando? Mesmo se eu contasse, você não ia saber fazer.

Trêmula de ódio, sufocando os soluços, corri para a cozinha, que ultimamente se tornara meu santuário. E lá, entre potes e panelas, molhos de ervas e especiarias, sentei-me e chorei até não poder mais.

Rumi

KONYA, DEZEMBRO DE 1245

Bastante decididos a rezar nossa prece matinal ao ar livre, Shams e eu saímos de casa pouco depois do amanhecer. Andamos a cavalo por um tempo, através de prados e vales, atravessando riachos gelados e sentindo a delícia da brisa em nossos rostos. Nos campos de trigo, espantalhos nos cumprimentavam com sua pose estranha, e, diante de uma casa de fazenda, enquanto passávamos, roupas lavadas dançavam ao vento, apontando para a semiescuridão, em todas as direções.

Na volta, Shams puxou as rédeas do cavalo e apontou para um gigantesco pé de carvalho, do lado de fora da cidade. Sentamo-nos à sombra da árvore, com o céu acima de nós em todos os seus tons de púrpura. Shams abriu seu manto no chão e, enquanto as mesquitas das redondezas, e além, chamavam para as preces, nós oramos juntos ali.

— Quando cheguei pela primeira vez a Konya, eu me sentei sob esta árvore — disse Shams. Ele sorriu ante a velha lembrança, mas depois ficou pensativo, e falou: — Um camponês me deu uma carona. Ele era um grande admirador seu. E me disse que seus sermões curavam a tristeza.

— Costumavam chamar-me o Mago das Palavras — falei. — Mas tudo isso me parece agora muito distante. Não quero mais dar sermões. Sinto que deixei isso para trás.

— Você *é* o Mago das Palavras — afirmou Shams, com determinação. — Mas agora, em vez de ter uma mente que prega, você tem um coração que canta.

Não entendi o que ele queria dizer com isso, e nada perguntei. A alvorada apagara o que restava da noite anterior, deixando o céu de um laranja sem jaça. Lá longe, a cidade acordava, os corvos atacavam as hortas, bicando tudo o que podiam roubar, portas rangiam, burricos relinchavam e os fornos ardiam, enquanto todos se preparavam para um novo dia.

— Por toda parte, as pessoas estão lutando sozinhas para alcançar suas realizações, mas sem qualquer orientação sobre como fazer isso — murmurou Shams, balançando a cabeça. — Suas palavras as ajudam. E eu farei tudo o que estiver a meu alcance para ajudar *você*. Sou seu servo.

— Não diga isso — protestei. — Você é meu amigo.

Sem ligar para minha objeção, Shams continuou:

— Minha única preocupação é que você tem vivido dentro de uma concha. Como um pregador famoso, estava cercado de admiradores que o bajulavam. Mas o quanto conhece as pessoas comuns? Bêbados, mendigos, ladrões, prostitutas, jogadores, os mais inconsoláveis e os mais decadentes. Somos nós capazes de amar todas as criaturas de Deus? É um teste difícil, um que poucos conseguem passar.

— Você está certo — concordei. — Eu sempre vivi uma vida protegida. Nem ao menos sei como é que as pessoas comuns vivem.

Shams apanhou um bocado de terra e, esmagando-o entre os dedos, acrescentou, com voz mansa:

— Se pudermos abraçar o universo como um todo, com suas diferenças e contradições, tudo se tornará o Uno.

Dizendo isso, Shams pegou um galho seco e desenhou um grande círculo em torno do tronco do carvalho. Quando acabou, ergueu os braços para o céu, como se quisesse ser puxado por uma corda invisível, e proferiu os 99 nomes de Deus. Ao mesmo tempo, começou a rodar dentro do círculo, primeiro devagar, com doçura, e depois acelerando sempre, como uma brisa de fim de tarde. Logo, rodava com a velocidade e a força de uma rajada de vento. Aquele frenesi era tão cativante, que não pude evitar sentir como se todo o universo — a terra, as estrelas e a lua — rodassem com ele. Fiquei observando aquela sua dança tão incomum, e deixei que a energia que dela irradiava tomasse meu corpo e minha alma.

Afinal, Shams foi diminuindo até parar, o peito subindo e descendo a cada respiração difícil, o rosto pálido, a voz subitamente profunda, como se viesse de um lugar muito distante. *O universo é um só ser. Tudo e todos estão interconectados através de uma invisível teia de histórias. Saibamos disso ou não, todos nós estamos conversando em silêncio. Não faça mal. Pratique a compaixão. E não faça intriga pelas costas dos outros — nem mesmo o mais inocente dos comentários! As palavras que nos saem da boca não desaparecem, mas ficam perpetuamente guardadas no espaço infinito, e voltarão para nós em algum momento. A dor de um homem irá ferir a todos nós. A alegria de um homem nos fará a todos sorrir. Isso é o que nos* ensina uma das Quarenta Regras.

E então, ele me encarou com seus olhos inquisidores. Havia uma sombra de desespero nas profundezas de seu olhar, uma onda de tristeza que eu jamais vira ali antes.

— Um dia, você será conhecido como a Voz do Amor — disse Shams. — No Oriente e no Ocidente, pessoas que nunca o viram se inspirarão em sua voz.

— E como isso irá acontecer? — perguntei, incrédulo.

— Através de suas palavras — respondeu Shams. — Mas não estou falando de aulas, nem sermões. Estou falando de poesia.

— Poesia? — retruquei, com a voz falhando. — Eu não escrevo poemas. Sou um estudioso.

Isso fez surgir um sorriso sutil no rosto de Shams.

— Você, meu amigo, é um dos melhores poetas que o mundo há de conhecer.

Eu já ia protestar, mas a determinação no olhar de Shams me impediu. Além disso, não estava com vontade de discutir.

— Seja como for, tudo o que tiver de ser feito, nós faremos juntos. Trilharemos juntos esse caminho.

Shams aquiesceu sem prestar muita atenção, e mergulhou num estranho silêncio, com os olhos fixos nas cores que morriam no horizonte. Quando afinal falou, proferiu aquelas palavras terríveis que nunca mais me deixaram, assombrando-me eternamente a alma:

— Por mais que eu adorasse me juntar a você, temo que terá de caminhar sozinho.

— Como assim? Para onde você vai? — perguntei.

Enrugando a boca, com melancolia, Shams baixou a vista.

— Não está em minhas mãos.

Um vento repentino soprou em nossa direção, e o tempo esfriou, como a anunciar que o outono logo chegaria ao fim. Mesmo com o céu azul, começou a chover, em gotas claras e mornas, tão suaves e delicadas como o toque de uma borboleta. E esta foi a primeira vez que a ideia de ser abandonado por Shams me atingiu como uma dor aguda no peito.

Sultan Walad

KONYA, DEZEMBRO DE 1245

Brincadeira para alguns, mas me dói ouvir intrigas. Como podem as pessoas ser tão desdenhosas e debochadas quando se trata de coisas sobre as quais sabem tão pouco? É estranho, para não dizer assustador, como as pessoas vivem distantes da verdade! Não entendem a profundidade do laço que liga meu pai a Shams. Parece que nunca leram o Alcorão. Porque, se tivessem lido, saberiam que há histórias parecidas de companheirismo espiritual, como por exemplo a história de Moisés e Al-Khidr.

Está nos versos de Al-Kahf, sem deixar dúvida. Moisés era um homem exemplar, grande o suficiente para um dia se tornar profeta, assim como um lendário comandante ou homem das leis. Mas houve um tempo em que ele precisou muito de um companheiro espiritual, que lhe abrisse o terceiro olho. E esse companheiro não foi nenhum outro que não Al-Khidr, o Confortador dos Sofredores e Aflitos.

Al-Khidr disse para Moisés:

— Sou um viajante da vida inteira. Deus designou que eu percorresse o mundo inteiro e fizesse o que precisa ser feito. Você diz que quer vir comigo em minhas jornadas, mas, se me seguir, não poderá questionar nada. Você aguenta me acompanhar sem poder fazer perguntas? Pode confiar inteiramente em mim?

— Sim, posso — garantiu Moisés. — Deixe-me acompanhá-lo. Prometo que não lhe farei perguntas.

E assim eles pegaram a estrada, visitando várias cidades no caminho. Mas quando viu Al-Khidr tomar atitudes absurdas, como matar um rapaz ou afundar um barco, Moisés não conseguiu ficar calado.

— Por que você fez essas coisas horríveis? — perguntou, em desespero.

— O que aconteceu com a sua promessa? — indagou Al-Khidr de volta.

— Eu não lhe disse que era para você não me fazer perguntas?

A cada vez, Moisés se desculpava, prometendo não tornar a questionar nada, e a cada vez voltava a violar a promessa. No fim, Al-Khidr explicou a razão por trás de todas as suas ações. Aos poucos, mas com convicção, Moisés entendeu que aquilo que pode parecer maléfico e desafortunado talvez seja uma bênção disfarçada, enquanto as coisas agradáveis podem ser ruins, a longo prazo. Seu breve companheirismo com Al-Khidr se tornaria a experiência que mais lhe abriu os olhos em toda a vida.

Assim como nessa parábola, há amizades neste mundo que parecem incompreensíveis para as pessoas comuns, mas que na verdade são fios condutores de sabedoria e reflexão. É assim que vejo a presença de Shams na vida de meu pai.

Mas sei que outras pessoas não veem da mesma forma, e isso me preocupa. Infelizmente, Shams não é fácil de gostar. Sentado no portão do seminário, uma atitude hostil e constrangedora, ele detém e interroga todo mundo que entra querendo ir falar com meu pai.

— Por que motivo você está querendo ver o grande Maulana? — perguntou. — O que trouxe como presente?

Sem saber o que dizer, a pessoa gagueja e se atrapalha, chegando a se desculpar. E Shams as manda embora.

Alguns desses visitantes voltam dali a alguns dias com presentes, trazendo frutas desidratadas, *dirhams* de prata, tapetes de seda ou carneirinhos recém-nascidos. Mas, ao ver esses presentes, Shams fica ainda mais aborrecido. Com os olhos escuros brilhando, o rosto corado de fervor, ele expulsa as pessoas.

Certo dia, um homem ficou tão zangado com Shams, que gritou:

— O que lhe dá o direito de barrar a porta de Maulana? Fica perguntando a todos o que estão trazendo! E quanto a você? O que foi que *você* trouxe?

— Eu trouxe a mim mesmo — disse Shams, em alto e bom som. — Sacrifiquei minha cabeça por ele.

E o homem se afastou, resmungando alguma coisa entre dentes, parecendo mais confuso do que raivoso.

Naquele mesmo dia, perguntei a Shams se ele não se incomodava de ser tão incompreendido e pouco apreciado. Mal conseguindo conter minha apreensão, comentei que ultimamente ele vinha ganhando muitos inimigos.

Shams me olhou espantado, como se não tivesse ideia do que eu estava falando.

— Mas eu não tenho inimigos — falou, dando de ombros. — Os amantes de Deus podem ter críticos, ou mesmo rivais, mas não podem ter inimigos.

— Sim, mas você briga com muita gente — argumentou.

Shams se irritou:

— Eu não brigo com eles, eu luto contra o quão alto eles se levam em conta. É diferente. — E então acrescentou, baixinho: — É uma das Quarenta Regras: *Este mundo é como uma montanha nevada, que ecoa sua voz. Fale o que for, bem ou mal, e isso voltará para você. Portanto, se alguém tem maus pensamentos em relação a você, dizer dessa pessoa coisas igualmente ruins só fará piorar tudo. Você se verá trancado num círculo vicioso de energia malévola. Em vez disso, pense e diga coisas boas a respeito dessa pessoa durante quarenta dias. Tudo será diferente ao final dos quarenta dias, porque você será diferente por dentro.*

— Mas as pessoas estão dizendo todo tipo de coisa sobre você. Dizem até que, para dois homens gostarem tanto um do outro é preciso haver algo impronunciável entre eles — falei, com minha voz fraquejando ao final da frase.

Ao ouvir isso, Shams pôs a mão em meu ombro e sorriu seu sorriso calmo de sempre. Em seguida, me contou uma história.

Dois homens estavam viajando de uma cidade para outra. Chegaram então a um rio, que havia subido devido às fortes chuvas. Quando se preparavam para atravessar a água, viram uma bela jovem, ali de pé, sozinha, precisando de ajuda. Um dos homens imediatamente foi até ela. Pegou a moça e a carregou nos braços até o outro lado do rio. Lá, a depôs no chão, se despediu, e os dois homens seguiram seu caminho.

Durante o resto da viagem, o segundo viajante se mostrou silencioso e macambúzio, diferente do seu habitual, sem responder às perguntas do companheiro. Depois de muitas horas emburrado, sem conseguir mais ficar calado, ele disse:

"Por que você tocou naquela mulher? Ela poderia tê-lo seduzido! Homens e mulheres não podem ter um contato assim!".

O primeiro homem respondeu calmamente:

"Meu amigo, eu carreguei a mulher até o outro lado do rio, e foi lá que a deixei. É você que a está carregando desde então".

— Algumas pessoas são assim — disse Shams. — Carregam nos ombros seus próprios medos e preconceitos, esmagados por todo esse peso. Se você ouvir alguém falar que não consegue entender a profundidade do laço entre mim e seu pai, diga-lhe que vá limpar a própria mente!

Ella

NORTHAMPTON, 15 DE JUNHO DE 2008

Bem-amada Ella,

Você me perguntou como me tornei um sufi. Não aconteceu do dia para a noite.

Eu me chamava Craig Richardson e nasci em Kinlochbervie, um porto remoto nas Terras Altas da Escócia. Sempre que penso no passado, lembro com prazer dos barcos de pesca, das redes pesadas de peixes e com algas penduradas como cobras verdes, das maçaricas bicando a areia em busca de minhocas, as margaridas que cresciam nos lugares mais inesperados, e, permeando tudo isso, o cheiro do mar, forte e salgado. Esse cheiro, assim como o das montanhas e lagos, e a tranquilidade entediante da Europa do pós-guerra compunham o pano de fundo da minha infância.

Enquanto o mundo caía com toda força nos anos 1960, tornando-se cenário de manifestações de estudantes, sequestros e revoluções, eu estava alheio a tudo isso, em meu cantinho verde e tranquilo. Meu pai tinha um sebo e minha mãe criava carneiros que produziam lã de alta qualidade. Quando criança, eu tinha um pouco tanto da solidão do pastor de ovelhas quanto da introspecção de um vendedor de livros. Com frequência, escalava uma velha árvore e ficava olhando a paisagem ao redor, convencido de que passaria o resto da vida naquele lugar. De vez em quando, meu coração ansiava por aventuras, mas eu gostava de Kinlochbervie e me sentia feliz de ter uma vida tão previsível. Como poderia saber que Deus tinha outros planos para mim?

Pouco depois de completar vinte anos, descobri as duas coisas que mudariam minha vida para sempre. A primeira foi uma câmera fotográfica profissional. Entrei para um curso de fotografia, sem saber que aquilo que eu via como hobby se tornaria uma paixão da vida inteira. A segunda coisa foi o amor — uma mulher holandesa que estava fazendo turismo na Europa com amigos. O nome dela era Margot.

Ela era oito anos mais velha do que eu, bonita, alta e incrivelmente teimosa. Margot se considerava uma boêmia, idealista, radical, bissexual, de esquerda, anarquista-individualista, multiculturalista, defensora dos direitos humanos, ativista da contracultura, ecofeminista — rótulos que eu nem saberia definir se alguém me perguntasse o que significavam. Mas, desde o início, eu observara que ela era ainda outra coisa: uma mulher-pêndulo. Capaz de variar da mais extrema alegria para a mais cava depressão em questão de poucos minutos, Margot era a imprevisibilidade em pessoa. Sempre furiosa com o que definia como "a hipocrisia da vida burguesa", ela questionava tudo na vida, travando batalhas contra a sociedade. Até hoje é um mistério para mim por que eu não fugi dela. Mas não fugi. Em vez de fazer isso, deixei-me sugar para dentro do vórtice giratório de sua instigante personalidade. Eu estava enlouquecido de paixão.

Ela era uma combinação impossível, cheia de ideias revolucionárias, de coragem desmedida e de criatividade, e ao mesmo tempo era frágil como uma flor de cristal. Prometi a mim mesmo ficar ao lado dela e protegê-la do mundo exterior, mas também de si própria. Terá ela me amado tanto quanto eu a amei? Creio que não. Mas sei que me amou, sim, em seu jeito autocentrado e autodestrutivo.

Foi assim que fui parar em Amsterdã, aos vinte anos. Lá, nos casamos. Margot se dedicava a ajudar refugiados que tinham ido parar na Europa por questões políticas ou humanitárias. Trabalhando para uma organização especializada em dar apoio a imigrantes, ela ajudava pessoas traumatizadas, vindas dos mais distantes cantos do planeta, a se estabelecer na Holanda. Era um anjo da guarda. Famílias da Indonésia, da Somália, da Argentina e da Palestina davam o nome dela às filhas.

Quanto a mim, eu não estava interessado em causas maiores, ocupado demais em tentar galgar posições no mundo corporativo. Depois de me formar em administração, comecei a trabalhar para uma empresa internacional. O fato de que Margot não ligava para meu status ou meu salário fazia com que eu desejasse ainda mais as superficialidades do sucesso. Com sede de poder, eu queria deixar minha marca no mundo.

Eu tinha nossa vida toda planejada. Dentro de dois anos, começaríamos a ter filhos. Duas garotinhas completavam minha imagem da família ideal. Eu tinha confiança no futuro que nos aguardava. Afinal, vivíamos em um dos lugares mais seguros do planeta, não num daqueles países tumultuosos que não paravam de despejar migrantes no continente europeu, como uma torneira quebrada. Éramos jovens, saudáveis e apaixonados. Nada poderia dar errado. É difícil acreditar que hoje estou com 54 anos e que Margot não está mais viva.

Ela era a saudável. Firmemente vegana, em uma época em que essa palavra não tinha sido cunhada, Margot só comia coisas saudáveis, se exercitava sempre e ficava longe das drogas. Seu rosto angelical era saúde pura, o corpo sempre magro, ágil, angular. Cuidava-se tão bem que, apesar da diferença de idade entre nós, eu parecia mais velho do que ela.

Ela morreu da morte mais inesperada, mais simples. Uma noite, voltando de uma visita a um famoso jornalista russo que tinha pedido asilo, o carro dela quebrou no meio da estrada. E ela, que sempre seguia as regras, fez algo completamente atípico. Em vez de botar o triângulo e esperar por socorro, saiu do carro, decidida a ir andando até a cidade mais próxima. De casaco cinza e calça escura, não levava uma lanterna nem nada que pudesse torná-la de fato visível. Um veículo a atingiu — um trailer, da Iugoslávia. O motorista disse que não a viu, de tão completamente que Margot se misturara à noite.

Um dia, eu fui um menino. O amor me abriu os olhos para uma vida mais rica. Depois de perder a mulher que amava, eu me transformei drasticamente. Nem garoto, nem adulto, tornei-me um animal enjaulado. Esse período da minha vida eu chamo de o momento em que me deparei com a letra S da palavra "sufi".

Espero não a ter aborrecido com esta carta tão extensa.

Com amor,
Aziz

Rosa do Deserto, a prostituta

KONYA, JANEIRO DE 1246

Barrando-me de fazer muita coisa esses dias, desde o escândalo que provoquei na mesquita, a patroa não me deixa ir a lugar algum. Estou condenada a ficar aqui para sempre. Mas não me chateio com isso. A verdade é que não tenho sentido muita coisa ultimamente.

A cada manhã, o rosto que me encara no espelho parece mais pálido. Já não penteio o cabelo, nem belisco as bochechas para que fiquem mais coradas. As outras meninas vivem reclamando da minha péssima aparência, dizendo que isso espanta os clientes. Talvez estejam certas. Foi por isso que fiquei bastante surpresa quando, outro dia, vieram dizer que um cliente específico insistia em me ver.

Para meu horror, descobri que era Baybars.

Assim que nos vimos sozinhos no quarto, perguntei:

— O que um guarda como você está fazendo aqui?

— Bem, eu vir a um bordel não é mais incomum do que uma prostituta ir à mesquita — disse ele, a voz pesada de insinuações.

— Tenho certeza de que você adoraria ter me linchado naquele dia — falei. — Devo minha vida a Shams de Tabriz.

— Não mencione esse nome nojento. Esse sujeito é um herege!

— Não é, não! — Não sei o que me deu, mas eu disse: — Desde aquele dia, Shams de Tabriz já veio me ver várias vezes.

— Ah! Um dervixe no bordel! — rosnou Baybars. — Por que será que não estou surpreso?

— Não é isso — falei. — Não mesmo.

Eu jamais dissera isso a quem quer que fosse, e não sabia por que dizia agora para Baybars, mas Shams vinha me visitando toda semana, havia vários meses. Como ele conseguia entrar sem ser visto por ninguém, principalmente pela patroa, eu não conseguia entender. Qualquer um poderia pensar que era com ajuda de alguma magia maligna. Mas eu sabia que não era. Shams era um bom homem. Um homem de fé. E tinha dons especiais. A não ser por minha mãe, quando eu era pequena, Shams era a única pessoa que me tratava com compaixão incondicional. Ele me ensinara a não cair no desalento, acontecesse o que acontecesse. Quando eu lhe dizia que não havia meios de alguém como eu apagar o passado, ele me lembrava de uma de suas regras: *O passado é uma interpretação. O futuro é uma ilusão. O mundo não se move através do tempo como se fosse uma linha reta, caminhando do passado para o futuro. Em vez disso, o tempo se move através e dentro de nós, em espirais intermináveis.*

Eternidade não significa tempo infinito, mas simplesmente o não tempo.

Se você quiser alcançar a iluminação eterna, deixe o passado e o futuro fora de sua mente e se concentre no momento presente.

Shams sempre me dizia:

— Sabe, o momento presente é tudo o que existe, e tudo o que existirá. Quando você conseguir compreender essa verdade, não terá mais nada a temer. E então, poderá ir embora deste bordel para sempre.

Baybars examinou meu rosto atentamente. Quando me olhava, seu olho esquerdo entortava para o lado. Parecia que havia outra pessoa conosco no quarto, alguém que eu não podia enxergar. Aquilo me deu medo.

Percebendo que era melhor não continuar falando de Shams, eu lhe servi uma caneca de cerveja, que ele bebeu de um gole só.

— E então, qual é *a sua* especialidade? — perguntou Baybars, depois de engolir uma segunda cerveja. — Cada uma de vocês, garotas, não tem um determinado talento? Você sabe dança do ventre?

Disse a ele que não tinha esse tipo de talento e que qualquer dom que tivesse no passado agora havia desaparecido, já que eu estava sofrendo de uma doença desconhecida. A patroa me mataria se me ouvisse dizer uma coisa dessas a um cliente, mas eu pouco me importava. A verdade era que, secretamente, eu esperava que Baybars fosse passar a noite com outra.

Mas, para minha decepção, ele deu de ombros e disse que não ligava. Em seguida pegou a bolsa, despejou uma substância marrom-avermelhada na palma da mão e jogou na boca, mastigando devagar.

— Quer um pouco? — perguntou.

Balancei a cabeça. Sabia o que era aquilo.

— Você não sabe o que está perdendo — disse ele, sorrindo, reclinando-se na cama e deixando-se flutuar e sair do próprio corpo, no estupor da cannabis.

Naquela noite, entorpecido de cerveja e cannabis, Baybars ficou falando das coisas terríveis que vira no campo de batalha. Mesmo com Gengis Khan morto, e o corpo decomposto, seu fantasma ainda acompanhava os exércitos mongóis, disse ele. Estimulados por esse fantasma, os soldados mongóis atacavam caravanas, saqueavam cidades e massacravam homens e mulheres, sem distinção. Ele me falou do véu de silêncio, suave e silencioso como uma coberta em uma noite fria de inverno, que recaía sobre o campo de batalha, depois que centenas tinham sido mortos ou feridos, e dezenas mais estavam a ponto de dar seu último suspiro.

— O silêncio que sucede um desastre imenso é o som mais pacífico que se pode ouvir na face da terra — comentou ele, com a voz enrolada.

— Parece algo tão triste — murmurei.

De repente ele já não tinha palavras. Não havia mais nada o que dizer. Agarrando-me pelo braço, ele me jogou na cama e arrancou minha túnica. Seus olhos estavam injetados, a voz rouca, o cheiro era uma mistura repugnante de cannabis, suor, cerveja e desejo. Ele me penetrou em um golpe, forte e violento. Tentei não me esquivar e relaxar as coxas para diminuir a dor, mas ele pressionou ambas as mãos no meu peito com tanta força que era impossível me mover. Baybars continuou balançando, para a frente e para trás, por muito tempo depois de me penetrar, como se fosse um boneco manipulado por mãos invisíveis e não pudesse parar. Claramente insatisfeito, continuou se mexendo com tanta rudeza que temi que ele fosse ficar ereto de novo, mas de repente tudo acabou. Parado, em cima de mim, ele me olhou cheio de ódio, como se o corpo que há pouco o excitara agora o enojasse.

— Vista-se — ordenou, rolando para o lado.

Vesti a túnica, espiando com o canto dos olhos enquanto ele jogava mais cannabis na boca.

— De agora em diante, quero que você seja minha amante — afirmou, espichando o queixo.

Não era incomum que um cliente fizesse esse tipo de exigência. Eu sabia como lidar com essas situações delicadas, dando ao cliente a falsa impressão de que adoraria ser sua amante e servi-lo de forma exclusiva, mas, para que isso acontecesse, ele tinha primeiro que gastar muito dinheiro e deixar a patroa satisfeita. Mas hoje eu não estava com vontade de fingir.

— Eu não posso ser sua amante — falei. — Em pouco tempo, irei embora daqui.

Baybars riu, como se tivesse escutado a coisa mais engraçada do mundo.

— Você não pode fazer isso — disse, convicto.

Eu sabia que não devia estar discutindo com ele, mas não pude evitar.

— Você e eu não somos tão diferentes assim. Nós dois já fizemos coisas no passado das quais nos arrependemos. Mas você se tornou guarda, graças à influência do seu tio. Eu não tenho nenhum tio me protegendo, sabe?

O rosto de Baybars ficou duro e os olhos, antes frios e distantes, de repente se arregalaram em fúria. Dando um salto à frente, ele me agarrou pelo cabelo.

— Eu fui bonzinho com você, não fui? — rosnou ele. — Quem você pensa que é?

Abri a boca para dizer alguma coisa, mas uma bofetada violenta me silenciou. Baybars me socou no rosto e me empurrou contra a parede.

Não era a primeira vez. Eu já tinha sido surrada por clientes antes, mas não dessa forma.

Caí no chão, e Baybars começou a me chutar as costelas e as pernas, ao mesmo tempo que proferia insultos. Foi ali, naquele exato instante, que eu tive a mais estranha experiência. Enquanto me encolhia de dor, com o corpo esmagado pelo peso de cada golpe, minha alma — ou algo parecido — se separou do meu corpo, transformando-se em uma pipa, leve e livre.

Logo, eu flutuava no éter. Como se tivesse sido atirada em um vácuo de paz, onde não havia nada a que resistir, nem aonde ir, eu simplesmente vaguei. Passei sobre campos de trigo recém-cultivados, onde o vento fazia mexer os véus das meninas camponesas, e onde, à noite, vaga-lumes cintilavam aqui e ali como luzes de fadas. Era como se eu caísse, mas para cima, em direção ao céu infinito.

Será que eu estava morrendo? Se a morte era assim, não era nada aterrorizante. Meus medos cederam. Eu fora atirada a um lugar cheio de luz e pureza, uma zona mágica onde nada podia me jogar para baixo. De repente, me dei conta de que estava face a face com meu pior temor, e que, para minha surpresa, não tinha medo. Não era pelo medo de ser ferida que eu temera largar o bordel esse tempo todo? Se eu podia não sentir medo da morte, percebi, com meu coração se expandindo, podia sair daquele buraco de ratos.

Shams de Tabriz estava certo. A única sujeira era a sujeira interior. Fechei os olhos e imaginei esse outro eu, imaculado e penitente, parecendo muito mais jovem, saindo do bordel rumo a uma nova vida. Cheia de juventude e confiança, era como meu rosto se pareceria se eu tivesse experimentado na vida a segurança e o amor. A visão era tão atraente, e tão real, apesar de todo o sangue ante meus olhos e das pancadas nas costelas, que não pude deixar de sorrir.

Kimya

KONYA, JANEIRO DE 1246

Bastante corada e suando um pouco, me muni de coragem para ir falar com Shams de Tabriz. Vinha pensando em lhe perguntar sobre a leitura mais profunda do Alcorão, mas durante várias semanas não tive chance. Embora vivêssemos sob o mesmo teto, nossos caminhos nunca se cruzavam. Naquela manhã, quando eu estava varrendo o pátio, Shams surgiu ao meu lado, sozinho, e parecendo disposto a conversar. E, dessa vez, não só consegui conversar com ele por mais tempo, como também pude olhá-lo bem nos olhos.

— Como vão as coisas, querida Kimya? — perguntou ele, jovial.

Não pude deixar de notar que Shams parecia sonolento, como se tivesse acabado de acordar, ou como se saísse de outra de suas visões. Eu sabia que ele vinha tendo visões, cada vez com mais frequência, e já aprendera a ler os sinais. Sempre que isso acontecia, seu rosto ficava pálido, e os olhos, sonolentos.

— Vem aí um temporal — murmurou Shams, espiando o céu, onde flocos acinzentados se moviam, abrigando a primeira nevasca do ano.

Aquele me pareceu o momento certo para lhe fazer a pergunta que estava dentro de mim.

— Lembra-se de quando você me falou que todos nós compreendíamos o Alcorão de acordo com a profundidade do nosso entendimento? — perguntei, cautelosa. — Desde então, tenho pensado em lhe perguntar a respeito do quarto estágio.

Shams se virou para mim, os olhos perscrutando meu rosto. Eu gostava quando ele me olhava daquele jeito intenso. Achava que era o momento em que ficava mais atraente, com os lábios cerrados, a testa franzida.

— O quarto estágio é indizível — disse ele. — Há um nível após o qual a linguagem nos falta. Quando você adentra na região do amor, já não precisa da palavra.

— Espero poder um dia entrar na região do amor — falei sem pensar, mas logo me encabulei. — Quer dizer, para que eu possa ler o Alcorão com um entendimento mais profundo.

Um sorrisinho estranho surgiu na boca de Shams.

— Se isso existir dentro de você, tenho certeza de que conseguirá. Mergulhará na quarta corrente, e então se transformará no rio.

Eu me esquecera daqueles sentimentos contraditórios que Shams era capaz de despertar em mim. A seu lado, eu tanto me sentia como uma garotinha aprendendo sobre a vida quanto como uma mulher, pronta para abrigar a vida dentro do meu ventre.

— O que você quer dizer com "se isso existir dentro de você"? — indaguei. — É como o destino?

— Sim, isso mesmo — concordou Shams.

— Mas o que significa destino?

— Não sei lhe dizer o que é o destino. Mas posso lhe dizer o que o destino não é. Na verdade, há outra regra a respeito disso. *Destino não significa que sua vida foi estritamente pré-determinada. Portanto, deixar tudo nas mãos do acaso, em vez de contribuir ativamente para a música do universo, é um sinal de total ignorância.*

"A música do universo a tudo permeia, e é composta de quarenta diferentes níveis.

"Seu destino é o nível em que você tocará sua melodia. Você não pode trocar o instrumento, mas o quão bem tocará é algo que está inteiramente em suas mãos."

Eu devo ter lhe lançado um olhar confuso, porque Shams se sentiu na obrigação de explicar. Pousou a mão na minha, apertando de leve. Com seus olhos escuros, brilhantes, me disse:

— Deixe que eu lhe conte uma história.

E eis o que ele me contou:

Um dia, uma jovem perguntou a um dervixe o que era destino. "Venha comigo", respondeu o dervixe. "Vamos observar o mundo juntos." Logo, encontraram uma procissão. Um assassino estava sendo levado para ser enforcado na praça. O dervixe perguntou: "Esse homem vai ser executado. Mas foi porque alguém lhe deu o dinheiro com o qual ele comprou a arma do crime? Ou porque ninguém evitou que ele cometesse o crime? Ou é porque alguém o agarrou depois? Onde, neste caso, está a causa e o efeito?".

Eu interrompi, cortando a história, e falei:

— Aquele homem vai ser enforcado porque fez alguma coisa terrível. Ele está pagando pelo que fez. Eis a causa e eis, também, o efeito. Há coisas boas e coisas ruins, e existe a diferença entre as duas.

— Ah, minha doce Kimya — disse Shams, falando baixo, como se de repente estivesse cansado. — Você gosta das distinções porque acha que assim a vida fica mais fácil. E se as coisas não forem sempre assim tão claras?

— Mas Deus quer que sejamos claros. Caso contrário, não haveria noção do que é *haram* ou *halal*. Não haveria inferno, nem paraíso. Imagine se não fosse possível atemorizar as pessoas com o inferno, ou encorajá-las com a ideia de céu. O mundo seria muito pior.

Flocos de neve começaram a dançar ao vento, e Shams se inclinou para apertar meu xale. Por um segundo, fiquei paralisada, sentindo seu cheiro. Era uma mistura de sândalo e âmbar suave, com um toque leve, ácido, por trás, como o aroma da terra e da chuva. Senti um calor na boca do estômago e uma onda de desejo entre as pernas. Foi, ao mesmo tempo, muito e nem um pouco constrangedor.

— No amor, as fronteiras são imprecisas — falou Shams, olhando-me com um misto de pena e preocupação.

Estaria ele falando do amor a Deus ou do amor entre um homem e uma mulher? Será que se referia a nós dois? E haveria essa coisa chamada "nós dois"?

Desconhecendo meus pensamentos, Shams continuou:

— Não me importo com *haram* ou *halam*. Preferia extinguir o fogo do inferno e incendiar o céu, para que as pessoas comecem a amar a Deus tendo como única razão o amor.

— Você não deve sair por aí dizendo essas coisas. As pessoas são más. Nem todos entenderiam — falei, sem me dar conta de que deveria pensar melhor nessa advertência, antes que seu verdadeiro significado fosse absorvido por mim.

Shams deu um riso corajoso, quase desafiador. Eu deixei que ele me mantivesse junto a ele, sentindo sua palma quente e pesada contra a minha.

— Talvez você esteja certa, mas não acha que é justamente por isso que tenho razão em falar? Além disso, as pessoas de mente mesquinha são, de qualquer modo, surdas. Para seus ouvidos moucos, tudo o que eu digo é pura blasfêmia.

— Mas para mim, tudo o que você diz é pura doçura!

Shams me olhou sem acreditar, quase com espanto. Mas eu estava mais chocada do que ele. Como pudera dizer uma coisa daquela? Será que eu perdera a noção das coisas? Devia estar possuída por um djinn ou coisa parecida.

— Desculpe. Preciso ir, agora — falei, pondo-me de pé, em um pulo.

Com o rosto ardendo de vergonha, o coração aos pulos com tudo o que dissera e com o que não chegara a dizer, saí correndo do pátio em direção aos fundos da casa. Mas, enquanto corria, já sabia que uma fronteira tinha sido transposta. Depois daquele instante, eu não podia mais ignorar a verdade que já conhecia desde o princípio: eu estava apaixonada por Shams de Tabriz.

Shams

KONYA, JANEIRO DE 1246

Bobagens e mexericos fazem parte da natureza de muita gente. Ouvi os rumores a meu respeito. Desde que vim para Konya, foram muitos. Isso não me surpreende. Embora esteja dito no Alcorão que a calúnia é um dos piores pecados que existem, a maioria das pessoas não faz o menor esforço para evitá-la. Sempre condenam aqueles que bebem vinho, e vivem em busca das mulheres adúlteras para apedrejá-las, mas quando se trata de maledicência, que é um pecado muito maior aos olhos de Deus, não se importam nem um pouco com nenhum malfeito.

Tudo isso me faz lembrar uma história.

Um dia, um homem chegou correndo até um sufi e disse, ofegante: "Veja, estão carregando bandejas, olhe só para ali!".

O sufi respondeu calmamente: "E o que temos com isso? Tem algo a ver comigo?".

"Mas eles estão levando as bandejas para a sua casa!", exclamou o homem.

"Então, o que você tem a ver com isso?", retrucou o sufi.

Infelizmente, as pessoas sempre reparam nas bandejas dos outros. Em vez de se preocupar com os próprios negócios, julgam os demais. Não me canso de me espantar com as coisas que inventam! Não há limite para a imaginação deles, quando se trata de suspeita e calúnia.

Parece que há gente nesta cidade que acredita que sou o comandante secreto dos Assassinos. Alguns vão mais longe e garantem que eu sou filho do último imã ismaelita de Alamute. Dizem que sou tão versado em magia maligna e feitiçaria que qualquer um a quem eu rogar praga cairá morto instantaneamente. Outros chegam a fazer acusações ultrajantes de que eu pus um feitiço em Rumi. Para ter certeza de que ele não quebrará o encanto, eu o forço a beber sopa de cobra todos os dias ao nascer do sol!

Quando ouço esses absurdos, eu rio e me afasto. O que mais poderia fazer? Que mal pode atingir um dervixe, se derivar da amargura alheia? Se o mundo inteiro fosse engolido pelo mar, que importância teria para um pato?

Contudo, vejo que as pessoas à minha volta estão preocupadas, principalmente Sultan Walad. Ele é um jovem tão brilhante que tenho certeza de que um dia se tornará o braço direito do pai. E há também Kimya, a doce Kimya... Ela, também, parece preocupada. Mas a pior coisa dessas intrigas é que também recaem sobre Rumi. Ao contrário de mim, Rumi não está acostumado a que falem mal dele. Fico aflito ao ver como ele se angustia com as palavras das pessoas ignorantes. Maulana tem uma enorme beleza interior. Eu, por outro lado, tenho tanto a beleza quanto a feiura. Para mim, é mais fácil do que para ele lidar com a feiura dos outros. Mas como pode um estudioso erudito, acostumado a conversas sérias e conclusões lógicas, lidar com o falatório dessa gente ignorante?

Não admira que o profeta Maomé tenha dito: "Neste mundo, tenha pena de três tipos de pessoas: o homem rico que perdeu sua fortuna, o homem respeitado que foi desonrado e o homem sábio que está cercado de ignorantes".

Mas, mesmo assim, ainda acho que pode haver algum benefício para Rumi em tudo isso. A calúnia fere, mas é um elemento necessário para sua transformação interior. A vida toda ele foi admirado, respeitado, imitado, tendo uma reputação acima de qualquer mácula. Ele não sabe como é ser mal interpretado e criticado por outrem. E tampouco foi atingido pela vulnerabilidade e pela solidão que as pessoas sentem de quando em quando. Seu ego jamais foi tisnado, nem minimamente ferido, por outras pessoas. Mas ele precisa disso. Por mais doloroso que seja, ser caluniado acaba sendo benéfico na caminhada da pessoa. É a Regra Número Trinta. *O verdadeiro sufi é de tal forma que, ao sofrer uma acusação injusta, ao ser atacado e condenado por todos os lados, ele tudo suporta, sem proferir uma única palavra negativa em relação a seus críticos. Um sufi jamais distribui culpa. Como pode haver oponentes ou rivais, ou mesmo "outros", se acima de tudo não existe o "eu"?*

Como pode haver alguém a quem culpar, se o que existe é só o Uno?

Ella

NORTHAMPTON, 17 DE JUNHO DE 2008

Bem-amada Ella,

Você teve a gentileza de me pedir para lhe contar mais. Francamente, para mim não é fácil escrever sobre esse período da minha vida, porque isso traz de volta lembranças indesejadas. Mas aí vai:

Depois da morte de Margot, minha vida sofreu uma transformação drástica. Eu me perdi em meio a um grupo de viciados, tornando-me um frequentador assíduo de festas que duravam a noite toda e boates de Amsterdã onde nunca estivera antes, buscando consolo e compaixão em todos os lugares errados. Tornei-me uma criatura noturna, fazendo amizade com as pessoas erradas, acordando na cama de estranhos e perdendo mais de onze quilos em poucos meses.

Na primeira vez que cheirei heroína, vomitei e fiquei tão enjoado que passei o dia todo sem conseguir levantar a cabeça. Meu corpo tinha rejeitado a droga. Era um sinal, mas eu não estava em condições de entendê-lo. Quase sem perceber, parei de cheirar a droga e passei a injetar. Maconha, haxixe, ácido, cocaína — eu experimentava tudo o que me viesse às mãos. Não demorou muito para que ficasse péssimo, mental e fisicamente. Tudo o que eu fazia, fazia para ficar muito louco.

E quando estava louco, eu planejava as formas mais espetaculares de me matar. Cheguei até a tentar cicuta, à maneira de Sócrates, mas ou a droga não fez efeito em mim, ou a erva escura que comprei na porta dos fundos de um restaurante chinês era uma planta comum. Talvez tenham me vendido algum tipo de chá verde, rindo depois às minhas custas. Várias manhãs acordei em lugares desconhecidos, com alguém na cama ao meu lado, mas com o mesmo vazio me consumindo por dentro. As mulheres cuidavam de mim. Algumas eram mais jovens do que eu, outras muito mais velhas. Eu vivia na casa delas, dormia em suas camas, me hospedava em suas casas de campo, comia a comida que elas cozinhavam, usava as roupas de seus maridos, fazia compras com os cartões de crédito delas e me recusava a dar em troca um fiapo que fosse do amor que me pediam, e que sem dúvida mereciam.

A vida que eu escolhera rapidamente cobrou o troco. Perdi o emprego, os amigos e finalmente o apartamento onde eu e Margot tínhamos passados tantos dias felizes. Quando ficou claro que eu não poderia mais sustentar aquele estilo de vida, hospedei-me em abrigos, onde tudo era coletivo. Passei mais de quinze meses em um abrigo em Roterdã. Não havia portas na construção, nem do lado de fora nem do lado de dentro, nem mesmo no banheiro. Dividíamos tudo. Canções, sonhos, trocados, drogas, comida, cama... tudo, menos a dor.

Após anos levando aquela vida de drogas e depravação, cheguei ao fundo do poço, tornando-me uma sombra do homem que fora antes. Certa manhã, quando estava lavando o rosto, olhei bem para o espelho. Nunca vira ninguém tão jovem e que estivesse tão exausto e tão triste. Voltei para a cama e chorei como uma criança. Naquele mesmo dia, remexi nas caixas onde guardava os pertences de Margot. Seus livros, roupas, discos, pregadores de cabelo, anotações, fotografias — uma a uma, me despedi de todas aquelas lembranças. Depois, botei-as de volta nas caixas e doei para os filhos dos imigrantes dos quais ela tanto cuidara. Estávamos em 1977.

Com a ajuda de conhecidos, enviados por Deus, consegui emprego como fotógrafo em uma conhecida revista de viagem. Foi assim que embarquei para o Norte da África, com uma mala de lona e uma foto emoldurada de Margot, fugindo do homem que me tornara.

Então, um antropólogo britânico que conheci no Atlas Saariano me deu uma ideia. Ele perguntou se eu já tinha pensado em me tornar o primeiro fotógrafo ocidental a penetrar nas cidades mais sagradas do Islã. Eu não sabia sobre o que ele estava falando. Explicou que havia uma lei saudita que proibia terminantemente que não muçulmanos entrassem em Meca e Medina. Nem cristãos nem judeus eram permitidos, e a pessoa teria de dar um jeito de entrar lá para fazer fotos. Se fosse apanhado, poderia ir para a cadeia, ou coisa pior. A emoção de entrar em um território proibido, realizando algo que ninguém antes tinha conseguido, a onda de adrenalina, para não falar da fama e do dinheiro que resultariam da empreitada... Fui atraído pela ideia como uma abelha para um pote de mel.

O antropólogo disse que eu não poderia fazer isso sozinho, e que precisaria de contatos. Ele sugeriu que eu procurasse as irmandades sufis da região. *Nunca se sabe, pode ser que eles concordem em ajudar*, dissera ele.

Eu não sabia nada sobre sufismo, e não dava a mínima para o assunto. Desde que eles pudessem me ajudar, eu ia achar ótimo encontrar os sufis. Para mim, eles eram apenas um meio de alcançar um objetivo. Mas, naquela época, tudo e todos eram isso.

A vida é estranha, Ella. No final das contas, nunca fui a Meca ou a Medina. Nem naquela época, nem depois. Nem mesmo quando me converti ao islamismo. O destino me levou por uma rota completamente diferente, cheia de curvas e desvios, cada uma delas provocando em mim transformações tão profundas e irrevogáveis que, depois de um tempo, o destino original deixou de ter importância. Embora motivado no começo por razões do mais puro materialismo, quando a jornada chegou ao fim, eu me transformara em outro homem.

Quanto aos sufis, quem poderia imaginar que aquilo que eu vira no início como um meio visando a um fim iria se transformar em um fim em si mesmo? Chamo a essa parte da minha vida meu encontro com a letra U da palavra "sufi".

Com amor,
Aziz

Rosa do Deserto, a prostituta

KONYA, FEVEREIRO DE 1246

Bastante soturno e gélido, o dia em que deixei o bordel foi o mais frio em quarenta anos. As ruas estreitas, tortuosas, brilhavam com a neve recém-caída, e pingente afiados de gelo pendiam dos telhados das casas e dos minaretes das mesquitas, em uma beleza perigosa. No meio da tarde, o frio se tornara tão severo que havia gatos congelados nas ruas, com seus bigodes transformados em fios de gelo, e vários barracos tinham desabado sob o peso da neve. Depois dos gatos de rua, quem mais sofreu em Konya foram os desabrigados. Havia meia dúzia de corpos congelados — todos encolhidos em posição fetal, com sorrisos beatíficos nos rostos, como se esperassem renascer para uma vida melhor e mais cálida.

No final da tarde, quando todos faziam a sesta antes que começasse a agitação da noite, eu me esgueirei para fora do meu quarto. Levei umas poucas roupas simples, deixando para trás vestidos de seda e acessórios que usava para alguns clientes especiais. O que quer que tivesse sido obtido no bordel, no bordel tinha de ficar.

Quando estava no meio da escada, vi Magnolia parada na porta principal, mastigando as folhas marrons nas quais era viciada. Mais velha do que todas as moças do bordel, ultimamente ela vinha se queixando de calores. À noite, eu a ouvia se mexendo e se virando na cama. Não era segredo que sua fecundidade estava secando. Garotas mais jovens brincavam dizendo que tinham inveja de Magnolia, porque ela não ia mais precisar se preocupar com menstruação, gravidez, abortos, e podia dormir com um homem todos os dias do mês, mas todas sabíamos que uma prostituta mais velha tinha poucas chances de sobreviver.

Assim que vi Magnolia parada ali, soube que só tinha duas opções: ou voltava para o quarto e esquecia a ideia da fuga, ou atravessava a porta e enfrentava as consequências. Meu coração escolheu a segunda.

— Olá, Magnolia, está se sentindo melhor? — perguntei, adotando o que me parecia um tom casual e relaxado.

O rosto de Magnolia se iluminou, mas logo tornou a se fechar quando ela viu a sacola na minha mão. Não adiantava mentir. Ela sabia que a patroa me proibira de deixar o quarto, quanto mais sair do bordel.

— Você está indo embora? — perguntou Magnolia, sem fôlego, como se a pergunta lhe desse medo.

Não falei nada. Agora, ela é que tinha de escolher. Podia me barrar e alertar a todos sobre meu plano, ou simplesmente me deixar sair. Magnolia ficou me olhando, com a expressão grave e amarga.

— Volte para seu quarto, Rosa do Deserto — falou. — A patroa vai mandar Cabeça de Chacal atrás de você. Não sabe o que ele fez com a...?

Mas ela não terminou a frase. Aquela era uma das regras não escritas do bordel. Nunca mencionávamos as histórias das garotas infelizes que tinham trabalhado aqui e que haviam morrido cedo; nos raros momentos em que falávamos delas, tínhamos o cuidado de não dizer seus nomes. Não devíamos perturbá-las em seus túmulos. Essas moças já tinham levado uma vida muito dura. Era melhor deixá-las descansar em paz.

— Mesmo que você consiga escapar, como vai fazer para se sustentar? — insistiu Magnolia. — Vai morrer de fome.

O que eu via nos olhos dela era medo — não o medo de que eu pudesse fracassar e ser punida pela patroa, mas o medo de que tivesse êxito. Eu estava a ponto de fazer a única coisa com que ela sempre sonhara, mas jamais ousara levar adiante, e agora ela tanto me respeitava quanto me odiava pela minha audácia. Senti uma pontada momentânea de dúvida, e teria desistido se a voz de Shams de Tabriz não continuasse ecoando em minha cabeça.

— Deixe-me passar, Magnolia — falei. — Não fico aqui nem mais um dia.

Depois de ser surrada por Baybars e de ver a morte face a face, sentia que algo dentro de mim havia se transformado de forma irreversível. Era como se não restasse nenhum medo em mim. De um jeito ou de outro, eu não me importava. Estava decidida a dedicar o que me restava de vida a Deus. Se fosse por um dia ou por mais muitos anos, não tinha importância. Shams de Tabriz tinha dito que a fé e o amor transformam as pessoas em heróis, porque tiram todo o medo e a ansiedade de seus corações. Eu começava a compreender o que ele queria dizer.

E o estranho é que Magnolia entendeu também. Ela me lançou um longo e doloroso olhar, e, lentamente, se afastou para o lado, abrindo caminho para mim.

Ella

NORTHAMPTON, 19 DE JUNHO DE 2008

Bem-amada Ella,

Obrigada por tanta compaixão. Fico feliz que tenha apreciado minha história e que esteja refletindo muito sobre ela. Não estou acostumado a falar sobre meu passado, e me senti curiosamente mais leve após compartilhá-lo com você.

Passei o verão de 1977 com um grupo de sufis em Marrocos. Meu quarto era branco, pequeno e simples. Tinha só o mínimo necessário: um colchão, uma lâmpada a óleo, um rosário de âmbar, um vaso de flores na janela, um amuleto contra mau-olhado e uma escrivaninha de nogueira com um livro de poemas de Rumi na gaveta. Não havia telefone, televisão, relógio nem eletricidade. Eu não me importava. Tendo vivido em abrigos durante anos, não via por que não poderia sobreviver em um alojamento de dervixes.

Na minha primeira noite, mestre Sameed veio até meu quarto para me ver. Disse que eu era mais do que bem-vindo naquela casa, até estar pronto para ir a Meca. Mas com uma condição: nada de drogas!

Lembro-me de ter sentido o rosto corar, como uma criança flagrada com a mão no pote de biscoito. Como é que eles sabiam? Será que tinham vasculhado minha mala enquanto eu estava fora? Nunca vou esquecer o que o mestre disse em seguida:

— Não precisamos vasculhar suas coisas para saber que você usa drogas, irmão Craig. Você tem olhos de viciado.

E o mais incrível, Ella, é que até então eu nunca me considerara um viciado. Tinha certeza de que possuía total controle e que as drogas me ajudavam a enfrentar os problemas.

— Anestesiar a dor não é a mesma coisa que curá-la — disse mestre Sameed. — Quando a anestesia passa, a dor ainda está lá.

Eu sabia que ele tinha razão. Com uma determinação pretensiosa, entreguei todas as drogas que trazia comigo, até meu remédio para dormir. Mas logo ficou claro que minha resolução não era forte o suficiente para me ajudar a atravessar o que viria. Durante os quatro meses em que fiquei naquele pequeno alojamento, quebrei a promessa e me desviei muito mais de uma dúzia de vezes. Para aquele que escolhia a intoxicação no lugar da sobriedade, não era difícil encontrar drogas, mesmo sendo um estrangeiro. Certa noite, cheguei ao alojamento completamente bêbado e encontrei todas as portas trancadas por dentro. Tive de dormir no jardim. No dia seguinte, mestre Sameed não me perguntou nada, nem eu me desculpei.

Com exceção desses incidentes vergonhosos, eu consegui conviver bem com os sufis, desfrutando da calma que recaía sobre o alojamento quando anoitecia. Estar lá era estranho, mas incrivelmente pacífico, e embora eu estivesse acostumado a viver sob o mesmo teto com muita gente, lá havia algo que nunca experimentara antes: a paz interior.

À primeira vista, levávamos uma vida coletiva, em que todos comiam, bebiam e realizavam as mesmas atividades juntos, mas, no fundo, esperavam que ficássemos sozinhos e nos encorajavam a isso, assim como a olhar para nosso interior. No caminho sufi, primeiro você descobre a arte de estar sozinho no meio da multidão. Depois, descobre a multidão dentro da solidão — as vozes dentro de você.

Enquanto esperava que os sufis de Marrocos me ajudassem a entrar em Meca e Medina, eu lia muita filosofia e poesia sufi, primeiro para matar o tédio e por falta de coisa melhor para fazer, e depois com crescente interesse. Como um homem que não se dera conta do quanto estava com sede até dar o primeiro gole de água, descobri que meu encontro com o sufismo me fez ansiar por mais. De todos os livros que li naquele longo verão, o que mais me impactou foi uma coletânea de poemas de Rumi.

Três meses depois, subitamente, mestre Sameed disse que eu o fazia lembrar-se de uma pessoa — um dervixe itinerante chamado Shams de Tabriz. Ele falou que algumas pessoas consideravam Shams um herege insolente, mas que se alguém perguntasse a opinião de Rumi, ouviria que ele era o sol e a lua.

Fiquei intrigado. Mas foi mais do que simples curiosidade. Ao ouvir mestre Sameed falar mais sobre Shams, senti um frio na espinha, uma incrível sensação de déjà-vu.

Você vai pensar que estou louco. Mas juro por Deus que, naquele instante, ouvi um rumor de seda ao fundo, primeiro a distância, depois se aproximando, e percebi a sombra de uma pessoa que não estava ali. Talvez fosse a brisa da noite nos galhos, ou o som das asas de um anjo. Seja como for, de repente entendi que não precisava ir a lugar nenhum. Não mais. Estava exausto de sempre ansiar por estar em outra parte, em algum lugar diferente, sempre com pressa, mesmo sem querer.

Eu já estava onde queria estar. O que precisava era ficar e olhar para dentro. A essa nova fase da minha vida eu chamo de meu encontro com a letra f da palavra "sufi".

Com amor,
Aziz

Shams

KONYA, FEVEREIRO DE 1246

Baixas e cinzentas eram as nuvens daquele dia que prometia ser agitado e cuja manhã passou mais rápido do que de costume. Encontrei Rumi em seu quarto no final da tarde, sentado perto da janela, com a testa franzida em contemplação, e os dedos se movendo, inquietos, pelas contas de um rosário. O aposento estava na penumbra, por causa das pesadas cortinas de veludo, que estavam meio fechadas, e havia uma estranha faixa de luz do dia recaindo sobre o ponto onde Rumi estava sentado, dando a toda a cena uma atmosfera de sonho. Fiquei pensando se Rumi enxergaria a verdadeira intenção por trás da pergunta que eu iria lhe fazer, ou se ficaria chocado ou aborrecido.

Enquanto estava ali de pé, absorvendo a serenidade do momento, mas também me sentindo um pouco nervoso, tive uma visão. Vi Rumi, uma versão muito mais velha e frágil dele, envolto em uma túnica verde-escura, sentado exatamente no mesmo lugar, aparentando mais generosidade e compaixão do que nunca, mas com uma cicatriz permanente, com meu formato, gravada em seu coração. Entendi duas coisas imediatamente: Rumi passaria sua velhice nesta mesma casa. E o ferimento provocado por minha ausência jamais teria cura. Vieram-me lágrimas aos olhos.

— Você está bem? Está pálido — disse Rumi.

Forcei um sorriso, mas o fardo do que eu planejava dizer me pesava fortemente nos ombros. Minha voz saiu um pouco rouca, e com menos força do que eu queria.

— Não exatamente. Estou com muita sede, e não há nada nesta casa que mate minha sede.

— Quer que eu peça a Kerra para ver o que ela pode fazer? — ofereceu Rumi.

— Não. Porque o que eu preciso não está na cozinha. Está na taberna. Estou querendo me embriagar, sabe?

Fingi não ver a sombra de incompreensão que cruzou o rosto de Rumi e continuei:

— Em vez de ir até a cozinha para pegar água, você iria até a taberna pegar vinho?

— Você está dizendo que quer que eu vá pegar vinho para você? — perguntou Rumi, pronunciando as últimas palavras devagar, como se com medo de quebrá-las.

— Isso mesmo. Adoraria que você fosse pegar um pouco de vinho para nós. Duas garrafas seriam o suficiente, uma para você, uma para mim. Mas faça-me um favor. Quando for à taberna, não se limite a pegar as garrafas e voltar. Fique lá por algum tempo. Converse com as pessoas. Estarei esperando por você aqui. Não precisa ter pressa.

Rumi me lançou um olhar que era meio irritado, meio espantado. Recordei o rosto do noviço de Bagdá que quis me acompanhar, mas que se importava demais com a própria reputação para dar esse mergulho. A preocupação dele com a opinião alheia o contivera. Agora, eu me perguntava se essa preocupação iria conter Rumi também.

Mas, para meu enorme alívio, Rumi se levantou e aquiesceu.

— Nunca estive em uma taberna antes e nunca bebi vinho. Não acho que beber é a coisa certa a se fazer. Mas confio completamente em você, porque acredito no amor entre nós. Deve haver uma razão para você ter feito esse pedido. Preciso descobrir que motivo é esse. Irei até lá e trarei o vinho.

E, assim, ele se despediu e saiu.

Assim que ele se foi, eu caí ao chão em um estado de profundo êxtase. Agarrando o rosário de âmbar que Rumi deixara para trás, agradeci a Deus muitas e muitas vezes por me ter dado um companheiro verdadeiro, e rezei para que aquela bela alma jamais voltasse a ficar sóbria da embriaguez do Amor Divino.

PARTE QUATRO

FOGO

AS COISAS QUE DANIFICAM, DEVASTAM E DESTROEM

Suleiman, o bêbado

KONYA, FEVEREIRO DE 1246

Bêbado de vinho, eu já tivera muitas loucas alucinações sob efeito de álcool, mas ver o grande Rumi entrar pela porta da taberna foi realmente insano, mesmo para mim. Eu me belisquei, mas a visão não desapareceu.

— Ei, Hristos, o que foi que você me deu para beber, homem? — gritei. — Aquela última garrafa de vinho devia ser muito poderosa. Você não imagina o que eu estou vendo neste instante.

— Cale a boca, seu idiota — sussurrou alguém atrás de mim.

Olhei em torno, para ver quem tinha me mandado calar a boca, e me surpreendi ao descobrir que todos os homens na taberna, incluindo Hristos, estavam olhando boquiabertos para a porta. Descera sobre o ambiente um silêncio sepulcral, e até o cachorro da taberna, Saqui, parecia perplexo, ali deitado com as orelhas grudadas no chão. O mercador de tapetes persas tinha parado de cantar aquelas melodias horrorosas que ele chamava de canções. Em lugar disso, ele balançava o corpo, com o queixo erguido e aquela seriedade exagerada dos bêbados que tentam parecer sóbrios.

Foi Hristos que rompeu o silêncio.

— Bem-vindo à minha taberna, Maulana — disse ele, em um tom educadíssimo. — É uma honra ter o senhor sob o meu teto. Como posso ajudá-lo?

Pisquei várias vezes, ao finalmente me dar conta de que era de fato Rumi que estava ali postado.

— Muito obrigado — falou Rumi, com um sorriso largo, porém constrangido. — Eu gostaria de comprar vinho.

O pobre Hristos ficou tão espantado ao ouvir isso, que seu queixo caiu. Quando conseguiu se recuperar, conduziu Rumi até a mesa vaga mais próxima, que era justamente ao lado da minha!

— *Salaam Aleikum* — cumprimentou-me Rumi, ao se sentar.

Eu respondi ao cumprimento, falando algumas amenidades, mas não tenho certeza se as palavras saíram corretas. Com sua expressão tranquila, sua túnica cara e o elegante cafetã marrom-escuro, Rumi parecia inteiramente deslocado.

Eu me inclinei para a frente e, falando bem baixinho, perguntei:

— Seria uma indelicadeza de minha parte perguntar o que uma pessoa como o senhor está fazendo aqui?

— Estou sendo posto à prova à moda dos sufis — respondeu Rumi, piscando para mim como se fôssemos melhores amigos. — Fui mandado até aqui por Shams, para que minha reputação seja arruinada.

— E isso é uma coisa boa? — indaguei.

Rumi riu.

— Bem, depende da forma como você encara. Às vezes é preciso destruir todos os laços, a fim de superar seu próprio eu. Se somos apegados demais à nossa família, à nossa posição na sociedade, até mesmo à escola ou à mesquita locais, chegando a um ponto em que isso se torna um empecilho para nossa União com Deus, então precisamos romper esses laços.

Não tive certeza se estava entendendo direito, mas, de algum modo, aquela explicação fez todo sentido para minha mente confusa. Eu sempre suspeitara de que os sufis eram um bando de malucos bizarros capazes de todo tipo de excentricidades.

Então foi a vez de Rumi se inclinar e, também aos sussurros, perguntar:

— Seria uma indelicadeza de minha parte perguntar como você ficou com essa cicatriz no rosto?

— Temo que não seja uma história muito interessante — falei. — Eu estava indo a pé para casa, à noite, e esbarrei com um guarda, que me bateu até não poder mais.

— Mas por quê? — perguntou Rumi, parecendo genuinamente preocupado.

— Porque eu tinha bebido vinho — respondi, apontando para a garrafa que Hristos tinha acabado de botar na frente de Rumi.

Rumi balançou a cabeça. A princípio, ele pareceu inteiramente atordoado, como se não acreditasse que coisas assim pudessem acontecer, mas logo sua boca se abriu em um sorriso amistoso. E, assim, continuamos a conversar. Comendo pão com queijo de cabra, falamos sobre fé e amizade e sobre outras coisas da vida que eu considerava esquecidas, e que agora me regozijava de desenterrar do meu coração.

Um pouco depois do pôr do sol, Rumi levantou-se para ir embora. Todos na taberna se levantaram para se despedir dele. Foi uma cena e tanto.

— O senhor não pode ir embora sem nos dizer por que o vinho foi proibido — falei.

Hristos correu para junto de mim, com a testa franzida, temendo que minha pergunta pudesse aborrecer seu prestigioso cliente.

— Fique calado, Suleiman. Por que você precisa fazer essas perguntas?

— Mas é sério — insisti, encarando Rumi. — Você nos viu. Não somos pessoas más, mas é isso que falam de nós o tempo todo. Agora diga-me, o que há de tão errado em beber vinho, se nós nos comportarmos e não machucarmos ninguém?

Apesar de uma janela aberta em um dos cantos, o ar da taberna se tornara úmido e enfumaçado, além de pesado de expectativa. Reparei que todos estavam curiosos para ver qual seria a resposta. Pensativo, gentil, grave, Rumi caminhou em minha direção, e eis o que ele falou:

Se o bebedor de vinho
Tem uma profunda gentileza dentro de si,
Ele demonstrará isso quando estiver bêbado.
Mas se tiver raiva ou arrogância ocultas,
Estas aparecerão.
E, como a maioria tem,
O vinho é proibido para todos.

Houve um momento de silêncio, enquanto todos nós refletíamos sobre essas palavras.

— Meus amigos, o vinho não é uma bebida inocente — disse Rumi, dirigindo-se a nós com uma voz diferente, tão enfática e ao mesmo tempo serena e firme —, porque ele ressalta o que temos de pior. Acredito que é melhor nos abstermos de beber. Porém, não podemos culpar o álcool por coisas pelas quais nós é que somos responsáveis. É nossa arrogância e nosso ódio que precisamos trabalhar. Isso é o mais urgente. No final das contas, quem quiser beber, beberá, e quem quiser se manter longe do vinho, o fará. Não temos o direito de impor nossos costumes aos outros. Não há coerção na religião.

Essa fala provocou acenos de cabeça entusiasmados por parte de alguns clientes. Eu, por minha vez, preferi erguer o copo, na crença de que nenhum dito sábio deve ficar sem um brinde.

— O senhor é um bom homem, com um grande coração — falei. — Não importa o que disserem sobre o que fez hoje, e tenho certeza de que vão falar muita coisa, acho que, como pregador, foi muito corajoso de sua parte ter vindo até a taberna e conversar conosco sem fazer julgamentos.

Rumi me lançou um olhar amistoso. Depois, pegou as garrafas de vinho que deixara intocadas e saiu em meio à brisa da noite.

Aladim

KONYA, FEVEREIRO DE 1246

Brutal era minha ansiedade, já que nas últimas três semanas eu vinha esperando pelo momento certo de pedir a meu pai a mão de Kimya em casamento. Já passei muitas horas conversando com ele em pensamento, dizendo a mesma coisa de maneiras diferentes, procurando uma melhor forma de me expressar. Tinha uma resposta pronta para qualquer objeção que ele pudesse fazer. Se ele dissesse que Kimya e eu somos como irmãos, eu alegaria que não temos laços de sangue. Sabendo o quanto meu pai ama Kimya, eu também planejava dizer que, se ele concordasse com nosso casamento, ela não teria de ir morar em outro lugar e poderia ficar conosco para o resto da vida. Tinha tudo pronto na minha cabeça, apenas não conseguia ficar um momento a sós com meu pai.

Mas então, nesta noite, dei com ele na pior situação possível. Eu ia sair de casa para encontrar com amigos, quando a porta se abriu com um rangido e meu pai surgiu, segurando uma garrafa de vinho em cada mão.

Fiquei paralisado, boquiaberto.

— Pai, o que é isso que você está carregando? — perguntei.

— Ah, isso! — respondeu meu pai, sem o menor sinal de constrangimento. — É vinho, meu filho.

— É mesmo? — indaguei. — Então é nisso que se transformou o grande Maulana? Um velho caindo no vinho?

— Cuidado com a língua — disse uma voz aborrecida atrás de mim.

Era Shams. Encarando-me sem piscar, ele falou:

— Isso não é maneira de se dirigir a seu pai. Fui eu que pedi a ele que fosse à taberna.

— Por que será que não estou surpreso? — falei, sem poder conter a ironia.

Se ficou ofendido com meu comentário, Shams não demonstrou.

— Aladim, podemos conversar sobre isso — disse, em tom neutro. — Quer dizer, se você não se deixar cegar pela raiva.

Em seguida, inclinou o rosto para um lado e me disse que eu precisava suavizar meu coração.

— É uma das regras — falou. — *Se você quiser fortalecer sua fé, precisará se suavizar por dentro. Para que sua fé seja sólida como a rocha, seu coração deverá ter a maciez de uma pluma. Através de uma doença, um acidente, uma perda ou um susto, de alguma maneira, todos nós nos deparamos com incidentes que nos ensinam a ser menos egoístas e prontos a julgar e mais generosos e compassivos. Mas, enquanto alguns aprendem a lição e conseguem se tornar mais doces, outros ficam ainda mais duros do que antes. A única forma de se aproximar da Verdade é expandir seu coração, de maneira que ele possa abarcar toda a humanidade e, ainda assim, ter lugar para mais Amor.*

— Não se meta nisso — falei. — Não recebo ordens de dervixes bêbados. Ao contrário de meu pai.

— Aladim, você devia se envergonhar — disse meu pai.

Senti uma forte sensação de culpa no mesmo instante, mas já era tarde. Todo o ressentimento que eu achei que tinha deixado para trás voltou de um jato.

— Não tenho a menor dúvida de que você me odeia tanto quanto diz — proclamou Shams. — Mas acho que não deixou de amar seu pai, nem por um minuto. Não vê que o está magoando?

— E você, não vê que está arruinando nossas vidas? — retruquei.

Foi quando meu pai deu um passo à frente, os lábios apertados em uma linha rígida, a mão direita erguida acima da cabeça. Pensei que fosse me esbofetear, mas como ele não o fez, como se recusou a fazê-lo, fiquei ainda mais inquieto.

— Você me envergonha — disse meu pai, sem me olhar no rosto.

Meus olhos se encheram de lágrimas. Virei o rosto e dei de cara com Kimya. Há quanto tempo ela estava ali, no canto, observando-nos com seus olhos atemorizados? O quanto da discussão escutou?

A vergonha de ser humilhado por meu pai, diante da mulher com quem queria me casar, revolveu-me o estômago, deixando-me um gosto amargo na boca. Era como se o quarto estivesse rodando em torno de mim, ameaçando desabar.

Sem poder ficar ali nem mais um instante, agarrei meu casaco, empurrei Shams para o lado e disparei para fora da casa, para longe de Kimya, para longe de todos eles.

Shams

KONYA, FEVEREIRO DE 1246

Bagas escuras, ervas silvestres e terra quente eram os aromas que emanavam das garrafas de vinho que havia entre nós. Depois que Aladim saiu, Rumi ficou tão triste que por um tempo nada falamos. Ele e eu saímos para o pátio recoberto de neve. Era uma daquelas noites soturnas de fevereiro, quando o ar está pesado com uma imobilidade peculiar. Ficamos ali, vendo as nuvens se movimentarem, com os ouvidos atentos a um mundo que não nos oferecia nada, a não ser silêncio. O vento nos trouxe uma lufada de florestas distantes, fragrante e almiscarada, e por um instante, acredito, ambos sentimos vontade de ir embora daquela cidade para sempre.

Então, peguei uma das garrafas de vinho. Ajoelhei-me ao lado de uma roseira que estava ali, desfolhada e cheio de espinhos sobre a neve, e comecei a despejar o vinho na terra embaixo do arbusto. O rosto de Rumi se iluminou, e ele deu seu sorriso meio pensativo, meio entusiasmado.

Devagar, de forma espantosa, o pé de roseira reviveu, sua casca se tornando suave como a pele humana. Diante de nossos olhos, nasceu uma única rosa. Enquanto eu continuava despejando o vinho sob o arbusto, a rosa foi tomando uma tonalidade quente, alaranjada.

Em seguida, peguei a segunda garrafa e despejei da mesma forma. A cor alaranjada da rosa se transformou em um vermelho forte, vibrante de vida. Agora, restava apenas o equivalente a uma taça de vinho no fundo da garrafa. Despejei aquele líquido na taça, bebi metade e ofereci a outra metade a Rumi.

Ele tomou a taça com as mãos trêmulas, respondendo a meu gesto com uma reciprocidade radiante, com equanimidade e gentileza, aquele homem que jamais tocara em uma gota de álcool.

— As regras e as proibições da religião são importantes — disse ele. — Mas não devem se transformar em tabus inquestionáveis. É com essa consciência que agora bebo o vinho que você me oferece hoje, acreditando com todo o coração que há uma sobriedade para além da embriaguez do amor.

Quando Rumi se preparava para levar a taça aos lábios, eu a arranquei de sua mão e a atirei ao chão. O vinho se derramou na neve, como gotas de sangue.

— Não beba — falei, já não sentindo a necessidade de continuar a pô-lo à prova daquela maneira.

— Se você não ia me obrigar a beber o vinho, por que me mandou até a taberna? — perguntou Rumi, em um tom mais compassivo que curioso.

— Você sabe o porquê — respondi, sorrindo. — O crescimento espiritual tem a ver com a inteireza da nossa consciência, não com obsessões sobre determinados aspectos. Regra Número Trinta e Dois: *Nada deve se interpor entre você e Deus. Nem imãs, padres, rabinos, nem quaisquer outros guardiões da liderança moral ou religiosa. Nem mestres espirituais, nem mesmo sua própria fé. Acredite em seus valores e suas regras, mas nunca os imponha aos outros. Se você insistir em causar sofrimento às pessoas, a religião que você professa, seja ela qual for, não é boa.*

"Fique longe de qualquer espécie de idolatria, porque ela toldará sua visão. Deixe que Deus, e somente Deus, seja seu guia. Aprenda a Verdade, meu amigo, mas tenha cuidado para não fazer de suas verdades um fetiche."

Eu sempre tinha admirado a personalidade de Rumi, e sempre soubera que sua compaixão, infinita e extraordinária, era aquilo que me faltava na vida. Mas, naquele dia, minha admiração por ele crescera de forma exponencial.

Nosso mundo era cheio de pessoas obcecadas por riqueza, reconhecimento ou poder. Quanto mais símbolos de sucesso obtinham, mais pareciam precisar deles. Gananciosas e ambiciosas, transformavam as posses materiais em sua quibla, sempre mirando nessa direção, sem perceber que se tornavam escravizados pelas coisas que desejavam. Era um padrão comum. Acontecia o tempo todo. Mas era algo raro, raro como os rubis, que um homem que já tivesse subido na vida, um homem que tinha ouro, fama e autoridade, renunciasse à sua posição de um dia para o outro, pondo em perigo sua reputação em nome de uma jornada interior, uma jornada que ninguém poderia dizer onde e como terminaria. Rumi era esse raro rubi.

— Deus deseja que sejamos modestos e despretensiosos — falei.

— E Ele quer ser *conhecido* — acrescentou Rumi, baixinho. — Ele quer que O conheçamos com cada átomo do nosso corpo. É por isso que é melhor estar sóbrio e atento, em vez de ébrio e tonto.

Concordei. Continuamos sentados no jardim, com uma única rosa vermelha entre nós, até que ficasse escuro e frio. Havia, em meio ao gelo da noite, um aroma de algo fresco e doce. O Vinho do Amor fez com que nossas cabeças rodassem um pouco, e foi com alegria e gratidão que percebi que o vento já não sussurrava uma desesperança.

Ella

NORTHAMPTON, 24 DE JUNHO DE 2008

— Bem, querida, abriu um tailandês novo na cidade — disse David. — Dizem que é bom. Que tal irmos lá hoje à noite? Só nós dois.

A última coisa que Ella queria fazer naquela terça era sair para jantar com seu marido. Mas David foi tão insistente que ela não pôde dizer não.

O Silver Moon era um restaurante pequeno, com luminárias estilosas, cabines de madeira, guardanapos pretos e tantos espelhos pendurados junto ao chão que os clientes se sentiam como se estivessem jantando com seus próprios reflexos. Logo, Ella começou a se sentir pouco à vontade ali dentro. Mas não foi o restaurante que a fez se sentir assim. Foi o marido. Percebera, nos olhos de David, um brilho diferente. Alguma coisa estava fora do normal. Ele parecia melancólico — preocupado, mesmo. O que a deixara ainda mais perturbada era que ele tinha gaguejado várias vezes. Ella sabia que, quando seus problemas de fala na infância ressurgiam, era porque David estava muito angustiado.

Uma jovem garçonete, vestida com uma roupa tradicional tailandesa, veio pegar os pedidos deles. David escolheu as vieiras com chili e manjericão, e Ella quis vegetais com tofu em molho de coco, mantendo-se fiel à sua decisão de quadragésimo aniversário de evitar comer carne. Também pediram vinho.

Durante alguns minutos, falaram sobre a decoração sofisticada, discutindo o efeito de guardanapos pretos em comparação com guardanapos brancos. Seguiu-se um silêncio. Vinte anos de casamento, vinte anos dormindo na mesma cama, dividindo o mesmo chuveiro, comendo a mesma comida, criando três filhos... e, no final das contas, só havia silêncio. Ou foi o que Ella pensou.

— Vi que você está lendo Rumi — comentou David.

Ella aquiesceu, mas com alguma surpresa. Não sabia o que a surpreendia mais: ouvir que o marido sabia quem era Rumi ou saber que ele se importava com o que ela estava lendo.

— Comecei a ler a poesia dele para escrever melhor o relatório sobre *Doce blasfêmia*, mas depois fiquei interessada, e agora estou lendo só para mim — disse Ella, à guisa de explicação.

David pareceu importunado por uma mancha de vinho na toalha, e em seguida suspirou, exibindo uma expressão de despedida.

— Ella, eu sei o que está acontecendo — falou. — Eu sei de tudo.

— Do que você está falando? — indagou Ella, embora sem ter certeza se queria ouvir a resposta.

— Do... do seu caso... — gaguejou David. — Estou sabendo.

Ella olhou para o marido, perplexa. Ao brilho da vela que a garçonete tinha acabado de acender para eles, o rosto de David era puro desespero.

— *Caso?!* — exclamou Ella, mais alto e mais rápido do que era sua intenção.

Imediatamente viu que o casal na mesa ao lado se virara na direção deles. Constrangida, abaixou a voz, tornando-a um sussurro, e repetiu:

— Que caso?

— Eu não sou idiota — disse David. — Eu olhei seu e-mail e li o que você escreveu para aquele homem.

— Você fez o quê?! — exclamou Ella.

Ignorando a pergunta, com o rosto contorcido ante o peso daquilo que ia anunciar, David falou:

— Eu não culpo você, Ella. Eu mereço. Eu fui negligente, e você foi buscar compaixão em outro lugar.

Ella baixou a vista para o copo. O vinho tinha uma cor encantadora — um rubi--escuro, profundo. Por um segundo, pensou ter vislumbrado centelhas iridescentes em sua superfície, como um rastro de luzes que a guiasse. E talvez o rastro estivesse *mesmo* ali. Era tudo tão surreal.

David agora estava calado, decidindo qual a melhor forma de revelar o que tinha em mente — ou mesmo se devia fazê-lo.

— Estou pronto para perdoar você e deixar isso para trás — disse ele, afinal.

Havia muitas coisas que Ella queria dizer naquele momento, pungentes e irônicas, tensas e dramáticas, mas ela escolheu a mais fácil. Com os olhos faiscando, perguntou:

— E quanto aos *seus* casos? Você também vai deixar isso para trás?

A garçonete chegou com os pratos. Ella e David se recostaram, observando enquanto ela punha a comida sobre a mesa e completava as taças de vinho com polidez exagerada. Quando ela finalmente se afastou, David encarou Ella e falou:

— Quer dizer que então é isso? Foi uma vingança?

— Não — respondeu Ella, balançando a cabeça, desapontada. — Não é de vingança que estamos falando. Nunca foi.

— Então o que *é*?

Ella cruzou as mãos, sentindo como se todos no restaurante — clientes, garçons, cozinheiros e até o peixe tropical dentro do tanque — tivessem parado para ouvir o que tinha a dizer.

— É amor — falou, finalmente. — Eu amo Aziz.

Ella esperava que o marido fosse rolar de rir. Mas, quando conseguiu reunir coragem para olhá-lo nos olhos, só viu horror em seu rosto, rapidamente substituído pela expressão de alguém tentando resolver um problema com o mínimo de dano. De repente, ela teve um momento de iluminação. "Amor" era uma palavra séria, carregada e incomum para ela — uma mulher que falara tanta coisa negativa a respeito do amor, no passado.

— Nós temos três filhos — disse David, com a voz falhando.

— Sim, e eu amo muito os três — retrucou Ella, sentindo um peso nos ombros. — Mas eu também amo Aziz...

— Pare de usar essa palavra — interveio David. Ele deu um grande gole antes de tornar a falar: — Eu cometi grandes erros, mas nunca deixei de amar você, Ella. E nunca amei mais ninguém. Nós dois podemos aprender com os nossos erros. De minha parte, posso garantir a você que isso não vai acontecer de novo. Você não vai precisar mais sair por aí à procura de amor.

— Eu não saí à procura de amor — murmurou Ella, mais para si mesma do que para ele. — Rumi diz que não precisamos perseguir o amor fora de nós. Só temos de eliminar as barreiras internas que nos afastam do amor.

— Ai, meu Deus! O que deu em você? Parece outra pessoa! Pare de ser tão romântica, está bem? Volte a ser você mesma — falou David, irritado —, por favor!

Ella franziu a testa e observou as próprias unhas, como se algo nelas a perturbasse. Na verdade, lembrara-se de outro momento em que ela própria dissera praticamente as mesmas palavras para a filha. Sentiu como se um círculo se completasse. Balançando a cabeça devagar, pôs de lado o guardanapo.

— Podemos ir agora? — perguntou. — Não estou com fome.

Naquela noite, eles dormiram em camas separadas. E, de manhã cedo, a primeira coisa que Ella fez foi escrever uma carta para Aziz.

O fanático

KONYA, FEVEREIRO DE 1246

—Baixem as escotilhas, que lá vem tempestade! Xeique Yassin! Xeique Yassin! Você soube do escândalo? — indagou Abdullah, pai de um de meus alunos, ao se aproximar de mim na rua. — Rumi foi visto na taberna do bairro judeu ontem!

— Sim, eu soube — falei. — Mas não foi surpresa para mim. O homem tem uma esposa cristã, e seu melhor amigo é um herege. O que você esperava?

Abdullah concordou, gravemente.

— É, você tem razão. Devíamos ter imaginado.

Vários transeuntes se reuniram em torno de nós, escutando nossa conversa. Alguém sugeriu que Rumi não deveria mais ter permissão para pregar na Grande Mesquita. Não enquanto não se desculpasse publicamente. Eu concordei. Como estava atrasado para minha aula na madraça, deixei-os lá discutindo e fui embora apressado.

Sempre suspeitei de que Rumi tinha um lado obscuro, pronto para vir à tona a qualquer momento. Mas nem eu esperava que ele fosse se entregar à bebida. Era repugnante demais. Dizem que Shams é a principal razão da degradação de Rumi, e que se ele não estivesse por aqui Rumi voltaria ao normal. Mas eu vejo as coisas de um jeito diferente. Não que duvide de que Shams é um homem maléfico — ele é — ou que não seja uma má influência sobre Rumi — ele é —, mas a questão é: por que Shams não desviou do caminho outros estudiosos, como eu? Ao fim e a cabo, os dois são parecidos em muito mais coisas do que as pessoas querem admitir.

Já houve quem ouvisse Shams dizer: "Um estudioso vive das marcas de sua pena. Um sufi ama e vive das pegadas no chão!". O que ele quer dizer com isso? Pelo visto, Shams acha que os estudiosos vivem encerrados em suas torres de marfim, enquanto os sufis se misturam à vida real. Mas Rumi é também um estudioso, não é? Ou será que ele já não se considera mais um de nós?

Se Shams aparecesse em minha sala de aula, eu o poria para fora como se fosse uma mosca, não lhe dando oportunidade de falar besteira na minha presença. Por que Rumi não poderia fazer o mesmo? Deve haver alguma coisa errada com ele. O homem tem uma esposa cristã, para começar. Não quero saber se ela se converteu ao Islã. Está no sangue dela, e no do filho também. Infelizmente, as pessoas da cidade não consideram a ameaça do cristianismo tão seriamente quanto deveriam, e acham que podemos viver lado a lado. Àqueles que são ingênuos o suficiente para acreditar nisso, eu sempre digo: "Muçulmanos e cristãos podem se misturar tanto quanto água e óleo!".

Tendo uma cristã por esposa e sendo notoriamente defensor das minorias, Rumi sempre foi pouco confiável a meus olhos, mas quando Shams de Tabriz começou a morar na casa dele, ele se desviou inteiramente do bom caminho. Todos os dias eu digo para os meus alunos: é preciso estar alerta contra Sheitan. E Shams é o demônio encarnado. Tenho certeza de que foi dele a ideia de mandar Rumi até a taberna. Só Deus sabe como conseguiu convencê-lo. Mas isso não é exatamente o que Sheitan faz melhor, empurrar pessoas direitas para o sacrilégio?

Percebi o lado maléfico de Shams desde o início. Como ele podia ousar comparar o profeta Maomé, que a paz esteja com ele, com aquele sufi incréu, Bistami? Não foi Bistami quem disse "eu vi a Caaba andando em torno de *mim*"? E chegou a ponto de dizer: "Eu sou o forjador de mim mesmo". Se isso não for blasfêmia, então o que é? É esse o nível do homem que Shams tem em alta conta. Porque, assim como Bistami, ele também é um herege.

A única notícia boa é que as pessoas da cidade estão descobrindo a verdade. Finalmente! O número de críticos de Shams aumenta a cada dia. E as coisas que eles falam! Às vezes, até eu fico espantado. Nas casas de banho e nas casas de chá, nos campos e pomares, as pessoas o destroem.

Cheguei à madraça mais tarde do que de costume, com a cabeça pesada com aqueles pensamentos. Assim que abri a porta da sala de aula, percebi que havia alguma coisa diferente. Meus alunos estavam sentados em uma fileira perfeita, pálidos e estranhamente silenciosos, como se tivessem visto um fantasma.

E então entendi por quê. Sentado ali, perto de uma janela aberta, com as costas contra a parede e o rosto raspado exibindo um sorriso arrogante, estava ninguém menos do que Shams de Tabriz.

— *Salaam Aleikum*, xeique Yassin — disse ele, me olhando fixamente do fundo da sala.

Hesitei, sem saber se o cumprimentava, e decidi não o fazer. Em vez disso, virei-me para meus estudantes e perguntei:

— O que esse homem está fazendo aqui? Por que o deixaram entrar?

Confusos e inquietos, nenhum dos alunos ousou responder. Foi o próprio Shams quem quebrou o silêncio.

Com seu tom insolente, sem desviar o olhar, ele disse:

— Não os repreenda, xeique Yassin. A ideia foi minha. Sabe, eu estava aqui por perto, e pensei: "Por que não ir até a madraça e fazer uma visita à pessoa desta cidade que mais me detesta?".

Husam, o estudante

KONYA, FEVEREIRO DE 1246

Bem felizes e ansiosos, estávamos todos sentados no chão da sala de aula, quando a porta se abriu, dando passagem a Shams de Tabriz. Todos ficaram atônitos. Após ouvir tantas coisas ruins e bizarras a respeito dele, principalmente da parte de nosso professor, eu também não pude deixar de me encolher de horror ao vê-lo em nossa sala de aula em carne e osso. Mas ele parecia relaxado e simpático. Depois de nos cumprimentar a todos, disse que estava ali para ter uma palavra com xeique Yassin.

— Nosso professor não gosta de estranhos na sala de aula. Talvez o senhor devesse deixar para conversar com ele em outra hora — falei, tentando evitar um encontro desagradável.

— Agradeço por sua preocupação, meu jovem, mas às vezes os encontros desagradáveis são não apenas inevitáveis, mas também necessários — respondeu Shams, como se tivesse lido meus pensamentos. — Mas não se aflija. Não vou demorar muito.

Irshad, que estava sentado perto de mim, murmurou entre dentes:

— Que falta de vergonha! É o diabo encarnado.

Aquiesci, embora não tivesse certeza se para mim Shams se parecia com o diabo. Mesmo já fazendo uma ideia negativa dele, não pude deixar de apreciar sua franqueza e audácia.

Poucos minutos depois, xeique Yassin entrou pela porta, com a testa franzida em contemplação. Não tinha dado mais que alguns passos quando parou, piscando, admirado, diante do visitante indesejado.

— O que esse homem está fazendo aqui? Por que o deixaram entrar?

Meus amigos e eu trocamos olhares chocados e sussurros alarmados, mas, antes que alguém pudesse tomar coragem e dizer alguma coisa, Shams foi logo falando que estava nas redondezas e tinha decidido fazer uma visita à pessoa em Konya que mais o detestava!

Ouvi vários alunos tossirem, enquanto Irshad puxou todo o ar de uma só vez. A tensão entre os dois homens era tão grande que o ar na sala de aula poderia ser cortado com uma faca.

— Não sei o que você está fazendo aqui, mas tenho mais o que fazer em vez de conversar com você — repreendeu xeique Yassin. — Agora, por que você não se retira, para que possamos continuar com nossos estudos?

— Você diz que não vai conversar comigo, mas tem conversado muito *sobre* mim — retrucou Shams. — Tem sempre falado mal de mim e de Rumi, e de todos os místicos que estão no caminho dos sufis.

Xeique Yassin fungou com seu nariz grande e ossudo e franziu os lábios, como se tivesse uma coisa amarga na boca.

— Como já disse, não tenho nada a conversar com você. Já sei o que precisava saber. Eu tenho minhas próprias opiniões.

Shams agora se virava para nós, com um olhar agudo, sardônico.

— Um homem com muitas opiniões e nenhuma pergunta! Há algo de muito errado aí.

— Mesmo? — disse xeique Yassin, parecendo divertido e mais entusiasmado. — Então por que não perguntamos aos alunos qual dos dois eles gostariam de ser: o homem sábio, que sabe as respostas, ou o homem perplexo, que só tem perguntas?

Todos os meus amigos ficaram do lado de xeique Yassin, mas senti que muitos tinham feito aquilo não tanto por concordar sinceramente, mas para ficar bem com o professor. Escolhi ficar calado.

— Aquele que pensa ter todas as respostas é o mais ignorante — disse Shams, dando de ombros com desprezo, e virando-se para nosso professor. — Mas, já que você é tão bom com respostas, posso lhe fazer uma pergunta?

Foi quando comecei a me preocupar com o rumo que estava tomando a conversa. Mas não havia nada que eu pudesse fazer para evitar a escalada da tensão.

— Já que você garante que sou um servo do demônio, quer por favor nos dizer qual é a exata noção que tem do que é Sheitan? — perguntou Shams.

— Certamente — disse xeique Yassin, nunca perdendo uma oportunidade de pregar. — Nossa religião, que é a última e a melhor das religiões de Abraão, nos ensina que foi Sheitan que provocou a expulsão de Adão e Eva do paraíso. Como filhos de pais decaídos, todos nós precisamos estar alerta, porque Sheitan surge em inúmeras formas. Às vezes, ele vem na forma de um jogador, que nos convida a apostar, em outras, como uma bela mulher, que tenta nos seduzir... Sheitan pode surgir nos mais inesperados formatos, como o de um dervixe itinerante.

Como se já esperasse o comentário, Shams deu um sorriso de quem compreendia.

— Entendo o que você quer dizer. Deve ser um grande alívio, e uma saída fácil, pensar que o demônio está sempre do lado de fora de nós.

— Do que você está falando? — perguntou xeique Yassin.

— Bem, se Sheitan é tão perverso e indômito como você está dizendo, nós, seres humanos, não temos razão para nos culpar por nossos erros. Tudo de bom que acontecer, atribuiremos a Deus, e tudo de ruim na vida, simplesmente atribuiremos a Sheitan. Em qualquer um dos casos, estaremos isentos de qualquer crítica ou autoanálise. Que coisa fácil!

Continuando a falar, Shams começou a andar de um lado para o outro na sala, aumentando o tom a cada palavra.

— Mas vamos imaginar, por um momento, que não exista Sheitan algum. Nenhum demônio esperando para nos fazer ferver em um caldeirão. Todas essas imagens assustadoras foram inventadas para nos mostrar alguma coisa, mas depois se tornaram clichês e perderam a mensagem original.

— E que mensagem seria essa? — indagou xeique Yassin, com ar cansado, cruzando os braços em frente ao peito.

— Ah, então, no final das contas, você tem perguntas — disse Shams. — A mensagem é a de que a tormenta que a pessoa pode infligir a si mesma é eterna. O inferno está dentro de nós, assim como o paraíso. O Alcorão diz que os seres humanos são os mais dignos. Somos superiores aos mais altos, mas também inferiores aos mais baixos. Se pudéssemos compreender todo o sentido disso, pararíamos de procurar por Sheitan fora de nós e nos concentraríamos em nós mesmos. Precisamos é de uma autoanálise sincera. Não de vigiar os pecados alheios.

— Então vá e examine a si mesmo, e *inshallah* um dia você poderá se redimir — retrucou xeique Yassin —, mas um verdadeiro estudioso tem de ficar atento à sua comunidade.

— Então, permita-me contar uma história — disse Shams, com tanta gentileza, que não conseguimos saber se ele estava sendo sincero ou debochando.

E eis o que ele nos contou:

Quatro mercadores estavam rezando em uma mesquita, quando viram o muezim entrar. O primeiro mercador parou de rezar e perguntou: "Muezim, a reza acabou? Ou ainda temos tempo?".

O segundo mercador parou de rezar e se virou para o amigo: "Ei, você falou enquanto estava rezando. Sua prece agora se tornou nula. Você vai ter de começar de novo!".

Ouvindo isso, o terceiro mercador interveio: "Por que você o culpa, seu idiota? Devia se preocupar com a própria prece. Agora, a sua ficou nula também".

O quarto mercador sorriu e disse, em voz alta: "Olhe só para eles! Os três fizeram a maior confusão. Graças a Deus, não sou um desses que se desviam do caminho".

Depois de contar a história, Shams ficou encarando os alunos e perguntou:

— O que vocês acham? A prece de qual dos mercadores, em sua opinião, se tornou inválida?

Houve uma breve agitação na sala de aula, enquanto discutíamos a resposta entre nós. Finalmente, alguém lá do fundo falou:

— As orações do segundo, do terceiro e do quarto mercadores foram inválidas. Mas o primeiro mercador é inocente, porque ele queria apenas consultar o *muezim*.

— É, mas ele não devia ter interrompido sua prece dessa maneira — interveio Irshad. — É óbvio que todos os mercadores estavam errados, exceto o quarto, que estava apenas falando consigo mesmo.

Desviei o olhar, discordando de ambas as respostas, mas decidido a continuar calado. Tinha a impressão de que meu ponto de vista não seria bem-vindo.

Mas, assim que esse pensamento me cruzou a mente, Shams de Tabriz apontou para mim e perguntou:

— E você aí? O que *você* acha?

Engoli em seco, antes de conseguir falar.

— Se esses mercadores erraram, não foi por ter falado durante a prece — falei —, mas porque, em vez de se concentrarem e procurarem se comunicar com Deus, estavam mais interessados no que acontecia à sua volta. Contudo, se os julgarmos, temo que estaremos cometendo o mesmo erro.

— Então qual é a sua resposta? — perguntou xeique Yassin, subitamente interessado na conversa.

— Minha resposta é: os quatro mercadores erraram pelo mesmo motivo, mas nenhum deles pode ser acusado de estar errado, porque, no final das contas, não cabe a nós julgá-los.

Shams de Tabriz deu um passo à frente em minha direção, e me olhou com tanta gentileza e afeto que me senti como um garotinho, feliz ao perceber o amor incondicional dos pais. Ele perguntou meu nome e, quando eu lhe disse, comentou:

— Seu amigo Husam tem um coração de sufi.

Corei até as orelhas ao ouvir isso. Não havia dúvida de que eu seria repreendido por xeique Yassin ao final da aula, além de criticado e ridicularizado por meus amigos. Mas todas as minhas apreensões logo desapareceram. Eu me sentei ereto e sorri para Shams. Ele piscou para mim e, ainda sorrindo, virou-se e continuou sua explicação.

— O sufi diz: "Devo me importar mais com meu encontro interior com Deus do que em julgar outras pessoas". Um estudioso ortodoxo, no entanto, está sempre tentando flagrar os erros dos outros. Mas não se esqueçam, estudantes, na maior parte das vezes aquele que mais reclama da falta alheia é o que mais erra.

— Pare de confundir a cabeça dos meus alunos! — exclamou xeique Yassin. — Como professores, nós não temos o direito de ser desinteressados do que os outros estão fazendo. As pessoas nos fazem muitas perguntas, e esperam obter respostas certas, para que possam viver sua religiosidade de forma completa e apropriada. Perguntam se as abluções precisam ser refeitas caso o nariz sangre, ou se está certo fazer jejum enquanto se está viajando e coisas assim. Os ensinamentos de Shafi'i, Hanafi, Hanbali e Maliki divergem entre si no que diz respeito a essas questões. Cada escola jurídica tem seu próprio conjunto de respostas meticulosas que precisam ser estudadas e aprendidas.

— Isso é bom, mas não se deve ater demais a diferenças apenas nominais. — Shams suspirou. — O *logos* de Deus é completo. Não busque detalhes em detrimento do todo.

— Detalhes? — repetiu xeique Yassin, incrédulo. — Os fiéis levam as regras a sério. E nós, estudiosos, os guiamos em sua empreitada.

— Continuem guiando… isto é, desde que não se esqueçam de que sua capacidade de guiar é limitada, e que não há nenhuma palavra acima da palavra de Deus — disse Shams, em seguida acrescentando: — Mas não tente pregar para aqueles que alcançaram a iluminação. Eles obtêm uma satisfação diferente com as palavras do Alcorão e não precisam ser guiados por um xeique.

Ao ouvir isso, xeique Yassin ficou tão furioso que suas bochechas pálidas ganharam marcas vermelhas, e o pomo de Adão ficou protuberante.

— Não há nada de transitório na liderança que exercemos — falou. — A xaria constitui as regras e regulamentos que cada muçulmano deve consultar, do berço ao túmulo.

— A xaria é apenas um barco que singra o oceano da Verdade. Aquele que verdadeiramente busca a Deus irá, mais cedo ou mais tarde, deixar a embarcação e mergulhar no mar.

— Para ser engolido por tubarões — retrucou xeique Yassin, com um risinho. — É o que acontece com aquele se recusa a ser guiado.

Alguns estudantes também riram, mas o resto continuou sentado, quieto, sentindo-se cada vez mais desconfortável. A aula estava terminando, e eu não via como aquela conversa poderia acabar bem.

Shams de Tabriz deve ter tido a mesma impressão ruim, porque agora parecia pensativo, até mesmo desalentado. Fechou os olhos, como se de repente estivesse cansado de tanta discussão, em um movimento tão sutil que foi quase imperceptível.

— Em todas as minhas viagens, eu conheci muitos xeiques — falou. — Alguns eram homens sinceros, mas outros eram condescendentes, e nada sabiam sobre o Islã. Eu não trocaria a poeira nos sapatos velhos de um verdadeiro amante a Deus pelas mentes dos xeiques atuais. Até mesmo os artistas da sombra, que fazem surgir imagens por trás de uma cortina, são melhores do que eles, porque pelo menos admitem que aquilo que produzem é mera ilusão.

— Chega! Acho que já ouvimos o suficiente da sua língua de cobra — anunciou xeique Yassin. — Agora, saia da minha sala de aula!

— Não se preocupe, eu já estava mesmo de saída — disse Shams, com seu jeito rebelde. E, virando-se para nós: — O que vocês ouviram aqui hoje é uma velha discussão que vem desde os tempos do profeta Maomé, que a paz esteja com ele. Mas o debate não apenas é inerente à história do Islã. Está presente também no coração de todas as religiões de Abraão. Trata-se do conflito entre estudiosos e místicos, entre a mente e o coração. Façam sua escolha!

Shams fez uma breve pausa, para que absorvêssemos por completo o impacto de suas palavras. Senti seu olhar preso em mim, e foi quase como se dividíssemos um segredo — a entrada para uma irmandade sobre a qual ninguém jamais dissera ou escrevera nada.

Em seguida, ele acrescentou:

— No fim, nem o professor de vocês nem eu podemos saber mais do que Deus nos permite saber. Todos fazemos nosso papel. Mas apenas uma coisa importa. Que a luz do sol não seja toldada pela cegueira nos olhos do negacionista, aquele que se recusa a ver.

Isso dito, Shams de Tabriz pôs a mão sobre o coração e disse adeus a todos, inclusive ao xeique Yassin, que estava a um canto, carrancudo e fingindo indiferença. O dervixe saiu e fechou a porta atrás de si, deixando-nos mergulhados num silêncio tão profundo que por muito tempo não conseguimos falar ou nos mexer.

Foi Irshad quem me tirou do meu transe. Notei que ele me olhava com uma expressão quase desaprovadora. Só então percebi que minha mão direita estava na altura do peito, em saudação a uma Verdade que meu coração reconhecera.

Baybars, o guerreiro

KONYA, MAIO DE 1246

Bate-se nele, mas não adianta. Não pude acreditar nos meus ouvidos quando soube que Shams de Tabriz tinha tido a desfaçatez de confrontar meu tio diante de seus alunos. Será que esse homem não tem a menor decência? Como eu gostaria de ter estado na madraça quando ele chegou lá. Eu o teria chutado para fora antes mesmo de ele abrir sua boca maldita. Mas eu não estava, e parece que ele e meu tio tiveram uma longa discussão, sobre a qual os estudantes vêm comentando desde então. Mas eu ouço os depoimentos deles com ceticismo, porque são inconsistentes e excessivamente favoráveis àquele dervixe miserável.

Hoje à noite estou muito nervoso. Tudo por causa da prostituta, Rosa do Deserto. Não consigo tirá-la da cabeça. Ela me faz lembrar uma caixa de joias cheia de compartimentos secretos. Você pensa que é dono dela, mas, se não tiver a chave, ela ficará trancada e inalcançável, mesmo que esteja em suas mãos.

É a sujeição dela o que mais me intriga. Fico me perguntando por que não resistiu aos meus socos. Como pode ter continuado ali no chão, sob meus pés, inerte como um tapete velho e sujo? Se ela tivesse me batido de volta, ou gritado por socorro, eu teria parado de bater. Mas ficou imóvel, com os olhos arregalados, a boca fechada, como se decidida a aceitar passivamente o que quer que lhe acontecesse. Será que para ela não importava se eu de fato a matasse?

Vinha me esforçando para não voltar ao bordel, mas hoje não pude resistir ao desejo de vê-la. No caminho para lá, fiquei me perguntando como ela reagiria quando me visse. Caso reclamasse de mim e as coisas se complicassem, eu iria chantagear ou ameaçar aquela gorda, a patroa dela. Tinha pensado em tudo e estava pronto para qualquer possibilidade, exceto para a hipótese de ela ter fugido.

— Como assim, Rosa do Deserto não está? — indaguei. — Onde está ela?

— Esqueça aquela puta — disse a patroa, atirando um *lokum* na boca e lambendo os dedos melados. Vendo como eu estava irritado, ela acrescentou, com voz mansa: — Por que não dá uma olhada nas outras garotas, Baybars?

— Não quero saber das suas putas baratas, sua baranga gorda. Preciso ver Rosa do Deserto neste segundo!

A mulher hermafrodita ergueu as sobrancelhas escuras e arqueadas ante a maneira como eu falara, mas não ousou discutir comigo. A voz dela se limitou a um sussurro, como se tivesse vergonha do que ia dizer:

— Ela foi embora. Imagino que fugiu quando estava todo mundo dormindo. Era absurdo demais até para rir.

— Desde quando prostitutas fogem de seus bordéis? — perguntei. — Encontre-a, agora!

A patroa me olhou como se estivesse me vendo de verdade pela primeira vez.

— Quem é você para me dar ordens? — rosnou, e seus olhinhos desafiadores, tão diferentes dos de Rosa do Deserto, se cravaram em mim.

— Sou um segurança que tem um tio importante. Posso fechar esta espelunca e botar vocês todas na rua — falei, enquanto esticava a mão para a tigela em seu colo e pegava um *lokum* para mim. Era mole e borrachento.

Limpei os dedos melados na estola de seda da patroa. A cara dela ficou lívida de raiva, mas ela não teve coragem de brigar.

— Por que você está me culpando? — falou. — A culpa é do dervixe. Foi ele que convenceu Rosa do Deserto a deixar o bordel e encontrar Deus.

Por um instante, não consegui entender o que ela estava dizendo, mas logo me dei conta de que era de Shams de Tabriz que a patroa estava falando.

Primeiro ele desrespeita meu tio diante dos alunos, e agora isso. Sem dúvida, aquele herege não conhecia seu lugar.

Ella

NORTHAMPTON, 26 DE JUNHO DE 2008

Bem-amado Aziz,

Desta vez, decidi lhe escrever uma carta. Daquele tipo antigo, sabe, com tinta, papel perfumado, um envelope combinando e um selo. Vou mandá-la por correio para Amsterdã, hoje à tarde. Preciso fazer isso imediatamente, porque, se demorar a despachar a carta, temo que não serei nunca mais capaz de postá-la.

Primeiro, você encontra uma pessoa — alguém completamente diferente de todos à sua volta. Alguém que vê tudo sob uma luz diversa, e que a leva a mudar, a trocar seu ponto de vista, a tudo observar de um jeito novo, por dentro e por fora. Você pensa que pode manter-se a uma distância segura dele. Acha que pode navegar tranquilamente por essa tempestade, até que de repente, muito de repente, se dá conta de que foi jogada ao relento, e que já não controla nada.

Não posso dizer quando exatamente me tornei cativa de suas palavras. Só sei que nossa correspondência tem me transformado. Desde o início. Talvez eu me arrependa de dizer isso. Mas, tendo passado a vida toda me arrependendo de coisas que deixei de fazer, não vejo problema em fazer, para variar, algo que depois lamente.

Desde que o "conheci" através de seu romance e seus e-mails, você tem dominado meus pensamentos. Toda vez que leio um e-mail seu, sinto um turbilhão dentro de mim, e vejo que não experimentava tal alegria e animação há muito tempo. Ao longo do dia, você está em meu pensamento o tempo todo. Converso com você em silêncio, perguntando-me como seriam suas reações à minha rotina. Quando vou a um bom restaurante, quero ir com você. Quando vejo algo interessante, fico triste por não poder lhe mostrar. Outro dia, minha filha mais nova me perguntou se eu tinha mudado o cabelo. Meu cabelo está igual a sempre! Mas é verdade que eu pareço diferente, porque me sinto diferente.

Então, eu lembro a mim mesma que nós nem nos conhecemos. E isso me traz de volta à realidade. E a realidade é que eu não sei o que fazer com você. Terminei de ler seu romance e entreguei meu relatório. (Ah, sim, eu estava escrevendo uma resenha sobre ele. Houve momentos em que pensei em falar com você das minhas opiniões, ou pelo menos lhe mandar o relatório que entreguei ao agente literário, mas não achei que seria correto. Embora não possa contar para você os detalhes, devo dizer que adorei seu livro. Obrigada pelo prazer que me deu. Suas palavras ficarão comigo para sempre.)

Seja como for, *Doce blasfêmia* nada tem a ver com minha decisão de escrever esta carta, ou talvez tenha tudo a ver. O que me impeliu foi isso que há entre nós, seja o que for, e que provocou em mim um impacto tão avassalador que está saindo do controle. Essa questão tornou-se tão séria que não sei mais como lidar com ela. Primeiro, amei sua imaginação e suas histórias, depois me dei conta de que estava amando o homem por trás das histórias.

E agora não sei o que fazer com você.

Como disse, preciso mandar esta carta imediatamente. Caso contrário, terei de rasgá-la em mil pedaços. Vou agir como se não houvesse nada de novo na minha vida, nada de fora do comum.

Sim, eu poderia fazer isso e fingir que está tudo normal.

Poderia fingir, não fosse por essa doce dor no meu coração...

Com amor,

Ella

Kerra

KONYA, MAIO DE 1246

Batismo de fogo. Não sei como lidar com essa situação. Hoje de manhã, de repente, uma mulher apareceu perguntando por Shams de Tabriz. Disse-lhe que voltasse mais tarde, porque ele não estava em casa, mas ela respondeu que não tinha para onde ir e que preferia esperar no pátio. Foi quando fiquei desconfiada e comecei a perguntar quem era ela e de onde tinha vindo. Ela caiu de joelhos e abriu o véu, mostrando o rosto cheio de cicatrizes e hematomas, inchado de tanta pancada. Apesar dos machucados e dos cortes, era muito bonita e esbelta. Em meio a lágrimas e soluços, e de um jeito surpreendentemente articulado, confirmou o que eu já suspeitava. Era uma prostituta de bordel.

— Mas larguei aquela vida horrível — disse ela. — Fui ao banho público e me lavei quarenta vezes, fazendo quarenta preces. Fiz um juramento de ficar longe dos homens. De agora em diante, minha vida será dedicada a Deus.

Sem saber o que dizer, analisei aqueles olhos feridos, e me perguntei como ela, sendo tão frágil e jovem, tivera coragem de abandonar a única forma de vida que conhecia. Não queria uma meretriz nem perto da minha casa, mas havia algo nela que me comovia, uma espécie de simplicidade, quase inocência, que eu nunca vira. Seus olhos castanhos me lembravam os de Maria. Não tive coragem de mandá-la embora. Deixei que esperasse no pátio. Era o máximo que podia fazer. Ela se sentou lá, junto ao muro, com o olhar perdido à frente, imóvel como uma estátua.

Uma hora depois, quando Shams e Rumi voltaram de sua caminhada, corri até eles para contar sobre a visitante inesperada.

— Há uma prostituta no nosso pátio, foi o que você disse? — perguntou Rumi, parecendo espantado.

— Sim, e ela falou que deixou o bordel para encontrar Deus.

— Ah, deve ser Rosa do Deserto! — exclamou Shams, em um tom mais satisfeito que surpreso. — Por que a deixou lá fora? Mande-a entrar!

— Mas o que dirão nossos vizinhos se souberem que uma mulher da vida está sob nosso teto? — protestei, a voz falhando de nervoso.

— Não estamos todos, afinal, vivendo sob o mesmo teto? — perguntou Shams, apontando para o céu. — Reis e mendigos, virgens e prostitutas, todos estamos sob o mesmo teto!

Como eu podia discutir com Shams? Ele sempre tinha uma resposta pronta para tudo.

Conduzi a prostituta para dentro de casa, rezando para que os olhos curiosos dos vizinhos não recaíssem sobre nós. Assim que entrou na sala, Rosa do Deserto correu a beijar as mãos de Shams, soluçando.

— Estou muito feliz de vê-la aqui — disse Shams, como se falasse com um velho amigo. — Você nunca mais vai voltar para aquele lugar. Esse estágio de sua vida terminou. Que Deus faça com que sua jornada à Verdade seja muito fértil.

Rosa do Deserto chorou ainda mais.

— Mas a patroa nunca vai me deixar em paz. Vai mandar Cabeça de Chacal atrás de mim. Você não sabe como...

— Clareie sua mente, criança — interrompeu Shams. — E lembre-se de mais uma regra: *Enquanto todos nesta vida lutam para chegar a algum lugar e se tornar alguém, só para deixar tudo para trás quando morrerem, você anseia pelo supremo estágio do nada. Viva esta vida com a leveza e a nulidade do número zero. Não somos diferentes de um pote. Não é a decoração, do lado de fora, mas o vão interno que nos mantém em pé. Da mesma forma, não é o que desejamos alcançar, mas sim a consciência do nada que nos faz ir em frente.*

Mais tarde, naquela noite, mostrei a Rosa do Deserto a cama em que ela iria dormir. Como ela caiu no sono imediatamente, voltei para a sala principal, onde encontrei Shams e Rumi conversando.

— Você deveria vir para a nossa demonstração — disse ele, ao me ver chegando.

— Que demonstração? — perguntei.

— Uma dança espiritual, Kerra, de um tipo que você jamais viu.

Olhei para meu marido, abismada. O que era aquilo? De que dança eles estavam falando?

— Maulana, você é um estudioso respeitado, não um artista. O que as pessoas vão pensar de você? — perguntei, sentindo meu rosto em brasa.

— Não se preocupe — disse Rumi. — Shams e eu temos conversado sobre isso há muito tempo. Queremos introduzir a dança dos dervixes que giram. É chamada *sema*. Todo aquele que anseia pelo Amor Divino será mais do que bem-vindo se quiser se juntar a nós.

Minha cabeça começou a doer muito, mas a dor era pequena se comparada ao tormento em meu coração.

— E se as pessoas não gostarem? Nem todos têm a dança em alta conta — falei para Shams, esperando que isso tivesse o efeito de sustar o que ele estivesse a ponto de dizer. — Pelo menos considerem a possibilidade de adiar por um tempo essa demonstração.

— Nem todos têm Deus em alta conta — disse Shams, sem hesitar um segundo. — Será que vamos adiar nossa crença Nele, também?

E estava encerrada a discussão. Não havia mais palavras a trocar, e o som do vento encheu a casa, imiscuindo-se entre as ripas das paredes e martelando meus ouvidos.

Sultan Walad

KONYA, JUNHO DE 1246

—Beleza só está nos olhos de quem vê — vivia dizendo Shams. — Todos assistirão à mesma dança, mas cada um a verá de um modo diferente. Então, por que se preocupar? Alguns gostarão, outros não.

Contudo, na noite da *sema*, eu disse a Shams que estava preocupado, temendo que ninguém aparecesse.

— Não se preocupe — falou ele, com convicção. — As pessoas da cidade podem não gostar de mim, podem até não gostar mais de seu pai, mas de jeito algum irão nos ignorar. A curiosidade vai trazê-los aqui.

Assim, na noite da apresentação, quando cheguei à arena, vi que estava lotada. Havia mercadores, ferreiros, carpinteiros, camponeses, cortadores de pedras, gente que trabalhava com tintura de tecidos, vendedores de remédios, líderes de associações, secretários, oleiros, padeiros, carpideiras, rezadores, caçadores de ratos, vendedores de perfume — até xeique Yassin tinha vindo, com um grupo de estudantes. As mulheres se sentavam ao fundo.

Fiquei aliviado ao ver o soberano Caicosroes sentado na primeira fila, ao lado de seus assessores. O fato de um homem de tão alta patente estar apoiando meu pai manteria as bocas caladas.

Demorou muito para que a plateia se aquietasse, e, mesmo depois que isso aconteceu, o barulho não cessou de todo, restando ainda um murmúrio de boatos frenéticos. Na minha ânsia por sentar ao lado de alguém que não fosse falar mal de Shams, escolhi ficar perto de Suleiman, o bêbado. O homem fedia a vinho, mas não me importei.

Minhas pernas estavam inquietas, as palmas suadas, e, embora o ar estivesse morno o suficiente para que tirássemos os mantos, meus dentes batiam. Essa apresentação era muito importante para a reputação de meu pai, que andava em declínio. Rezei a Deus, mas como não sabia ao certo o que pedir, a não ser que tudo desse certo, minha prece me soou um pouco oca.

Logo em seguida veio um som, primeiro de muito longe, depois chegando mais perto. Era tão cativante e emocionante que todos prenderam a respiração, à escuta.

— Que tipo de instrumento é esse? — sussurrou Suleiman, com um misto de espanto e encantamento.

— Chama-se *ney* — falei, lembrando de uma conversa entre meu pai e Shams. — E seu som é o som do amante para o amado.

Quando o som do *ney* foi sumindo, meu pai apareceu no palco. Com passos curtos e leves, ele se aproximou e saudou a plateia. Seis dervixes o seguiram, todos eles discípulos de meu pai, e todos usando roupas brancas, com saias largas. Cruzaram a mão no peito, fazendo uma mesura diante de meu pai, para que os abençoasse. A música então começou e, um por um, os dervixes começaram a girar, primeiro devagar, depois com uma velocidade de tirar o fôlego, as saias se abrindo como flores de lótus.

Foi uma cena e tanto. Não pude deixar de sorrir, com orgulho e alegria. Com o canto dos olhos, observei a reação da plateia. Mesmo os mais cruéis maledicentes olhavam a apresentação com admiração visível.

Os dervixes giraram e giraram, por um tempo que pareceu uma eternidade. Então a música aumentou de volume e o som de um *rebab*, por trás das cortinas, alcançou o mesmo ritmo que o *ney* e os tambores. E foi quando Shams de Tabriz entrou no palco, como se fosse o vento selvagem do deserto. Usando uma túnica mais escura que todos os outros, e parecendo mais alto, ele também girava com mais velocidade. As mãos estavam bem abertas, em direção ao céu, assim como seu rosto, como um girassol em busca do astro rei.

Ouvi muitas pessoas na plateia exclamarem de admiração. Mesmo aqueles que detestavam Shams de Tabriz pareciam ter sido capturados pela magia do momento. Olhei para meu pai. Enquanto Shams girava em um frenesi, e os discípulos também se revolviam um pouco mais devagar em suas órbitas, meu pai permanecia imóvel como um velho carvalho, sábio e calmo, os lábios sempre se movendo em oração.

Finalmente, a música foi ficando mais lenta. Imediatamente, os dervixes pararam de girar, cada flor de lótus se fechando em si mesma. Com uma saudação calorosa, meu pai abençoou a todos no palco e na plateia, e por um momento foi como se estivéssemos todos conectados, na mais perfeita harmonia. Seguiu-se um silêncio denso, repentino. Ninguém sabia como reagir. Ninguém jamais vira algo assim.

A voz de meu pai cortou o silêncio.

— Esta, meus amigos, é a *sema*: a dança dos dervixes rodopiantes. De hoje em diante, dervixes de todas as idades dançarão a *sema*. Com uma das mãos apontada para o céu, a outra apontando para a terra embaixo, cada centelha de amor que recebemos de Deus, nós prometemos distribuir para todas as pessoas.

O público sorriu e sussurrou, aquiescendo. Uma comoção terna e amistosa percorreu toda a arena. Fiquei tão emocionado em ver essa reação positiva que me vieram lágrimas aos olhos. Finalmente, meu pai e Shams estavam começando a receber o respeito e o amor que muito certamente mereciam.

A noite poderia ter terminado assim, com tanta gentileza, e eu poderia ter ido para casa feliz, confiante em que as coisas estavam melhorando, não fosse pelo que aconteceria depois, e que estragaria tudo.

Suleiman, o bêbado

KONYA, JUNHO DE 1246

Bombas e trovões! Que noite inesquecível! Ainda não me recobrei de seus efeitos. E, de todas as coisas a que assisti nesta noite, a mais impressionante foi o final.

Depois da *sema*, o grande Caicosroes II se levantou, varrendo o salão com seu olhar imperial. Com grande presunção, aproximou-se do palco, e depois de soltar uma gargalhada, falou:

— Parabéns, dervixes! Fiquei impressionado com a apresentação de vocês.

Rumi agradeceu, educadamente, e todos os dervixes no palco fizeram o mesmo. Com o rosto radiante de satisfação, Caicosroes fez sinal para um de seus guardas, que imediatamente entregou a ele uma bolsa de veludo. Caicosroes quicou a bolsa na palma da mão várias vezes, para mostrar como estava pesada de moedas de ouro, e atirou-a no palco. As pessoas em torno murmuraram e aplaudiram. Estávamos todos muito tocados com a generosidade de nosso governante.

Satisfeito e confiante, Caicosroes virou-se para ir embora. Mas quando mal dera um passo em direção à saída, a mesma bolsa de ouro que ele jogara no palco foi atirada de volta para ele. As moedas se espalharam a seus pés, tilintando como os braceletes de uma noiva. Tudo acontecera tão rápido que, por um minuto, todos nós ficamos imóveis e perplexos, sem conseguir entender o que estava havendo. Mas não restava dúvida de que, de todos, o mais chocado foi o próprio Caicosroes. O insulto foi óbvio, e definitivamente pessoal demais para ser perdoado. Ele olhou por cima do ombro com uma expressão de dúvida, para ver quem fizera aquela coisa horrível.

Tinha sido Shams de Tabriz. Todas as cabeças se voltaram na direção dele, que estava em pé no palco, com as mãos na cintura e olhos selvagens, injetados de sangue.

— Não dançamos por dinheiro — gritou, com sua voz grave. — A *sema* é uma dança espiritual, feita por amor, e por amor apenas. Então pegue de volta seu ouro, soberano! Seu dinheiro não vale nada aqui!

Um silêncio pavoroso desceu sobre a arena. O filho mais velho de Rumi ficou tão abalado que o sangue lhe fugiu do rosto. Ninguém ousou emitir um som. Sem um suspiro, um murmúrio, todos prendemos a respiração. Como se os céus estivessem esperando por um sinal, começou a chover, uma chuva forte e cortante. As gotas encharcaram a tudo e a todos com seu ruído constante.

— Vamos embora! — gritou Caicosroes para seus homens.

Com as faces vibrando de humilhação, os lábios tremendo sem controle, os ombros descaídos, o soberano se dirigiu para a saída. Os muitos guardas e servos correram a segui-lo, um por um, pisoteando nas moedas espalhadas pelo chão com suas botas pesadas. As pessoas correram para apanhar as moedas, esbarrando-se e empurrando-se.

Assim que o soberano saiu, um murmúrio de desaprovação e desapontamento correu pela audiência.

— Quem ele pensa que é? — disseram alguns.

— Como ousa insultar o governante? — concordaram outros. — E se Caicosroes fizer a cidade inteira pagar por isso agora?

Um grupo se levantou, balançando a cabeça sem acreditar, e disparou para a saída, em claro sinal de protesto. À frente desses estava xeique Yassin e seus alunos. Para minha grande surpresa, vi que entre eles estavam dois dos discípulos mais antigos de Rumi — e seu próprio filho, Aladim.

Aladim

KONYA, JUNHO DE 1246

Bendito seja Alá! Nunca fiquei tão constrangido na minha vida. Como se não fosse vergonha suficiente ver meu pai em conluio com um herege, tive de sofrer a mortificação de assisti-lo comandando uma apresentação de dança. Como pôde se desgraçar desse jeito, diante de toda a cidade? E ainda por cima, fiquei mais aparvalhado ainda quando soube que, no meio da plateia, havia uma prostituta do bordel. Enquanto estava lá sentado, pensando em quais outras loucuras e destruição o amor de meu pai por Shams nos causaria, pela primeira vez na vida desejei ser filho de outro homem.

Para mim, a apresentação toda foi um sacrilégio. Mas o que aconteceu depois foi ainda mais inaceitável. Como pôde aquele homem insolente ter a ousadia de demonstrar desprezo para com o nosso soberano? Teve muita sorte por Caicosroes não o ter mandado prender ali mesmo, direto para a forca.

Quando vi xeique Yassin sair atrás de Caicosroes, entendi que tinha de fazer o mesmo. A última coisa que queria era que as pessoas da cidade pensassem que eu estava do lado do herege. Todos precisavam ver, de uma vez por todas, que, ao contrário de meu irmão, eu não era um boneco nas mãos de meu pai.

Naquela noite, não voltei para casa. Fiquei na casa de Irshad com alguns amigos. Tomados pela emoção, conversamos sobre os acontecimentos do dia, e discutimos a fundo que atitude tomar.

— Aquele homem é uma influência terrível sobre seu pai — disse Irshad, com firmeza. — E agora botou uma prostituta dentro de casa. Você precisa limpar o nome de sua família, Aladim.

Enquanto ouvia o que ele dizia, com o rosto em brasa de tanta vergonha, uma coisa ficou clara para mim: Shams só nos trouxera desgraça.

Juntos, chegamos à conclusão de que Shams tinha de ir embora da cidade — se não por bem, que fosse pela força.

No dia seguinte, voltei para casa decidido a conversar com Shams de Tabriz de homem para homem. Encontrei-o sozinho no pátio, tocando o *ney*, com a cabeça pendida, os olhos fechados, de costas para mim. Completamente imerso na música, não notara minha presença. Aproximei-me no mais absoluto silêncio, aproveitando a oportunidade para observá-lo e conhecer melhor meu inimigo.

Depois do que me pareceu serem vários minutos, a música parou. Shams ergueu ligeiramente a cabeça, e sem olhar na minha direção murmurou em tom neutro, como se falasse para si mesmo:

— *Salaam Aleikum*, Aladim, estava procurando por mim?

Não falei uma palavra. Conhecendo sua habilidade de enxergar através de portas fechadas, não me surpreendi que ele tivesse olhos na nuca.

— Então, gostou da apresentação de ontem? — perguntou Shams, agora virando o rosto para mim.

— Achei que foi uma desgraça — respondi, de pronto. — Vamos deixar uma coisa bem clara, está bem? Eu não gosto de você. Jamais gostei. E não vou deixar que você arruíne a reputação de meu pai, mais do que já o fez.

Uma centelha brilhou nos olhos de Shams, enquanto ele botava de lado o *ney*, e dizia:

— Então é essa a questão? Se a reputação de Rumi for arruinada, as pessoas já não olharão para você como o filho de um homem eminente. É isso que você teme?

Determinado a não deixar que ele me abalasse, ignorei seu comentário mordaz. Mas precisei de uns instantes para conseguir tornar a falar.

— Por que você não vai embora e nos deixa em paz? Vivíamos tão bem antes de você chegar — reagi. — Meu pai é um estudioso respeitado e um homem de família. Vocês dois não têm nada em comum.

Com o pescoço esticado, a testa franzida em grande concentração, Shams respirou fundo. De repente, pareceu velho e vulnerável. Passou por minha cabeça que eu deveria esmurrá-lo, socá-lo até destruí-lo, antes que alguém pudesse vir em seu socorro. O pensamento foi tão horrível e malévolo, e contudo tão assustadoramente sedutor, que tive de desviar os olhos.

Quando tornei a encará-lo, vi que Shams me observava, com olhos ávidos, brilhantes. Estaria lendo minha mente? Um arrepio me percorreu, espalhando-se por mãos e pés, como se eu estivesse sendo espetado por milhares de agulhas, e meus joelhos fraquejaram, sem poder me sustentar. Deve ter sido magia maléfica. Não tinha dúvida de que Shams era especialista nas formas mais malignas de feitiçaria.

— Você está com medo de mim, Aladim — disse Shams, após uma pausa. — Sabe quem você me lembra? O assistente vesgo.

— Do que você está falando? — perguntei.

— É uma história. Você gosta de histórias?

Dei de ombros.

— Não tenho tempo para isso.

Uma leve expressão de desprezo surgiu nos lábios de Shams.

— Um homem que não tem tempo para histórias é um homem que não tem tempo para Deus — disse ele. — Você não sabe que Deus é o melhor contador de histórias?

E sem esperar por minha resposta, ele me contou a seguinte história:

Certa vez havia um artesão, que tinha um assistente muito amargurado, e ainda por cima era vesgo. Esse assistente enxergava tudo dobrado. Um dia, o artesão pediu a ele que trouxesse um pote de mel da despensa. O assistente voltou de mãos vazias. "Mas mestre, há dois potes de mel lá", reclamou. "Qual dos dois o senhor quer que eu traga?" Conhecendo bem seu assistente, o artesão disse: "Por que você não quebra um dos potes e me traz o outro?".

Infelizmente, o assistente era muito superficial para entender a sabedoria por trás dessas palavras. E fez como lhe foi dito. Quebrou um dos potes e ficou muito surpreso ao ver que o outro se quebrava também.

— O que você está tentando me dizer? — perguntei. Deixar transparecer meu mau humor diante de Shams era um erro, eu sabia, mas não pude evitar. — Você e suas histórias! Malditas sejam! Não pode nunca falar sério?

— Mas está tão claro, Aladim. Estou lhe dizendo que você, assim como o assistente vesgo, vê dualidades em tudo — disse Shams. — Seu pai e eu somos um só. Se você me quebrar, vai quebrá-lo também.

— Você e meu pai não têm nada em comum — repeti. — Se eu partir o segundo pote, o primeiro ficará livre.

Eu sentia tanta raiva e ressentimento que não percebi o desdobramento de minhas palavras. Não naquele instante. Não até muito tarde.

Não até que fosse tarde demais.

Shams

KONYA, JUNHO DE 1246

Bestas aqueles que, com a mente estreita, dizem que a dança é um sacrilégio. Acham que Deus nos deu a música — não apenas a música que fazemos com nossas vozes e nossos instrumentos, mas também a melodia que permeia toda forma de vida — e depois nos proibiu de ouvi-la. Será que não percebem que a natureza toda canta? Tudo neste universo se move num ritmo — o bater do coração, o movimento das asas do pássaro, o vento nas noites de tempestade, o ferreiro martelando o ferro, os sons que cercam o bebê que ainda não nasceu... Tudo é parte, de forma espontânea e passional, de uma magnífica melodia. A dança dos dervixes rodopiantes é um elo dessa eterna corrente. Assim como a gota de água salgada carrega em si todo o oceano, nossa dança tanto reflete quando oculta os segredos do cosmos.

Horas antes da apresentação, Rumi e eu nos retiramos para um aposento quieto, a fim de meditar. Os seis dervixes que iriam rodopiar naquela noite se juntaram a nós. Juntos, fizemos nossas abluções e rezamos. Então, vestimos nossas roupas. Mais cedo, discutíramos muito sobre qual seria a veste apropriada para a dança, tendo escolhido um tecido simples e as cores da terra. O chapéu cor de mel simbolizava a lápide, a longa saia branca, a mortalha, e o manto negro, o túmulo. Nossa dança projeta como os sufis descartam o próprio eu, como se arrancassem um pedaço de pele morta.

Antes de sair da arena para o palco, Rumi recitou um poema:

O gnóstico escapou dos cinco sentidos
E das seis direções e o torna consciente do que está além deles.

Com tais sentimentos, estávamos prontos. Primeiro, veio o som do *ney*. Depois, Rumi entrou no palco, em seu papel de *semazenbashi*. Um por um, os dervixes o seguiram, com as cabeças baixas em sinal de modéstia. O último a surgir tinha de ser o xeique. Embora eu tivesse resistido à ideia, Rumi insistiu para que eu fizesse o papel naquela noite.

O *hafiz* cantou o verso do Alcorão: *Decerto há sinais na terra para as pessoas que têm certeza; e dentro de vocês também. Não veem?*

Eles iniciaram o *kudüm*, acompanhando o som forte do *ney* e do *rebab*.

Ouçam o bambu e a história que ele conta,
como ele canta sobre a separação:
Desde que me cortaram do bambuzal,
meu choro faz homens e mulheres chorarem.

Entregando-se inteiramente nas mãos de Deus, o primeiro dervixe começou a rodopiar, com a barra de sua saia gentilmente ondulando, como se tivesse vida própria. Todos nos juntamos a ele, girando até que no nosso entorno não houve mais nada a não ser a Unidade. Seja o que for que tenhamos recebido dos céus, nós o transmitimos à terra, de Deus para as pessoas. Todos e cada um de nós nos tornamos um elo entre o Amante e o Amado. Quando a música cessou, juntos agradecemos às forças essenciais do universo: fogo, ar, terra e água, assim como ao quinto elemento, o vazio.

Não me arrependo do que ocorreu entre mim e Caicosroes ao final da apresentação. Mas lamento ter posto Rumi em uma posição difícil. Como um homem que sempre usufruiu do privilégio e da proteção, ele nunca antes discordou de um governante. Agora, experimenta pelo menos uma leve consciência daquilo que as pessoas comuns vivem o tempo todo — o vasto, profundo hiato entre a elite dominante e as massas.

E, com isso, creio que está chegando ao fim meu tempo em Konya.

Todo amor e amizade verdadeiros é uma história de transformação surpreendente. Se formos a mesma pessoa antes e depois de amar, isso significa que não amamos o suficiente.

Com a iniciação na poesia, na música e na dança, a transformação de uma grande parte de Rumi está completa. Antes um estudioso rígido, que não gostava de poesia e um pregador que amava o som da própria voz quando fazia seus sermões para os outros, Rumi se tornava ele próprio um poeta, a voz do vazio puro, embora talvez não tenha se dado inteiramente conta disso. Quanto a mim, eu também mudei e estou mudando. Estou mudando do ser para o nada. De uma estação para a outra, de um estágio para o seguinte, da vida para a morte.

Nossa amizade foi uma bênção, um presente de Deus. Nós prosperamos, nos regozijamos, desabrochamos e usufruímos da companhia um do outro, saboreando absoluta alegria e totalidade.

Lembro-me do que Baba Zaman um dia me disse. Para que a seda se faça, o bicho-da-seda precisa morrer. Sentado ali na arena em que rodopiamos, depois que todos tinham ido embora e o burburinho cessara, entendi que meu tempo ao lado de Rumi estava chegando ao fim. Através de nosso companheirismo, Rumi e eu vivenciamos uma excepcional beleza e aprendemos o que é encontrar a eternidade através de dois espelhos que se refletem, infinitamente. Mas a velha máxima ainda se aplica: onde há amor, deve também haver dor.

Ella

NORTHAMPTON, 29 DE JUNHO DE 2008

"Bem além dos mais loucos sonhos", disse Aziz, "coisas estranhas acontecem com as pessoas quando elas estão prontas para o que é incomum e inesperado." Mas nem um fio de cabelo de Ella estava pronto para a única coisa estranha que aconteceu naquela semana: Aziz Z. Zahara veio a Boston para encontrar com ela.

Era noite de domingo. Os Rubinstein haviam acabado de se sentar para comer quando Ella viu que tinha uma mensagem de texto em seu celular. Imaginando que fosse alguém do Clube de Fusion Food, não se apressou em ir verificar. Em vez disso, serviu a especialidade do jantar: pato laqueado com mel, com batata sautée e cebolas caramelizadas, sobre leito de arroz integral. Assim que pôs o pato na mesa, todos se animaram. Até mesmo Jeannette, que estava triste depois de ter visto Scott com a nova namorada e concluído que ainda o amava, ficou animada.

Foi um jantar longo e lânguido, regado a bom vinho e com a conversa habitual. Ella participou totalmente de todos os assuntos discutidos à mesa. Com o marido, falou sobre repintar de azul o gazebo, com Jeannette, sobre o currículo intenso da universidade, e com os gêmeos, sobre alugar alguns novos DVDs, inclusive o último *Piratas do Caribe*. Somente depois de ter colocado os pratos sujos na lava-louças e de servir o crème brûlée de chocolate branco foi que lhe ocorreu checar a mensagem no celular.

> Oi, Ella, estou em Boston para um trabalho para a revista do Smithsonian. Acabo de sair do avião. Você gostaria de se encontrar comigo? Estou hospedado no Onyx, e adoraria ver você. Aziz.

Ella deixou o celular de lado e tomou seu lugar para comer a sobremesa, sentindo-se ligeiramente zonza.

— Tinha mensagem pra você? — perguntou David, erguendo a cabeça.

— Tinha. Era da Michelle — respondeu Ella, sem hesitar um segundo.

Virando o rosto angustiado para o outro lado, David limpou a boca, e em seguida, com incrível detalhismo e lentidão, dobrou o guardanapo, formando um quadrado perfeito.

— Sei — disse, quando acabou.

Ella sabia que o marido não acreditava nela, nem um pouquinho, mas achava que devia se manter firme naquela versão, não para convencer David ou enganar os filhos, mas por ela mesma, para que pudesse dar aquele único passo entre sua casa e o hotel de Aziz. Por isso, continuou, medindo cada palavra:

— Ela escreveu para me dizer que vai haver uma reunião amanhã de manhã na agência, a fim de discutir o catálogo do próximo ano. Ela quer que eu participe.

— Então você deve ir — disse David, um brilho nos olhos indicando que ele também estava jogando aquele jogo. — Por que não pega uma carona comigo de manhã, e assim vamos juntos? Eu poderia mudar o horário de algumas consultas.

Ella encarou o marido, aterrada. O que ele estava tentando fazer? Será que queria fazer uma cena na frente dos filhos?

— Seria ótimo — respondeu ela, forçando um sorriso. — Mas teremos que sair antes das sete da manhã. Michelle disse que quer conversar comigo em particular antes que os outros cheguem.

— Ah, então pode esquecer — disse Orly, sabendo como o pai detestava acordar cedo. — Papai nunca ia acordar na hora!

Então, Ella e David se encararam, com os olhares em um nível acima das cabeças das crianças, cada um à espera de que o outro fizesse a próxima jogada.

— É verdade — admitiu David, afinal.

Ella aquiesceu, aliviada, embora sentisse uma leve onda de vergonha ante a própria audácia, porque acabava de ter outra ideia, ainda mais ousada.

— Vai ser mesmo muito cedo. Pensando bem, por que eu não vou *agora*?

A ideia de ir a Boston na manhã seguinte e tomar café com Aziz já era suficiente para fazer seu coração bater mais forte. Mas Ella queria ver Aziz imediatamente, não apenas no outro dia, que de repente parecia muito distante. Era uma viagem de quase duas horas de sua casa até Boston, mas ela não se importava. Por sua causa, Aziz viera de Amsterdã. Ela poderia muito bem dirigir por duas horas.

— Eu poderia chegar a Boston antes das dez da noite. E amanhã estaria na agência cedo o suficiente para encontrar Michelle antes da reunião.

Uma sombra de angústia passou pelo rosto de David. Pareceu decorrer uma eternidade antes de ele falar alguma coisa. Naquele longo instante, seus olhos eram os olhos de um homem que não tem mais nem força nem emoção para impedir sua mulher de ir ao encontro de outro homem.

— Posso dirigir até Boston hoje à noite e ficar no nosso apartamento — disse Ella, aparentemente falando com os filhos, mas na verdade se dirigindo a David.

Foi sua forma de assegurar ao marido que não haveria contato físico entre ela e quem quer que ele pressupusesse que fosse encontrar.

David se levantou da cadeira, com uma taça de vinho na mão. Fazendo um gesto indicando a direção da porta, sorriu com segurança para Ella, e acrescentou, um pouco depressa demais:

— Está bem, querida, se é isso que quer, você deve ir.

— Mas, mãe, achei que você ia me ajudar com o dever de matemática hoje à noite — reclamou Avi.

Ella sentiu o rosto quente.

— Eu sei, meu bem. Por que não deixamos isso para amanhã?

— Ah, esquece disso — disse Orly, virando-se para provocar o irmão. — Você não precisa da sua mamãe do seu lado o tempo todo. Quando é que vai crescer?

Avi franziu a testa e não falou mais nada, Orly apoiou e Jeannette não estava nem aí, fosse qual fosse o caso. Por isso, Ella pegou o celular e subiu as escadas. Assim que fechou a porta do quarto, atirou-se na cama e escreveu para Aziz.

Nem acredito que você está aqui. Daqui a duas horas eu chego no Onyx.

Olhou para o próprio celular com um pânico crescente, vendo a mensagem ser enviada. O que estava fazendo? Mas não havia tempo para pensar. Se fosse se arrepender por esta noite, o que suspeitava que aconteceria, poderia se arrepender mais tarde. Agora, precisava se apressar. Levou vinte minutos para tomar uma chuveirada, secar o cabelo, escovar os dentes, escolher um vestido, tirá-lo, escolher outro, depois outro, pentear o cabelo, colocar um pouco de maquiagem, procurar os brinquinhos que vovó Ruth lhe dera em seu aniversário de dezoito anos, e trocar mais uma vez de roupa.

Respirando fundo, botou um pouco de perfume. Eternity, de Calvin Klein. O frasco estava esperando no armário do banheiro há séculos. David não gostava de perfume. Dizia que mulher deve ter cheiro de mulher, não de bago de baunilha nem de pau de canela. Mas os homens europeus deviam ter uma opinião diferente a esse respeito, decidiu Ella. Perfume não era uma coisa importante na Europa?

Quando estava pronta, inspecionou a mulher no espelho. Por que ele não falou para ela que estava chegando? Se soubesse, Ella teria ido ao cabeleireiro, ido na manicure, feito uma massagem facial, talvez até mudasse o corte de cabelo. E se Aziz não gostasse dela? E se não houvesse nenhuma química entre eles, e ele se arrependesse de ter vindo até Boston?

De repente, ela caiu em si. Por que estava querendo mudar a própria aparência? Que diferença faria se houvesse ou não uma química entre eles? Qualquer aventura com esse homem estava fadada a ser efêmera. Ela tinha marido e filhos. Tinha uma vida. Seu passado estava aqui, assim como seu futuro. Aborrecida consigo mesma por ter se deixado levar por hipóteses tão improváveis, parou de pensar, o que sempre era mais fácil.

Às 19h45, deu um beijo de boa-noite nos filhos e saiu de casa. David não estava à vista.

Quando caminhou até o carro, balançando na mão as chaves do apartamento de Boston, sua mente ainda estava anestesiada, mas o coração batia com toda a força.

PARTE CINCO

O VAZIO

AS COISAS QUE ESTÃO PRESENTES
ATRAVÉS DE SUA AUSÊNCIA

PARTE CINCO

O VAZIO

Sultan Walad

KONYA, JULHO DE 1246

Botando o ar para dentro e para fora com dificuldade, mal conseguindo se manter de pé, meu pai entrou no meu quarto parecendo a sombra do homem que fora. Tinha bolsas sob os olhos, escuras e alarmantes, como quem ficou acordado a noite toda. Mas o que mais me surpreendeu foi que sua barba havia ficado branca.

— Meu filho, me ajude — pediu, em uma voz que não parecia a sua.

Corri até ele e o peguei nos braços.

— Faço qualquer coisa, meu pai. É só pedir.

Ele ficou em silêncio por um instante, como se esmagado pelo peso do que ia dizer.

— Shams se foi. Ele me deixou.

Por um breve momento, fui tomado por uma confusão e por uma estranha sensação de alívio, mas nada comentei. Embora estivesse triste e chocado, também me ocorreu que, afinal, podia ser melhor assim. Será que a vida agora não seria mais fácil e tranquila? Meu pai vinha ganhando muitos inimigos ultimamente, tudo por causa de Shams. Eu queria que as coisas voltassem a ser como eram antes de sua chegada. Será que Aladim estava certo? Para nós, não seria melhor viver sem a presença de Shams?

— Não se esqueça do quanto ele significa para mim — disse meu pai, como se intuísse meus pensamentos. — Ele e eu somos um só. A mesma lua tem um lado brilhante e outro escuro. Shams é meu lado indomável.

Aquiesci, sentindo-me envergonhado. Meu coração pesou. Meu pai não precisava dizer mais nada. Eu jamais vira tamanho sofrimento nos olhos de um homem. Senti a língua pesada dentro da boca. Fiquei sem poder falar por um tempo.

— Quero que você encontre Shams… quer dizer, desde que ele queira ser encontrado, claro. Traga-o de volta. Diga-lhe que meu coração está destroçado — falou meu pai, com a voz se tornando apenas um sussurro. — Diga-lhe que sua ausência está me matando.

Prometi a ele que traria Shams de volta. A mão dele apertou a minha de tal forma, em agradecimento, que tive de desviar os olhos, pois não queria que ele visse a indecisão em meu olhar.

Passei a semana inteira percorrendo as ruas de Konya, na esperança de traçar os passos de Shams. A essa altura, todos na cidade já tinham ouvido falar de seu desparecimento, e havia muita especulação a respeito de seu paradeiro. Encontrei um leproso que amava Shams imensamente. Ele me mandou procurar muitas pessoas infelizes e desesperadas, a quem o dervixe itinerante tinha ajudado. Nunca soube que havia tantas pessoas que amavam Shams, já que aquelas eram pessoas que até então eram invisíveis para mim.

Certa noite, voltei para casa cansado e desorientado. Kerra me trouxe uma tigela de pudim de arroz, exalando um aroma de essência de rosas. Sentou-se ao meu lado e ficou me vendo comer, com o rosto marcado por sinais de angústia. Não pude deixar de notar o quanto envelhecera de um ano para cá.

— Soube que você está tentando trazer Shams de volta. Você sabe para onde ele foi? — perguntou.

— Há rumores de que ele pode ter ido para Damasco. Mas também ouvi pessoas dizerem que ele foi para Isfahan, Cairo ou mesmo Tabriz, sua cidade natal. Precisamos verificar em todas elas. Eu irei a Damasco. Alguns dos discípulos de meu pai irão para as outras três cidades.

Uma expressão solene cruzou o rosto de Kerra, e ela murmurou, como se pensasse em voz alta:

— Maulana está escrevendo versos. São lindos. A ausência de Shams o transformou em poeta.

Baixando os olhos para o tapete persa, com as faces úmidas e uma expressão de choro na boca redonda, Kerra suspirou, e então recitou o seguinte:

Eu vi o rei com o rosto da Glória
Ele que é o olho e o sol do paraíso

Agora, havia no ar alguma coisa que não estava ali antes. Percebi que havia um profundo conflito no íntimo de Kerra. Bastava olhar para seu rosto para entender o quão doloroso era para ela ver o marido sofrer. Estava pronta para fazer qualquer coisa ao seu alcance para vê-lo sorrir outra vez. E, no entanto, estava igualmente aliviada, quase feliz, por finalmente ter se livrado de Shams.

— E se eu não conseguir encontrá-lo? — perguntei em voz alta, para minha própria surpresa.

— Então, não haverá mais muita coisa a fazer. Continuaremos a viver nossas vidas, como antes — falou ela, exibindo uma centelha de esperança no olhar.

Naquele instante, entendi com toda a clareza e sem sombra de dúvida o que ela estava insinuando. Eu não precisava encontrar Shams de Tabriz. Não precisava sequer ir a Damasco. Poderia sair de Konya no dia seguinte, vagar por um tempo, encontrar uma boa estalagem de beira de estrada onde me hospedar, e voltar algumas semanas mais tarde, fingindo ter procurado Shams por todo lado. Meu pai confiaria em minha palavra, e o assunto estaria encerrado para sempre. Talvez fosse melhor assim, não apenas para Kerra e Aladim, que sempre desconfiaram de Shams, mas também para os alunos e discípulos de meu pai, e até mesmo para mim.

— Kerra — falei —, o que devo fazer?

E aquela mulher, que se convertera ao Islã para se casar com meu pai, que sempre fora uma mãe maravilhosa para mim e meu irmão, e que amava o marido a ponto de memorizar os poemas que ele escrevera para outra pessoa, lançou-me um olhar de dor, e nada disse. De repente, já não tinha palavras dentro de si.

Eu precisaria encontrar a resposta por mim mesmo.

Rumi

KONYA, AGOSTO DE 1246

Bem árido é o mundo, destituído de sol, desde que Shams se foi. Esta cidade é triste, um lugar frio, e minha alma está vazia. À noite, não durmo, e durante o dia só faço vagar. Estou aqui e não estou em parte alguma — um fantasma em meio à gente. Não posso evitar sentir raiva de todas as pessoas. Como podem seguir vivendo suas vidas, como se nada tivesse mudado? Como pode a vida ser a mesma sem Shams de Tabriz?

Todos os dias, do alvorecer ao crepúsculo, sento-me sozinho na biblioteca e não penso em nada além de Shams. Lembro-me daquilo que ele, com uma ponta de dureza na voz, me disse um dia: "Um dia, você será a voz do amor".

Nada sei sobre isso, mas é verdade que, nesses dias, o silêncio tem sido algo difícil para mim. As palavras me dão uma abertura para atravessar a escuridão de meu coração. Isso é tudo o que Shams quis desde o início, não é? Fazer de mim um poeta!

A vida é perfeição. Todo incidente que ocorre, seja mínimo ou colossal, e cada dificuldade que enfrentamos nada mais é que um aspecto de um plano divino que leva a seu objetivo. A provação é intrínseca à vida dos humanos. É por isso que está escrito no Alcorão: *Decerto mostraremos Nosso caminho àqueles que seguem arduamente em Nosso caminho.* Não existem coincidências nos desígnios de Deus. E não é coincidência que Shams de Tabriz tenha surgido em meu caminho naquele dia de outubro, quase dois anos atrás.

— Não vim até você por causa do vento — disse ele.

E então me contou uma história:

Era uma vez um mestre sufi que, de tão sábio, recebera o sopro de Jesus. Tinha apenas um aluno e estava muito feliz com o que lhe cabia. Mas o discípulo pensava de forma diferente. Em seu desejo de que todos se maravilhassem com os poderes do mestre, vivia pedindo a ele que aceitasse mais discípulos.

— Está bem — dissera finalmente o mestre. — Se isso o fará feliz, vou fazer o que você pede.

Naquele dia, foram a um mercado. Em uma das bancas, havia uns doces em forma de passarinhos. Assim que o mestre soprou sobre os doces, os pássaros ganharam vida e saíram voando no vento. Sem fala, as pessoas da cidade imediatamente o cercaram, com admiração. A partir daquele dia, todos na cidade teceram loas ao mestre. Logo, os seguidores e admiradores eram tantos em torno dele, que o primeiro discípulo mal conseguia vê-lo.

— Ah, mestre, eu estava errado. Antes era muito melhor — murmurara o aluno, cheio de tristeza. — Faça alguma coisa. Faça com que todos vão embora, por favor.

— Está bem. Se isso o fará feliz, vou enxotá-los.

No dia seguinte, quando estava rezando, o mestre soltou um pum. Os seguidores dele ficaram horrorizados. Um por um, eles se viraram e se afastaram. Apenas o primeiro discípulo ficou.

— Por que você não foi embora com os outros? — perguntara o mestre.

E o discípulo respondera:

— Eu não vim estudar com o senhor por causa do primeiro sopro, nem vou deixá-lo por causa do segundo.

Tudo o que Shams fazia, ele fazia pela minha perfeição. Foi isso que as pessoas da cidade jamais conseguiram entender. Shams insuflava deliberadamente as chamas da intriga, tocando em pontos delicados, e proferia palavras que soavam como blasfêmia aos ouvidos comuns, chocando e provocando as pessoas, inclusive aquelas que o amavam. Atirou meus livros na água, forçando-me a desaprender tudo o que sabia. Embora todos já tivessem ouvido que ele era contra xeiques e estudiosos, poucas pessoas sabiam o quanto ele era capaz de fazer o *tafsir*. Shams tinha um conhecimento profundo sobre alquimia, astrologia, astronomia, teologia, filosofia e lógica, mas guardava essa sua sapiência longe dos olhos dos ignorantes. Embora fosse um *alfaqui*, agia como se fosse um faquir.

Ele abriu nossa porta para uma prostituta, fazendo-nos dividir nossa comida com ela. Mandou-me a uma taberna e me encorajou a conversar com bêbados. Certa vez, me fez mendigar em frente à mesquita na qual costumava pregar, forçando-me a me pôr no lugar de um mendigo leproso.

Afastou-me primeiro dos meus admiradores, depois da elite governante, pondo-me em contato com a gente comum. Graças a ele, pude conhecer pessoas que, de outra forma, jamais conheceria. Em sua crença de que todos os ídolos que se interpõem entre o indivíduo e Deus devem ser demolidos, aí incluídos a fama, a riqueza, o padrão social e até mesmo a religião, Shams cortou todas as amarras que me ligavam à vida que eu conhecia. Onde quer que visse alguma barreira, algum preconceito ou tabu, ele agarrava o touro pelos chifres e o enfrentava.

Por ele, passei por dificuldades e provas, estados e estágios, cada qual me fazendo mais depreciado ante os olhos dos meus mais leais discípulos. Antes, eu tinha inúmeros admiradores; agora, já me livrei da necessidade de uma plateia. De golpe em golpe, Shams conseguiu arruinar minha reputação. Por causa dele, aprendi o valor da loucura e provei o gosto da solidão, do desamparo, da calúnia, da reclusão e, finalmente, do coração despedaçado.

Corra de tudo o que você considerar vantajoso!
Beba veneno e jogue fora a água da vida!
Abandone a segurança e fique em lugares temíveis!
Jogue fora a reputação, torne-se desonrado e sem-vergonha!

Ao fim e ao cabo, não somos todos nós postos à prova? Todo dia, a cada minuto que passa, Deus nos pergunta: *Você se lembra do acordo que fizemos antes que você fosse mandado a esse mundo? Compreende seu papel na revelação do Meu tesouro?*

Na maior parte das vezes, não estamos prontos para responder a tais perguntas. Elas são por demais assustadoras. Mas Deus é paciente. Ele pergunta e torna a perguntar.

E se este coração despedaçado for, também, parte da provação, meu único desejo é encontrar Shams no final de tudo. Meus livros, sermões, minha família, minha saúde, meu nome — estou pronto a abrir mão de tudo e todos, apenas para ver o rosto dele mais uma vez.

Outro dia Kerra disse que estou me tornando poeta, quase sem querer. Apesar de nunca ter tido os poetas em alta conta, não fiquei surpreso ao ouvi-la dizer isso. Em qualquer outro momento, poderia ter discordado, mas não mais.

Minha boca despeja versos de maneira constante e involuntária, e, ao ouvi-los, as pessoas podem mesmo pensar que estou virando poeta. O Sultão da Linguagem! Mas a verdade, até onde sei, é que esses poemas não me pertencem. Sou apenas um veículo para as letras que me são postas na boca. Como uma pena que escreve as palavras que lhe obrigam a escrever, ou uma flauta que toca a melodia que lhe é soprada, eu, também, apenas faço a minha parte.

Maravilhoso sol de Tabriz! Onde está você?

Shams

DAMASCO, ABRIL DE 1247

Brilhante e plena era a primavera em Damasco, e dez meses se tinham passado desde minha partida de Konya, quando Sultan Walad me encontrou. Sob um céu azul, eu jogava xadrez com um eremita cristão chamado Francisco. Era um homem cujo equilíbrio interior não se abalava com facilidade, um homem que sabia o significado da palavra submissão. E, como o Islã significa a paz interior que decorre da submissão, Francisco era, para mim, mais muçulmano do que muitos que declaram sê-lo. Porque esta é uma das Quarenta Regras: *A submissão não significa ser fraco ou passivo. Ela não nos conduz nem ao fatalismo nem à capitulação. É justamente o oposto. O poder reside na submissão — um poder que vem de dentro. Aqueles que se submetem à essência divina da vida viverão em imperturbável tranquilidade e paz, mesmo que o mundo inteiro esteja enfrentando turbulência atrás de turbulência.*

Fiz um movimento com meu vizir a fim de forçar Francisco a trocar a posição de seu rei. Com uma decisão rápida e corajosa, ele moveu a torre. Estava começando a desconfiar que ia perder aquele jogo, quando ergui os olhos e me vi frente a frente com Sultan Walad.

— Estou feliz em vê-lo — falei. — Então você resolveu, afinal, procurar por mim.

Sultan Walad me deu um sorriso triste, depois ficou ainda mais sombrio, surpreso em ver que eu sabia do conflito interno que ele vinha batalhando. Mas sendo, como era, um homem honesto, não negou a verdade.

— Passei algum tempo vagando por aí, sem procurar por você. Mas, depois, vi que não podia mais agir assim. Não ia conseguir mentir para meu pai. Vim para Damasco e comecei a procurá-lo, mas você foi difícil de encontrar.

— Você é um homem honesto e um bom filho — falei. — Um dia, em breve, será uma grande companhia para seu pai.

Sultan Walad balançou a cabeça, com tristeza.

— Você é a única companhia de que ele precisa. Quero que volte para Konya comigo. Meu pai precisa de você.

Muitas coisas passaram por minha cabeça ao ouvir esse convite, e nenhuma delas foi clara, a princípio. Meu *nafs* reagiu com medo ante a ideia de voltar ao lugar onde sem dúvida eu não seria bem recebido.

Não lhe dê ouvidos. Sua missão está terminada. Você não deve voltar a Konya. Lembre-se do que Baba Zaman lhe falou. É perigoso demais. Se você voltar àquela cidade, jamais tornará a sair de lá.

Eu queria continuar viajando pelo mundo, encontrando novas pessoas, conhecendo cidades. Tinha gostado de Damasco também, e bem poderia ficar até o inverno seguinte. Viajar para outro lugar sempre trazia uma forte sensação de solidão e tristeza para a alma de um homem. Mas, com Deus do meu lado, eu estava contente e pleno em minha solidão.

Contudo, sabia muito bem que meu coração estava em Konya. Sentia tanta falta de Rumi que era dolorosa a simples menção de seu nome. No fim das contas, que diferença faria em que cidade eu ficasse, já que Rumi não estava comigo? Onde quer que ele vivesse, lá estaria minha quibla.

Movi meu rei no tabuleiro de xadrez. Francisco arregalou os olhos, ao detectar a posição fatal. Mas no xadrez, assim como na vida, há movimentos que fazemos para vencer e há movimentos que fazemos porque são a coisa certa a ser feita.

— Por favor, venha comigo — implorou Sultan Walad, interrompendo meus pensamentos. — As pessoas que fizeram intrigas contra você e que o trataram mal agora estão arrependidas. Dessa vez, tudo será melhor, eu prometo.

Meu rapaz, você não pode fazer uma promessa dessas, pensei em dizer a ele. *Ninguém pode!*

Mas, em vez disso, falei:

— Gostaria de assistir ao pôr do sol em Damasco mais uma vez. Amanhã partiremos para Konya.

— É mesmo? Muito obrigado! — exclamou Sultan Walad, com alívio. — Você não pode imaginar o que isso vai significar para meu pai.

Virei-me então para Francisco, que esperava pacientemente que eu voltasse para o jogo. Quando viu que eu estava prestando atenção, ele abriu um sorriso travesso.

— Cuidado, meu amigo — disse, com voz triunfante. — Xeque-mate.

Kimya

KONYA, MAIO DE 1247

Bravateando um olhar misterioso, além de um comportamento distante que nunca tivera antes, Shams de Tabriz entrou novamente em minha vida. Parece muito mudado. Com o cabelo crescido a ponto de lhe cair nos olhos e a pele bronzeada pelo sol de Damasco, está ainda mais jovem e bonito. Mas há alguma coisa a mais nele, uma transformação que não consigo bem compreender. Por mais que seus olhos escuros continuem brilhantes e inquietos como antes, têm hoje uma cintilação diferente. Não posso deixar de pensar que hoje ele tem os olhos de um homem que já viu tudo e que não quer lutar mais.

Mas acho que uma transformação ainda mais profunda está acontecendo com Rumi. Pensei que todas as suas inquietações fossem diminuir com a volta de Shams, mas não parece ser este o caso. No dia em que Shams retornou, Rumi foi recebê-lo do lado de fora das muralhas da cidade, levando flores. Mas, assim que a alegria dos primeiros dias passou, Rumi se tornou ainda mais ansioso e fechado do que antes. Acho que sei a razão. Tendo perdido Shams um dia, ele teme tornar a perdê-lo. Eu o entendo melhor do que ninguém, porque eu própria também tenho medo de perder Shams.

A única pessoa com quem divido meus sentimentos é Gevher, a primeira mulher de Rumi. Bem, ela não é tecnicamente uma *pessoa*, mas tampouco a defino como um fantasma. Menos sonhadora e etérea do que a maioria dos fantasmas que conheço, ela se movimenta como um lento curso d'água em torno de mim, desde que vim para esta casa. Embora conversemos sobre quase tudo, ultimamente só há um assunto entre nós: Shams.

— Rumi está tão aborrecido, eu gostaria muito de poder ajudá-lo — falei para Gevher hoje.

— Talvez possa. Há uma coisa tomando conta da mente dele por esses dias, mas ele ainda não contou para ninguém — disse Gevher, misteriosa.

— O que é? — perguntei.

— Rumi pensa que se Shams se casar e constituir família, as pessoas da cidade já não ficarão tanto contra ele. Haveria menos intrigas, e Shams não precisaria ir embora de novo.

Meu coração deu um salto. Shams se casar! Mas com quem?

Gevher me deu uma longa olhada, e disse:

— Rumi tem pensado se *você* não gostaria de se casar com Shams.

Fiquei perplexa. Não que fosse a primeira vez que casamento passasse por minha mente. Aos quinze anos, eu sabia que tinha chegado à idade de me casar, mas também sabia que as meninas que se casavam sofriam uma transformação definitiva. O olhar delas se modificava, e passavam a ter outro comportamento, a ponto de as pessoas começarem a tratá-las de forma diferente. Mesmo as crianças pequenas percebiam a diferença entre mulheres casadas e solteiras.

Gevher deu um sorriso terno e segurou-me a mão. Ela percebera que era o casamento em si que me preocupara, não o casamento com Shams.

No dia seguinte, de tarde, fui encontrar com Rumi e o encontrei imerso em um livro chamado *Tahāfut al-Tahāfut*.

— Diga-me, Kimya — começou ele, amorosamente. — O que posso fazer por você?

— Quando meu pai me trouxe até aqui, o senhor tinha dito que uma garota não podia ser tão boa aluna quanto um rapaz, porque teria de se casar e criar filhos, lembra-se?

— Claro que me lembro — respondeu ele, com os olhos castanhos cheios de curiosidade.

— Naquele dia, eu prometi a mim mesma jamais me casar, para que continuasse sendo sua aluna para sempre — falei, com a voz trêmula ante o peso daquilo que diria em seguida. — Mas talvez seja possível eu me casar e não precisar ir embora desta casa. Quer dizer, se eu me casar com alguém que vive aqui...

— Você está me dizendo que quer se casar com Aladim? — perguntou Rumi.

— Aladim? — repeti, chocada.

O que o teria feito pensar que eu queria me casar com Aladim? Ele era como um irmão para mim.

Rumi deve ter percebido minha surpresa.

— Há algum tempo, Aladim veio até mim e pediu sua mão em casamento — contou.

Engoli em seco. Sabia que não era apropriado, para uma moça, ficar fazendo muitas perguntas sobre esses assuntos, mas estava louca para saber mais.

— E o que o senhor respondeu, mestre?

— Disse que primeiro teria que perguntar a você — respondeu Rumi.

— Mestre... — murmurei, a voz falhando. — Eu vim aqui para lhe dizer que quero me casar com Shams de Tabriz.

Rumi lançou-me um olhar de quem quase não podia acreditar.

— Tem certeza do que está dizendo?

— Poderia ser uma coisa boa, de várias maneiras — expliquei, enquanto a necessidade de falar mais brigava com o medo de ter falado demais. — Shams seria parte da nossa família e jamais teria que ir embora outra vez.

— Então é por isso que você quer se casar com Shams? Para ajudá-lo a ficar aqui? — perguntou Rumi.

— Não — respondi. — Quer dizer, sim, mas isso não é tudo... eu acredito que Shams é o meu destino.

Era o mais perto que eu podia chegar de confessar a alguém que amava Shams de Tabriz.

A primeira pessoa que ouviu falar do casamento foi Kerra. Com um silêncio surpreso, ela recebeu as novas com um sorriso triste, mas assim que nos vimos sozinhas na casa, começou a me fazer perguntas.

— Você tem certeza de que é isso que quer fazer? Não está fazendo isso só para ajudar Rumi, está? — perguntou. — Você é tão jovem! Não acha que devia se casar com alguém mais da sua idade?

— Shams diz que no amor todas as fronteiras desaparecem — falei.

Kerra deu um suspiro alto.

— Minha filha, eu gostaria que as coisas fossem assim tão simples — comentou, enfiando um cacho de cabelo grisalho sob o véu. — Shams é um dervixe itinerante, um homem sem lei. Homens como ele não estão acostumados a uma vida doméstica, e não dão bons maridos.

— Tudo bem, ele pode mudar — concluí, com firmeza. — Eu darei a ele tanto amor e felicidade que ele terá de mudar. Aprenderá a ser um bom marido e um bom pai.

E assim se encerrou nossa conversa. Seja o que for que Kerra viu em meu rosto, ela não fez mais objeções.

Dormi tranquilamente naquela noite, sentindo-me exultante e decidida. Mal sabia eu que estava cometendo o mais comum e o mais doloroso dos erros que as mulheres já cometeram através dos tempos: ingenuamente acreditar que, com seu amor, poderão mudar o homem amado.

Kerra

KONYA, MAIO DE 1247

Botar a mão em um assunto tão profundo e delicado como o amor é como tentar capturar uma lufada de vento. Você pode sentir o mal que o vento está a ponto de causar, mas não há como pará-lo. Depois de um tempo, não fiz mais nenhuma pergunta para Kimya, não porque suas respostas me houvessem convencido, mas por ter visto nos olhos dela uma mulher apaixonada. Parei de questionar esse casamento, aceitando-o como uma das coisas estranhas da vida, que não posso controlar.

O mês do Ramadã foi tão rápido e agitado que não voltei a ter tempo de tratar do assunto. O Eid caiu no domingo. Quatro dias depois, foi o casamento de Kimya e Shams.

Na noite da véspera do casamento, aconteceu algo que mudou completamente meu humor. Eu estava sozinha na cozinha, sentada diante de uma bancada cheia de farinha e de um rolo de massa, preparando pão ázimo para os convidados. De repente, sem pensar no que estava fazendo, comecei a dar forma a uma bola de massa. Esculpi uma pequena e delicada Virgem Maria. Minha Virgem Maria. Com a ajuda de uma faca, delineei a túnica comprida e o rosto, calmo e compassivo. Estava tão absorta naquilo que não notei que havia alguém atrás de mim.

— O que é isso que você está fazendo, Kerra?

Meu coração deu um salto dentro do peito. Quando me virei, vi Shams de pé junto à porta, olhando-me com uma expressão inquisitiva. Pensei em esconder a massa, mas era tarde. Shams se aproximou da bandeja e olhou a figura.

— É Maria? — perguntou. E, quando eu não respondi, ele me olhou com uma expressão radiante e disse: — Mas ela é linda! Você sente falta de Maria?

— Eu me converti há muitos anos. Sou uma mulher muçulmana — respondi, secamente.

Mas Shams continuou a falar, como se não tivesse escutado.

— Talvez você se pergunte por que o Islã não tem uma figura feminina como Maria. Existe Aixa, claro, e certamente Fátima, embora você talvez possa pensar que não é a mesma coisa.

Fiquei constrangida, sem saber o que dizer.

— Posso contar uma história? — perguntou Shams.

E eis o que ele me contou:

Havia certa vez quatro viajantes, um grego, um árabe, um persa e um turco. Ao chegarem a uma pequena cidade, eles decidiram comer alguma coisa. Como tinham pouco dinheiro, só poderiam fazer uma escolha. Cada um deles disse que tinha em mente a melhor comida do mundo. Quando perguntados que comida era, o persa respondeu "angoor", o grego disse "staphalion", o árabe pediu "aneb" e o turco falou "üzüm". Sem entender a língua um do outro, eles começaram a discutir.

Ficaram discutindo entre si, cada vez mais amargos e ressentidos uns com os outros, até que um sufi passou por eles e os interrompeu. Com o dinheiro coletado, o sufi comprou um cacho de uva. Pôs então as uvas numa tigela e as prensou com força. Fez os viajantes beberem o suco e jogou fora a casca, porque o que importava era a essência da fruta, não sua forma exterior.

— Cristãos, judeus e muçulmanos são como esses viajantes. Enquanto discutem as formas externas, o sufi busca a essência — falou Shams, dando-me um sorriso tão entusiasmado que foi difícil resistir a ele. — O que estou tentando dizer é que não há razão para você sentir falta de Maria, porque não precisa abandoná-la. Como mulher muçulmana, pode continuar sentindo uma ligação com ela.

— Eu… não creio que isso seria correto — balbuciei.

— Não vejo por que não. As religiões são como rios: todas correm para o mesmo mar. A Virgem Maria simboliza a compaixão, a misericórdia, o afeto e o amor incondicional. Ela é tanto pessoal quanto universal. Como mulher muçulmana, você pode continuar a gostar dela, e pode até mesmo dar à sua filha o nome de Maria.

— Eu não tenho uma filha — falei.

— Mas terá.

— Você acha?

— Eu sei.

Fiquei feliz ao ouvir tais palavras, mas logo a felicidade foi substituída por outro sentimento: solidariedade. Dividindo um raro momento de serenidade e harmonia, ficamos os dois juntos olhando para a figura da Virgem Maria. Meu coração se enterneceu por Shams, e pela primeira vez desde que ele viera para nossa casa, pude ver o que Rumi via nele: um homem com um coração grande.

Mas, ainda assim, eu duvidava que ele pudesse ser um bom marido para Kimya.

Ella

BOSTON, 29 DE JUNHO DE 2008

Beirando um ataque de nervos, Ella já não conseguia raciocinar direito quando chegou ao hotel. Havia um grupo de turistas japoneses no lobby, todos parecendo ter por volta de setenta anos e o mesmo penteado. Ela atravessou o lobby, observando as pinturas nas paredes, para não ter de encarar as pessoas à sua volta. Mas logo sua curiosidade venceu a timidez. E assim que seu olhar deslizou para a sala de reuniões, ela o viu, olhando-a.

Ele usava uma camisa abotoada de cor cáqui, calças escuras de cotelê e uma barba de dois dias que ela achou que o deixava muito atraente. O cabelo encaracolado e castanho lhe caía sobre os olhos verdes, dando-lhe um ar a um só tempo confiante e travesso. Magro e ereto, leve e ágil, ele era muito diferente de David, com seus ternos caros. Falava com um sotaque escocês, que Ella achou charmoso, e sorria de um jeito relaxado, parecendo genuinamente feliz e animado em vê-la. Ella não pôde deixar de se perguntar que mal poderia haver em tomar um café com ele.

Mais tarde, não conseguiria explicar como uma xícara se transformou em várias xícaras, como a conversa foi ganhando um tom cada vez mais intimista, nem como a certa altura ele deu um beijo na ponta de seus dedos, tampouco como ela nada fez para detê-lo. Depois de um tempo, nada mais parecia importante, contanto que Aziz continuasse falando e ela pudesse manter os olhos na covinha que ele tinha no canto da boca, perguntando-se como seria beijá-lo ali. Passava muito das onze da noite. Ela estava em um hotel com um homem sobre o qual não sabia nada, além de alguns e-mails e telefonemas e do romance que ele escrevera.

— Então você está aqui para fazer um trabalho para a revista *Smithsonian*? — perguntou Ella.

— Para dizer a verdade, estou aqui por sua causa — respondeu Aziz. — Depois de ler sua carta, resolvi vir encontrar com você.

Mas ainda havia algumas saídas possíveis dessa estrada de alta velocidade. Até certo momento, foi possível fingir que tudo não passava de uma conversa entre amigos — os e-mails, as ligações, até mesmo os olhares. Havia um pouco de divertimento e flerte, talvez, mas nada mais do que isso. Ela poderia ter demarcado uma linha divisória. Quer dizer, isso até a hora que ele perguntou:

— Ella, você gostaria de subir até meu quarto?

Se aquilo era um jogo que os dois estavam jogando, foi nesse instante que ficou sério. A pergunta dele tornava tudo mais do que real, como se uma cortina tivesse sido erguida e a verdade, a verdade escondida que estivera lá o tempo todo, agora os encarasse. Ella sentiu um frio no estômago, um borbulhar que reconheceu como pânico, mas não regateou. Foi a decisão mais impulsiva que tomou na vida e, contudo, foi como se já tivesse sido tomada há muito tempo. A única coisa que precisava fazer era aceitar.

O quarto 608 era agradavelmente decorado em tons de preto, vermelho, cinza e bege. Era aconchegante e espaçoso. Ella tentou se recordar da última vez em que estivera em um hotel. Uma viagem a Montreal com o marido e os filhos, muito tempo antes, surgiu em sua mente. Depois disso, tinham passado todas as férias na casa deles em Rhode Island, e não havia razão para ela ficar em lugares onde as toalhas eram trocadas todos os dias e o café da manhã era feito por outras pessoas. Estar em um quarto de hotel era como estar em outro país. E talvez estivesse mesmo. Já podia sentir a liberdade frívola de que as pessoas usufruem quando estão numa cidade onde todos lhe são estranhos.

Mas, assim que chegaram ao quarto, o nervosismo dela voltou. Por mais bom gosto que tivesse a decoração e por mais espaçoso que fosse o quarto, a cama king-size estava ali, bem no centro. Estar perto dela fazia Ella se sentir estranha, culpada. Diversas perguntas angustiantes lhe vieram à mente, mas não chegou a nenhuma conclusão. Será que iam transar? Será que deviam? Se fossem, como ela ia olhar o marido nos olhos depois? Mas David nunca tivera a menor dificuldade em olhá-la nos olhos apesar de seus inúmeros casos, não é? E o que Aziz iria pensar de seu corpo? E se ele não gostasse? E ela não deveria estar agora pensando nos filhos? Será que estavam dormindo, ou acordados, assistindo à TV, a essa hora? Se eles soubessem o que ela estava prestes a fazer, será que a perdoariam?

Percebendo a inquietude dela, Aziz tomou sua mão e a levou até uma poltrona, a um canto, longe da cama.

— Shh.... — sussurrou ele. — Sua mente está tão agitada. Muitas vozes.

— Eu queria que tivéssemos nos encontrado antes — disse Ella, sem pensar.

— Não existe isso de antes ou depois, na vida — respondeu Aziz. — Tudo acontece no momento certo.

— Você acredita mesmo nisso?

Ele sorriu, afastando uma mecha de cabelo dos olhos. Em seguida, abriu a mala e tirou de dentro uma tapeçaria que trouxera da Guatemala, e uma caixinha de onde surgiu um colar de turquesa e corais vermelhos, com um dervixe girando, em prata.

Ella deixou que ele botasse o colar em seu pescoço. No ponto em que os dedos dele lhe tocavam a pele, ela sentiu calor.

— Eu sou como você esperava? — perguntou.

— Eu já amo você — disse Aziz, sorrindo.

— Mas você nem me conhece!

— Não preciso conhecer para amar.

Ella suspirou.

— Isso é loucura.

Aziz deu a volta e tirou o grampo que pendia o coque, soltando os cabelos de Ella. Então, com gentileza, conduziu-a até a cama. Lenta e carinhosamente, em círculos crescentes, subiu as palmas das mãos dos pés dela até os tornozelos, e dali em direção ao ventre. Enquanto isso, seus lábios sussurravam palavras que, para Ella, soavam como um código secreto ancestral. Então, ela compreendeu. Ele estava rezando. Enquanto suas mãos acariciavam cada centímetro do corpo dela, os olhos de Aziz permaneciam firmemente cerrados, e os lábios rezavam por ela. Era a coisa mais espiritual que Ella já vivenciara. E, embora estivesse vestida, assim como ele, e embora nada houvesse de carnal naquele ato, era a coisa mais sensual que já vivera.

De imediato, suas palmas, seus cotovelos, ombros, todo seu corpo começou a vibrar com uma estranha energia. Ela estava possuída por um desejo fantástico, como se flutuasse em águas mornas, ondulantes, em que a única saída era se entregar e sorrir. Percebeu uma presença viva em torno dele e em volta dela, como se ambos estivessem sendo banhados por uma chuva de luz.

Agora, Ella também fechava os olhos, levada por um rio alucinado, sem se amparar em nada. Talvez houvesse uma queda d'água no fim, pelo que sabia, mas mesmo que tivesse podido parar, não achava que o faria.

Ella sentiu um calor entre as pernas quando as mãos dele alcançaram seu ventre, ali desenhando um círculo. Era insegura a respeito do próprio corpo, das ancas, das coxas, do formato dos seios, todos muito distantes da perfeição depois de três filhos e tantos anos, mas essa ansiedade surgia e depois desaparecia. Sentindo-se leve, quase protegida, entrou em um estado de êxtase. E, em um átimo, viu que podia amar aquele homem. Poderia amá-lo muito.

Com esse sentimento, pôs os braços em torno do pescoço de Aziz, puxando-o para si, pronta a seguir em frente. Mas ele abriu os olhos de repente, beijou-a na ponta do nariz, e se afastou.

— Você não me quer? — perguntou Ella, impressionada com a fragilidade da própria voz.

— Não quero fazer nada que possa deixá-la infeliz depois.

Metade dela teve vontade de chorar; a outra ficou encantada. Uma estranha sensação de leveza tomou conta de seu ser. Estava muito confusa, mas, para sua imensa surpresa, sentir-se confusa era bom.

A 1h30 da manhã, Ella abriu a porta de seu apartamento em Boston. Deitou-se no sofá de couro, sem querer dormir na cama de casal. Não porque soubesse que seu marido já dormira ali com outras mulheres, mas porque, de algum modo, era melhor assim, como se essa casa já não lhe pertencesse, não mais do que um quarto de hotel, como se ela fosse uma hóspede lá e seu verdadeiro eu estivesse à espera em outro lugar.

Shams

KONYA, MAIO DE 1247

Bela noiva, não chore
Diga adeus à sua mãe, a seu pai
Amanhã você ouvirá os pássaros cantando
Mas nada será como antes...

No nosso casamento, escapei até o pátio e me sentei lá por um tempo, escutando uma velha canção de Anatólia que vinha de dentro da casa, junto com outros sons. Risos, música, conversas. Musicistas tocavam na seção das mulheres. Lá fiquei eu, pensando e cantando, estremecendo e sentindo-me anestesiado, tudo ao mesmo tempo. Refleti sobre a letra da canção. Por que será que as mulheres sempre cantavam canções tristes nas festas de casamento? Os sufis associavam a morte aos matrimônios e consideravam o dia em que morriam sua união com Deus. As mulheres também associavam o casamento à morte, embora por razões inteiramente diferentes. Mesmo quando estavam se casando felizes, eram tomadas por uma onda de tristeza. Em toda celebração de casamento, há um lamento pela virgem que em breve se tornará esposa e mãe.

Depois que os convidados se foram, voltei para dentro de casa e fiquei meditando em um canto, quieto. Em seguida fui para o quarto onde Kimya esperava por mim. Encontrei-a sentada na cama, usando uma veste branca, toda ornada de bordados em ouro, com os cabelos penteados em inúmeras tranças, cada uma delas cheia de contas. Era impossível ver sua expressão, pois seu rosto estava coberto por um espesso véu de tule vermelho. Exceto por uma vela que bruxuleava perto da janela, o quarto estava às escuras. O espelho na parede fora coberto por uma manta de veludo, já que se considerava má sorte uma noiva ver a própria imagem na noite de suas núpcias. Ao lado de nossa cama, havia uma romã e uma faca, para que pudéssemos comer da fruta e gerar tantos filhos quanto o número de sementes dentro dela.

Kerra me contara tudo sobre os costumes locais, lembrando-me de que eu deveria presentear a noiva com uma gargantilha de moedas de ouro, assim que levantasse o véu. Mas eu nunca tivera moedas de ouro na vida, e não queria presentear minha noiva com moedas emprestadas por outra pessoa. Assim, quando ergui o véu de Kimya, só dei a ela um pente de tartaruga e um leve beijo nos lábios. Ela sorriu. E, por um momento, eu me senti encabulado como um menininho.

— Você está linda — falei.

Ela corou. Mas em seguida ergueu os ombros, esforçando-se para parecer mais tranquila e madura do que jamais conseguiria.

— Agora eu sou sua mulher — falou.

Apontou então para o belo tapete no chão, que ela própria tecera com muito carinho, como parte de seu dote. Cores exuberantes, fortes contrastes. Assim que o vi, soube que cada nó e cada desenho daquele tapete tinham sido inspirados em mim. Kimya estivera tecendo os próprios sonhos.

Tornei a beijá-la. O calor de seus lábios fez uma onda de desejo percorrer meu corpo. Ela cheirava a jasmim e a flores silvestres. Deitando-me a seu lado, senti seu aroma e toquei seus seios, tão pequeninos e firmes. O que eu mais queria era penetrar nela e ali me perder. Ela se ofereceu a mim, como um botão de rosa que se abre às gotas de chuva.

Eu me afastei.

— Sinto muito, Kimya. Não posso fazer isso.

Ela me olhou, imóvel, espantada, com a respiração suspensa. Fui difícil suportar a decepção em seu olhar. Pus-me de pé.

— Preciso ir embora.

— Você não pode ir agora — disse Kimya, em uma voz que não parecia a dela. — O que as pessoas vão dizer se sair agora do quarto? Vão saber que nosso casamento não se consumou. E vão pensar que foi por minha causa.

— O que você quer dizer? — murmurei, um pouco para mim mesmo, pois sabia o que ela estava insinuando.

Desviando os olhos, Kimya tartamudeou algo incompreensível, e depois disse, baixinho:

— Vão pensar que eu não era virgem. E terei que viver com essa vergonha.

Aquilo fez meu sangue ferver, saber que a sociedade impunha tais regras ridículas a seus indivíduos. Esses códigos de honra não têm nada a ver com a harmonia que Deus criou, mas sim com a ordem que os seres humanos querem manter.

— Isso é absurdo. As pessoas têm que se preocupar com seus próprios assuntos — retruquei, embora sabendo que Kimya estava certa.

Em um gesto rápido, agarrei a faca ao lado da romã. Vi um traço de pânico no rosto de Kimya, logo substituído pela expressão de alguém que reconhece uma situação triste e a compreende. Sem hesitar, fiz um corte na palma da minha mão esquerda. O sangue pingou em nossas cobertas, deixando manchas de um vermelho escuro.

— Dê a eles essa coberta. Isso lhes calará a boca, e seu nome continuará puro e limpo, como deve ser.

— Por favor, espere! Não vá! — implorou Kimya. Pôs-se de pé e, sem saber o que fazer em seguida, repetiu mais uma vez: — Agora eu sou sua mulher.

Naquele instante, compreendi que erro terrível cometera ao me casar com ela. Com a cabeça latejando de dor, saí do quarto e me vi em meio à noite. Um homem como eu jamais deveria se casar. Não fora feito para a vida doméstica. Via isso com clareza. O que mais me entristecia era o quanto essa certeza me custava.

Senti enorme necessidade de fugir de tudo, não apenas daquela casa, do casamento, desta cidade, mas também do próprio corpo que me fora dado. Embora a ideia de ver Rumi na manhã seguinte me mantivesse ancorado aqui. Não podia abandoná-lo outra vez.

Estava preso em uma armadilha.

Aladim

KONYA, MAIO DE 1247

Brutal decisão aquela, da qual sabia que ia me arrepender amargamente, mas permaneci calado e não fiz nenhuma objeção ao casamento. Porém, no dia em que Kimya ia se casar com Shams, acordei com uma dor que nunca senti antes. Sentei-me na cama tentando respirar, como se estivesse me afogando, e então, furioso comigo mesmo por me permitir a autocomiseração, dei vários tapas em meu próprio rosto. Um suspiro estrangulado me escapou da boca. E foi esse som que me fez entender que eu já não era mais o filho de meu pai.

Eu não tinha mãe. Não tinha pai. Não tinha irmão. Não tinha Kimya. Estava inteiramente só no mundo. O pouco que me restava de respeito por meu pai desaparecera do dia para a noite. Kimya era como uma filha para ele. Eu achava que ele se importava com ela. Mas, pelo visto, a única pessoa com a qual se importa é Shams de Tabriz. Como podia casar Kimya com um homem daqueles? Qualquer um podia ver que Shams seria um péssimo marido. Quanto mais eu pensava no assunto, mais claro me parecia que meu pai sacrificara a felicidade de Kimya — e consequentemente a minha — só para manter Shams em segurança.

Passei o dia todo lutando contra esses pensamentos, enquanto era obrigado a assistir aos preparativos. A casa foi toda enfeitada, e o quarto onde os recém-casados iriam dormir foi lavado com água de rosas, para afastar os maus espíritos. Mas eles se esqueceram do mais maligno! Como iriam se defender de Shams?

No final da tarde, eu não aguentava mais. Decidido a não tomar parte naquela celebração que para mim era uma tortura, saí em direção à porta.

— Aladim, espere! Aonde você vai? — disse meu irmão atrás de mim, em um tom agressivo, forte.

— Vou passar a noite na casa de Irshad — respondi, sem olhar para ele.

— Ficou maluco? Como pode ir embora no dia do casamento? Se nosso pai ouvir falar disso, vai ficar com o coração partido.

Senti a raiva me subindo pelo estômago.

— E quanto aos outros corações que estão sendo partidos?

— Do que você está falando?

— Você ainda não entendeu? Nosso pai arranjou esse casamento apenas para agradar a Shams e ter certeza de que ele não vai fugir de novo! Ofereceu Kimya para ele em uma bandeja de prata.

Meu irmão franziu os lábios, parecendo zangado.

— Sei o que você está pensando, mas está errado. Acha que é um casamento forçado, mas foi Kimya quem quis se casar com Shams.

— Como se ela tivesse escolha — retruquei.

— Meu Deus, será que você não entende? — exclamou meu irmão, erguendo as mãos para o alto, como se pedisse ajuda a Deus. — Ela está apaixonada por Shams.

— Não torne a dizer isso. Não é verdade — falei, com a voz fraquejando como gelo quebradiço.

— Meu irmão — disse Sultan Walad —, por favor, não deixe que seu sentimento lhe tolde os olhos. Você está com ciúmes. Mas até mesmo o ciúme pode ser usado de forma construtiva e servir a propósitos mais exaltados. Até mesmo a descrença pode ser positiva. É uma das regras. Regra Número Trinta e Cinco: *Neste mundo, não há similitudes ou regularidades que nos levem à frente, mas sim os completos opostos. Todos os opostos do universo estão presentes em cada um de nós. Assim sendo, o crente precisa encontrar o descrente que tem dentro de si. E o descrente precisa conhecer a fé silente que há nele. Até o dia em que a pessoa chega ao estágio do Insan-i Kâmil, do ser humano perfeito, a fé é um processo gradual e todos precisamos de seu oposto: a descrença.*

Aquilo foi a gota d'água.

— Olha só, estou farto de toda essa baboseira melosa dos sufis. Além disso, por que preciso ficar ouvindo você? É tudo culpa sua! Você bem podia ter deixado Shams lá em Damasco. Por que o trouxe de volta? Se as coisas se complicarem, e tenho certeza de que isso vai ocorrer, você será responsável.

Meu irmão mordeu o interior da boca, com uma expressão que beirava o temor. Entendi, naquele instante, que, pela primeira vez na vida, ele estava com medo de mim e das coisas que eu era capaz de fazer. Foi um sentimento bizarro, mas estranhamente reconfortante.

Ao sair para a casa de Irshad, tomando as ruas transversais, malcheirosas, para que ninguém me visse chorando, eu só pensava em uma coisa: Shams e Kimya dividindo a mesma cama. O pensamento de Shams tirando a roupa de Kimya e tocando sua pele sedosa com aquelas mãos rudes, calosas, era revoltante. Meu estômago parecia dar um nó.

Eu sabia que uma fronteira fora transposta. Alguém precisava fazer alguma coisa.

Kimya

KONYA, DEZEMBRO DE 1247

Bem-casados, marido e mulher — é o que éramos para ser. Sete meses se passaram desde nossas núpcias. Durante todo esse tempo, ele não dormiu comigo, como meu marido, nem uma única vez. Por mais que eu tente esconder a verdade das pessoas, não posso deixar de achar que elas sabem. Às vezes, temo que a vergonha seja visível em meu rosto. Que isso seja a primeira coisa que as pessoas notam, como se estivesse escrito em minha testa. Quando estou conversando com vizinhos na rua, trabalhando no pomar ou regateando com os vendedores no bazar, só é preciso um olhar para as pessoas, mesmo estranhas, notarem que sou uma mulher casada, mas que continuo virgem.

Não que Shams não venha até meu quarto. Ele vem. Sempre que quer vir me visitar à noite, pergunta com antecedência se eu concordo. E eu sempre dou a mesma resposta:

— Claro que sim — digo. — Você é meu marido.

E então, por todo o dia, eu aguardo ansiosa por ele, esperando e rezando que dessa vez nosso casamento seja consumado. Mas quando ele finalmente bate à minha porta, quer apenas sentar-se e conversar. Também gosta de ler junto comigo. Já lemos *Layla e Majnun, Farhad e Shirin, José e Zuleica, O rouxinol e a rosa* — histórias de amantes que se amaram contra tudo e contra todos. Apesar da força e determinação dos personagens principais, acho essas histórias deprimentes. Talvez seja porque, lá no fundo, eu sei que nunca vou experimentar o amor em tais proporções.

Quando não está lendo histórias, Shams fala sobre as Quarenta Regras dos Místicos Itinerantes do Islã — os princípios básicos da religião do amor. Certa vez, ele pôs a cabeça em meu colo enquanto explicava uma das regras. Fechou os olhos lentamente, e sua voz se transformou em um sussurro, até que ele adormeceu. Meus dedos percorreram seus cabelos longos, e meus lábios beijaram sua testa. Pareceu uma eternidade até que ele abrisse os olhos. Puxando-me para si, ele me beijou de leve. Foi o momento mais maravilhoso que tivemos juntos. Mas foi só. Até hoje, o corpo dele é um continente desconhecido para mim, assim como o meu para ele.

Ao longo desses sete meses, eu também estive no quarto dele várias vezes. Mas a cada vez que o visito sem antes de me anunciar, meu coração se confrange de ansiedade, pois nunca sei como ele irá me receber. É impossível prever o humor de Shams. Às vezes, ele é tão amoroso e terno, que eu esqueço toda a minha tristeza, mas em outros momentos pode ser extremamente mal-humorado. Certa vez, bateu a porta na minha cara, gritando que queria ficar sozinho. Aprendi a não me ofender, assim como aprendi a não o perturbar quando ele está em profunda meditação.

Por muitos meses, após o casamento, eu fingi estar conformada, talvez menos para os outros e mais para mim mesma. Obriguei-me a ver Shams não como marido, mas como quase tudo o mais: amigo, alma gêmea, mestre, companheiro, até mesmo filho. Dependendo do dia, dependendo de seu estado de ânimo, eu pensava nele como uma coisa ou outra, vestindo-o com uma diferente roupagem em minha imaginação.

E, durante algum tempo, deu certo. Sem esperar muito, comecei a usufruir de antemão as conversas que íamos ter. Agradava-me imensamente o fato de Shams apreciar o que eu pensava e me encorajar a pensar de maneira mais vasta. Aprendi tantas coisas com ele e, com o tempo, me dei conta de que eu também poderia ensinar-lhe algumas coisas, como quais são as alegrias da vida em família, algo que Shams jamais experimentara. Até hoje, acredito que consigo fazê-lo rir melhor do que ninguém.

Mas não foi o bastante. Não importava o que eu fizesse, era impossível tirar da cabeça o pensamento de que ele não me amava. Não tinha dúvida de que ele tinha afeição por mim, e que suas intenções eram boas. Mas isso não chegava nem perto de ser amor. Essa ideia foi tão angustiante que me corroeu por dentro, devorando-me corpo e alma. Comecei a me afastar das pessoas à minha volta, amigos e vizinhos. Preferia agora ficar no meu quarto e conversar com os mortos. Ao contrário dos vivos, eles nunca julgam ninguém.

Além dos mortos, a única amiga que tenho é Rosa do Deserto.

Unidas em nosso desejo de nos manter afastadas do olhar alheio, tornamo-nos boas amigas. Ela é agora uma sufi. Leva uma vida solitária, tendo deixado o bordel para trás. Certa vez, contei a ela que invejava sua coragem e determinação em começar uma nova vida.

Ela balançou a cabeça, e disse:

— Mas eu não comecei uma nova vida. A única coisa que fiz foi morrer antes da morte.

Hoje, fui encontrar Rosa do Deserto por um motivo inteiramente diferente. Tinha planejado manter a compostura e conversar com ela calmamente, mas, assim que entrei, não pude conter os soluços.

— Kimya, o que houve? — perguntou ela.

— Não estou me sentindo bem — falei. — Acho que preciso da sua ajuda.

— Claro — respondeu ela. — Como posso lhe ajudar?

— É... sobre Shams... Ele não se aproxima de mim... Quer dizer, não daquela forma — gaguejei, começando, e afinal conseguindo terminar a frase. — Eu queria me fazer atraente para ele. Quero que você me ensine como.

Rosa do Deserto exalou, quase dando um suspiro.

— Eu fiz um juramento, Kimya — falou, com um cansaço lhe permeando a voz. — Prometi a Deus me manter pura e limpa, e nunca nem ao menos *pensar* nas maneiras como a mulher dá prazer ao homem.

— Mas você não vai violar sua promessa. Só vai me ajudar — implorei. — Sou eu que preciso aprender como fazer Shams feliz.

— Shams é um homem iluminado — disse Rosa do Deserto, baixando um pouco a voz, como se temesse ser ouvida. — Não creio que essa seja a maneira correta de se aproximar dele.

— Mas ele é um *homem*, não é? — insisti. — Os homens não são todos filhos de Adão, regidos pela carne? Iluminados ou não, todos nós recebemos um corpo físico. Até mesmo Shams tem um corpo, não tem?

— Sim, mas... — disse Rosa, pegando seu *tasbih* e começando a dedilhar as contas, uma de cada vez, com a cabeça inclinada, em contemplação.

— Por favor — implorei. — Você é a única pessoa em quem posso confiar. Já faz sete meses. Toda manhã eu acordo com o mesmo peso no peito, toda noite adormeço em prantos. Não dá para continuar assim. Preciso seduzir meu marido!

Rosa do Deserto não disse nada. Eu tirei meu véu, segurei seu rosto e a obriguei a me olhar. E falei:

— Diga-me a verdade. Sou tão feia assim?

— Claro que não. Você é uma jovem linda.

— Então, me ajude. Ensine-me a conquistar o coração de um homem — insisti.

— Os caminhos para o coração de um homem podem às vezes afastar uma mulher de si mesma, querida — disse Rosa do Deserto, em um tom agourento.

— Eu não me importo — respondi. — Estou pronta para ir até onde for preciso.

Rosa do Deserto

KONYA, DEZEMBRO DE 1247

Beirando o desespero em meio às lágrimas, ela continuava a me implorar por ajuda, com o rosto inchado, o peito arfando cada vez mais rápido e mais forte, até que afinal eu concordei em fazer alguma coisa. Mas, ao mesmo tempo em que a consolava, no fundo já sabia que seria tudo em vão, sabia que não devia nunca ter aceitado seu pedido. Mesmo assim, penso em como consegui não ver a tragédia que se aproximava. Assolada pela culpa, não paro de me perguntar, repetidamente: como pude ser tão ingênua a ponto de não ver que as coisas terminariam de forma tão terrível?

Mas naquele dia em que ela veio até mim, chorando por ajuda, eu não tinha como dizer não.

— Por favor, me ensine — implorou ela, com as mãos recatadamente cruzadas no colo, jeito típico da boa menina que fora criada para ser.

Sua voz tinha um tom de quem já não tem razão para esperança, mas que crê assim mesmo.

Que mal poderia haver nisso? Foi o que pensei, com o coração transbordando de compaixão. Era o marido que ela queria seduzir, pelo amor de Deus. Não era um estranho! E Kimya tinha apenas um motivo: amor. Como isso poderia levar a algo errado? Sua paixão podia ser imensa, mas era *halal*, não era? Uma paixão *halal*!

Algo dentro de mim intuía uma armadilha, mas como fora Deus que a mandara para mim, não vi motivo para não pisar nela. Foi assim que decidi ajudar Kimya, essa mocinha de aldeia, cuja única noção de beleza era aplicar hena nas mãos.

Ensinei-lhe a se tornar mais atraente e bonita. Ela foi uma aluna ávida, ansiosa por aprender. Mostrei como devia tomar longos banhos perfumados, amaciar a pele com óleos e unguentos aromáticos e a colocar máscaras de leite com mel. Dei-lhe colares de contas de âmbar para trançar os cabelos, de forma a que sua cabeça tivesse um perfume doce e permanente. Lavanda, camomila, alecrim, tomilho, lírio, manjerona e azeite de oliva — expliquei como usar cada um, e que incensos acender à noite. Mostrei a ela como clarear os dentes, pintar as unhas das mãos e dos pés com hena, aplicar kohl nos olhos e nas sobrancelhas, corar lábios e faces, como tornar os cabelos sedosos e exuberantes, e tornar os seios maiores e mais firmes. Juntas, fomos ao bazar que eu conhecia muito bem do passado. Lá, compramos para ela vestes e roupas íntimas de seda, coisas que ela nunca vira ou tocara.

Depois, ensinei-a como dançar diante de um homem, como usar o corpo que Deus lhe dera. Depois de duas semanas de preparação, ela estava pronta.

Naquela tarde, preparei Kimya para Shams de Tabriz, como os pastores preparam uma ovelha para o sacrifício. Primeiro, ela tomou um banho morno, esfregando a pele com toalhas ensaboadas e hidratando os cabelos com óleos. Depois, ajudei-a a se vestir com roupas que uma mulher só pode usar diante do marido, e mesmo para ele apenas uma ou duas vezes na vida. Eu escolhera uma camisola cor de cereja e um robe com jacintos bordados, de um feitio que revelaria o formato de seus seios. Em seguida, aplicamos muitas e muitas cores em seu rosto. Uma fieira de pérolas na testa deu o toque final, deixando-a tão linda que eu mal podia tirar os olhos dela.

Quando terminamos, Kimya não parecia mais uma garota tímida, inexperiente, mas sim uma mulher transbordando de amor e paixão. Uma mulher pronta a tomar a iniciativa com o homem amado e, se preciso, pagar um preço. Enquanto eu estava ali, observando-a, lembrei-me do verso sobre José e Zuleica no Sagrado Alcorão.

Assim como Kimya, Zuleica também se via consumida de desejo por um homem que não correspondia a seus anseios. Quando as mulheres da cidade começaram a fazer intrigas maliciosas sobre ela, Zuleica convidou-as para um banquete. *Nesta ocasião, deu uma faca a cada uma delas; então disse (a José): "Apresenta-te ante elas!". E quando o viram, extasiaram-se à visão dele, chegando mesmo a ferir as próprias mãos. Disseram: "Valha-nos, Allah! Este não é um ser humano. Não é senão um anjo nobre!"*.

Quem poderia culpar Zuleica por ter tanto desejo por José?

— Como estou? — perguntou Kimya, ansiosa, antes de pôr o véu, pronta para sair pela porta em direção à rua.

— Você está maravilhosa — falei. — Seu marido não apenas fará amor com você esta noite, como voltará amanhã, querendo mais.

Kimya corou tanto que suas faces se tornaram duas rosas. Eu ri, e depois de uma pausa ela também riu, um riso quente como um raio de sol.

Eu estava falando sério, sentia-me confiante de que ela conseguiria atrair Shams, assim como uma flor rica em néctar atrai a abelha. E, contudo, quando nossos olhos se encontraram, no instante em que ela abria a porta, vi uma chispa de dúvida em seu semblante. De repente, tive uma sensação ruim na boca do estômago, quase um presságio de que algo terrível iria acontecer.

Mas não a detive. Eu devia ter imaginado. Devia ter percebido o que se aproximava. Enquanto eu viver, jamais me perdoarei.

Kimya

KONYA, DEZEMBRO DE 1247

Bravo, agitado e inteligente, Shams de Tabriz conhece muito sobre o amor. Mas há algo sobre o qual ele nada sabe: a dor do amor não correspondido.

Na noite em que Rosa do Deserto me vestiu, eu estava cheia de entusiasmo e de uma audácia que não sabia ter dentro de mim. O som do vestido de seda contra meu corpo, o cheiro de perfume, o gosto de pétalas de rosa em minha língua — tudo isso me fazia sentir estranha, mas também surpreendentemente corajosa. De volta para casa, captei meu reflexo na superfície de um espelho. Meu corpo não era rechonchudo e leitoso, nem meus seios tão cheios quanto eu gostaria, mas de todo modo eu me achei bonita.

Esperei até ter certeza de que todos na casa tinham ido dormir. Então, envolvi-me em um longo e pesado xale e me dirigi, na ponta dos pés, para o quarto de Shams.

— Kimya, eu não a esperava — disse ele, assim que abriu a porta.

— Eu precisava vê-lo — falei, entrando no quarto sem esperar que ele me convidasse. — Você pode, por favor, fechar a porta?

Shams pareceu espantado, mas fez o que pedi.

Quando estávamos sozinhos no quarto, precisei só de alguns segundos para juntar coragem. Virei-me de costas para ele, respirei fundo e então, em um gesto rápido, tirei o xale e deixei escorregar a veste. Quase que instantaneamente, senti o peso do olhar surpreso de meu marido às minhas costas, da nuca aos pés. Fosse o que fosse que seu olhar tocava, a sensação era quente. Mas o calor, se real ou imaginado por minha excitação, foi rapidamente substituído por um silêncio gelado que caiu sobre o quarto. Com o peito arfando de apreensão, pus-me de pé, diante de Shams, tão nua e convidativa quanto dizem que são as húris no paraíso.

Ficamos naquele silêncio pesado, ouvindo o vento lá fora, gemendo e uivando com fúria através da cidade.

— O que você pensa que está fazendo? — perguntou Shams, com frieza.

Tive de fazer um enorme esforço para encontrar minha própria voz, mas consegui.

— Eu quero você.

Shams de Tabriz percorreu um meio círculo em torno de mim e ficou de pé, bem à minha frente, forçando-me a olhá-lo nos olhos. Meus joelhos fraquejaram, mas eu não caí. Em vez disso, dei um passo em sua direção e pressionei meu corpo contra o dele, meneando levemente o corpo, oferecendo-lhe meu calor, do jeito que Rosa do Deserto me ensinara. Acariciei seu peito e sussurrei doces palavras de amor. Embebi-me de sua fragrância, enquanto movia os dedos para cima e para baixo em suas costas musculosas.

Como se tivesse tocado um forno quente, Shams se desvencilhou.

— Você pensa que me quer, pensa, mas tudo o que quer é saciar a própria vaidade.

Pus os braços em sua nuca e o beijei, com toda força. Enfiei minha língua em sua boca e comecei a mexê-la para a frente e para trás, como Rosa do Deserto me dissera para fazer. "Os homens gostam de chupar as línguas de suas mulheres, Kimya. Todos eles."

Os lábios de Shams tinham sabor de amoras silvestres, doce-azedas, mas no instante em que uma onda de prazer nos tomava, Shams me fez parar e me empurrou.

— Estou decepcionado com você, Kimya — disse ele. — Agora, pode, por favor, ir embora?

Por mais agressivas que fossem suas palavras, não havia qualquer traço de emoção em seu rosto. Nenhuma raiva. Nem mesmo a mais leve irritação. E foi difícil para mim saber o que feria mais: se a dureza das palavras ou a neutralidade em sua expressão.

Nunca me sentira tão humilhada em toda a vida. Abaixei-me para pegar a roupa, mas minhas mãos tremiam tanto que não pude segurar o tecido delicado e escorregadio. Em vez disso, agarrei o xale e me enrolei com ele. Soluçando, engasgando, e ainda seminua, saí correndo do quarto e para longe dele, longe de seu amor que eu agora compreendia só existir em minha imaginação.

Nunca mais vi Shams. Depois daquele dia, jamais tornei a deixar meu quarto. Passava o tempo todo jogada na cama, sentindo-me sem a energia nem a vontade de sair. Uma semana se passou, depois mais uma, e então eu parei de contar os dias. Toda a força foi drenada de meu corpo, escoando pouco a pouco. Apenas minhas palmas pareciam vivas. Elas recordavam o contato com as mãos de Shams e o calor de sua pele.

Não sabia que a morte tinha um cheiro. Um odor forte, como gengibre em conserva e galhos quebrados de pinheiros, pungente e amargo, mas não necessariamente ruim. Só o percebi quando ele começou a rondar meu quarto, envolvendo-me como se fosse uma névoa espessa e molhada. Comecei a ter febre alta, mergulhando em delírios. As pessoas vinham me ver. Vizinhos e amigos. Kerra permanecia à minha cabeceira, com os olhos inchados, o rosto lívido. Gevher ficava do outro lado da cama, dando seu sorriso doce, de covinhas.

— Maldito herege — disse Safiya. — Essa pobre menina ficou doente por causa do coração despedaçado. Tudo por culpa dele!

Tentei falar alguma coisa, mas nada atravessava minha garganta.

— Como você pode dizer uma coisa dessas? Afinal, ele é Deus? — retrucou Kerra, tentando ajudar. — Como pode atribuir tais poderes a um homem mortal?

Mas não deram ouvidos a Kerra, e eu não estava em condições de convencer ninguém. Seja como for, logo me dei conta de que qualquer coisa que eu dissesse ou deixasse de dizer teria o mesmo efeito. As pessoas que já não gostavam de Shams tinham encontrado, em minha doença, um novo pretexto para odiá-lo, enquanto eu própria não conseguia deixar de gostar dele, mesmo que quisesse.

Depois de um tempo, mergulhei numa espécie de nada, onde todas as cores se fundiram no branco, e todos os sons se dissolveram em um permanente vibrar. Eu já não conseguia distinguir os rostos das pessoas, nem ouvir suas palavras, a não ser um distante zumbido ao fundo.

Não sei se alguma vez Shams de Tabriz veio ao meu quarto para me ver. Talvez nunca o tenha feito. Talvez quisesse fazê-lo, mas as mulheres no quarto não o deixassem entrar. Ou talvez tenha vindo, afinal, sentando-se ao lado da minha cama e tocando *ney* durante horas, segurando minha mão e rezando por minha alma. Gostaria de acreditar nisso.

Mas, de um jeito ou de outro, não tinha mais importância. Eu já não estava furiosa ou zangada com ele. Como poderia estar, se flutuava em uma corrente de consciência pura?

Havia tanta gentileza e compaixão em Deus, e uma explicação para tudo. Um sistema perfeito de amor por trás de tudo. Dez dias depois de minha visita ao quarto de Shams, envolta em sedas e tule perfumado, dez dias depois de cair doente, eu mergulhei no rio puro da não existência. Ali, naveguei, para a alegria do meu coração, finalmente entendendo que aquilo devia ser a mais profunda leitura do Alcorão — uma queda no infinito!

E foram águas correntes que me levaram da vida para a morte.

Ella

BOSTON, 3 DE JULHO DE 2008

Boston nunca foi uma cidade tão colorida e vibrante, pensou Ella. Será que durante todo esse tempo fora cega para as belezas do lugar? Aziz passou cinco dias em Boston. Todos os dias, Ella ia dirigindo de Northampton para Boston a fim de vê--lo. Almoçavam comidas leves, mas saborosas, em Little Italy, visitavam o Museu de Belas-Artes, davam longas caminhadas pelo Boston Common e às margens do rio, viam as baleias no aquário, e tomavam cafés e mais cafés nos pequenos e animados bistrôs da Harvard Square. Conversavam sem parar, sobre os assuntos mais diversos, como a riqueza das cozinhas regionais, as diferentes técnicas de meditação, arte aborígene, romances góticos, observação de pássaros, jardinagem, como plantar tomates perfeitos e interpretação dos sonhos, sempre se interrompendo e complementando as frases um do outro. Ella não se lembrava de algum dia ter conversado tanto com alguém.

Quando estavam na rua, tomavam cuidado para não se tocar, mas isso foi se provando cada vez mais difícil. Os pecadilhos foram se tornando excitantes, e Ella começava a ansiar por suas mãos se tocarem. Levada por uma coragem que nunca soube ter dentro de si, nos restaurantes e nas ruas Ella segurava a mão de Aziz e o beijava nos lábios. Não apenas *não se importava* em ser vista, sentia-se como se parte dela *quisesse* ser vista. Muitas vezes, voltavam juntos para o hotel, e sempre chegavam muito perto de fazer amor, mas nunca faziam.

Na manhã do dia em que Aziz ia tomar o voo de volta para Amsterdã, estavam ambos no quarto dele, com a mala no chão, entre um e outro, como um lembrete desagradável da separação que viria.

— Há algo que preciso lhe dizer — falou Ella. — Tenho pensado nisso há muito tempo.

Aziz ergueu a sobrancelha, percebendo a mudança repentina no tom dela. Então, falou, cuidadosamente:

— Há algo que eu preciso lhe dizer também.

— Está bem. Você primeiro.

— Não, você primeiro.

Ainda com seu meio sorriso nos lábios, Ella baixou a cabeça, pensando no que ia dizer, e em como dizê-lo. Finalmente, começou:

— Antes de você vir para Boston, David e eu saímos em uma noite e tivemos uma longa conversa. Ele me perguntou a seu respeito. Parece que leu nossos e-mails sem meu consentimento. Fiquei furiosa com ele por causa disso, mas não neguei a verdade. Sobre nós, quero dizer. — Agora, Ella erguia os olhos, aparentemente temerosa de como Aziz reagiria ao que ela ia revelar. — Para resumir a história, eu contei para meu marido que estava apaixonada por outro homem.

Lá fora, na rua, as sirenes de vários carros de bombeiro interromperam os sons corriqueiros da cidade. Ella se desconcentrou por um instante, mas em seguida conseguiu terminar:

— Parece loucura, eu sei, mas tenho pensado muito sobre isso. Eu quero ir com você para Amsterdã.

Aziz caminhou até a janela e olhou para o movimento lá embaixo. Havia fumaça saindo de um prédio, a certa distância — uma fumaça grossa e escura se espalhando no ar. Silenciosamente, ele rezou pelas pessoas que moravam lá. Quando começou a falar, parecia que se dirigia à cidade inteira.

— Eu adoraria levá-la comigo para Amsterdã, mas não posso lhe prometer um futuro lá.

— Como assim? — perguntou Ella, nervosa.

Então, Aziz caminhou de volta, sentou-se ao lado dela, segurou-lhe a mão e, acariciando-a, com ar ausente, falou:

— Na primeira vez que você me escreveu, eu estava um momento muito estranho da minha vida.

— Você está querendo dizer que tem outra pessoa em sua vida...?

— Não, meu bem, não — disse Aziz, com um sorriso terno, que logo desapareceu. — Não é nada disso. Certa vez, escrevi para você sobre os três estágios da minha vida, lembra-se? Eram as três primeiras letras da palavra "sufi". Você nunca me perguntou pelo quarto estágio, e, por mais que eu tentasse, eu não conseguia juntar coragem para contar. Meu encontro com a letra *i*. Você quer saber agora?

— Quero — respondeu Ella, embora temesse qualquer coisa que pudesse atrapalhar aquele momento. — Sim, quero saber.

Em um quarto de hotel, naquele dia de julho, algumas horas antes de seu voo de volta para Amsterdã, Aziz contou a Ella como se tornara um sufi em 1977, adotando um novo nome e, esperava, um novo destino. Desde então, vinha correndo o mundo trabalhando como fotógrafo, mas sentindo-se, no fundo do coração, um dervixe itinerante. Fizera amigos queridos em seis continentes, pessoas que o viam como parte da família. Embora não tivesse voltado a se casar, tornara-se pai adotivo de dois órfãos do Leste Europeu. Sem jamais tirar o colar em forma de sol que usava para se lembrar de Shams de Tabriz, Aziz vivia viajando, lendo e ensinando, nas pegadas dos dervixes sufis, e encontrava sinais de Deus em tudo e em toda parte.

Então, dois anos antes, descobrira sua doença.

Começou com um caroço na axila, que aparentemente ele demorou a notar. O caroço provou ser um melanoma maligno, um tipo fatal de câncer de pele. Os médicos disseram que as coisas não pareciam boas, mas que precisavam fazer ainda muitos exames para dar um diagnóstico mais definitivo. Uma semana depois, voltaram com más notícias. O melanoma tinha se espalhado por seus órgãos internos e invadido os pulmões.

Naquela época, ele estava com 52 anos. Disseram que chegaria no máximo aos 55.

Ella moveu os lábios para dizer alguma coisa, mas as palavras não lhe saíram da boca, que estava completamente seca. Duas lágrimas rolaram pelas faces, que ela enxugou depressa.

Aziz continuou falando, em um tom de voz urgente e firme. Disse que, assim, começou uma nova, e de certa forma mais produtiva, fase de sua vida. Ainda havia lugares que queria conhecer, e a primeira coisa que fez foi encontrar uma forma de ir a todos eles. Criou uma fundação sufi em Amsterdã com conexões no mundo todo. Tocando *ney*, como amador, apresentou-se em concertos com sufis na Indonésia, no Paquistão e no Egito, tendo até mesmo gravado um disco com um grupo de místicos judeus e muçulmanos em Córdoba, na Espanha. Voltou a Marrocos e visitou o alojamento onde encontrara sufis verdadeiros pela primeira vez na vida. Mestre Sameed já estava morto havia muito tempo, e Aziz rezou e meditou em seu túmulo, refletindo sobre a trajetória que sua vida seguira.

— Então, eu me recolhi para escrever o romance que sempre quis escrever, mas, por preguiça ou falta de coragem, vinha adiando indefinidamente — disse, piscando o olho. — Era uma dessas coisas que planejava há muito tempo. Dei ao livro o título de *Doce blasfêmia* e mandei-o para uma agência literária nos Estados Unidos, não esperando muita coisa, mas ao mesmo tempo aberto a qualquer possibilidade. Uma semana depois, recebi um e-mail intrigante de uma mulher misteriosa de Boston.

Ella só pôde sorrir. Um sorriso fraco, de compaixão respeitosa, terno e doído.

Aziz contou que, desde então, nada mais fora como antes. De alguém que se preparava para morrer, ele se transformou em um homem apaixonado, no momento mais inesperado. De repente, todos as peças que ele há muito encaixara tiveram de ser movidas. A espiritualidade, a vida, a família, a mortalidade, a fé e o amor — ele se viu repensando o significado de tudo isso, e não querendo mais morrer.

A esse novo estágio de sua vida, o último, ele chamou seu encontro com a letra *i* de "sufi". E contou que, até então, vinha sendo um estágio mais difícil que os anteriores, porque acontecera em um momento em que ele acreditava já ter resolvido a maioria dos, senão todos, conflitos internos, quando se considerava espiritualmente maduro e realizado.

— No sufismo, você aprende a morrer antes da morte. Eu passei por cada um dos estágios, passo a passo. E então, justamente quando começava a pensar que tinha quase tudo bem-organizado, surge, do nada, essa mulher. Ela me escreve, eu escrevo de volta. A cada e-mail, começo a esperar pela resposta dela com a respiração suspensa. As palavras se tornam cada vez mais preciosas. O mundo inteiro se transforma em uma tela em branco, esperando que palavras sejam escritas sobre ela. E eu me dou conta de que quero conhecer essa pessoa. Preciso de mais tempo com ela. De repente, minha vida já não é suficiente. Percebo que estou com medo da morte, e uma parte de mim se rebela contra o Deus que eu reverenciei e a quem me submeti.

— Mas, nós *vamos* ter tempo... — disse Ella, quando conseguiu falar.

— Os médicos dizem que eu tenho dezesseis meses — contou Aziz, com a voz suave, mas firme. — Talvez estejam errados. Ou talvez estejam certos. Não posso saber. Veja bem, Ella, a única coisa que posso lhe dar é o momento presente. É tudo o que *eu* tenho. Mas a verdade é que ninguém tem mais do que isso. Apenas fingimos ter.

Ella pôs-se de pé, oscilando para um lado e para o outro, como se parte dela estivesse a ponto de desabar e a outra resistisse. Começou a chorar.

— Não chore, por favor. Eu queria, mais do que tudo, que você viesse comigo para Amsterdã. Queria dizer: "Vamos correr o mundo juntos. Vamos conhecer terras distantes, encontrar outras pessoas e admirar a obra de Deus, juntos".

— Seria maravilhoso — disse Ella, fungando, como uma criança à qual se oferece um brinquedo brilhante e colorido na hora da choradeira.

O rosto de Aziz ficou sério. Ele desviou o olhar dela para a janela.

— Mas tinha medo de lhe pedir isso. Tinha medo até de tocá-la, quanto mais de fazer amor com você. Como poderia pedir que ficasse comigo e abandonasse sua família, se não tenho futuro para lhe oferecer?

Estremecendo diante dessa pergunta, Ella falou:

— Por que estamos sendo tão pessimistas? Você pode lutar contra essa doença. Pode fazer isso por mim. Por *nós*.

— Por que temos sempre de *lutar* contra tudo? — indagou Aziz. — Estamos sempre falando em lutar contra a inflação, contra a Aids, contra o câncer, a corrupção, o terrorismo, até os quilos a mais... Será que não há outra maneira de lidar com as coisas?

— Eu não sou uma sufi — disse Ella com a voz rouca e impaciente, soando como a voz de outra pessoa, de alguém mais velho.

Naquele instante, muitos pensamentos lhe passaram pela mente: a morte do pai, a dor de perder um ente querido por suicídio, os anos e anos de ressentimento e arrependimento que se seguiram, singrando cada pedacinho de lembrança da pessoa morta, perguntando-se se as coisas podiam ter sido de algum modo diferentes, se esses detalhes tivessem se embaralhado de forma diversa.

— Sei que você não é sufi — respondeu Aziz, sorrindo. — E não precisa ser. Seja apenas Rumi. É só o que lhe peço.

— Como assim?

— Há um tempo, você me perguntou se eu era Shams, lembra-se? Disse que eu a fazia lembrar-se dele. Embora tenha ficado feliz em ouvir isso, eu não posso ser Shams. Ele ia muito além e estava muito acima de mim. Mas você pode ser Rumi. Se deixar o amor tomar conta de você e transformá-la, primeiro através de sua presença, depois através de sua ausência...

— Não sou poeta — disse Ella dessa vez.

— Rumi tampouco era poeta. Mas ele se transformou em um.

— Você não entende? Eu sou apenas uma dona de casa, pelo amor de Deus, e sou mãe de três filhos! — exclamou Ella, tomando ar aos soluços.

— Todos somos o que somos — murmurou Aziz. — E todos estamos aptos a mudar. É uma jornada de um ponto a outro. Você consegue fazer essa viagem. Se for corajosa o suficiente, e se eu também for, poderemos ir para Konya juntos quando chegar o fim. É lá que eu quero morrer.

Ella respirou fundo.

— Pare de falar assim!

Aziz ficou olhando para ela por um momento, então baixou os olhos. Havia agora uma nova expressão em seu rosto, um distanciamento em seu tom, como se estivesse se afastando aos poucos, como uma folha seca ao sabor do vento.

— Ou não — disse, devagar. — Volte para casa, Ella. Volte para seus filhos e seu lar. Você decide, meu amor. Será o que você escolher. Vou respeitar sua decisão.

Suleiman, o bêbado

KONYA, MARÇO DE 1248

Bêbados são vistos por quem está de fora como alguém que não tem o que fazer. Mal sabem eles que beber a cada dia maior quantidade de vinho requer enorme esforço. Sangue, suor e lágrimas. Carregamos o peso do mundo em nossos ombros.

Cansado e irritado, estava eu cochilando com a cabeça na mesa, tendo um sonho não muito agradável. Havia um touro enorme, preto, fulo da vida, correndo atrás de mim por ruas desconhecidas. Eu fugia do bicho, sem saber o que fizera de errado para provocar a ira dele, esbarrando em prateleiras, esmagando mercadorias e despertando a raiva dos vendedores do bazar. Ainda correndo, entrei uma via que depois descobri ser um beco sem saída. E ali dei com um ovo gigantesco, maior do que uma casa. De repente, o ovo começou a rachar, e dali de dentro saiu um horrendo filhote de pássaro, melado e barulhento. Tentei sair correndo da rua, mas a mãe pássaro apareceu no céu, fuzilando-me com os olhos, como se eu fosse responsável pela feiura do filhote. Quando o pássaro começou a descer, com o bico afiado e as garras mais ainda vindo em minha direção, eu acordei.

Abri os olhos e entendi que tinha cochilado em uma mesa junto à janela. Embora minha boca tivesse gosto de ferrugem e eu estivesse morto de sede, sentia-me cansado demais até para me mover. Por isso, continuei com a cabeça encostada na mesa, mergulhando ainda mais em meu estupor e escutando os habituais sons da taberna.

Ouvi uma discussão acirrada, cujo som aumentava e diminuía como o zum-zum de um enxame de abelhas. Vinha de homens sentados numa mesa perto da minha e, embora eu tenha considerado a hipótese de virar a cabeça naquela direção para ver quem eram, não movi um músculo. E então que ouvi a palavra ameaçadora: assassinato.

A princípio, desconsiderei aquela conversa, achando que eram bêbados falando bobagem. Ouve-se todo tipo de coisa numa taberna e, com o tempo, se aprende a não levar a sério as conversas. Mas havia algo no tom, ameaçador e enfático demais para não levar em consideração, por isso, apurei os ouvidos e fiquei escutando. Meu queixo caiu quando finalmente percebi que eles falavam sério. Mas o choque foi ainda maior quando entendi quem eles estavam querendo assassinar: Shams de Tabriz.

Assim que eles se levantaram, parei de fingir que dormia e fiquei em pé de um pulo.

— Hristos, venha cá! — gritei, em pânico.

— O que é agora? — perguntou Hristos, correndo até mim. — Por que você está tão assustado?

Mas eu não pude contar. Nem mesmo para ele. De repente, todos pareciam suspeitos. E se houvesse mais pessoas envolvidas naquela conspiração contra Shams? Eu precisava ficar de boca fechada e de olhos bem abertos.

— Nada! Estou com fome, só isso — falei. — Pode, por favor, me trazer um pouco de sopa? E bote bastante alho. Preciso ficar sóbrio!

Hristos me olhou com expressão inquisitiva, mas, acostumado que estava às minhas mudanças de humor, não fez mais perguntas. Em poucos minutos, trouxe-me uma tigela de sopa de intestino de bode, apimentada e escaldante, que eu tomei correndo, com a língua ardendo. Sentindo-me suficientemente sóbrio, disparei para a rua, para alertar Shams de Tabriz.

Primeiro, fui à casa de Rumi. Ele não estava. Depois, fui à mesquita, à madraça, à casa de chá, à padaria, ao *hamam*... Procurei por todas as lojas e porões da rua dos artesãos. Cheguei mesmo a ir à tenda da velha cigana, no meio das ruínas, na hipótese de ele ter ido até lá se livrar de um dente podre ou de um feitiço complicado. Procurei por ele em todos os lugares, com minha ansiedade crescendo a cada minuto que passava. Comecei a ficar roído de medo. E se fosse tarde demais? E se já o tivessem assassinado?

Horas depois, sem saber mais onde procurar, tomei o caminho de volta para a taberna, cansado e com o coração pesado. E, como num passe de mágica, a poucos passos da porta da taberna, dei de cara com ele.

— Olá, Suleiman. Você parece preocupado — disse Shams, sorrindo.

— Ai, meu Deus! Você está vivo! — exclamei, e corri para abraçá-lo.

Quando ele conseguiu se livrar do abraço, olhou para mim, parecendo bastante divertido.

— Claro que estou vivo! Será que pareço um fantasma?

Eu sorri, mas por pouco tempo. Minha cabeça doía tanto que, em qualquer outra ocasião, eu teria botado para dentro várias garrafas para ficar bêbado o mais depressa possível e cair no sono.

— O que há, meu amigo? Está tudo bem? — perguntou Shams, desconfiado.

Engoli em seco. E se ele não acreditasse em mim quando eu lhe contasse sobre o complô? E se pensasse que eu andara tendo alucinações por causa do vinho? E talvez fosse verdade. Nem eu mesmo podia ter certeza.

— Há um plano para matar você — falei. — Não tenho a menor ideia de quem são os envolvidos. Não pude ver o rosto deles. Sabe, eu estava dormindo... Mas eu não sonhei, não, quer dizer, eu tive um sonho sim, mas não foi esse. E eu não estava bêbado. Bem, tinha bebido alguns copos, mas não estava...

Shams pôs a mão no meu ombro.

— Acalme-se, meu amigo. Eu estou entendendo.

— Está?

— Sim. Agora, volte para a taberna, e não se preocupe mais comigo.

— Não, não! Eu não vou a lugar nenhum. E nem você — afirmei. — Essas pessoas estão falando sério. Você precisa tomar cuidado. Não pode voltar para a casa de Rumi. É o primeiro lugar onde vão lhe procurar.

Indiferente ao meu pânico, Shams ficou calado.

— Ouça, dervixe, minha casa é pequena e meio abafada. Mas, se você não se importar, pode ficar lá comigo por quanto tempo quiser.

— Agradeço por sua preocupação — murmurou Shams. — Mas nada acontece sem que seja a vontade de Deus. É uma das regras: *Este mundo foi erguido sobre o princípio da reciprocidade. Nem uma gota de bondade nem uma migalha de maldade ficarão sem retribuição. Não tema os complôs, as enganações ou as falsidades de outras pessoas. Se alguém estiver preparando uma armadilha, lembre-se, Deus também está. Ele é quem mais planeja. Nem mesmo uma folha se mexe sem o conhecimento Dele. Acredite nisso, completa e simplesmente. Seja o que for que fizer, Deus o faz com beleza.*

Dizendo isso, Shams deu uma piscadela e acenou, dizendo adeus. Vi-o seguindo seu caminho, depressa, através das ruas enlameadas, na direção da casa de Rumi, apesar dos meus alertas.

O assassino

KONYA, MARÇO DE 1248

Bestas! Idiotas! Eu avisei que não viessem comigo. Expliquei que sempre trabalho sozinho e que detesto ver clientes se metendo em meus negócios. Mas eles insistiram, alegando que, como o dervixe tem poderes sobrenaturais, precisavam vê-lo morto com os próprios olhos.

— Está bem — concordei, afinal. — Mas só cheguem perto de mim quando tudo estiver terminado.

Eles concordaram. Agora, eram três. Os dois homens que eu conhecera no primeiro encontro e um sujeito que parecia tão jovem e tenso quanto os outros. Todos tinham o rosto envolto em capuzes pretos. Como se me importasse descobrir suas identidades!

Depois da meia-noite, eu estava diante da casa de Rumi. Pulei o muro de pedra que dá para o pátio e me escondi atrás dos arbustos. Meus clientes tinham me garantido que Shams de Tabriz tinha o hábito de meditar no pátio todas as noites, antes ou depois de fazer suas abluções. Eu só precisava esperar.

Era uma noite de vento, mais fria que de costume para essa época do ano. A espada parecia pesada e fria em minha mão, com as duas contas de coral que enfeitavam o punho me arranhando os dedos. Por via das dúvidas, eu também trazia uma pequena adaga embainhada.

Havia um halo azulado em torno da lua. Alguns animais noturnos piavam e uivavam à distância. Eu sentia o doce aroma das rosas no vento que balançava as árvores. Estranhamente, aquele cheiro me deixou inquieto. Mesmo antes de chegar à casa, eu já me sentia de mau humor. Mas agora estava pior. Parado ali de pé, envolto por aquele aroma excessivamente doce, não pude deixar de sentir uma enorme vontade de desistir daquele plano e ir embora daquele lugar assombrado.

Mas fiquei, pois cumpro minha palavra. Não sei quanto tempo se tinha passado. Minhas pálpebras começavam a pesar, e eu não parava de bocejar, sem querer. Conforme a fúria do vento se intensificou, por alguma razão desconhecida para mim, começaram a surgir lembranças em minha mente, todas elas sombrias e aflitivas, dos homens que eu havia matado. Minha apreensão me surpreendeu. Normalmente, eu não ficava nervoso ao relembrar o passado. Pensativo e introspectivo, talvez, até mesmo taciturno às vezes, mas nervoso, nunca.

Assobiei algumas canções para me animar, e, como isso não funcionou, fixei os olhos na porta dos fundos da casa e sussurrei:

— Vamos, Shams. Não me faça esperar muito tempo. Saia para o pátio.

Nenhum som. Nenhum movimento. Nada.

De repente, começou a chover. De onde eu estava, podia enxergar por cima do muro inclinado do pátio. A chuvarada era tão forte, que logo as ruas se transformaram em rios, e eu fiquei completamente ensopado.

— Raios! — exclamei. — Raios!

Estava a ponto de desistir por aquela noite, quando, apesar do barulho da chuva nos telhados e ruas, ouvi um som agudo. Havia alguém no pátio.

Era Shams de Tabriz. Com uma lâmpada a óleo na mão, caminhou em minha direção e parou a poucos passos do arbusto onde eu me escondia.

— Está uma linda noite, não está? — perguntou.

Mal conseguindo conter minha surpresa, respirei fundo. Será que havia alguém ao lado dele, ou estaria falando sozinho? Será que ele sabia que eu estava ali? Seria possível que estivesse ciente da minha presença? Minha cabeça fervia de perguntas.

Então outro pensamento me ocorreu. Como podia a lâmpada em sua mão continuar acesa apesar do vento e da chuva fortes? E assim que tais perguntas me cruzaram a mente, senti um frio na espinha.

Lembrei-me dos rumores a respeito de Shams. As pessoas diziam que ele era tão bom em magia maléfica que podia transformar qualquer um em um asno ou em um morcego, bastava atar um pedaço de linha tirado da roupa da pessoa e declamar seus sortilégios malignos. Embora eu nunca tivesse acreditado nessas bobagens, e não fosse começar agora, ao olhar a chama da lâmpada de Shams bruxulear debaixo da chuvarada, não pude me manter parado, de tanto que tremia.

— Anos atrás, tive um mestre em Tabriz — disse Shams ao depor a lâmpada no chão, tirando-a do meu campo de visão. — Foi ele que me ensinou que há um tempo para tudo. É uma das últimas regras.

De que regras ele estava falando? Que conversa enigmática era essa? Eu precisava decidir rapidamente se pulava de trás do arbusto agora, ou se esperava até que ele me desse as costas — coisa que nunca fez. Se Shams sabia que eu estava ali, não havia razão para eu me esconder. Mas, se não soubesse, eu precisava calcular bem a hora de sair.

Só que então, como se para me deixar ainda mais confuso, vi as sombras dos três homens, abrigados num ponto além do muro do pátio, se movimentarem, inquietas. Deviam estar se perguntando por que eu ainda não me mexera para matar o dervixe.

— É a Regra Número Trinta e Sete — continuou Shams. — *Deus é um relojoeiro meticuloso. Tão precisa é sua ordem que tudo na terra ocorre na hora certa. Nem um minuto mais tarde, nem um minuto mais cedo. E para todos, sem exceção, o relógio trabalha com precisão. Para cada um há o tempo de amar e o tempo de morrer.*

Naquele instante, vi que ele falava comigo. Ele sabia que eu estava ali. Soubera até mesmo antes de sair para o pátio. Meu coração começou a bater depressa. Senti como se o ar à minha volta estivesse sendo sugado. Não havia mais sentido em continuar me escondendo. E assim, de pronto, levantei-me e saí de trás do arbusto. A chuva parou tão abruptamente quanto tinha começado, mergulhando tudo em silêncio. Ficamos face a face, o matador e sua vítima, e, apesar da estranheza da situação, tudo pareceu natural, quase sereno.

Puxei a espada e brandi-a com toda a força. O dervixe evitou o golpe com uma rapidez que eu não esperava de um homem de sua estatura. Eu estava a ponto de dar outro golpe quando, de súbito, ouvi ruídos em meio à escuridão, e seis homens surgiram do nada, atacando o dervixe com porretes e lanças. Aparentemente, os três jovens tinham trazido amigos. A batalha que se seguiu foi tão intensa que todos eles foram ao chão, rolaram, levantaram-se e caíram de novo, quebrando em pedaços uma lança atrás da outra.

Fiquei olhando, chocado e furioso. Nunca antes tinha sido reduzido a mera testemunha de um assassinato que eu fora pago para cometer. Estava tão indignado com os rapazes por sua insolência que poderia muito bem ter deixado o dervixe escapar e, em vez disso, lutado com eles.

Mas logo um dos homens começou a gritar, histérico.

— Socorro! Ajude! Ajude, Cabeça de Chacal! Ele vai nos matar!

Rápido como um raio, joguei para o lado a espada, puxei a adaga do cinto e corri. Nós sete imobilizamos o dervixe no chão e, em um movimento rápido, cravei a adaga em seu coração. Um único grito rouco escapou de sua boca, e, no ápice, a voz se calou. Ele não se mexeu, nem respirou mais.

Juntos, erguemos o corpo, que era estranhamente leve, e o atiramos no poço. Ofegantes, demos todos um passo para trás e ficamos esperando o som do corpo atingindo a água.

Mas não houve som algum.

— O que diabos está acontecendo? — disse um dos homens. — Ele não caiu lá dentro?

— Claro que caiu — respondeu outro. — Como poderia não ter caído?

Eles estavam entrando em pânico. E eu também.

— Talvez tenha ficado agarrado em um gancho da lateral — sugeriu um terceiro.

A sugestão fazia sentido. Tirou-nos dos ombros o fardo de buscar uma explicação e, satisfeitos, nós a acatamos, embora todos soubéssemos que não existem ganchos nas laterais dos poços.

Não sei por quanto tempo esperamos ali, evitando olhar uns para os outros. Uma brisa fria atravessou o pátio, espalhando pequenas folhas marrons de salgueiro sobre os nossos pés. Lá no alto, no céu, o azul-escuro da manhã começava a se transformar em violeta. Poderíamos ter continuado ali até altas horas manhã, se a porta dos fundos da casa não tivesse sido aberta e um homem, saído. Eu o reconheci imediatamente. Era Maulana.

— Onde está você? — gritou, com a voz pejada de preocupação. — Está aí, Shams?

Ante a menção do nome dele, nós sete saímos correndo. Os seis homens pularam o muro do jardim e desapareceram na noite. Eu fiquei para trás, procurando por minha adaga, que encontrei sob um arbusto, coberta de lama. Sabia que não devia continuar ali, nem por um segundo mais, mas não pude resistir à tentação de olhar para trás.

E, quando o fiz, vi Rumi sair trôpego em direção ao pátio, virando de repente para a esquerda, na direção do poço, como se guiado por uma intuição. Ele se inclinou, espiou lá dentro, e assim ficou por um instante, com os olhos se ajustando à obscuridade do fundo do poço. Então deu um salto para trás, caiu de joelhos, bateu no próprio peito e soltou um grito aterrador.

— Eles o mataram! Mataram meu Shams!

Pulei o muro e, deixando para trás a adaga com o sangue do dervixe, corri como nunca tinha corrido na vida.

Ella

NORTHAMPTON, 12 DE AGOSTO DE 2008

Belo e cálido, era um dia comum de agosto. Um dia como outro qualquer. Ella acordou cedo de manhã, preparou o café para o marido e os filhos, viu-os sair para o trabalho e os clubes de xadrez e de tênis, voltou para a cozinha, abriu o livro de receitas culinárias e escolheu o cardápio do dia:

Sopa de espinafre com purê cremoso de cogumelos
Mexilhões com maionese de mostarda
Vieiras grelhadas com molho de manteiga de estragão
Salada verde com cranberries
Arroz com abobrinha gratinado
Torta trançada de ruibarbo e creme de baunilha

Levou a tarde toda para cozinhar os pratos. Quando terminou, separou sua melhor louça. Arrumou a mesa, dobrou os guardanapos e fez arranjos de flores. Acertou o timer do forno para quarenta minutos, para que o gratinado estivesse quente às sete horas. Preparou os croutons e pôs o molho na salada, fazendo-o espesso e oleoso, que era como Avi preferia. Pensou em acender as velas, mas depois mudou de ideia. Era melhor deixar a mesa assim. Como uma pintura perfeita. Intocada. Imóvel.

Em seguida, pegou a mala que tinha arrumado mais cedo e deixou a casa. Enquanto saía, murmurou uma das regras de Shams: *Nunca é tarde demais para se perguntar: "Estou pronto para mudar a vida que levo? Estou pronto para me modificar interiormente?".*

"Se apenas um dia de sua vida for igual ao dia anterior, é sem dúvida uma pena. A cada momento, e a cada respiração, precisamos nos renovar, e nos renovar sempre. Esta é a única maneira de nascer para uma nova vida: morrer antes da morte."

Aladim

KONYA, ABRIL DE 1248

Balançando de um humor para outro, mudando de ideia a cada minuto sobre como me comportar perante os outros, três semanas após a morte de Shams eu finalmente reuni coragem para ir falar com meu pai. Encontrei-o na biblioteca, sentado sozinho junto à lareira, imóvel como uma estátua de alabastro, com sombras lhe toldando o rosto.

— Pai, posso falar com você? — perguntei.

Lenta e morosamente, como se nadasse de volta à margem vindo de um mar de sonhos, ele me olhou e não disse nada.

— Pai, eu sei que você pensa que tive um papel na morte de Shams, mas eu queria lhe assegurar...

De súbito, ele ergueu o dedo, me interrompendo.

— Entre nós, meu filho, as palavras secaram. Nada tenho a ouvir de você, e você não tem nada a me dizer — declarou.

— Por favor, não diga isso. Deixe-me explicar — implorei, com a voz trêmula. — Eu juro por Deus. Não fui eu. Eu conheço as pessoas que cometeram o ato, mas não fui eu.

— Meu filho — interveio outra vez meu pai, com a tristeza desaparecendo dele e sendo substituída pela calma gelada de alguém que finalmente aceitou uma verdade terrível. — Você diz que não foi você, mas há sangue em sua bainha.

Eu me encolhi e, instintivamente, olhei para a borda da minha roupa. Seria verdade? Será que havia sangue em mim, daquela noite? Inspecionei a bainha, depois as mangas, as mãos, os dedos. Tudo parecia limpo. Quando tornei a erguer o rosto, encontrei os olhos de meu pai e só então entendi a pequena armadilha que ele armara para mim.

Ao, inadvertidamente, procurar por sangue em minha roupa, eu me entregara.

É verdade. Eu estive com eles na taberna aquela noite. Fui eu que contei ao assassino que Shams tinha o hábito de meditar todas as noites no pátio. E mais tarde, naquela mesma noite, quando Shams estava conversando com seu assassino sob a chuva, eu fui um dos seis homens que espiaram por trás do muro do jardim. E quando decidimos que devíamos atacar, porque não havia volta e porque o assassino estava demorando demais, fui eu que mostrei a eles o caminho para entrar no pátio. Mas isso foi tudo. Eu parei aí. Não tomei parte da luta. Foi Baybars que atacou, com a ajuda de Irshad e dos outros. E, quando eles entraram em pânico, Cabeça de Chacal fez o resto.

Mais tarde, eu relembrei aquele momento tantas vezes que é difícil dizer o que é real e o que foi criado pela minha imaginação. Uma ou duas vezes, visualizei Shams escapando de nossas mãos e desparecendo na noite escura, e a imagem foi tão vívida que quase pude acreditar nela.

Embora ele tenha morrido, há traços dele por toda parte. Dança, poesia, música e todas as coisas que eu pensei que desapareceriam assim que ele se fosse permaneceram firmemente plantadas em nossas vidas. Meu pai se tornou poeta. Shams estava certo. Quando uma das jarras se quebrou, o mesmo se deu com a outra.

Meu pai sempre foi um homem amoroso. Ele aceitava as pessoas de todas as crenças. Era gentil não apenas com muçulmanos, mas com cristãos, judeus e até mesmo com pagãos. Depois que Shams entrou em sua vida, seu círculo de amor se tornou tão vasto que incluiu até aqueles mais à margem da sociedade — prostitutas, bêbados e mendigos, a escória da escória.

Acho que ele poderia amar até os assassinos de Shams.

Mas havia, e ainda há, uma única pessoa que ele não conseguiu amar: seu filho.

Sultan Walad

KONYA, SETEMBRO DE 1248

Bêbados, mendigos, prostitutas, órfãos e ladrões... Ele distribui todo seu ouro e prata para criminosos. Desde aquela noite terrível, meu pai nunca mais foi o mesmo. Todos dizem que enlouqueceu de tanta dor. Quando perguntado sobre o que está fazendo, ele conta a história de Inru Alcais, Rei dos Árabes, que era muito amado, famoso por sua riqueza e beleza, mas que um dia, sem aviso, deixou para trás sua vida perfeita. Alcais vestiu roupas de dervixe, abriu mão de toda sua fortuna, e dali em diante vagou de uma terra a outra.

— É isso que perder seu bem-amado faz com você — disse meu pai. — Dissolve seu eu-rei, transformando-o em pó, e extrai de dentro de você seu eu-dervixe. Agora que Shams se foi para sempre, eu me fui, também. Não sou mais um estudioso ou um pregador. Sou a personificação do nada. Aqui está meu *fana*, aqui meu *baqa*.

Outro dia, um mercador de cabelos ruivos, que parecia o maior mentiroso que havia sobre a terra, bateu em nossa porta. Disse que conheceu Shams de Tabriz quando era jovem, em Bagdá. Então, baixando a voz como se sussurrando uma confidência, jurou que Shams está vivo e muito bem, meditando em um ashram, na Índia, e esperando o momento certo de reaparecer.

Ao dizer isso, não tinha um único traço de honestidade no rosto. Mas meu pai entrou em delírio. Perguntou ao homem o que ele queria em troca dessa maravilhosa notícia. Sem um pingo de vergonha, o mercador disse que, quando era garoto, sempre quisera também se tornar um dervixe, mas que, como desde então a vida o levara em outra direção, ele gostaria ao menos de ter um cafetã do famoso sábio Rumi. Ao ouvir isso, meu pai tirou seu cafetã de veludo e deu para ele, sem vacilar.

— Mas, pai, por que deu seu precioso cafetã para um homem que você sabia que estava mentindo? — perguntei, assim que o mercador foi embora.

E eis o que meu pai respondeu:

— Você acha que um cafetã é um preço alto demais para a mentira dele? Mas, meu filho querido, pense só, se ele estivesse dizendo a verdade, se Shams estivesse mesmo vivo, eu lhe daria minha vida!

Rumi

KONYA, 31 DE OUTUBRO DE 1260

Basta o tempo para a dor se transformar em tristeza, a tristeza em silêncio, e o silêncio em solidão, tão vasta e profunda como a escuridão dos oceanos. Hoje é o décimo sexto aniversário do dia em que eu e Shams nos conhecemos, na Estalagem dos Mercadores de Açúcar. Todos os anos, no último dia de outubro, eu me retiro na solidão, que vai pesando sempre mais, com o tempo. Passo quarenta dias em *chilla*, meditando sobre as Quarenta Regras. Recordo e revejo cada uma delas, mas no fundo de minha mente o que há é apenas Shams de Tabriz, brilhando.

Você pensa que não conseguirá mais viver. Pensa que a luz de sua alma se apagou e que ficará na escuridão para sempre. Mas quando é tomado por essa escuridão tão sólida, quando tem ambos os olhos fechados para o mundo, um terceiro olho se abre em seu coração. E só então você percebe que a visão do olhar entra em conflito com a sabedoria interior. Nenhum olho consegue enxergar com tanta agudez e clareza quanto o olho do amor. Depois da dor, vem outra estação, outro vale, outro você. E o amado, que não pode ser encontrado em parte alguma, começa a ser visto em todos os lugares.

Você o vê na gota d'água que cai no oceano, na maré alta que se segue à lua crescente, na brisa da manhã que espalha um aroma fresco; você o vê nos símbolos traçados na areia, nas mínimas partículas de rocha que brilham ao sol, no sorriso de um recém-nascido, ou no latejar de sua veia. Como se poderá dizer que Shams se foi, se ele está em toda parte e em tudo?

No fundo do lento revirar da dor e da saudade, estou com Shams todos os dias, todos os minutos. Meu peito é uma caverna onde Shams descansa. Assim como a montanha guarda dentro de si o eco, eu tenho dentro de mim a voz de Shams. Do estudioso e pregador que um dia fui não resta nem mais a mínima centelha. O amor arrancou de mim todas as minhas práticas, todos os meus hábitos. Em seu lugar, preencheu-me com poesia. E embora eu saiba que não há palavras para expressar minha jornada interior, acredito nas palavras. Sou um crente das palavras.

Duas pessoas me ajudaram a atravessar os dias mais difíceis: meu filho mais velho e um santo chamado Saladino, o ourives. Foi enquanto o ouvia trabalhando em uma pequena loja, batendo as folhas de ouro com perfeição, que tive a mais bela inspiração para pôr os toques finais na dança dos dervixes rodopiantes. O ritmo que emanava da loja de Saladino era, ao mesmo tempo, o pulsar do universo, o ritmo divino do qual falava Shams e que lhe era tão caro.

Tempos depois, meu filho mais velho se casou com a filha de Saladino, Fatima. Brilhante e inquisitiva, ela me fez lembrar de Kimya. Ensinei-lhe o Alcorão. Fatima se tornou tão querida para mim, que comecei a me referir a ela como meu olho direito, e à sua irmã Hediya como meu olho esquerdo. Isso é uma coisa que minha querida Kimya provou, muito tempo atrás: que as meninas são tão boas alunas quanto os meninos, talvez ainda melhores. Eu organizo sessões de *sema* para mulheres, e aconselho às irmãs sufis que continuem com essa tradição.

Há quatro anos, eu comecei a recitar o *Masnavi*. A primeira estrofe veio para mim um dia, ao amanhecer, sem qualquer motivo, enquanto eu assistia à luz do sol fendendo a escuridão. Desde então, os poemas se derramam de meus lábios como se tivessem força própria. Não os escrevo. Foi Saladino que, com muito afinco, anotou aqueles primeiros versos. E meu filho fez cópias de cada um. É graças a eles dois que os poemas sobrevivem, porque a verdade é que, se me pedissem para repetir qualquer um deles hoje, acho que eu não conseguiria. Em prosa ou verso, as palavras escorrem de mim aos borbotões e com a mesma rapidez desaparecem, como pássaros de arribação. Sou apenas o leito do rio onde param e descansam, a caminho de terras mais quentes.

Quando começo um poema, nunca sei de antemão o que vou dizer. Pode ser longo ou curto. Não planejo nada. E quando o poema está terminado, eu torno a me aquietar. Vivo em silêncio. E "Silêncio", Khamush, é uma das duas assinaturas que uso em meus *gazals*. A outra é Shams de Tabriz.

O mundo tem se movimentado e mudado a uma velocidade que nós, humanos, não podemos controlar nem compreender. Em 1258, Bagdá caiu nas mãos dos mongóis. A única cidade que se orgulhava de sua força e de seu glamour, e que se jactava de ser o centro do mundo, foi derrotada. Naquele mesmo ano, Saladino faleceu. Meus dervixes e eu fizemos uma grande celebração, atravessando as ruas com tambores e flautas, dançando e cantando em festa, porque é assim que um santo deve ser sepultado.

Em 1260 foi a vez de os mongóis perderem. Os mamelucos do Egito os derrotaram. Os vitoriosos de ontem tornaram-se os perdedores de hoje. Todo vencedor tende a achar que será vitorioso para sempre. Todo derrotado teme que para sempre será batido. Mas ambos estão errados, pela mesma razão. Tudo se transforma, menos a face de Deus.

Depois da morte de Saladino, Husam, o Estudante, que amadureceu tão depressa e tão bem percorreu o caminho da espiritualidade que agora todos os chamam de Husam Chelebi, me ajudou a escrever os poemas. Ele é o escriba para quem eu ditei o *Masnavi* inteiro. Modesto e generoso, se alguém pergunta a Husam o que ele é e o que faz, no mesmo segundo ele responde:

— Sou um modesto seguidor de Shams de Tabriz. É o que sou.

Aos poucos, as pessoas fazem quarenta, cinquenta, sessenta anos e, a cada década a mais, sente-se mais completa. Você precisa continuar caminhando, embora não haja nenhum lugar ao qual chegar. O universo gira, constante e incansavelmente, assim como a terra e a lua, mas não é nada além de um segredo cravado no fundo de nós, seres humanos, que faz tudo se mover. Com esse conhecimento, nós, dervixes, continuaremos dançando, no amor e na dor, mesmo que ninguém possa compreender o que fazemos. Dançaremos em meio a uma briga ou a uma grande guerra, tanto faz. Dançaremos em nossa tristeza e em nosso luto, com alegria e êxtase, sozinhos ou todos juntos, tão rápidos e tão lentos quanto o fluir da água. Dançaremos em nosso sangue. Há uma harmonia perfeita e um equilíbrio sutil em tudo o que há, em tudo o que foi, no universo. As partículas mudam constantemente e substituem umas às outras, mas o círculo permanece intacto. Regra Número Trinta e Nove: *Enquanto as partes mudam, o todo sempre permanece o mesmo. Para cada ladrão que deixa este mundo, nasce um novo. E cada pessoa decente que falece é substituída por outra nova. Dessa forma, não apenas nada permanece, como também nada muda de verdade.*

Para cada sufi que morre, nasce outro em algum lugar.

Nossa religião é a religião do amor. E estamos todos conectados em uma corrente de corações. Se, e quando, um dos elos é quebrado, outro é acrescentado em um novo ponto. Para cada Shams de Tabriz que morre, emerge um novo em outra era, sob um nome diverso.

Os nomes mudam, eles vêm e vão, mas a essência continua a mesma.

Ella

KONYA, 7 DE SETEMBRO DE 2009

Bem ao lado da cama dele, sentada em uma cadeira de plástico, Ella de repente abriu os olhos, escutando um som inesperado. Alguém dizia palavras desconhecidas, no escuro. Deu-se conta de que era o chamado para a oração, que vinha do lado de fora. Um novo dia estava começando. Mas ela também intuía que seria o fim de alguma coisa.

Pergunte a alguém que já ouviu, pela primeira vez, o chamado para a oração matinal, e a pessoa lhe dirá a mesma coisa. Que é algo lindo, rico e misterioso. E que, ao mesmo tempo, tem algo de espantoso, quase sobrenatural. Assim como o amor.

Na quietude da noite, foi esse o som que despertou Ella, em um sobressalto. Ela piscou várias vezes, no escuro, até conseguir entender o que era a voz masculina que tomava o quarto, através da janela aberta. Precisou de um minuto inteiro para se lembrar de que não estava mais em Massachusetts. Ali não era a casa espaçosa que ela dividira com o marido e os três filhos. Tudo isso pertencia a outro tempo — um tempo tão distante e vago, que ela o via como se fosse um conto de fadas, não como seu próprio passado.

Não, ela não estava em Massachusetts. Em vez disso, encontrava-se do outro lado do mundo, em um hospital da cidade de Konya, na Turquia. E o homem cuja respiração profunda e regular ela agora ouvia, mais grave do que o chamado para a oração matinal, não era seu marido de vinte anos, mas o amante por quem ela o deixara, em um dia de sol do último verão.

— Você vai largar seu marido por um homem sem nenhum futuro? — perguntaram vizinhos e amigos, várias e várias vezes. — E seus filhos? Você acha que algum dia eles vão lhe perdoar?

E foi quando Ella entendeu que, aos olhos da sociedade, só havia uma coisa pior do que uma mulher abandonar o marido por outro homem — era uma mulher abandonar seu futuro pelo momento presente.

Acendeu a lâmpada da mesa e, sob sua luz suave e âmbar, observou o quarto, como para se certificar de que nada tinha mudado desde que adormecera, poucas horas antes. Era o menor quarto de hospital que já vira, não que tivesse estado em muitos ao longo da vida. A cama ocupava quase todo o espaço. Tudo o mais fora disposto em relação à cama — o armário de madeira, uma mesa quadrada de café, uma cadeira extra, um vaso vazio, uma bandeja com pés sobre a qual havia pílulas de diferentes cores, e, ali junto, o livro que Aziz estava lendo desde o começo da viagem: *Rumi e eu*.

Tinham chegado a Konya quatro dias antes, passando os primeiros dias de um jeito não muito diferente dos turistas comuns — visitando monumentos, museus, sítios arqueológicos; devorando os pratos regionais; tirando fotografias de qualquer novidade que achavam, por mais comum e boba que fosse. Tudo vinha muito bem até o dia anterior, quando, durante um almoço em um restaurante, Aziz desmaiou e teve de ser levado às pressas para o hospital mais próximo. Desde então, Ella estava em sua cabeceira, aguardando sem saber bem o que esperar, mantendo a esperança apesar de tudo, e ao mesmo tempo brigando, silenciosa e desesperadamente, com Deus, por lhe tomar tão cedo o amor que encontrara tão tarde na vida.

— Querido, você está dormindo? — perguntou Ella.

Não era sua intenção perturbá-lo, mas precisava que despertasse.

Não teve nenhuma resposta, a não ser uma calma fugaz no ritmo da respiração dele, uma nota faltando na sequência.

— Você está acordado? — insistiu, sussurrando e ao mesmo tempo erguendo a voz.

— Agora estou — respondeu Aziz, devagar. — O que houve? Você não consegue dormir?

— A oração matinal... — disse Ella.

Calou-se, como se aquilo explicasse tudo: a saúde cada vez pior dele, seu medo crescente de perdê-lo e a absoluta loucura que era o amor — tudo contido naquelas três palavras.

Aziz sentou-se na cama, com os olhos verdes bem abertos. Sob a luz tênue da lâmpada, e cercado pelos lençóis alvos, seu belo rosto parecia tristemente pálido, mas havia também algo de muito poderoso nele, até mesmo de imortal.

— A oração matinal é especial — murmurou ele. — Sabia que, das cinco preces que um muçulmano deve fazer por dia, a da manhã é tida como a mais sagrada, mas também a mais desafiadora?

— E por que isso?

— Acho que é porque ela nos desperta dos sonhos, e não gostamos disso. Preferimos continuar adormecidos. É por isso que existe uma frase no chamado matinal que não existe nos demais. Diz assim: "A oração é melhor do que o sono".

Mas talvez dormir seja melhor para nós dois, pensou Ella. *Se ao menos pudéssemos adormecer juntos*. Ela ansiava por um sono fácil, sereno, tão mágico quanto o da Bela Adormecida, cem anos de total inconsciência, a fim de aplacar a dor.

Em pouco tempo, o chamado para a oração matinal cessou e seus ecos foram desaparecendo em ondas cada vez mais distantes. Depois que a última nota sumiu, o mundo pareceu estranhamente seguro, mas intoleravelmente silencioso. Estavam juntos há um ano. Um ano de amor e conscientização. Na maior parte do tempo, Aziz estivera bem o suficiente para viajar com Ella, mas nas duas últimas semanas a saúde dele se deteriorara visivelmente.

Ella o observou tornar a adormecer, com seu rosto sereno e tão querido. A mente dela se encheu de ansiedade. Suspirou profundamente, e saiu do quarto. Atravessou corredores onde todas as paredes tinham sido pintadas em tons de verde, entrou em uma enfermaria, onde viu pacientes velhos e jovens, homens e mulheres, alguns se recuperando, outros piorando. Tentou ignorar os olhares inquisidores das pessoas, mas seu cabelo loiro e os olhos azuis tornavam gritante sua condição de estrangeira. Nunca se sentira tão deslocada antes. Mas o fato é que Ella não fora exatamente uma viajante.

Alguns minutos depois, estava sentada ao lado da fonte d'água, no pequeno mas agradável jardim do hospital. No meio da fonte, havia a estátua de um anjinho e, no fundo, brilhavam moedas de prata, cada uma trazendo em si o desejo secreto de alguém. Buscou no próprio bolso uma moeda, mas não encontrou nada além de anotações e de meia barra de granola. Quando seu olhar percorreu o jardim, avistou algumas pedras adiante. Lisas, escuras, brilhantes. Apanhou uma delas, fechou os olhos, e jogou-a na fonte, murmurando um desejo que já sabia que não seria realizado. A pedra bateu na beirada da fonte e ricocheteou para o lado, indo parar bem no colo do anjo de pedra.

Se Aziz estivesse aqui, pensou Ella, *ele veria nisso um sinal.*

Quando voltou, meia hora depois, encontrou um médico e uma jovem enfermeira com um lenço na cabeça, e o lençol cobrindo o rosto de Aziz.

Ele se fora.

Aziz foi sepultado em Konya, seguindo os passos de seu amado Rumi.

Ella tomou todas as providências, tentando planejar cada pequeno detalhe, mas ao mesmo tempo confiando que Deus a ajudaria com aqueles que não pudesse resolver. Primeiro, escolheu o lugar onde ele seria enterrado — sob um imenso pé de magnólia, em um antigo cemitério muçulmano. Depois, encontrou músicos sufis, que concordaram em tocar *ney*, e mandou e-mails para amigos de Aziz do mundo todo, convidando-os para o funeral. Para sua alegria, muitos conseguiram vir, de lugares tão distantes quanto a Cidade do Cabo, São Petersburgo, Murshidabad e São Paulo. Entre eles havia muitos fotógrafos como Aziz, além de professores, jornalistas, escritores, dançarinos, escultores, homens de negócios, fazendeiros, donas de casa e dos dois filhos adotivos dele.

Foi uma cerimônia alegre e acolhedora, à qual compareceram pessoas de todas as crenças. Elas celebraram a morte dele do jeito que sabiam que Aziz teria gostado. Crianças brincavam, alegres e soltas. Um poeta mexicano distribuiu *pan de los muertos*, e um amigo escocês de Aziz jogou pétalas de rosas sobre todos, despejando-as como se fossem confete, cada uma delas uma testemunha colorida de que a morte não é algo a se temer. Um dos locais, um muçulmano velho e encurvado, que assistiu a toda a cena com um sorriso largo e um olhar afiado, disse que deve ter sido o enterro mais louco a que Konya já assistira, com a exceção do funeral de Maulana, séculos antes.

Dois dias depois do enterro, finalmente sozinha, Ella vagou pela cidade, vendo as famílias que passavam por ela, os mercadores nas lojas, os ambulantes ansiosos para lhe vender alguma coisa, qualquer coisa. As pessoas olhavam para aquela mulher americana, andando no meio deles com seus olhos inchados de tanto chorar. Ela era uma completa estranha ali, uma completa estranha em toda parte.

De volta ao hotel, antes de fechar a conta e sair para o aeroporto, Ella tirou sua jaqueta e vestiu um suéter de lã angorá macio, cor de pêssego. *Uma cor excessivamente mansa e dócil, para uma mulher que não está tentando ser nada disso*, pensou. Em seguida, ligou para Jeannette, a única dos três filhos que a tinha apoiado em sua decisão de seguir seu coração. Orly e Avi continuavam sem falar com a mãe.

— Mãe! Como você está? — perguntou Jeannette, a voz cheia de ternura.

Ella inclinou-se para a frente em um espaço vazio e sorriu, como se a filha estivesse diante dela. Depois, em uma voz quase inaudível, falou:

— Aziz morreu.

— Ah, mamãe. Eu sinto muito.

Houve uma breve pausa, enquanto as duas pensavam no que dizer. Foi Jeannette quem quebrou o silêncio:

— Mamãe, você agora vai voltar para casa?

Ella inclinou a cabeça, pensando. Na pergunta da filha, ouvira uma outra, não dita. Se ela voltaria para o marido em Northampton, e se suspenderia o processo de divórcio, que já se tornara um labirinto de acusações e ressentimentos mútuos. O que faria agora? Não tinha dinheiro, não tinha um emprego. Mas podia dar aulas particulares de inglês, trabalhar em uma loja ou, quem sabe, ser uma boa editora de ficção, um dia.

Cerrando os olhos por um instante, Ella profetizou para si mesma, cheia de convicção e confiança, o que os dias seguintes lhe trariam. Nunca estivera tão sozinha antes e, no entanto, por mais estranho que fosse, não se sentia solitária.

— Senti muita saudade de você, meu amor — falou. — E também de seu irmão e de sua irmã. Vocês podem vir me ver?

— Claro que eu vou, mamãe. Nós vamos. Mas o que você vai fazer agora? Tem certeza de que não quer voltar para cá?

— Vou para Amsterdã — disse Ella. — Há uns apartamentos pequenos lá, incrivelmente charmosos, que dão para o canal. Posso alugar um. Vou precisar aprender a andar melhor de bicicleta. Não sei... Não vou fazer nenhum plano, meu bem. Vou tentar viver um dia de cada vez. Ver o que meu coração vai dizer. Esta é uma das regras, não é?

— Que regras, mamãe? Do que você está falando?

Ella se aproximou da janela e olhou para o céu, todo ele de um incrível azul índigo, em todas as direções. O céu girava numa velocidade invisível só dele, dissolvendo-se no nada e ali encontrando infinitas possibilidades, como um dervixe rodopiante.

— É a Regra Número Quarenta — disse, lentamente: — *Uma vida sem amor não tem valor. Não se pergunte que tipo de amor deve buscar, se espiritual ou material, divino ou mundano, oriental ou ocidental... Divisões só levam a mais divisões. O amor não tem rótulos, não tem definições. É o que é, puro e simples.*

"O amor é a água da vida. E um amante é uma alma em fogo!

"O universo gira de forma diferente quando o fogo ama a água."

Agradecimentos

ost significa "amigo" em turco. Eu devo muita gratidão a amigos de toda parte — Istambul, Amsterdã, Berlim e Londres. Muitas pessoas inspiraram este romance com suas histórias e seus silêncios. Agradeço muito a Marly Rusoff, minha agente literária, que acreditou em mim desde o primeiro segundo e sempre me desvendou com aquele seu terceiro olho. Obrigada a meu querido Michael Radulescu por seu apoio e fé contínuos, e por simplesmente estar presente quando eu precisei de ajuda. Devo muito a meu editor, Paul Slovak, pelas suas diversas contribuições valiosas e sua sabedoria interior, além de suas sugestões indispensáveis quando o manuscrito estava viajando de Istambul para Nova York.

Devo um agradecimento especial a sufis do mundo todo, aqueles que conheci no passado e aqueles que ainda vou conhecer, talvez com nomes e passaportes diferentes, mas sempre com a mesma habilidade incrível de ver as coisas de dois pontos de vista, o deles e o de outro. Obrigada, queridos Zeynep, Emir, Hande e Beyza, pelo seu tempo, paciência, amizade e contribuições preciosas. Meu mais profundo agradecimento a Mercan Dede por seu coração generoso e amizade única.

E, finalmente, para Eyup e os meus filhos. Obrigada por mostrar a mim, que tenho uma alma nômade, que era possível me fixar em um lugar e seguir sendo livre. Este livro lhes deve mais do que posso expressar.

Glossário

alfaqui: especialista em direito islâmico

baqa: permanência que vem após o aniquilamento, um estado mais exaltado da vida com Deus

baraqa: bênção

dervixe: alguém que está no caminho sufi

fana: aniquilamento do Eu enquanto fisicamente vivo

faquir: um Sufi que pratica a pobreza espiritual

hafiz: pessoa que memorizou o Alcorão

hamam: banho turco

Insan-i Kâmil: o ser humano perfeito de acordo com o sufismo; esse estágio não tem gênero e, portanto, pode ser alcançado tanto pelos homens quanto pelas mulheres

inshallah: "se Deus quiser"

khaneqah: um centro para dervixes

kismet: sorte, fortuna

kudüm e *rebab*: instrumentos musicais

lokum: manjar turco

madraça: faculdade, escola onde os estudantes são educados em diversas áreas

maktab: escola de ensino fundamental

maqamat: estágios de desenvolvimento

nafs: ego falso

ney: flauta de bambu tocada principalmente pelos dervixes da ordem Mevlevi

quibla: a direção para qual os muçulmanos se voltam ao fazer suas preces diárias

salwar: calças largas

saqui: pessoa que serve vinho

sema: dança espiritual dos dervixes rodopiantes

semazenbashi: professor de dança

Shafi'i, Hanafi, Hanbali e Maliki: escolas de jurisprudência islâmica sunita *tafsir*: interpretação ou comentário, em geral do Alcorão

Tahāfut al-Tahāfut: *A incoerência da incoerência*, de Averróis, no qual o autor defende a filosofia aristotélica no pensamento islâmico

tariqa: ordem ou escola sufi, ou o caminho místico

tasbih: rosário islâmico

xaria: série de leis e regras islâmicas; o caminho principal

zikr: a lembrança de Deus

Bibliografia

Enquanto trabalhava neste livro, eu me beneficiei muito das minhas leituras do *Masnavi* de R. A. Nicholson e de *The Autobiography of Shams-i Tabrizi*, de William Chittick. Devo muito às obras de William Chittick, Coleman Barks, Idris Shah, Kabir Helminski, Refik Algan, Franklin D. Lewis e Annemarie Schimmel.

Os poemas de Rumi foram extraídos das seguintes fontes:

William Chittick, *The Sufi Path of Love*, Albany: State University of New York, 1983.

Coleman Barks, *A Year with Rumi*, Nova York: Harper Collins, 2006, e *The Essential Rumi*, 1995.

Kabir Helminski, *The Rumi Collection*, Boston: Shambhala Publications, 2005.

Os poemas de Omar Khayyám traduzidos por Richard Le Gallienne podem ser encontrados em <http://en.wikipedia.org/wiki/Rubayat_of_Omar_Khayyam>.

Das duas traduções do verso An-Nissá, a primeira é de M. H. Shakir (*The Qur'an*, traduzido por M. H. Shakir, 1993) e a segunda de Ahmed Ali (*Al--Qur'an: A Contemporary Translation*, Princeton, NJ: Princeton University Press, 2011).

Este livro foi impresso pela Lisgrafica, em 2024, para a
HarperCollins Brasil. O papel do miolo é pólen natural 70 g/m^2,
e o da capa é cartão 250 g/m^2.